南华◎著

夺位

❷

——手机江湖的腥风血雨——

中国友谊出版公司

图书在版编目（CIP）数据

夺位：手机江湖的腥风血雨．2 / 南华著．—北京：中国友谊出版公司，2016.8
ISBN 978-7-5057-4008-2

Ⅰ．①夺… Ⅱ．①南… Ⅲ．①长篇小说—中国—当代 Ⅳ．①I247.5

中国版本图书馆 CIP 数据核字（2017）第 068192 号

书名　夺位：手机江湖的腥风血雨．2
作者　南　华
出版　中国友谊出版公司
发行　中国友谊出版公司
经销　新华书店
印刷　北京嘉业印刷厂
规格　710×1000 毫米　16 开
　　　22 印张　302 千字
版次　2017 年 7 月第 1 版
印次　2017 年 7 月第 1 次印刷
书号　ISBN 978-7-5057-4008-2
定价　39.80 元
地址　北京市朝阳区西坝河南里 17 号楼
邮编　100028
电话　（010）64668676

目录
CONTENTS

第一章　神话奇迹

IHS 最新的智能手机销量排名出炉，榜单的一些变化很是引人注目。

第一个变化是国产手机品牌荣誉悄无声息地脱颖而出，目前荣誉的销量排名已经稳稳地占据了第三名，仅次于苹果和三星，市场份额超过第四名的畅想十个百分点，总销量突破五千万台。

这是个惊人的数字，意味着荣誉手机已经拥有了国际竞争力，在当前公认的国产机四大品牌中，荣誉已经走在了前面。

第二个变化是国产手机品牌前二十位中多了两个新贵，第一个是目前销量排名第九的梦幻手机，可以说是今年下半年国内手机市场上横空出世的一匹黑马。

这一款手机上市了很久，国内的同行竟然不知情，直到这款手机在网络上火得要翻天的时候，手机厂商才恍然大悟，原来手机江湖上又出现了一个新品牌。这个新品牌来势汹汹，仅仅半年，总销量就已经突破四百万，杀进了手机销量的前十位，这对一个成立不足一年的手机品牌来说，梦幻手机和其背后的团队可以说是创造了一个业界神话。

另一个新贵便是从去年开始就一直在媒体上炒作所谓充满情怀的手机品牌——拳头手机！这一款手机由名人开发，名人效应外加手机被赋予情怀，也是一款带有粉丝营销性质的手机。

这一款手机今年的销量为八十万，这个数字足以让这一款粉丝手机获得不错的利润，让人们对这款手机的未来抱有很大的信心。

当然，榜单出炉之后，业界最关注的还是荣誉。

毕竟荣誉过去一年的成长太惊人了，本来在四大品牌之中它的排名还靠后，可是短短一年的时间，它甩开了其他对手，目前已经冲到了国产第一。

五千万的销量，也创造了目前国产手机销量的新纪录。

分析荣誉的成功，绕不开荣誉背后的华夏科技，作为国内硬件技术当之无愧的龙头，华夏科技的硬件技术便是其最不可撼动的核心竞争力。

拥有强大的技术支撑，让荣誉手机经过短短两年时间的发展，表现出比同行更好的产品研发能力。

当公司的资源整合聚焦在手机上的时候，这家公司综合实力的强悍便悄无声息地表现了出来，目前市场上销量第一便是荣誉手机向业界交出的可怕答卷。

分析家们已经开始嚷嚷，智能手机新一轮的洗牌马上就要开始了，预计目前仅存的一百多家厂商还要死去一大半。

在优胜劣汰、物竞天择的市场经济体制下，当有一家公司的核心竞争力开始凸显，往往就预示着其他公司的日子不好过了。

可以预见，明年手机市场的竞争将会更残酷、更激烈。

…………

梅朵总部。

顶楼会议室的气氛有些压抑，董事长谢明珠闭着眼睛用两根手指使劲儿揉着太阳穴，看上去有些疲惫。

“报告你们都看了，今年四大厂商我们排在了最后，咱们的情况真是王小二过年——一年不如一年。再这样下去，咱们智能手机这一块的业务，估计很难支撑下去了。

“在座的各位，你们有什么想法都说说，公司处于低潮，正是需要集思广益的时候，都说说！”谢明珠压着嗓门，声音颇为低沉地说。

全场鸦雀无声，气氛沉闷到极点。

谢明珠睁开眼睛，迅速扫过会场，道：“陈国强，你说说？”

陈国强是典型的南方人，现在担任梅朵科技技术总监。被谢明珠点了名，他摇摇头，操着生硬的普通话道：“没办法啦，咱们的技术比不过荣誉，这几年咱们在技术上的投入太少了，用户体验做得不够好。

“单单只靠营销，做不出口碑好的产品，如果一直这样下去，咱们的智能手机会很危险。”

谢明珠放下手中的笔，道：“那你说说，现在技术难点在哪里？是不是有什么技术你们不会，或者是别人能做出的产品，你们做不出来？”

陈国强摇头道：“不是这样的啦，智能手机行业是一个新兴的行业，技术的变化和更新换代非常快。如果别人已经做出来的技术，你跟着做出来就算落伍了。一款手机涉及很多技术，牵扯到软件、硬件、安全，甚至光学技术，等等。

“苹果为什么厉害，因为苹果已经在手机技术上面申请了上万项专利，他们有无数种成熟的技术。他们要做出一款手机，只需要将这些技术挑选出来加以有机结合，然后便能做出非常经典的手机。”

“好了，好了！陈总，别说苹果了，人家是世界上最牛的公司，你非得要跟人家比吗？”副总蔡文皱眉打断了陈国强的话。

他顿了顿，道：“一口吃不成胖子，我们梅朵科技要前进需要一步步来。技术提升不是一天两天的事情，这些年我们也在加大投入。但是在目前的市场环境下，我们手机事业部不能盈利，没有利润怎么投入？

“所以我觉得，现在我们要继续做下去，一定要立刻再融资，融资十亿或者二十亿加大投入，全方位地提升我们的综合实力，这才是我们面对下一轮挑战需要做的准备。

“这就好比打仗，没有足够的粮草，不可能打胜仗嘛！”

谢明珠皱皱眉头，道：“蔡总，你这么说听上去很有道理，但我现在就问你一件事情。想来你从这张榜单上也看到了，今年手机市场上冒出了一个新贵，或者说下半年市场上冒出了一个新贵，这个新贵就是梦幻手机。

“这款手机年初融资仅仅四千万，但是年底就完成了四百万部的产品销量，这是什么概念？

“这预示着今年这家公司的利润已经超过了五个亿，投资人的投资回报率已经超过了十倍。

“他们的技术哪里来的？他们的团队哪里来的？他们的营销哪里来的？

“我们不和苹果这样的前沿公司比，因为我们不是他们的对手，现在我们和这家公司比一比，难道我们也比不过吗？”

谢明珠说到此处，顿了顿，又道：“行，蔡总说再融资，融资十亿、二十亿没问题啊。可是就算我们融资一百亿，能不能比得上荣誉，能不能比得上苹果，能不能比得上三星？

“答案还是比不过，对不对？

“那就对了，打败强大的对手，如果我们只是依靠资本的投入，根本是不行的。我们现在需要的是什么？

“我们需要的是创新，需要的是全方位的创新，需要在技术上独辟蹊径，在营销上独树一帜，有自己的产品风格。同样是做手机，我们要与众不同，大家明白我的意思吗？”

谢明珠很激动，说话的时候站起身来，双手用力地挥动着，可是她一说完，大家又陷入了沉思。

道理谁都懂，可是要做起来谈何容易。

“创新”两个字写在纸上很简单，要做到则十分艰难，目前国内的手机厂商有一百多家，谁不想创新？

目前市场上的产品，哪一个不是卖点十足，哪一个不是变着花样地凸显创新？

也就是那几个大品牌的产品能够胜人一筹、屹立不倒，其他产品最终的结果都是泯然众人，能成功的不过凤毛麟角。

“手机这个行业太难了，可以说目前最顶尖的公司都聚焦在了这一块市场上，董事长您说得很容易，但是要落实却很难！对了，董事长，您最近一直在关注梦幻手机的团队，是不是发现了什么？”一直没说话的新任营销总监张希耀道。

谢明珠微微愣了一下，“嘿”了一声，摇头道：“也不是说特别关注，只是这家公司的做法很有创意，他们的营销让我大受启发。唉，人家是有备而来啊！”

“董事长，我听说这家公司的团队与当年的诺亚公司有关，它的创始人就是当年诺亚手机的‘瓜子’，如果真是这样，这个团队综合实力就很强。如果可以，我觉得我们可以考虑对他们实施收购！”财务总监石金刚插话道。

“与其再融资几十亿，还不如将这家公司收购，将两个品牌加以整合，从而在根本上完成团队的优化。智能手机的竞争，归根结底还是人才的竞争，现在都是顶级厂商在玩儿，大家都不缺钱，缺的是人才啊！”石金刚再一次建议。

“收购？”谢明珠呆愣了好久，突然拍手道，“对呀，我怎么没想到这一点呢？这还真是个不错的机会，我很看好他们的团队和创意，如果能够收购这家公司，我们梅朵科技完全可以走出一条新路嘛！”

谢明珠整个人一下子变得有神采了，她对石金刚道：“石总，接下来你重点盯着这件事，想办法和他们的投资人接触，你在资本市场上的人脉很广，这一次能否成功就看你的了。关键时刻，一定要果断出手，我支持你！”

第二章 技术革命

房间有些闷，朱恩用力掐灭手中的烟头，慢慢地站起身来。

走出办公室，外面便是空中花园，站在空中花园里面，可以将公司五层楼的工作区看得清清楚楚。

世纪前沿是一家高速发展的公司，公司的员工从最初草创阶段的十几名，现在已经暴涨到了六百多名，办公区以前是一层楼，现在则租下了五层楼。

公司第一款手机“梦幻”成为国内手机市场上的一匹黑马，到目前为止，梦幻两款手机的销量达到了四百万，公司所得利润接近五个亿。

从四千万到五个亿，朱恩和他的团队只用几个月的时间，在业界被传成神话，而一直很神秘的世纪前沿公司，也渐渐地开始在世人面前揭开神秘的面纱。

“哎，你怎么回事啊？我看你都抽了一上午了！”马梦可轻柔的声音带着浓浓的关心，让朱恩感到一暖。

他扭过头来，看向马梦可道：“你那边的情况怎么样？”

马梦可摊摊手，道：“我跟IDG接触了，他们觉得我们四十亿的估值过高，想跟我们讨价还价呢！”

朱恩摇摇头道：“谁问你这个了，我问的是你的感冒好了没有，还能不能坚持？”

马梦可微微愣了一下，旋即双颊染上了一层薄薄的嫣红，一双眼睛瞟向朱恩，眼神之中暖意浓浓。

“我……没事了，我妈给我煲了冰糖雪梨汤，我喝了以后好多了。”马梦可边说边不自觉地靠近朱恩。

她的身材高挑，穿着高跟鞋和朱恩的身高竟然不相上下。朱恩微微扭头，看着她精致如画的五官，心中不由得微微荡漾。

自从上次那一吻之后，他和马梦可便更加默契了，关系也在悄无声息地升温。

两人虽然还没有正式确立恋爱关系，但是大家早已经把他们当成一对恋人了。

朱恩年轻有为，才华超群；马梦可漂亮干练，家境优渥。这样的一对男女，不啻天作之合，符合大家对于爱情的一切美好想象。

而对于朱恩和马梦可来说，彼此对对方也有好感，只可惜工作实在太忙，没有太多时间去顾及儿女之情。而像今天这样，两人并肩站在空中花园，说说关心对方的话，便算是非常温馨的场面了。

两人都陷入沉默，似乎谁都不愿意破坏这难得的平静和温馨，就这样过了好久，朱恩恍然惊了一下，马梦可站在旁边道：

“你怎么回事？怎么一惊一乍的？”

朱恩苦笑道：“这两天我在考虑公司的发展，突然觉得前途很渺茫，有一些问题我想不到解决的办法。唉，要干成一件事还真不容易呢！”

马梦可秀眉微蹙，道：“朱恩，你别太难为自己了，世纪前沿短短半年能取得今天这样的成绩，已经让很多人刮目相看了。别人我不说，就说我妈吧，昨天她还催我，让我问你公司接下来的融资计划呢！

“这些年，我可从来没见她对哪个项目这么热心过。商人逐利嘛，你为投资人赚了十倍的利润，我妈已经把你当成宝了呢！

“你再看看业界其他的公司，那些小公司我就不说了，单说梅朵科技，他们今年的销量不升反降，营销成本比去年还高了百分之十，谢明珠今年的亏损应该是创新高了。这样下去，国内智能手机市场很快就会洗牌，我们世纪前沿极有可能后来居上呢！”

朱恩点点头，道：“你这么说没错，做一个项目要赚钱并不难，但是要把一个项目做好、做满意，却很困难。我们的成功不能忽视这个团队，尤其是余怀和我多年的积累。

“因为多年的积累，我们在技术、营销、产品上早就有了成熟的想法和计划。

“因此，当我们找到合适的资金和合适的人，按照这个成熟的计划和想法快速实施，自然能够取得不错的成绩。

“不过，这个成绩能否一直持续，我们赚了第一桶金之后，会不会后继乏力？这都无法预料。我们的对手很强大，智能手机行业的竞争又空前激烈，说句心里话，我的危机感很强烈。”

朱恩顿了顿，轻轻地叹了一口气，继续道：“现在我们的资金比较充裕，以公司目前的势头来看，我们可以被估值五十亿甚至更多，我们也可以被认为一文不值。这其中的关键，就是我们下一步的计划。

“我们的梦幻手机一炮打响之后，接下来该怎么去做我们的产品？

“我们在技术上、在用户体验上如何做到高人一筹？”

朱恩边说边掏出一支烟点上，马梦可伸手将朱恩嘴上的烟抢过来，道：“你别抽烟了，你办公室那股烟味儿呛得我都喘不上气来，这样下去，你的身体不要了吗？

“还有，你说的这些我们都在考虑，现在咱们是一个集体，遇到了困难应该集思广益。你一个人闷了这么久，应该有一点儿想法了吧？说说你的想法。”

朱恩犹豫了一下，忽然使劲儿握紧拳头，狠狠地甩出去，道：“我们一定要打造出全球一流的技术团队，我们要把百分之九十的钱投入到技术开发之中！”

“这么多？”马梦可脱口道，她沉吟了一下，道，“目前智能手机技术大家都差不太多，就算苹果和三星的技术，我们实现起来也不难，为什么……”

“不！不！”朱恩直接打断了马梦可的话，摆摆手道，“你的想法大错特错，如果你这样想，咱们的公司就很危险了。智能手机最后的竞争，必然是技术的竞争和专利的竞争。

“以后的智能手机技术都将成为各种各样的专利，我们没有自己的专利，就得给别人付费，被别人掐着脖子。另外，智能手机的技术不能只是片面地指某个功能的实现，而应该是整个智能系统的用户体验。

“别小看这一点，目前全球的手机巨头之所以厉害，就是因为其产品的综合性能无可超越。而要做到这一点，没有深厚的技术积累，是无论如何也做不到的。”

马梦可点点头道：“朱恩，你这样说听起来很有道理，既然这样，我们马上就应该成立研发中心！是这样吗？”

朱恩点头道：“不错，研发中心必须马上成立。但是成立一个研发中心容易，要网罗顶尖的技术人才却千难万难，我们该如何建立我们的技术团队呢？”

马梦可摊摊手，道：“这个问题该问余怀吧，余怀是怎么想的？”

朱恩摇摇头，道：“余怀这个人像个疯子一样，只知道自己拼命地钻研，却没有去想怎么成立优秀的团队。唉，技术团队这一块，真的是任重道远！”

说到此处，朱恩摆手道：“事不宜迟，你去通知余怀、杰瑞、王总，我们一起开个碰头会，马上把成立研发中心的事定下来！”

朱恩说开会，便雷厉风行地开会。

会议一开始，朱恩便开门见山地讲了自己关于公司技术研发的设想，他以一种十分严峻的口吻道：

“现在已经迫在眉睫了，我们再耽误一分钟，都可能失去历史性的机会，那样的话，我们的事业就会失败，彻底失败。兄弟们啊，留给我们的时间真的不多了，如果我们再不醒悟，不立刻行动，我们的结局会很悲惨。

“所以，作为公司的董事长兼总裁，今天我正式宣布，世纪前沿全球研发中心今天正式成立。研发中心的地址将安排在临港市高新科技园，前几天我已经在科技园区看了一幢写字楼，我们要将这幢写字楼全部拿下来，暂时作为我们研发中心的总部。

“余怀，从今天开始，你必须停止手头的一切研发工作，着手建立一支精锐的研发团队。三天之内你给我方案，听到了没有？”

余怀皱皱眉头，道：“什么嘛！我现在正在搞咱们新一款产品的技术参数，这个时候我哪里抽得开身？目前我们没有必要搞那么大的研发团队，我们现在的产品就很有竞争力。朱恩，我觉得你神经过敏了吧？”

朱恩眉头一挑，道：“余怀，在研发中心没有建成之前，我们无限期推迟新产品的开发，梦幻手机没有新产品。除非我们研发中心成立，拥有了革命性的产品问世，否则任何产品都不能发布……”

朱恩这话一说，会场几个高管全都傻了眼，杰瑞直接站起身来道：“朱，不，不，你这是要干什么？现在我们的势头正猛，这个时候正是需要乘胜追击的时候，我们梦幻江南和梦幻北极应该马上推出新款。

“作为营销总监，我敢立军令状，只要我们的新款手机问世，我有把握让咱们的销量冲进前五名，这个时候抢占市场就是抢占战略高地，你明白吗，朱？”

第三章　一张一弛

会议室，已经吵翻天了。

朱恩一方，余怀和杰瑞一方，双方各不相让，几个人的脾气都固执得像牛一样，一旁的王岳同和马梦可根本劝不住。

余怀和杰瑞两个人的关系本来很恶劣，彼此都看对方不顺眼，可是今天两人却空前地团结，齐齐反对朱恩的发展战略。

“你们这么吵下去能解决问题吗？你们就算吵一整天，那不还在吵吗？”马梦可大声嚷嚷道。她被吵得很烦躁，这话几乎是扯着脖子在喊，看她面红耳赤的模样，显然也是急了。

朱恩三人为之一顿，然而余怀又道：“朱恩，你算过没有？一个全球研发中心需要投资多少钱？真正的研发中心，需要网罗最顶尖的研发人才，需要建立庞大的技术团队，就凭现在公司几个亿的资金，能建得起全球研发中心吗？

“我只能说你的想法很幼稚，现在正是我们赚第一桶金的时候，我们应该把握住这个机会，快速将资本积累起来，只有资本积累起来了，我们才有办法应对激烈的竞争，明白吗？”

朱恩冷哼一声，道：“余怀，你是什么脑子？现在的技术一日千变，等你资本积累起来，黄花菜都凉了！这个时候时间就是一切，我们再拖拖拉拉，还做个屁智能手机？这辈子只配在别人屁股后面喝洗脚水了！”

杰瑞摇头道：“朱，你太固执了！我和余在这一点上是不会错的，余是天才，他的积累足以支撑起我们的研发，我们梦幻江南的性能也在同类产品中遥遥领先。

“我明白你想搞研发的心情，可是任何研发都不能牺牲公司的业绩，我们应该在照顾公司业绩的情况下，慢慢地组建研发团队，这样我们两边不耽误，这才是我们做工作应有的态度！”

余怀愣了愣，狠狠地瞪了杰瑞一眼，道：“滥好人，什么两不耽误？我现在是完全不同意建立研发中心！”

朱恩冷冷地道：“你不同意建研发中心，我就任命别人担任公司技术总监，你给我干产品经理去。公司的研发中心必须马上成立，这个事儿没商量！”

朱恩说完，拂袖而去。余怀站起身来道：“朱恩，你敢这么做，我就跟你没完……”

眼看两人吵得不可开交，王岳同在一旁听得心惊肉跳，他连忙道：“好了，好了，你们都冷静一下，我们再商量商量。这样吧，休会半个小时，都冷静一下我们再开会，行不行？”

王岳同年龄最大，德高望重，他开口打圆场，朱恩几人都不好再开口，场面终于缓和了一些。

余怀和杰瑞站起来走出办公室，朱恩一个人拖在最后面，看上去有些懊恼。

马梦可跟在朱恩身后，王岳同招招手道：“小马，你等一下，我们聊聊。”

马梦可犹豫了一下，留了下来。

等朱恩几人走远了，王岳同道：“小马，今天这个争论看上去很棘手啊，朱恩的想法很执着，你的意见怎么样？”

马梦可微微皱眉，摇头道：“很难说啊，朱恩的确很固执。照我的想法，我还是觉得余怀和杰瑞的想法更务实一些。智能手机技术很关键，但是市场也非常重要，现在大家都在争夺市场，慢一步就可能落后。王叔，你怎么看？”

王岳同摇摇头，道：“我现在也不确定。从现实利益来看，余怀和杰瑞的想法肯定没问题。但是朱恩的思维独特，他的视野和远见很是独到。哎，说句心里话，我干企业也差不多一辈子了，以前我一直以为自己什么场面都能应付，什么决策都吃得准，可自从和朱恩他们这群年轻人在一起之后，我才发现自己这几十年的经验好像都行不通了，在关键问题上我还真吃不准了。

“就像今天的争议，最终该怎么解决，该如何定夺，我着实吃不准喽！”

马梦可听王岳同这么说，她心中暗暗松了一口气。

看到朱恩目前的样子，她很心疼，她理解朱恩的执着，因为她了解朱恩的过去。

诺亚的失败是朱恩心中永远的痛，所以他对这个事业拥有近乎苛刻的追求。

朱恩现在想的不是赚多少钱，他想把世纪前沿打造成全球顶级的智能手机厂商，他的目标和野心大到让人不敢想象。

巨大的野心导致他很多想法有些超越世纪前沿的现状，他这样的想法，也势必得不到同事和投资人的支持。

毕竟，不是每个人都像朱恩这样苛刻，现在世纪前沿公司的发展一切顺利，可以说顺风顺水，在这个时候放着好几亿甚至好几十亿的钱不去挣，而去做研发中心，不得不说，这个想法太疯狂了。

连余怀这种执拗的人也不支持，更何况是投资人。

好在王岳同不同于一般的投资人，在今天这种情况下，王岳同没有站出来反对，应该说是很了不起的。

半个小时之后，会议继续。

可是双方依旧争执不下，谁也说服不了谁，最后以朱恩拂袖离场结束了会议。

办公室里，朱恩又忍不住抽烟了。

他现在的头脑其实很清醒，他一直在问自己一个问题：“你的判断真的错了吗？”

这个问题他反复问自己，然后反复思考，得到的答案都是自己绝对没有错，决定智能手机未来的一定是技术。

如果把手机智能化发展假定有一百年的历史，现在智能手机诞生仅仅几年而已，这说明现在的智能手机还很幼稚，还只是一个小孩子的玩具，就算是当前最先进的苹果手机，放在未来的某一天看，其必然也只是个超级古董。

在这样的发展背景下，要抢占先机，理念和技术就必须排到前面，必须引领风潮。在这一点上，世纪前沿公司实在是差得太远了。

梦幻江南系列手机的所有技术都是老技术，这款产品的成功是对成熟技术合理运用的成功，是营销的成功，并不是真正产品的成功。

有了这一次成功，朱恩觉得应该趁着目前的机会，立刻将所有的钱投入技术和研发之中，以最高的姿态追赶领头羊。要不然，对方本就实力强大，如果错过了这个机会，将来就会后悔莫及。

这个道理为什么余怀和杰瑞不明白呢?

杰瑞倒也罢了，这个家伙天生爱钱如命，是本能和性格使然。但为什么余怀这个家伙现在也这么迟钝，不明白自己的想法呢?

说句心里话，朱恩现在很沮丧，情绪很低落。

作为团队的领头羊，他的想法必须得到团队核心成员的支持，如果做不到这一点，他又怎么说服投资人?

投资人比核心团队更难对付，因为投资人投资的目的是为了赚钱。

要说服投资人放弃眼前的赚钱机会，这非常困难，可是现在……

朱恩不断地抽烟，他一时完全想不到对策，心中便觉得急躁，内心的紧迫感变得更强烈。

“咚，咚，咚……”一阵敲门声传来。

朱恩皱皱眉头，道：“进来吧！”

他慢慢地掐灭烟头，一抬头却看见进门的是王岳同，他微微愣了一下，立刻站起身来道：“董事长……”

随着世纪前沿梦幻手机一路凯歌，王岳同最近反倒没把精力放在这边了。方拓集团那边的李清柔毕竟初次独当一面，在掌控大局方面还略微有些欠火候，虽然整体问题不大，但是由王岳同亲自把握大局，公司的团队和业务会更稳一些。

王岳同面带微笑，冲着朱恩压压手，道："行了，朱恩！今天的事情暂时放一放吧，有道是一张一弛，文武之道，你太累、太投入的话不利于工作的开展。今天我做主了，带你出去放松一下，转一转……"

他悄悄地凑近朱恩，压低声音道："我介绍你认识一个老人，我相信你和他交流之后，一定有启发，说不定很多地方就变得通透了呢！"

朱恩抬头看向王岳同，道："董事长，这……"

"走，走，这什么？你现在大小也是一个名人了，回头你看看网络上，世纪前沿的董事长'瓜子'的粉丝很多，今年临港十佳杰出青年的提名里还有你呢！目前业界对你的关注，丝毫不亚于那些粉丝对你的关注。

"在这个时候，你就算时间很宝贵，也应该懂得适当放松。我跟你说啊，越是着急的事情，越是急不得。这个道理你会不懂吗？"王岳同道。

朱恩暗暗点头，心情略微放松了一些。的确，越是急的事情越是急不得，朱恩已经不是当年那个毛躁的小年轻了，这些年他经历了很多，渐渐地被磨掉了棱角。

今天他之所以和余怀还有杰瑞这样激烈地争论，只是因为彼此关系太不一般了，如果面对其他人，朱恩绝对不会如此不留情面的。

一想到这里，朱恩的思维一下子重新活泛了起来，当即便道："行吧，我先回去洗个澡换身衣服，晚上去放松一下！"

第四章　大人物

夜幕降临，临港的夜色分外妖娆。

朱恩今天是第一次晚上时到东山，东山是临港最高的一座山，东山公园也是临港自然环境保护得最好的公园。

对临港市民来说，周末和家人、朋友一起登东山，站在东山之巅俯瞰临港城市风景，是最好的放松和休闲。

王岳同慢慢放下车窗，扭头眯眼看向身侧的朱恩，饶有兴致地道："没想到吧，东山其实也是别有洞天的。今天我带你去的餐厅，海鲜堪称一绝，你吃过了，说不定以后就经常过来了。"

朱恩微微笑了笑，道："董事长，我对吃不怎么挑剔，如果只是吃海鲜，我肯定不会跑这么远的。"

"嘿嘿，你呀！年纪轻，功利心太重，整天只知道工作，不知道放松。其实在这里除了吃海鲜，还可以俯瞰临港的夜景。白天的话，整个临港市都能一览无余，这样的地方是不能错过的。"王岳同挑眉道。

朱恩哈哈一笑，道："董事长，我知道您喜欢这种一览众山小的感觉，在市里您就喜欢国际酒店旋转餐厅，在市外您现在选择东山山顶的餐厅，地方虽不同，但是感觉却相似。行吧，今天我便跟着您体验一下登东山而小临港的感觉。"

朱恩和王岳同两人在车里说说笑笑，很快便到了山顶。

东山山顶有一块开阔的平地，平地上建筑很多，鳞次栉比，现在这个时候，路灯的光华洒下，斑驳的树影映在马路上，使这里更显清幽和宁静。

车停在了一幢古朴的小楼前面，两名西装笔挺的年轻人从小楼中迎了出来。

王岳同从车上下来，两名年轻人立刻凑过来鞠躬道："王总，您请！"

"汪先生到了没有？"王岳同道。

"汪先生早就到了，他一直在等着见您呢！"

朱恩在一旁听到两人的对话微微愣了愣，他快步走到王岳同身边，道："董事长，您怎么不早说，嘿！"

王岳同压压手，道："没事，你放松一些。我也是今天临时收到的邀请，汪先生很随和，他还专门提到了咱们世纪前沿公司，说是想见见公司的管理层呢！"

朱恩轻轻地点点头，心中却变得有些紧张了。

千牛集团汪先生的名头太大了，朱恩以前只在电视和报纸上见过其风采，他贵为香港四大富豪之一，来内地常常是国家领导人的座上宾。朱恩万万没料到，王岳同今天晚上竟然带自己见这样一位传奇人物。

说起来，朱恩骨子里也算是心高气傲之人，可是在汪先生这样的大佬面前，他也唯有高山仰止，在内心深处，他对这位老先生是非常尊崇的。

老先生当年从内地逃难到香港，在香港的奋斗经历非常传奇。他从洗碗工做起，在从事繁重的工作之余，将所有的时间都用在读书和学习上面，硬是自学完成了夜校大学的课程。

后来一次偶然的机会，他应聘成为保险业的销售员，从销售员的工作干起，一路干到了那家公司的总经理，这个过程他仅仅用了五年时间。

拥有了丰富的管理经验之后，他开始自主创业，他的第一个项目是餐饮业，后从餐饮业转而进军酒店业，现在享誉全球的五洲酒店品牌便是千牛旗下的产业。

酒店业的成功，让汪先生有了更大的自信。从20世纪80年代末开始，他进军地产行业，进军终端零售行业，进入港口运输行业。短短几十年，千牛集团积累了巨额财富，而汪先生也跻身亚洲顶级富豪的行列。

古朴小楼很不起眼，里面却是别有洞天。

小楼后面有一个精致的花园，花园里假山亭榭装饰得非常雅致，可谓环境绝佳。穿过花园，后面便是一幢金碧辉煌的宴会厅，看这样的装修，原来这个地方竟然是一处私密会所。

兴许感受到了朱恩的疑惑，王岳同道："这里以前是私密会所，汪先生刚刚买下来，以后会面向大众经营，宴会厅会改成一家大众餐厅。我让你经常来，就是想让你多照顾一下汪先生的生意呢！"

朱恩微微愣了愣，哑然失笑道："董事长，汪先生这样的大人物，为什么收购这么一家小餐厅？这其中一定有原委吧？"

王岳同轻轻叹了一口气，道："汪先生的确对东山情有独钟，因为他去香港之前在东山住了很多年！这些年国家为了经济发展，对东山的开发太厉害了，汪先生对目前东山的情况感到很心疼，所以投了巨资准备把这一座山保护起来。他今天安排聚会，便是希望能够多拜拜码头，最好能得到临港本地企业家们的支持呢！"

朱恩恍然大悟道："原来如此，看来以后我们真得经常来，相信这里在不久的将来一定会成为临港的一张名片！"

朱恩和王岳同边说话边往里面走，走到大厅门口，他仔细观察着宴会厅里的情形。

宴会厅里面已经有一些人了，男男女女之中，男士都是西装革履，气质出众，女士都是礼服长裙，端庄高贵，显然，今天是一次很高端的聚会。

千牛集团的生意遍及几十个行业，汪先生却很低调，这样高端的聚会竟放在这种不起眼的地方，周围一家媒体都没有，恐怕是很多人想不到的。

朱恩平时结交不广，大厅中的人他基本都不认识，但是有那么几个人，他隐隐记得自己在电视上或者其他媒体上见过，有点儿眼熟。由此可见，他们一定都是临港商界颇具分量的人物。

所谓谈笑有鸿儒，往来无白丁，以汪先生的身份，能被他邀请参加今天聚会的人又岂能一般。

相对他们来说，朱恩倒算是不速之客，不请自来了。

“王总！”

王岳同进门的时候，很多人都认出了他，立刻便有几个人凑了过来。

王岳同脸上挂着笑，和他们一一握手，冷不丁听见一个声音响起：“哎哟，这不是王叔吗？您可来了呀，爸爸等您很久了呢！现在外面关于王叔的传言可多了，有说什么千牛容不下王叔，王叔被逼离职，一气之下北上单飞。

“嘿，这事我当初也不知情，还以为是我做错了什么。后来一问爸爸，才知道原来是王叔志向远大，铁了心一定要在内地干一番大事业呢……”

朱恩凝神看过去，在人群后面，站着一名高挑的青年人，看其装束，虽然穿着西装，西装上面流光溢彩，但是整体上给人的感觉很阴柔。

王岳同笑容很淡，他看向青年，踱步走过去，伸手拍了拍对方的肩膀，道：“三公子，就你听的传言多，我怎么一个传言都没听到？再说了，传言不实，不能相信！

“我呀，就是看中临港是个养老的地方，说起来我也算干了一辈子了，现在找个地方安度晚年而已……”

被称为三公子的青年，便是汪先生的第三个儿子汪尚飞了。

汪先生的家庭比较复杂，在男女问题上，汪先生算是一个风流人物，他有三个太太，而且三个太太都还在世。

三个太太一共生了五个儿女，这样的家庭构成必然复杂。

尤其是近几年，汪先生身体上出了一些状况，汪家内部的明争暗斗便愈发激烈了。

三公子汪尚飞是二太太所生的独子，相对来说比较孤立，这几年他主要负责千牛集团在内地的业务，和王岳同的交集很多。

王岳同下定决心将方拓从千牛集团剥离出来，其中最重要的原因，就是汪尚飞企图干涉方拓的经营。

因为这件事，王岳同和汪尚飞之间结的梁子不小。而站在汪先生的角度，他自然也知道一些端倪。

所以，自从王岳同独立门户之后，汪先生对汪尚飞的态度一度很冷淡，让汪尚飞在几个兄弟姐妹之中的地位大不如前。因而今天在这个场合两人碰了面，汪尚飞自然忍不住要讥讽一番。

不过在王岳同面前，他毕竟只是小辈，王岳同是和他老子一起打天下的人物，是千牛集团著名的十八罗汉之一，汪尚飞的讥讽，被他轻描淡写地化解了。

汪尚飞脸色一沉，却不想就这么结束，当即道："王叔，您太谦虚了，我听说您现在在内地干得很不错，那个……方拓通信对吧，我听说您还进军了手机行业呢！

"这可是高科技行业，我也一直在关注，希望能有机会玩一玩高科技，今天王叔您既然来了，一定给我指点指点，好不好？"

第五章　如狼似虎

朱恩面对的场面略微有些尴尬，因为王岳同明显被汪尚飞缠住了，汪尚飞自诩了解内地，他是拿王岳同去年进军智能手机的项目说事呢！

方拓通信进入智能手机行业铩羽而归，在临港商界不是秘密。

尤其在港商这个圈子里面，王岳同的手机项目亏损严重，很多人都有所耳闻。

可是，他们毕竟没有汪尚飞了解情况，汪尚飞今天不依不饶，硬是把去年王岳同项目上出现的种种问题给曝得清清楚楚，尤其是后来方拓遭遇大规模退货的时候，一天之内遭退货的手机达到十万部。

那些手机通过运营商搞0元购机，捆绑销售都甩不出去，最后王岳同被逼将新手机拆卸，用处理废品的方式将手机处理掉，这事儿王岳同现在提起来依然心疼。

汪尚飞分明是哪壶不开提哪壶，经过他这般夹枪带棒的一番爆料，王岳同的老底都泄出去了，很多人看向王岳同的眼神便不一样了。

今天来的港商很多，其中不乏和王岳同感情很深的人，有几个人凑过去，其中一个戴金丝边眼镜的老者道：

“老王，去年你那个项目亏损那么厉害吗？哎，内地的市场很不好搞呢，尤其是智能手机这个行业，很多人都盯着呢，高科技行业不好弄。现在的技术和专利都是国外垄断的，你进入这个行业，从一开始就只能跟在别人屁股后面模仿，哪里能做得长远？

“老王，听老兄弟一句劝，你还是要把握自己的优势产业，稳步推进，过于急功近利不是咱们这些老头子的风格，是不是这样？”

王岳同脸上的笑容不减，道：“邹总说得很对，请邹总放心，我现在的经营还过得去，不至于血本无归！”

汪尚飞在一旁哈哈一笑，道：“王叔，您有这个自信就好。我可听说您今天和爸爸见面还是要谈手机项目，嘿，您玩高科技，我们千牛可玩不了。这些年我们的业务已经固定了，只怕爸爸也不会轻易地改变自己的投资初衷哦！”

王岳同眯眼盯着汪尚飞，因为汪先生的原因，王岳同向来对几个公子态度都很客气，毕竟不看僧面还得看佛面。

不过今天，汪尚飞挑衅得有些过了头，泥菩萨还有几分火气呢，更何况王岳同这种身份的人物。

他微微皱眉，道：“三公子，汪先生经常给我们说要先修身、齐家，而后才可以治国、平天下。我和三公子差不多一年没见了，三公子这一年事业怎么样我不太清楚，不过从修养上来说，我看滑坡有点儿大。

“年轻人，不懂尊卑，不明长幼，在长辈面前嚣张跋扈、盛气凌人，在这样的场合是很丢人现眼的。”

王岳同一生气，加上他久居高位，身上自有一股威严，他目光严厉地扫过汪尚飞，冷冷地道：“你叫我一声王叔，我今天便说你几句，如果换作其他年轻人，我直接一个嘴巴子甩过去再说话。

“还有，今天我来见你父亲所为何事，你真的搞清楚了吗？没搞清楚就不要胡乱揣测，我的生意失利你可以大肆宣扬，你父亲的想法你在不知道的时候可别乱放厥词，回头吃亏的是你自己！我这么说是为你好，听明白了吗？”

汪尚飞被王岳同训斥得面红耳赤，一时下不了台。

周围的很多人也都傻了眼，大家谁也没料到，王岳同的脾气竟然这样的耿直，汪先生的儿子是什么身份？在场的人谁敢得罪？

现在王岳同却如此地严厉训斥汪尚飞，不由得让大家大跌眼镜。

千牛“十八罗汉”中的王岳同以耿直敢言成名，今天他的表现果然不负盛名。

汪尚飞被王岳同训得话都说不好，一双眼睛之中流露出的尽是怨恨之色，显然王岳同让他在这么多人面前丢了脸，他已经怀恨在心。

不过，今天这个场合有汪先生在，汪尚飞也不敢把事情闹大，毕竟这事儿闹到了他爸爸那里，吃不了兜着走的一定是他。

“哈哈，精彩，精彩，王叔一席话真是让人振聋发聩啊！”安静的大厅，突然有人拊掌说话。

朱恩应声望过去，看到一名四十多岁的中年人，看模样微微有些胖，头发使劲往后梳着，一丝不苟，看上去很气派。

他满脸堆笑着凑到王岳同面前，低头道：“王叔，您大人大量，老三的性子是过于急躁了，这几年他都在内地，没怎么在老爷子身边待着，也搞不清老爷子身边的状况。

“他说的有些话是不明内情，信口开河，您甭跟他计较，好不好？”

这家伙笑眯眯的样子给人的感觉很实在，可是听他说的话，表面上是在为汪尚飞开脱，其实却是在说汪尚飞现在处在集团边缘，人都待在内地，对集团决策层面的事情一无所知呢！

朱恩一瞬间明白，这个人一定也是汪先生的儿子。

看到这个场景，朱恩有些理解王岳同的选择了，作为和汪先生一起打天下的“臣子”，在千牛集团每天要面对汪先生这么一群如狼似虎的儿子，关系的确是有些难处理。

汪先生也是的，自己英明一辈子，到了老年光景，儿女却不安生，以后还不知要闹出多少事端呢！

王岳同伸手和对方握握手，道：“大公子，你我好几年没见了吧，没想到啊，你终究还是从美国回来了，好！回来就好！”

被称为大公子的中年人抬手道：“王叔客气了，老爷子等您很久了呢，他要请您饮茶！”

王岳同点点头，回头冲着朱恩招招手，道：“小朱，我们过去看看。”

朱恩跟在王岳同身后，两人穿过宴会厅，景色又是一变，宴会厅后面又是一个小花园，对着小花园有一处十分安静的会客室，此时会客室里面已经坐了很多人，很热闹的样子。

而在人群之中，朱恩一眼便锁定了坐在主沙发上的老人。

看这老人，清瘦硬朗，脸上挂着很亲和的笑容，他的头微微地侧着，似乎是在聆听旁边的人说话，神情非常专注。

大公子引领着王岳同二人一直走到会客室的门口，然后他低头迈步走进去，快速走到老者身侧，低头和老者说了几句话。

老者“啊……”了一声，迅速抬起头来，一眼就看到了王岳同。

王岳同则明显有些激动，他快步走进去，走到老者身侧，道：“老板！”

老者慢慢地站起身来，朱恩才看到老人的腿脚似乎有些不好使，站起来的过程有些艰难，他的手似乎也有些发抖。

这位大佬朱恩以前只在电视上看到过，在电视上看到的汪先生，即使已经步入老年，给人的感觉依旧是儒雅潇洒的，他没想到现实中看到老者时，却已然是这副模样了。

岁月不饶人啊，朱恩一直认为汪先生和王岳同的年龄也许差不了太多，现在看来，两人至少相差十几岁，大名鼎鼎的千牛集团董事长汪先生真的老了。

“岳同！”汪先生紧握着王岳同的手，另一只手也搭了上来，用力地摇了摇。

王岳同的手也搭了过去，有些动情地道：“老板，您来临港怎么不事先打个招呼呢？您早打招呼，我怎么也要安排好接待，嘿，现在我这是觍着脸上门，很尴尬啊！”

老人哈哈一笑，道：“你还用和我客气吗？你看看这一屋子都是咱们自己的人。今天我跟他们说了，就自己一帮人聚一聚，吃一顿饭。可是现在咱们不一样了啊，阔了啊，就算是自己一帮人聚个会也不容易。

“你看这内内外外的，人多喧闹，真是让人不得清净。

“这样啊，稍后先吃饭，吃饭之后你不能立刻走，我们找个安静的地方说说话！”

“好，好！一定，一定！”王岳同点头道，他扭头看向朱恩，道，“小朱，这就是汪先生了。”

朱恩快步走上前，十分客气地道：“汪先生，您好，我姓朱，叫朱恩，很荣幸能够见到您！”

老人扭头看向朱恩，他的一双眼睛瞬间变得明亮了起来，道：“这么年轻啊？”

王岳同在一旁道：“是呀，很年轻，但是本事不小，去年他的公司帮股东实现了十倍的投资回报率。老板，不瞒您，这几年我就是跟他们一帮年轻人在一起厮混，要说赚钱我肯定不行，但是心态却年轻了。要想保持年轻，和年轻人混在一起是个好办法呢！”

老人眉头一挑，饶有兴致地道：“真的吗？哈哈，那好，那好！你这个经验我也要学一学。不过现在的年轻人啊，有很多过于浮躁了，我看小朱应该不错，难怪这么有作为！”

朱恩被老人夸得有些不好意思，忙道：“汪先生您太客气了，我们这些后辈还很不成熟，今天董事长带我过来，就是想让我见一见世面，向前辈们多学习，您这样夸我，让我觉得脸红得很呢！”

第六章　豪情万丈

正如汪先生所说，会客室人很多，但都是自己人。

千牛集团家大业大，在座的好几个老家伙都是十八罗汉中的人，他们和王岳同是多年的铁兄弟，同时也是千牛集团的元老。

除了这些人，汪先生的三个太太，还有五个子女中的四个都在这间会客室。

汪先生的五个子女，除了三公子汪尚飞之外，还有大公子汪尚志、二公子汪尚云、大小姐汪晓岚和二小姐汪晓卿。今天除了二公子汪尚云之外，其他四个子女都在这里。

会客室很热闹，王岳同被老先生拉在他身边就座，朱恩也跟着王岳同坐在了老先生的另外一侧，对这样的安排朱恩觉得不合适。可是汪先生压压手道："年轻人，今天你和岳同是贵宾，你们不坐他们都不好坐。还有，不瞒你说，年轻人，我很多年没有回过内地了，如果不是岳同铁了心一定要在临港发展，我也不会选择在这个时候来临港。"

听老人这么说，朱恩便不好再推辞了。

坐下之后，汪先生竟然扭头到朱恩这一边，指着会客室的另外一边，道："你知道那一边拉开窗帘是什么样子吗？"

朱恩微微愣了一下，摇了摇头。

汪先生一笑，抬手道："把窗帘打开吧！"

两名西装笔挺的侍者走过去按下了电动窗帘的按钮。

窗帘缓缓地往两边推开，映入众人眼帘的是灯火辉煌的临港城，整个临港市区，坐在这间会客室竟然能够全部收入眼底。

下意识地，朱恩站起身来，虽然他知道在东山之上可以俯瞰临港，但是他没有料到，在东山山顶还有这样一间房子，这一间房子拉开窗帘便能完全将临港纳入视线之中。

不得不说，以这样的视角看临港很震撼，因为繁华的临港市在这一刻给人的感觉其实很小。

似乎只要往前走一步，一脚便可以把临港市踏入足底，这种感觉让人不由自主地滋生出一股很强烈的豪情。

古有孔夫子登东山而小鲁，今天这座山也叫东山，登上东山，临港见小了。

汪先生再一次看向朱恩，笑道："怎么样？年轻人，感觉如何？"

朱恩点头道："很震撼，我从来不知道东山上还有这么一处所在呢！"

汪先生轻轻地叹一口气，道："我很小的时候，这一带什么都没有，这个地方我三四岁的时候就发现了。那个时候环境很艰苦，我的父母根本没有时间照料我们那一帮孩子。

"所以我大部分时间都只能待在这一带，而最多的时候就是坐在这里看临港市。

"那个时候的临港市和现在比不了，但是也很美。后来我去了香港，慢慢长大成人了，对内地印象最深刻的便是这个地方，因为小时候我经常站在这里看远方，其他的事情我都记不清了……"

说到这里，汪先生言语唏嘘，说不出的感叹："游子思乡，却又近乡情怯。改革开放之后，我多次到内地，也很多次到临港，却没有一次登东山。我是怕登了东山让我失望呢！

"嘿，还是岳同厉害啊，去年他狠下心从千牛出去了，自己独立门户成立了公司，他的做法给了我很大的震撼。我思考了一年，今年年初我让人来东山，恰好东山这边这一处会所要转让，我便直接买下来了。

"变样了呢，以前这里是荒山，现在变成了公园。我第一次到这里来，觉得这里的变化可谓天翻地覆。而临港城市的变化和我儿时的记忆比起来，也是天翻地覆！”

汪先生慢慢地站起身来，环顾四周，认真地道：“我为什么要带你们到这里来？我告诉你们，并不是我带你们帮我缅怀过去，我是要告诉你们，祖国的发展一日千里，祖国已经不是以前贫弱落后的国家了。

“最近几十年，我们的国家经历了天翻地覆的变化，变化究竟有多大，语言表述很苍白，我们只需站在这里眺望远方，便可以将这一切变化了然于胸。

“我们千牛集团最早在香港起家，历经几十年的发展，勉强算是取得了一些成绩。但有道是三十年河东、三十年河西，如果我们的思维一成不变，我们的事业一定会进入停滞的状态。

“泱泱大势，顺之者昌，逆之者亡，现在我们的大势是什么？”

汪先生的目光从在场所有人面前扫过，他的目光没有了先前的柔和，而是变得非常锐利，眼神中似乎拥有洞察人心的力量。

在场所有人都站起身来，鸦雀无声，大家都听着老先生的训话。

“老大，你说说大势是什么？”

被点了名的汪大公子汪尚志定了定神，道：“爸爸，我觉得您说的大势是指开拓进取，我们集团这些年守成有余，进取不足。我们唯有不断开拓进取，才能让千牛集团屹立不倒……”

老者微微皱眉，扭头看向朱恩，一笑道：“年轻人，你觉得是什么？”

朱恩抿了抿嘴唇，道：“恭喜汪先生，千牛集团进军内地的冲锋号、今天您亲自吹响了。”

老者微微愣了一下，仰头哈哈大笑，道：“嘿，后生可畏啊。不错，当今大势便是国家的兴盛，内地的飞速发展。我们千牛从无到有，从弱到强，当年是赶上了香港高速发展的那一波风潮。

“现在，今天，我们千牛要继续发展、要继续进步，离不开内地经济的腾飞。

“这么多年以来，我们一直都没有走出这一步，我们有太多的考量，有太多的顾虑，我们不是当年的千牛了，患得患失已经让我们错失了很多的机会。所以，今天我宣布，千牛集团以后要把内地市场作为重中之重。

“经过了这几年的铺垫，时机已经成熟了，伙计们，同事们，让我们把握契机，大干一场吧！”

汪先生的话说完，全场爆发出掌声，朱恩也忍不住鼓掌。

他没有料到汪先生看上去老迈，一旦讲话，却能瞬间迸发出这样的激情。

在这一刻，谁敢说汪先生老了？他给人的感觉分明豪情万丈呢！

众人重新坐下，气氛渐渐地放松了，这个时候外面的宴会已经准备就绪了，汪先生站起身来，带领大家一同出了会客室，进入宴会大厅。

宴会大厅里面，灯火辉煌，各路来宾已经按照安排纷纷就座了。

汪先生一出现，会场气氛出现了高潮，大家都站起身来鼓掌。

朱恩见到这种情况，不由自主地往后退了一步，谁知汪老先生扭过头来，伸手抓住朱恩的手臂，道：“年轻人，怎么了？嫌弃我老头子吗？今晚你和岳同哪里也别去，就待在我身边吧！”

朱恩只好紧跟着他，这个举动引得周围的人纷纷侧目，尤其是汪尚飞，他的脸都有些绿了。

他和王岳同闹矛盾，可以说没捞到一点儿好处。

王岳同从千牛集团出去自立门户之后，在香港各种传言风起云涌。

起初汪尚飞还很得意，因为这些传言大都是指向王岳同的，有说王岳同和汪先生之间闹了矛盾，一气之下拂袖而去。

有说王岳同受到了内地某集团的诱惑，抛弃了香港的公司，只身北上的目的是求财。

在汪尚飞看来，王岳同离开千牛，从此以后千牛在内地这一边的市场，便由他一人全权负责，他的权力会强很多。由于他对内地市场的熟悉，父亲也一定要重用他。

可是事实证明他是大错特错，王岳同的离开在老头子看来，都是因为汪尚飞搞了幺蛾子。

老头子最是重兄弟感情，汪尚飞在这方面搞了幺蛾子，几乎是不可原谅的，所以王岳同一走，老头子立刻便将汪尚飞打入“冷宫”，名义上还是让他负责内地。可是暗中，这一块工作是老头子亲自负责的。

这样，汪尚飞等于被架空了，总部他回不去，在内地他又失去了展露才华的空间，所以这一年多，他日子可不好过了。

今天，王岳同作为一个外人重新回到千牛集团的团队之中，老头子既往不咎也就罢了，反倒给他如此礼遇，汪尚飞越想越不爽。而当老头子拽着朱恩的胳膊这一幕出现在他面前，他的不爽达到了顶点。

王岳同随便带回来一个什么阿猫阿狗的，老头子都另眼相看，自己作为他的亲儿子，却被他如此冰冷地对待，真是岂有此理！

一想到这些，汪尚飞脑子里就忍不住要酝酿歪主意，这一次王岳同回来一定是为了钱，老头子这一关，自己得把住，绝对不能让他得逞！

第七章　私人投资

宴席散去，时间已经过了晚上十点。

汪先生喝了不少酒，看上去已经有些疲惫。

两位太太扶着他去书房休息，朱恩凑到王岳同身边，道：“王总，我们可以走了吗？”

王岳同也有些拿不准，就在这时候，汪先生的三夫人笑吟吟地走过来，道：“岳同，老头子在书房让你们过去呢！”

王岳同道：“慧玲，老板喝了这么多酒，先前又舟车劳顿，要不我们明天再过来？”

三夫人摇摇头，苦笑道：“岳同啊，老头子是什么性格，你还不了解吗？他是今日事今日了，他安排了要和你说话，就一定得和你说话。在这一方面，谁也劝不住呢！”

她顿了顿，道：“不过，你稍后倒可以言简意赅一些。这一次来内地，医生没跟着来，我就担心老头子的身体。”

王岳同点点头道：“我知道！”他回头看向朱恩道，“小朱，我们进去！”

汪先生新买的这一处会所麻雀虽小，却是五脏俱全，就在刚才的会客室旁边便有一间书房。

书房有点儿小，很拥挤，里面摆满了书。

明亮的灯光下，微醺的汪先生正站在书桌前面挥毫泼墨。

洁白的宣纸上，已经写了一幅字：“敢为天下先。”这几个字飘逸潇洒，却又不失苍劲有力，真的是好书法。

看到王岳同两人进来，他将笔顿住，招手道：“岳同，你看看这幅字还满意吗？”

王岳同道：“老板您的字千金难求，您这一幅作品，在我看来更算得上是近期佳作，我很喜欢。”

“嗯！”汪先生轻轻点头，眼睛看向朱恩，道，“你既然这么说，看来也不算太差。我和小朱今天是初次见面，送其他的见面礼都不是很恰当，年轻人嘛，正是开拓进取奋斗事业的时候，我就送一幅字，聊表一下心意吧！”

朱恩愣了一下，很是感动地道：“汪先生，您……您真是太客气了……您说这幅字是送给我的？”

朱恩盯着宣纸上的墨宝，他真的很喜欢这幅墨宝，更多的却是感触。

汪先生如此注重礼节，给自己这样一份重礼，自己何德何能？由此一点就能看出，汪先生能有今日的地位和成就，其在为人处世方面的确很有一套，值得年轻人学习。

三人闲聊了一会儿，汪先生请两人落座，他亲自冲茶，喝了几杯茶之后，他才道：“岳同，你现在投资的世纪前沿公司很了不起啊，我听说你们今年赚了不少，嘿，看来你们是找对路子了。这很好，你能有新的事业，我很高兴。”

王岳同道：“托老板的福，去年我亏得够惨，后来有幸认识了小朱。他是智能手机行业的资深人士，在业界拥有广泛的人脉资源，对整个行业有我们无法企及的深刻认识。

“我和马梨两人一共投资四千万，他领导创业团队重新开展项目，一年的时间，他们团队赚取的利润已经到了五个亿，应该说这样的投资回报率，在目前智能手机行业是首屈一指的。”

汪先生点点头，王岳同又道：“不过，老板，我们还是有很多隐忧的。今天我过来，其实就是想请教您的……”

王岳同将目前世纪前沿公司的团队、资本、技术、营销，以及人才等各方面的情况，向汪先生介绍了一下，尤其是近期公司取得成绩之后，朱恩坚持要大力投入建立研发中心的想法和计划，王岳同着重说了一些。

一家公司从无到有，从几个人到现在的几百人，从最初的几千万到现在几个亿的利润。在短短几个月的时间内完成这样跨越式的发展，在这个过程中，肯定会遇到各种各样的问题和挑战。

对王岳同来说，他摸爬滚打大半辈子了，应付这些问题和挑战已经有了十分丰富的经验，可他今天依旧把这些事情向汪先生汇报，态度谦虚诚恳，显然之前很多年他都是这样做的。

朱恩坐在一旁，他的心情颇为复杂。的确，在目前的情况下，他是很难说服投资人和团队的。

世纪前沿经过梦幻手机的洗礼之后，现在已经开始在业界崭露头角，如果现在立刻继续推进项目，世纪前沿的资本会像滚雪球一样迅速壮大，也许明年的今天，公司的利润就能有几十亿。

面对如此大的诱惑，现实中有几个人能够抵抗？朱恩不能指望所有人都和他一样可以执拗到放弃唾手可得的利益。

然而，让朱恩忧心的是如果他妥协了，世纪前沿就会失去最好的战略机会。很多事情最初都是看不清的，而一旦等看清了再去实施就迟了。

比如说智能手机技术研发这一块，现在所有的厂商都热衷于搞营销、搞概念，对于手机技术的研究投资很少，就算是有投资，他们的重心还是放在对智能手机系统的改良和优化上。

在手机硬件技术和专利上面，国内手机厂商根本就没有这方面的意识。

朱恩觉得现在是世纪前沿积累技术最好的时机，如果再等下去，一两年之后，当智能手机市场开始重新洗牌的时候，那些拥有技术积累和专利积累的厂商，已然在洗牌中抢占高地，等那个时候，世纪前沿的前景就不容乐观了。

现在的机会稍纵即逝，时不我待，可是公司内部的分歧却凸显了出来，朱恩的想法得不到支持。

“怎么办呢？

“需要妥协吗？如果要妥协，该怎么妥协？”

朱恩觉得自己必须得解决这个难题，必须要在赚钱和企业战略上面找到平衡点，要让团队、投资人方方面面都能接受，最后才能付诸实施。

对朱恩来说，他其实不擅长这方面，作为一个凡事追求极致的人，朱恩大部分的时候情商都正常，唯有对自己的目标极度专注的时候，他的眼中是容不得一粒沙子的。

“小朱，你要准备融资吗？”不知过了多久，汪先生突然扭头看向朱恩。

朱恩微微愣了一下，认真点头道：“汪先生，我的确有这样的想法。我想快速融资，然后大力投入成立研发中心，时间对我们来说很宝贵。智能手机是互联网的未来，技术和专利的积累是终极的核心竞争力，在这个时候，我们要行动了。”

汪先生不置可否地点点头，端起茶杯细细抿了一口，对王岳同道：“岳同，你是怎么看的呢？”

王岳同笑了笑，道：“不敢瞒老板，我对投资成立研发中心不反对。但是现在公司处在赚钱最好的时机，我们第一款产品大获成功，这个时候也正是趁机积累原始资本的最好机会。

“站在现实的角度来看，我们不能放弃推出新产品、展开新营销，我觉得小朱的做法过于极端了。”

汪先生轻轻叹了一口气，道：“是呀，过于极端了，难道就没有两全其美、左右兼顾的办法吗？”

朱恩苦笑道：“汪先生，您可能不知道，现在公司刚刚创立，团队的每个环节都很薄弱。如果我们立刻投入成立研发中心，势必就会在目前新品的推出上面无法做到尽全力。

“而且我的想法是，如果产品没有创新，没有进步，新产品仅仅只是换个手机外壳，或者是改变一下外形，这样的产品没有必要推向市场。

“的确，我们的营销很有特点，营销团队也很优秀，但是我觉得做实体经济，不能搞过度营销。我们的根本还是在产品，我们的产品不能只是自吹自播，然后让用户三人成虎，迷迷糊糊成为我们的客户。而是要让客户用过产品之后，打心底里觉得好，然后帮我们介绍、推荐，唯有如此，我们的产品才有生命力。”

汪先生微微闭着眼睛，一语不发，似乎已经沉沉睡去了。

书房很安静，安静到落针可闻。

王岳同凑到汪先生身边，压低声音道：“老板，今天时间不早了，要不我们明天再来拜访您？”

“唔！”汪先生睁开眼睛，盯着王岳同问道，“怎么就这么急吗？我的身体我知道，不用你操心。”说到此处，他微微顿了顿，眼睛看向朱恩，道，“小朱，你们的融资想法是怎样的？目前公司的估值大致是多少？”

朱恩抿了抿嘴唇，道：“我的想法是融资四到五个亿的资金，目前公司我给出的估值是四十亿。我们前几天和IDG有过接触，他们认为我们的估值有些过高了，但是还是希望和我们保持进一步的接触，因为现在公司内部意见还未能统一，所以这个事情处在搁置的状态。”

汪先生皱皱眉头，嘀咕道：“这群资本家，是要吃人不吐骨头吗？小朱，你看这样行不行？你的公司我给你估值一百个亿，然后我以个人名义投资十亿人民币，占公司百分之九的股份。

“还有，我完全同意你的想法，如果你成立研发中心资金不够，我还可以投入更多的资本支持你……”

第八章　泱泱大势

朱恩呆立当场，半晌说不出话来。

他就那样盯着汪先生，好久，终于吐出一句话："为什么呢？"

是啊，为什么呢？这就是朱恩内心的真实写照。

世纪前沿公司仅仅成立一年而已，目前公司还很小，利润不过四五亿。而且这样的利润还不能百分之百每年都有保证，这样一家公司估值四十亿，已经是朱恩很自信的估值了。

可是汪先生却直接给了世纪前沿百亿估值，而且还表示在这个高估值的基础上再投资十亿人民币，他是哪里来的信心？

不只是朱恩心中惊讶，一旁的王岳同也难掩震惊，他看到朱恩发呆的样子，便凑到汪先生跟前："老板，您……您要投资我们公司吗？"

汪先生认真地点头道："不错，岳同，而且我是以个人的名义来投资，这家公司我参股之后和千牛集团没有关系。除了我自己之外，其他任何人也不能代表我行使股东的权利。

"哎，有些事情你是懂的，小朱可能不懂。"

王岳同点点头，道："老板，您现在的苦恼我能懂，但是我们公司……"

汪先生压压手，道："你们公司的所有资料我这里都有，你们从公司成立到产品获得巨大成功，这中间发生的每一件事，事无巨细，我都知道！"

他边说，边拉开书桌下面的抽屉，从抽屉之中拿出厚厚的一沓材料出来。

朱恩从他手中接过材料，仔细一看，脸都白了。

汪先生收集的关于世纪前沿的资料详细而具体，世纪前沿公司从团队构成到产品研发，到动用论坛的力量搞粉丝互动，到后面产品成型发布营销，等等，所有的经营细节，资料之中全都有记录。

这么详细的记录，就算是朱恩自己来完成，恐怕都不是一件容易的事情。

渐渐地，朱恩的脸都变白了，惊出了一身冷汗。

王岳同也凑过来看这些东西，看过之后，他和朱恩对望一眼，终于，他笑了笑道："老板，不服不行啊，我没想到您竟然做了如此详细的功课。嘿嘿，我一直还当我们公司很隐秘，不为外界所知呢。看来对真正的有心人来说，世纪前沿早已经没有秘密了。"

汪先生淡淡地笑了笑，摇摇头道："不，不，在没有见到你们两个人之前，通过这些材料来看，你们公司并不值太多钱。一家公司能在一年之内从四千万做到百亿，应该说很了不起，但是仅仅只是了不起而已。

"然而刚才你们之间的一次争论，却让我觉得世纪前沿将来可能会成为一家伟大的公司。"

汪先生说到此处，站起身来用手指了指窗外，道："岳同，你是知道的，我有个习惯，就是喜欢登高望远。这些年，我这个习惯影响了很多人，包括你应该也受到了我的影响。

"我总觉得，作为一个生意人，除了要追逐现实利益之外，心中怎么样也得有诗和远方，登高望远，看的便是远方！

"你们的公司将来能走到什么位置，不是市场决定的，而是你们创业开始的时候就在某种程度上决定了。小朱的想法让我震撼，这个年轻人了不起呢！

"他能够对眼前数亿甚至数十亿的现实利益置之不理，一门心思地想要把工作做到世界第一，做成行业的引领者，这样的创业者比黄金都珍贵！"

说到此处，他顿了顿，又道："我经常跟你们说，赚钱很容易，成就事业很困难。东一榔头，西一棒的，跟风很容易，做行业的引领者、做行业的第一名很困难。

"这么多年，我们千牛为什么进步迟缓？我想归根结底还是我对事业的追求过于苛刻了。

“我们酒店做到了香港第一，我才想去拓展码头业；我们的港口码头做到了全港第一，我才想到去拓展零售业。这样一步步走，走得很慢，好像也很苦，但是走得踏实，实在。

“任何一个行业，行业第一永远不愁没钱挣。很多时候这个行业能挣多少钱，怎么挣钱，不是市场决定的，而是行业的第一名来决定的。

“就像现在的智能手机行业，最挣钱的苹果你要让它不那么挣钱都很困难，而国内的很多手机厂商，要挣一分钱都千难万难，这就是差别。导致这种差别的原因，如果去深究，我们会有很惊人的发现。

“苹果公司埋头研发、默默无闻甚至被人诟病的时候，国内品牌正在 PC 机上大赚特赚。苹果人家积累了这么多年，一朝爆发推出新产品，就是他们多年技术积累、精心打造出的产品，世界上独一无二，全世界用户体验第一。

“在这个时候，你看到人家火了也跟着做手机，招聘几个技术员便当作研发部，投一个亿搭个草台班子便认为那是研发中心了，短短几个月时间搞出一款机器推向市场，便认为那是了不得的产品了。

“你们想想，这二者能够比吗？”

汪先生侃侃而谈，他说话的时候整个人显得特别精神，而他言语的字里行间都能给人很强的说服力，而他的观念则更是发人深省，让人震动。

朱恩听得激情飞扬，热血沸腾，道：“汪先生，您说得太对了，听您这席话，令我的信心更加坚定了。不错，一家公司不能沉下心，不能耐住寂寞，永远不可能成为伟大的公司。

“这个世界的节奏太快，人们缺乏耐性，似乎每时每刻身后都有一根鞭子在抽。投资人今天投了钱，明天就希望有收益。公司今天上马了项目，只盼望明天就能大赚特赚。

“这样的急功近利导致的是人心浮躁，导致的是整个制造业的高度重复，人人都热衷跟风，每个人都想赚快钱、捞偏门，这样的心态最多能得到部分金钱，永远不可能成就伟大的事业。”

汪先生笑了笑，点头道："嗯，我们这样说，不懂的人就认为咱们在说大话、空话，哎，这也是我之前踟蹰不前，不愿意让集团业务进军内地的原因。我怕他们把路走歪了、走邪了，以后千牛集团就会彻底没落。

"可能是我多虑了，最终我还是走出了这一步，泱泱大势不可挡啊，未来的世界经济在内地。"

王岳同道："老板您不用担心，千牛集团的运营已经很成熟了，集团的文化也是您亲自打造的，这样的公司能够禁得起风吹雨打。我相信千牛全面进军内地，不久便能捷报频传。"

"好！好！岳同啊，借你吉言。对了，刚才我投资的事情，目前这还是我单方面的意向，我希望你们能够充分给予考虑。在我眼中，你们世纪前沿前途无量，就算是现在，也足够估值百亿。"汪先生认真地道。

朱恩脱口道："汪先生，我以世纪前沿董事长的身份表态，我们决定引进您的投资，回头我立刻安排人起草备忘录。而且，我们考虑在合适的时机把这一次融资和合作对外公布……"

说到这里，朱恩顿了顿，道："我们需要您的资本，更需要您的智慧。我之前脑子里想的很多事情，都只是零零碎碎、不成体系的想法。可是跟您聊过之后，我对这些想法更自信了，这种感觉实在是太好了。

"所以，对像您这样的投资人，我根本没有办法拒绝……"

王岳同道："老板，谢谢您的十亿资本。您放心，这十个亿的资本，将来会变成百亿甚至千亿的回报。在全港您不是最有钱的人，但是您却是最有眼光的人，您看中了咱们世纪前沿，我们不成就一番大事业都不行呢！"

"哈哈！"汪先生哈哈大笑，摆摆手道，"好了，你们就别追捧我了，既然这件事确定了，我们今天的谈话就可以结束了。我还准备在临港待三四天，我们的投资就在这几天敲定吧。

"我再一次强调，这一次投资是我个人的投资，和千牛无关。现在有几个兔崽子不安分，总喜欢打着我的旗号在外面发号施令，在这个项目上，岳同啊，你要把好关，让那几个喜欢发号施令的兔崽子闭嘴！”

王岳同愣了一下，尴尬地一笑，朱恩也有些尴尬。

汪先生说的兔崽子自然是汪尚飞几兄弟，涉及汪家的家事，朱恩和王岳同怎么表态都不合适。

不过，对朱恩来说，这件事根本不是问题，因为在世纪前沿的公司章程之中，公司的一切事务只能由朱恩和他的团队主导，投资人绝对不能干涉公司的正常经营。

第九章　长足发展

一次东山之行敲定了十亿融资，还帮朱恩解决了一大难题，这样的经历实在像梦幻一般，感觉特别不真实。

而回过头来细品这个过程，朱恩却是收获良多。

汪先生的气度和做事风格的确非常人所及，难怪他能够白手起家，成就如此大的事业。

朱恩对汪先生最深的印象，便是老人家做事非常认真仔细，看似轻描淡写的背后，其实是下了非常大的功夫的。

就像千牛进军内地市场这件事，当天在东山的会客室，他宣布的场景是那样的震动人心，那一刻，汪先生就像是一名指挥千军万马的将军。

可是，仔细想想在这一刻风采的背后，其实是千牛集团多年的论证和尝试，这个决定一点儿都不草率，是经过无数次论证后做出的。

还有，汪先生给世纪前沿估值一百亿，而且在一百亿的估值外，他愿意投资十亿支持世纪前沿公司的发展。

当时朱恩听到这几句话时，整个人脑子都处在短路的状态，因为这样的表态实在让他难以置信。

后来仔细想想，汪先生做出这样的表态也并非偶然，他已经在世纪前沿公司身上做了大量的功课，可以说朱恩的公司在他眼中已经没有任何秘密了。

在这种情况下，他对世纪前沿的未来和发展高度认同，所以直接给出了一个让朱恩无法拒绝的价格。

这一点真是很高妙啊，妙处真是让人回味无穷。

仔细想想世纪前沿公司，这一家公司如果真的能补上技术和专利的短板，前途真的是无可限量的。

如果这家公司能够成功，现在对这家公司估值千亿都不算多，如果这家公司最终失败了，现在估值十亿也算多了。

在汪先生的生意理念之中，投资就是看人，只要看准了人，便敢于做决断。

如果真是按照四十亿估值来投资世纪前沿，朱恩一定会仔细考虑公司的股权结构。

可是汪先生开口就是百亿估值，直接让朱恩放弃了这个环节，最后他得到百分之九点多的股份，成为目前公司的第三大股东。这个过程干净利落，但是从未来看，他觉得这一笔投资很值。

这个过程蕴含了汪先生很深的经营智慧，那种妙处无法用言语表达，只能意会。

至少到现在，朱恩对汪先生都心怀感激，而这种感激势必会对以后双方的合作打下一个很好的基础。做生意是一辈子的事情，汪先生先做朋友，再做生意，他总能给合作伙伴比想象的要多一些，这种独特的生意智慧，让人赞叹。

而最后一点，汪先生的坦率也尤其难得。

他对整个过程没有任何遮掩，他将收集到的所有关于世纪前沿的资料给朱恩看，将自己对经营的理解和认识毫无保留地和朱恩分享。

他一辈子积累所得的经营智慧、生意智慧，没有丝毫的敝帚自珍，让朱恩觉得很了不起。

总体来说，引入汪先生的投资，令朱恩很满意。

接下来的事情，朱恩除了安排人起草融资备忘录之外，还得说服股东和他的团队。

马梦可一脸郁闷地找到朱恩，摊摊手道："嘿，你真行啊，融资十个亿，一个人就拍板做了决定。你知不知道我们红树林是有优先权的？你现在倒好，生米都煮成熟饭了，你让我怎么跟我妈去解释？”

朱恩冲马梦可拱拱手道：“哎，你还提这事儿，当时那个场合我根本没办法拒绝，汪先生已经把我感动了，所以我没仔细考虑就答应了。不过，现在回过头来想，他给我们的估值是一百亿。

“你跟 IDG 谈融资，我们提出四十亿的估值他们都觉得高，你说面对一百亿的高估值，换作是你，你能拒绝吗？”

“啊？”马梦可睁大了眼睛，“你说什么？再说一遍，估值一百亿？不会吧？”

朱恩认真点头，道：“就是这样的，所以你要知道我们公司其实很被人看好，你妈也未必能给我们这么高的估值……”

“嘿！”马梦可摇头道，“你呀，就是太低估自己了。实话跟你说吧，一百亿没什么了不起的。前几天谢明珠频繁地和我妈接触，你知道她想干什么吗？”

“谢明珠？她想干什么？”

马梦可嫣然一笑，道：“她想收购我们公司，你说她是不是很疯狂？而更疯狂的还在后面，我妈被她缠得实在没办法，便说世纪前沿的估值得到一百亿，你猜她怎么说？

“她说这个估值可以考虑。你说说，朱恩，在这个时候，汪先生突然杀出来完成了投资，你让我妈的面子放哪里去？

“不就是百亿估值吗？红树林的财力比不上汪先生是没错，可是拿十个亿、一百亿出来也未必是难事，你怎么就……嘿……”

朱恩一下愣住了，怔得说不出话来。

过了好大一会儿，他道：“你说的谢明珠的事儿是真的？嘿，这个女人还是真够疯啊。得，看来我得去主动找你妈了，对了，你得作陪啊！”

马梦可眉头一挑，道：“为什么我得作陪？万一你们吵起来了，我多尴尬啊，都不知道帮哪一边呢！”

朱恩哈哈大笑，盯着马梦可道：“梦可，那你说说，按照正常情况，你会帮哪边？”

马梦可愣了一下，脸“唰”一下红了，瞪了朱恩一眼，道：“你这是说什么话呢，真是……我……我还能站在你这一边不成？”

马梦可平常气质大方，巾帼不让须眉，而她脸红的时候，流露出的小女儿之态更为美艳。

朱恩本是开玩笑，可一看马梦可这个样子，心中不由得一荡，他下意识伸出手来，轻轻地搭在了对方的肩膀上，道：

“没事，你妈那边我能搞定，不会吵起来的。”

“嗯！”马梦可轻轻地哼了一声，双颊更红了，几乎不敢抬起头来。

而偏偏她又忍不住想看一看朱恩，朱恩却没有进一步的动作，反倒把手拿开道：“哎呀，还是汪先生厉害啊，做事果断，不出手则已，出手便一击即中。

“看来，他对这些情况也都掌握了。谢明珠也是的，想收购我们世纪前沿怎么能找你妈？她找我，我们还能谈一谈呢！”

马梦可瞪了朱恩一眼，很明显，她对朱恩有些不满。

“这家伙真是的，怎么一直都是有贼心没贼胆呢！自己已经够主动了，他怎么老像榆木疙瘩呢？”马梦可心中暗暗嘀咕，有些小不爽。

朱恩哪里知道小女儿的心思，他感叹了一句，立刻拍板道：“行了，择日不如撞日，反正我迟早要和你妈谈一谈的，就在今天晚上吧。你负责约地方，到时候我把董事长也叫上，我们一起过去和你妈谈一谈，怎么样？”

“我才不去呢！”马梦可冷声道，转身就走，丢下朱恩一个人傻傻地看着她的背影，都不知道为啥这女人突然就发飙了。

一屁股坐在沙发上，朱恩揉了揉太阳穴。最近这些天，他的压力非常大，脑子没怎么休息，处理事情的时候不觉得累，一旦休息的时候，身体反而感觉有些吃不消。

马梨那边朱恩倒不是很担心，毕竟他已经得到了王岳同的支持，马梨就算反对，也改变不了目前的决策。而且，公司章程也赋予朱恩很高的权力，在融资这种大问题上面，他几乎拥有独断专行的权力。只是大家毕竟还要合作，不到万不得已，朱恩还是希望能够协调处理好方方面面的关系。

马梨这个人性格虽然古怪，不好相处，但是朱恩相信自己引入汪先生投资的举动能够得到她的理解。

对朱恩来说，现在最头疼的事还是怎么对付余怀。余怀可不是投资人，这家伙极其自负，一根筋，非常难以说服。

可是朱恩现在必须说服他，必须让他从痴迷手机研发转变到长远的公司战略中来，这才真是头疼的问题。

犹豫了好大一会儿，朱恩抓起电话拨了一个号码，又把电话放了下来。

他站起来直奔技术部，公司这个时候已经到了下班时间，可是技术部依旧热火朝天。

公司现在的技术团队以年轻人为主，年轻人精力旺盛，活力四射，而且余怀挑选技术人员特别注重员工的兴趣，他喜欢找那些对技术痴迷的发烧友，所以现在的技术团队精悍而高效，应该说还是很有战斗力的。

朱恩没有打扰主办公区技术员的工作，径直去了余怀工作的所谓个人工作间……

第十章　八大缺陷

余怀的工作间杂乱无章，偌大的工作台上乱七八糟地堆放着各种元器件，满桌子都是手机相关的零配件，但是满桌子找不到一部完整的手机。

目前市场上最顶尖的手机品牌中的最新款，这桌子上都有，但是所有的机器都被余怀大卸八块，拆成了碎片。

余怀骨子里是个极其自负的人，每每大厂商出了什么新产品，他便会第一时间搞到手，大卸八块后拿着一块块的小部件道："这有什么嘛，没什么了不起嘛，什么新技术？这技术就是噱头，要我实现也很容易呢！"

最好的手机，他都可以批出几十条恶俗的缺点出来，在这一点上，不用怀疑余怀的专业。

朱恩进门的时候，余怀正将头深深地埋在一堆手机外壳中，朱恩凑近一看，这小子正把四部三星新款手机串联在一起玩放电游戏呢。

朱恩微微皱眉，道："嘿，你这是人傻钱多了？"

余怀漠然抬头瞟了朱恩一眼，道："怎么了？看不惯吗？我现在有钱，咋的，不服吗？"

朱恩轻轻哼了一声，道："玩三星算什么本事？你怎么不玩咱们自己的梦幻手机呢？"

余怀眉头一挑，道："我看谁敢？咱们的手机不比三星差，三星就是一块鬼牌子而已，我们的产品能甩他们几条大街呢！"

朱恩推了推鼻梁上的眼镜，凑到余怀身边，拍了拍他的肩膀，道："行了，别闹了！我过来是叫你去吃饭的！"

"只是吃饭吗？"余怀敏感地抬头问道。

朱恩点点头道："只是吃饭。另外，我还想跟你聊一下新产品，怎么样？去不去？"

"吃什么呢？"余怀抬起头来，无精打采地把手上的玩具扔到一旁。

"吃螃蟹，大闸蟹！你吃不吃？"朱恩眯眼盯着余怀。

余怀秒穿外套，大手一挥，道："走！"

余怀吃货一个，最爱吃的是螃蟹。其实作为中原人，朱恩对螃蟹没什么感觉，吃蟹太麻烦，一只大闸蟹吃起来要一点儿一点儿地抠，是个非常需要耐心的活儿。

然而对余怀来说，他似乎天生就对拆卸的工作感兴趣，一只大闸蟹放在盘子里，他总能运用各种工具将其拆成一截截的小蟹壳，蟹壳里面的蟹肉则被他一点点地抠到了肚子里。

朱恩吃蟹不行便喝酒，几瓶啤酒下肚，也有了饱意。

"余怀，我看过你们新产品的计划，那个计划不行，我想否决掉。"朱恩喝了一瓶酒，冷不丁地道。

"啥？你说说怎么不行，哪里不行了？"

朱恩轻轻地哼了一声，道："两点原因：第一，你对新产品的设计没有用到一样属于我们自己的技术，所有的技术都是东拼西凑弄出来的，硬件功能方面有严重的缺陷，这样的产品根本不能推向市场。

"第二，你忘记了我们公司的初衷，我们是一家做粉丝机发烧友机器的公司，我们的产品在开发之前，需要得到大部分粉丝和发烧友的认可，他们是需要参与到公司的设计中来的。

"现在这个环节我们根本就没有开展，你怎么能出新产品的计划和方案？"

余怀慢慢放下手中的工具，眯眼盯着朱恩，道："行啊，你这么说的话，那我就得跟你说道说道了，你刚才说我们做的是发烧友机器，这一点我赞同。但是我的产品方案是很灵活的，我在系统之中已经把很多功能都设想好了。

"我们的大讨论展开之后，不管大家需要一款什么样的机器，我都能很快地做出产品来。

“另外，你是根据什么判断我的产品硬件功能方面有严重缺陷的？你是一拍脑袋想出来的吗？我看你连咱们的手机都没好好玩过，你是巴不得我的机器出问题是不是？”

余怀的语气突然变得很不好，盯着朱恩的眼神有挑衅的味道。

朱恩冷冷地扫了他一眼，道：“是吗？别以为这个世界上就你能玩手机，更不要认为你的手机就是天下第一。我们打个赌，我说你的产品硬件有严重缺陷，一口气能够指出八个缺陷，如果你能解决其中的一半，就算你赢，行不行？”

“赌什么，你说你想赌什么吧。靠，八个缺陷，真是风大不怕闪了舌头，怎么可能？每一款手机的测试都是我亲自在抓，别说八个缺陷了，你能找出三个缺陷就算你厉害。

“还有啊，缺陷解决不了？还有比这更好笑的笑话吗？巴掌大的一部手机，还有我搞不定的问题？”余怀尖着嗓子道，此时他的情绪颇为激动，好似这一争起来，他吃大闸蟹的胃口都没了，非得要和朱恩争个明白。

朱恩压压手，道：“你别这么激动，我很快就会让你知道什么叫自负。你刚才说赌注是不是？这样啊，如果你赢了，我给你五百万，如果我赢了……”

“我也给你五百万！”余怀勃然大怒道，“嘿，你还是对那五百万耿耿于怀。你小子怎么和杰瑞一个德行了？”

朱恩摇摇头道：“余怀，我才不要你五百万呢。如果我赢了，我只要你答应我一件事，你看怎样？”

“啥？答应你一件事，这么简单？”余怀狐疑地瞟了朱恩一眼，“你不会使诈吧？”

朱恩冷冷地一笑，道：“你的表情已经出卖了你，你对自己并没有足够的信心！”

“拉倒吧，你想诈我，门儿都没有！行，就这样赌了，我也不问你什么事儿了，只要你赢了，哪怕你让我上刀山，下火海，我也无怨无悔。嘿嘿，朱恩，不是我小瞧你，你根本就不可能赢我呢！”余怀信心十足地道。

朱恩含笑不语，他变戏法似的从口袋里掏出几部手机，这几部机器正是世纪前沿的产品梦幻系列手机。

朱恩拿起其中一款机器，道：“这款梦幻江南，我说几大问题啊：第一个问题，摄像重影的问题，这个机器在连续快速照相的时候，从第二十张照片开始出现重影，你自己试一试……

“第二个问题，电池缺陷问题，手机外部温度在零摄氏度的时候，手机放电的速度比常温下快两倍，你自己去试一试……

“第三个问题，存储器导致的死机问题。这个问题比较隐蔽，一般出现在APP 软件容量大于 500 兆的情况下，在手机剩余容量在 1G 的状态下，必会死机。在 5G 以内，死机的概率是五成，你自己去试试……”

朱恩娓娓道来，八个缺陷他说得有理有据，根本不可能是杜撰的。

而且这些问题个个要命，直指梦幻江南手机的软肋，要知道，一款手机最重要的便是性能的优异，如果一款机器在电池、拍照、存储上都有缺陷，这样的一款手机怎么可能让用户满意？

对于一个手机设计者来说，朱恩可以说是把他扒得干干净净了。

余怀何许人也，朱恩一开口他就知道这事有些悬，待朱恩说完了，他整个脸早已经涨得通红，怒不可遏地道：

“这……这不可能，这……这绝对不可能！我们的摄像头是最好的摄像头，和三星 S 系列是同款，我们的电池是飞毛腿专供出口的锂电池……还有，你说存储死机，我承认有系统问题导致死机的情况，但绝对和存储器没有关系。

“我们的存储单元都是从东芝公司进口的高端单元……”

余怀喋喋不休，朱恩冷冷地扫了他一眼，道：“拿去吧，你自己去验证一下，看看我说的是真是假。对了，验证过后你想办法解决，如果你能解决，我还算你赢了！”

余怀立刻抓起手机，按照朱恩所说开始验证，有些缺陷一时半会儿验证不了，他便挑选容易验证的去捣鼓。

几下捣鼓完毕，他的脸色渐渐有些难看了，他用手揪着自己的头发，狠狠地低着头，嘀咕道：

“这……怎么回事？怎么可能呢？绝对不可能啊！”

朱恩看着余怀，心中暗暗松了一口气，为了对付余怀这个榆木脑袋，朱恩不得不使出浑身解数。

他和余怀打交道很多年了，他知道要想让这小子服，必须拿出真本事来镇住他，否则他必然觉得别人说的都是屁话！

现在对朱恩来说，融资问题已经解决，公司资金充足。现在他又亲自把余怀限制在了可以控制的范围之内，下一步很快就能在团队之中达成一致的战略决策。

朱恩突然觉得干劲儿十足，因为他突然想到，自己终于有机会有能力打造真正的、属于自己的手机产品全球研发中心了。按照朱恩的设想，这个研发中心必然能成为全世界一流的研发中心。

有了这个底气，朱恩有信心在三五年之内，将世纪前沿的手机品牌打造成全球一流品牌。

所以这一刻，朱恩踌躇满志，他慢慢站起来道：“余怀，回去慢慢研究吧，给你两天时间验证解决。两天之后，我们再谈！”

第十一章　定情

朱恩不是很擅长喝酒，尤其是白酒。

不过今天他喝了不少，和王岳同、马梨还有马梦可的四人聚餐，这顿饭吃得有些艰难。

“朱恩，说起来你融资的事情做得的确不地道啊，怎么着也得和马总先通一下气不是？我看你这样吧，先喝一杯给马总赔罪！”王岳同道。

听王岳同这么说，朱恩就先喝了一杯。

“朱恩，梦可这几天为你操碎了心，你呀，在工作上不注意方式方法，在公司高层会上就差和余怀还有杰瑞动手了。现在经过多方沟通，终于风平浪静了，梦可在其中居功甚伟，你得敬人家一杯酒。”王岳同又道。

朱恩又端起酒杯敬了马梦可一杯。

王岳同还要再说话，朱恩自己已经把酒倒上道：“董事长，来，我敬您一杯，为了成功引进汪先生的投资，您努力周旋，来回奔波，真是辛苦了！”

王岳同愣了一下，摇头苦笑起来。

一旁本来脸色难看的马梨看到这一幕，脸色终于稍微好看了一些。

朱恩三杯酒下肚，脑袋就有点晕了，马梦可抱怨道：“朱恩，喝酒这事儿你别逞强了，没有那个酒量，多喝不是摆明和自己过不去吗？真是的！”

马梨一听这话，心中又有些不爽了，心想这丫头真是外向，今天吃这顿饭她本就是带着情绪来的，现在丫头不关心自己，反倒关心起朱恩的身体了。这两人还没确定关系呢，等将来确定关系了，自己这个老娘还不被忘到九霄云外去了？

“梦可，什么叫和自己的身体过不去？公司的事情，尤其是重大的战略决策，和我们通个气也不是什么难事吧，就说汪先生投资这件事，这本来是一件大好事。

“只是这件事一弄，我这边简直是无脸面对谢明珠了。我和她可是多年的交情了，人家这一次也是带着诚意过来，哎……”马梨不断地摇头道。

朱恩借着酒劲儿摆摆手，道：“马总，您放心，如果有合适的机会，我会去和谢总接触一下，都是在商言商嘛！再说了，不是我小看梅朵科技，他们没有能力收购我们。这两年，他们一直在赔本赚吆喝呢！

“而站在我们的立场上，我们对他们也毫无兴趣，因为他们从技术到营销，没有一个环节能够符合我们的要求。

“所以说起来，我们和他们就是门不当户不对，注定了是一次失败的‘联姻’，早断了早了结，反而有好处呢！”

马梨皱皱眉头，想说些什么，可是她反复思忖，还真不知道怎么开口。

朱恩引入资本没和她通气，这件事如果严格按照公司的章程，朱恩是没有问题的，因为公司章程之中早就规定了，朱恩和创业团队有这样的权力。

另外，在对待谢明珠的问题上，朱恩这么说也没错，毕竟谢明珠只是接触马梨，她提出要收购世纪前沿，也未必安了什么好心。

再说，世纪前沿的百亿估值，谢明珠不可能会接受，也就汪先生那种大人物，才有这样的魄力，敢对目前的世纪前沿估值百亿。

沉吟了一会儿，马梨心中还是有些不舒服，便道：“朱恩，我听说你准备投巨资成立研发中心，准备无限期推迟新产品发布，你这个想法能够得到大多数人的支持吗？”

朱恩点头道：“当然能。目前团队里面我已经基本沟通到位了，余怀那边没有问题就由他牵头去办。投资人这边，我就看您的态度了，希望您能支持公司这个发展战略。

“我们世纪前沿的目标是做全球最好的手机厂商，我们要做未来智能手机风潮的引领者，厚积薄发很重要。如果我们这个时候出拳太猛，后劲便不足。与其这样，还不如趁着现在沉下心积累，拳头收回来再打出去会更加有力。”

说到这里，朱恩慢慢站起身来，因为喝了酒的原因，朱恩显得有些兴奋。

他挥动双手道：“还是我经常说的那句话，我们做的归根到底是产品，我们一定要把产品做到极致，做到无可挑剔。我们走发烧友的路线，也是为了做到这一点，而现在我们大规模投资建立研发中心，也是出于这个目的。

“一家企业，生产经营活动环节很多，但是根本的环节在技术、在专利，其他的环节都只是辅助而已。

“作为一个资深手机玩家，一款机器靠吹嘘永远也吹不出好机器。就像我这种玩家，随便一款手机拿在手中，三五分钟我便能掀开它的老底。如果咱们公司的机器能做到让我满意，我相信咱们公司距世界一流就不远了……”

朱恩说话的声音很大，眉宇之间激情飞扬，通过他的叙述，众人仿佛看到一家伟大的公司正在慢慢建立。

不得不说，朱恩身上有一种与生俱来的魅力，这种魅力源于他疯子一般的执着，源于他对整个行业多年的精深研究。智能手机这个行业懂的人很多，但是究竟谁最懂这个行业？

朱恩通过他的演讲，表达出来的感觉便是这个行业他最懂，而且他的表述很自然，丝毫未让人觉得有任何突兀，听众不由自主地便会接受他的这种表述。

朱恩就站在这里，只要提到智能手机四个字，他的气质就和平日不同，这种极度的自信可以感染周围的人，显然，今天在座的几个人都受到了他的感染。

马梨肚子里还有很多问题，但这个时候她选择了闭嘴。因为她知道，朱恩已经说服了所有人，就算她不服现在也无济于事了。

更何况，她现在看朱恩的这种状态，也很服气。创业者就该是朱恩这样的，这种姿态能让人信服，这样的创业者对风投商来说比金子还宝贵。

一顿饭吃完，朱恩被马梦可拽到她的车上，一上车，朱恩便瘫在了座位上喘粗气。

“哎，你还行不行啊？真是的，都不知道你为啥喝那么多酒，有那个必要吗？”马梦可心疼地责怪道。

朱恩喘着粗气道：“有必要，怎么没有必要？你妈妈的态度很重要，我得好好表现，万一和她把关系搞僵了，那就不好了。”

“哎哟，朱恩，你这个态度是怎么来的？你不是一直都是老子天下第一的心态吗？今天怎么在意我妈的态度了？”马梦可眉头一挑道，她一双美目流转，盯着朱恩的脸。

朱恩也看向她，两人四目接触在一起，这一次谁都没有后退。

两人四目相对，好长时间之后，朱恩突然大笑一声，然后哈哈大笑起来。

马梦可吓了一跳，道：“哎，你这人怎么回事啊？一惊一乍的，好吓人呢！”

“哈哈，我决定了！我真的决定了！”朱恩哈哈大笑道。

马梦可皱皱眉头，道：“你决定什么了？用得着这么大喊大叫的吗？”

朱恩笑声不减，道：“我决定要追你做女朋友了，你愿不愿意？”

马梦可瞬间呆住了，显然朱恩这句话让她措手不及，一瞬间满脸通红，然而她心中又充满了甜蜜。

她眉头微挑，用眼睛瞟了一眼朱恩，暗道：“这榆木脑袋终于开窍了吗？嘻嘻……”

朱恩笑得很豪迈，他看到马梦可的娇羞之态，当真是美艳不可方物，他再也没有犹豫，一下把马梦可搂入怀中。

马梦可“呜”一声，轻轻地挣扎了一下，便放弃了抵抗，任由朱恩抱住。她将头深深地埋在朱恩的肩膀上，嗅着从朱恩身上散发出的淡淡的男人味，内心无比兴奋。

她突然抬起头，仰望着朱恩的脸，道：“朱恩，你还记得我们第一次见面的情形吗？”

朱恩哈哈一笑，道：“我记得啊，当时我遇到了一个飙车的小太妹，在小区里面开着豪车差点儿把我给撞了！嘿，那个时候我就想啊，这么年纪轻轻的妹子，哪里来的钱买豪车？

“这样的妹子不是富二代，就是……”

“喂，你说什么呢？你再说，小心我封了你的嘴！”马梦可娇嗔道。

她咯咯一笑，道：“你还说我呢。当时某人穷困潦倒，银行欠一百多万的房贷，偏偏工作又要保不住了，那个可怜哦！本小姐见不得穷人遭罪，对你伸出援助之手。嘿嘿，哪里料到你这人迂腐得很，竟然不识好人心，气得我恨不得跟你绝交。”

朱恩微微愣了愣，道：“那你为什么没跟我绝交呢？后来又来找我了？”

马梦可嘴角一翘，抬手打了朱恩一下，道：“你以为是你魅力大吗？我后来找你不都是因为做手机吗？如果不是这样，姑奶奶我才不会理你呢！”

朱恩“嘿嘿”一笑，道：“没想到我这一辈子能找到老婆，终究还是因为手机。我别无所长，就是喜欢摆弄手机，以前老觉得没前途，现在……嘿嘿，谁能想到，玩手机也能找得到这么娇滴滴的老婆？”

“谁是你老婆，你……你别乱说……”

“不是老婆，是女朋友，哈哈……”朱恩哈哈大笑，笑声豪迈舒畅，人生得意时，少年复何求？

第十二章　豪气干云

两天后，朱恩见到余怀的时候，余怀已经看上去狼狈不堪了。

他趴在工作台上，双眼赤红，满脑门的头发乱成了鸡窝，邋遢的样子让人不敢直视。

他的工作台上，全是拆掉的梦幻江南的手机外壳，另外一边，满桌子的元器件凌乱得很。

朱恩看到他这副模样，淡淡一笑道："怎么样，余怀，你能解决问题吗？"

余怀蓦然抬头看向朱恩，突然凑到朱恩面前，道："朱恩，你跟我说，你这些问题是怎么发现的？我……哎，怎么可能呢？"

"你别问我是怎么发现的，这么说吧，你我认识不是一天两天了，你在我面前还真别太傲气，说到玩手机，我自称第二，你还真不能去称第一。兄弟，我承认装机、拼机你有优势。可是一部手机拿到手上，真要玩起来可不是装机、拼机那么简单，我相信我的话说到这里，你多少也能明白一些了。"朱恩认真地道。

余怀长叹一口气，道："你牛，我以为这些年你多少荒废了一些，没想到你还是这么扎手。行吧，愿赌服输了，你说吧，你让我干什么？"

朱恩淡淡地道："服输吗？那你想不想知道这些问题是什么原因造成的，该怎么解决？"

余怀摇摇头道："解决不了的，这些问题不是单个元器件的问题，也不是单个系统的问题，而是整个手机硬件系统运行造成的BUG。由此看来，硬件方面我的知识还是很浅薄啊，不敢称厉害！

"不过，好在这些BUG每一家手机厂商都有，不是特别资深的玩家不会去追究而已，要不然我们的机器真的很难卖了。”

朱恩冷冷一哼，道：“你是这么想的吗？那我问你，我们当年做的诺亚3610那款机器有没有这些问题？好像没有吧，你怎么能说每个手机厂商都会出这样的问题呢？”

余怀抬头盯着朱恩，摊手一笑，道：“朱恩，你什么意思？诺亚3610那是个什么老古董？那还是黑白屏幕的功能机，现在已经是智能机时代了，现在的机器构成比当年复杂一百倍，硬件复杂程度甚至一百倍都不止。

“你觉得这两款机器有可以比较的地方吗？完全没有可比性嘛！”

朱恩神色不变，淡淡地道：“你是这么觉得的吗？那我问你，从诺亚3610到今天的梦幻手机，一共经过了多少年？”

余怀一下愣住了，他盯着朱恩，道：“朱恩，你……”

朱恩一拍桌子，道：“我告诉你吧，从诺亚3610到今天，现在智能手机遍地开花的时代，只经历了八年的时间。短短的八年，一部小小的手机已经天翻地覆了，在你眼中这两款手机都没有可比性了。

“我现在问你两个问题，第一个问题是八年之前，我们诺亚3610上市的时候，你可曾想过八年之后，我们用的手机是今天这个样子？

“第二个问题，我问你，从今天开始，再过八年，我们用的手机该是什么模样，你能不能想象？”

余怀一时间怔住了，说不出话来，显然朱恩的问题太犀利了，他根本没办法回答。

朱恩凑过来，用力拍拍余怀的肩膀，道：“兄弟，今天你因为硬件水平的不成熟，拼出的机器有八个BUG，如果八年之后硬件比今天再复杂一百倍，你还能拼出机器来吗？

“我看你到那个时候得开一家古董店了吧，只能拼出古董了嘛！

“兄弟，人是要自信，但是不能太自负。你觉得你做手机已经是专家了，是老子天下第一了。在我看来，咱们现在做的这些玩意儿都是将来的古董、垃圾！其幼稚程度就如同我们以现在的目光看诺亚 3610 一般。

“所以醒醒吧，兄弟，这个时候不要沉浸在自己的小世界之中了，拜托你多看看远方，多看看未来。我们既然要做一家全球顶尖的手机品牌，你作为一个技术总监，天天在工作台上捣鼓这些古董能行吗？

“我们要投入巨资，成立我们自己的全球研发中心，未来手机该怎么发展，我们要做主导者。你能听明白我的话吗？”

余怀盯着朱恩，终于点点头，道：“我明白你的意思了。嘿嘿，你要说服我，不用绕这么大的圈子嘛！我是那么不懂道理的人吗？”

朱恩狠狠地瞪了余怀一眼，道：“你就是一头犟驴，如果我不是拿住你的命门了，你我非得翻脸不可。”

余怀哈哈一笑，狠狠地甩了甩他那凌乱的头发，道：“我有那么固执吗？行了，我来牵头，咱们成立一家研发中心。美国鬼子欺负咱们没技术，行啊，那我就专门攻智能手机技术，从硬件到软件，从功能到材料，我们要打造出一个全球一流的技术团队出来。

“我看这样，就按照诺亚当年的标准来，怎么样？”

朱恩道：“比诺亚当年还要高一个标准。对了，余怀，你在诺亚最多也只做过部门经理，现在一下提你做总监，你能不能做好？”

余怀眉头一挑，道：“嘿，没吃过猪肉，我还没看过猪跑吗？我这么跟你说吧，今天晚上我就起草研发中心成立方案，到时候把杰瑞也叫上，我很快就能给你满意方案。

“不过，你得准备大把的钱，几个亿只怕不够，至少十个亿！”

朱恩哈哈一笑，道：“真是小家子气，小户人家没见过世面。我这么跟你说吧，我给你准备了一千个亿，首批资金给你准备了二十个亿。我需要的是全球第一，你明白吗？”

朱恩说这话掷地有声，豪气干云，余怀也被朱恩感染了，道：

“你牛，行，一千个亿听起来就是带劲儿。从今天开始，我就是掌控千亿资金的公司 CTO 了啊，只是你哪里来这么多钱？”

朱恩淡淡地道：“我就说你小家子气了吧，我实话跟你讲，我刚刚完成了新一轮融资，你知道这一轮融资公司的估值是多少吗？”

“一千亿？你扯淡吧，能估值二十亿就了不起了吧？”

朱恩一把抓住余怀的肩膀，将嘴巴凑过去，压低声音道：“一百亿如何？这一轮融资咱们的估值就是一百亿。你说咱们几个搭草台班子，搭起来不过一年的工夫，人家就算抢银行也没咱这么快是不是？

“都已经这样了，就别小家子气了，我说一千亿说不定还是保守的呢！”

余怀倒吸一口凉气，跳脚道：“真是一百亿啊，是哪个傻蛋这么高的估值都敢投？”

“千牛集团的汪先生，他投了十个亿，他以个人名义投的，占公司股份的百分之九。他是不是傻蛋？”朱恩道。

“呃……”余怀直接傻眼了，他突然一手拽住朱恩的胳膊，道，“这么大的喜事得庆祝啊，走，哥请你吃一顿，大吃一顿。那天吃蟹吃一半，还没过瘾呢，我肚子里馋虫在造反呢。”

朱恩挣脱他的手，道：“螃蟹我吃不了，你真要请我吃，得吃火锅呢！”

“吃火锅？这么老套？”余怀瞪了朱恩一眼，道，“行了，就吃火锅呗，我算服了你了。看来你这小子最近没少折腾，处理这么一大摊子事儿不容易啊，我理解！”

余怀这话的确是发自肺腑，以他的个性，要让他服气不容易，可是朱恩硬是能整得他心服口服，其背后是下了不少功夫的。

而朱恩通过这样的方式，也让余怀理解了成立研发中心的意义和价值。不错，手机虽然小，却并不简单，要想打造一款全球顶尖的产品，必须得拥有强大的技术团队和研发团队，凭余怀一己之力，永远都不可能做到。

两兄弟从公司出来，刚刚走到停车场，冷不丁听到一个生硬的声音：“嘿，你们两个，你们要干什么去？”

朱恩扭过头去，却见杰瑞拎着手提包冲这边招手呢！

余怀冲他摆手，道："没你什么事儿，你去忙你的吧，我们大路朝天各走半边。"

杰瑞屁颠屁颠地跑过来，摇头道："不，不，余……你不能这样没有原则，我们要坚持自己的原则。朱是个疯子，他要挡我们的财路，这绝对是不能允许的。我们得团结起来，团结起来你懂吗？余……"

"我懂，我们团结起来的目的就是要对付你这个葛朗台，死葛朗台，我们去吃饭了，不干你的事儿。"余怀大声道。

杰瑞整个人当场愣了，盯着朱恩道："怎么回事朱？你给他灌了什么迷魂汤，为什么他这么快就唯你马首是瞻了？这不可能啊！"

朱恩哈哈一笑，道："杰瑞，你现在没有选择了，你必须支持我！不过，好在我还能给你想出赚钱的办法来，你想不想听，想听就跟我们一起吃饭去，咱们聊聊？"

第十三章　养虎为患

今天临港的天空有些昏暗。

荣誉科技集团总部，高耸的荣耀大厦直插苍穹，霸气逼人。

大厦的最顶层，一名戴着金丝边眼镜的中年人微微弯着腰，十分小心地扶着一名银发老者走进董事长办公室。

“临港是国内手机厂商的最大聚集地，唯有临港才有全球一流的完整手机产业链，就连苹果手机百分之八十都是在这里代工的，实际上国内的几大手机品牌，咱们临港就占了两家。董事长，您老放心，我担任荣誉的总裁，心中是绝对有底的。

“我判断，未来一两年的时间，智能手机行业就会有全新的洗牌，到时候一批没有自主技术和专利的厂商，将面临很尴尬的局面。真等到烧钱的泡沫过去了，大家拼产品和渠道的时候，我们荣誉便可以真正地进军国际市场了。”中年人侃侃而谈，言语中极其自信。

银发老者点点头，道：“是呀，这几年我们从无到有，稳扎稳打，颇有成效。但是我们和其他厂商的距离要拉开一些，我们在技术上还要多下功夫，多确立一些优势。

“技术是我们华夏的核心实力，拥有了这个核心实力我们就不怕了。不过，我们还要小心其他的竞争对手，视野一定要开阔一些……”

中年人认真地点头，道：“董事长您放心，目前国内手机的前十名，我家家都有了解、有研究。在我看来，目前国内手机的厂商之中，能够威胁到我们的厂商还根本没有呢！”

银发老者的眉头慢慢地皱起来，他轻轻地摆摆手，自己慢慢走到窗边，眼睛透过窗户的玻璃凝视远处。办公室就两个人，银发老者的举动让房间里的气氛为之一凝。

银发老者不是别人，他是国内高新技术龙头企业、华夏科技的董事长任建国，这个极富有传奇色彩的老者，在国内外都拥有巨大的影响力。而成立荣誉科技，推出荣誉手机，便是他以一己之力推动的一次重大战略投资。

短短几年时间，荣誉便从国产手机之中脱颖而出，现在已经占据了国内手机销量第一的位置，成为当之无愧的龙头，这样的发展速度实在是太惊人了。

华夏集团的企业文化是“狼”性文化，华夏人从上到下都很拼命，也正是由于这样的企业文化，荣誉科技自成立那一天起，都全力奋斗，依托华夏雄厚的技术积淀，才有今天的成功。

屋里的中年人便是荣誉科技现在的掌门人陆俊辉，他是华夏集团“四大金刚”之首，人称“霸金刚”，他率领的团队攻击性极强，目前他是华夏集团极少数擅长营销的顶级高管之一。

荣誉科技以华夏雄厚的技术储备为后盾，以营销出身的陆俊辉为总裁，这样的配置不可能不成功。

任建国今年已经七十多岁了，在目前的华夏集团之中，他拥有至高无上的地位。

“董事长，您今天过来有什么指示吗？”陆俊辉率先打破了沉默。

任建国缓缓地摇头，道：“指示谈不上。我只是觉得，荣誉科技还没到真正松一口气的时候，我们有个致命的弱点，那就是我们的机器很低端。偌大的手机市场，高端机被国外品牌全部占据了，我们打破不了这个壁垒。

“不错，去年我们手机的销量达到了五千万部，按照去年的势头，今年我们开启南亚的市场、非洲市场，在一两年之内我们的产品销售一亿部，甚至几亿部也有可能。但是那又如何呢？我们的利润和人家不能比。

“别人吃肉，我们连汤都喝不上一口。而且，就算在国内厂商之中，我们也未能确立绝对的优势。有道是乱世出英雄，我总有一种感觉，也许我们国产品牌之中，将来会出现咱们的对手。”

陆俊辉微微蹙眉，陷入沉思之中。

他和任总认识很多年了，很了解任总的脾气，任总干任何事情，说任何话都是有原因的，绝对不会无的放矢。

比如他今天说国内厂商，那一定是国内厂商之中有了新动向，而且这个新动向让他很担心。

只是陆俊辉怎么也想不到，国内手机厂商中有哪家厂商能够威胁到荣誉。

“俊辉，去年国内手机市场出现了一匹黑马，对这家公司你有了解吗？”任建国话锋一转道。

“呃……”陆俊辉愣了一下，道，“董事长，您说的是……梦幻手机？嘿，您提到这款手机，我就有些汗颜了。这群年轻人啊，简直就是一群营销天才，他们实施的策略确实很精妙。

“我以前就想过粉丝营销，但是没想到粉丝营销还可以这么弄，还能弄出这么大的噱头和影响。哎，说句心里话，我也挺看好这个团队的。”

他顿了顿，道：“董事长，您研究过这家公司吗？”

任建国定了定神，道：“你知道这家公司就好，这家公司我是近期才知道的，这说明什么？这说明他们在业界很低调。现在大部分厂商都很咋呼，喜欢在同行之间制造话题，以此来展开口水营销。

“但是这家公司却不怎么和业界打交道，他们一直安静地精心培育自己的粉丝。你看到的是他们营销方面的成功，他们的心态反倒让我很欣赏，不浮躁，他们有备而来，这一点尤其让人警惕。”

陆俊辉摊摊手道：“董事长，您是担心这家公司会迅速崛起吗？我觉得可能性不太大，他们有希望成为国内一线厂商，但是要威胁到我们应该不太可能。因为我们已经初步形成技术壁垒……”

“不，不，俊辉，你可能太乐观了。在刚刚过来之前，我看到了一条最新的消息。这家公司接受了千牛十亿元注资，宣布成立全球研发中心，他们研发中心的位置就在临港科技园里面……”

任建国站在窗口，用手指着远方的一幢大厦，扭头对陆俊辉道：“长林，就是那幢大厦，以前的南粤大厦，现在被他们改成世纪大厦。他们的气魄不小啊，那一幢大厦是科技园的地标建筑，我们当年也没敢占据那个位置，现在他们把那里作为全球研发中心的总部，你觉得这样的举动不值得重视吗？”

陆俊辉凑到任建国身边，他心中很不以为然，他觉得董事长年纪越来越大，反倒没有年轻时候的锐气了。

今天让他专程过来一趟，竟然就是为了一个新的品牌，这个品牌他早让人研究过了，不过几个技术人员临时拼装的几部机器，他们的团队虽有一定的专业性，但是根本谈不上核心技术。

在山寨机时代，临港有很多这样的公司，临港是个从来不缺乏创新和天才的城市。

只是未来的手机竞争高地是技术竞争和专利竞争，对方怎么可能争得过华夏这样的巨无霸？在技术上，国内任何一家企业，都不可能争过华夏吧？

不过，虽然心中这么想，他表面上却不敢表露出来，他只是眯眼盯着远方的那幢大厦，嘴角微微翘起来道：“董事长，您的意思是……”

任建国摇摇头道：“我没有什么意思，我只是告诉你这样一个信息。还有，我不希望这家公司继续高歌猛进了！现在的手机市场已经够乱了，这个池子里面容不下那么多品牌。

“你要快点儿出手，迅速地拿出对策来。目前在业界我们是有分量的，只要我们出头，必然能一呼百应，早动手、早主动，不能养虎为患啊！”

“是，董事长，我明白了！你放心吧，他们这种做法只可一，不可再，谢明珠已经和他们有过一波冲突了，下一步我们再把畅想、韦瓦等几个品牌联合起来，他们要继续进步很困难。

“而且还有一点，相比我们来说，他们几家厂商更着急，毕竟我们已经确立了优势，他们还没有上岸呢！”

任建国点点头，道："好了，我提醒你的事儿就这么多。我今天来还有一件重要的事情，那就是去年你和你的团队大获成功，我代表集团过来给你们嘉奖。

"金钱的激励我们集团有制度，按照制度一一落实就行了。不过，对于你，我还有一个特别的奖励。

"我们公司在前海的专家别墅已经竣工了，我去看过，那里有整个临港最高端的物业，我给你准备了一套，你挑个日子带着老婆、儿子过去住吧。按照公司的福利，那里的医疗、教育都是和国际接轨的，你们只需要安心工作，其他的事情公司会帮你们全部解决好！"

"啊……"陆俊辉睁大双眼，站起身来道，"董事长，这真是太好了！还是您了解我啊，知道我的难处！谢谢了，真的谢谢您了！"

第十四章　竞争策略

任建国离开荣耀大楼后，陆俊辉立刻召集公司高层会议。

他的心情很不错，因为他刚刚拿到了专家别墅的钥匙，华夏集团专家别墅的钥匙可不容易得到，那是集团留给最顶尖科学家的福利。

当前华夏的“四大金刚”，还没有人得到过那里的钥匙。

临港这个地方寸土寸金啊，作为集团的高管，在临港买一套房不难，但是要拥有一幢别墅却不容易，而在前海拥有别墅，那几乎是不可能的。陆俊辉有两个儿子，老婆的身体又不是很好，两个儿子的教育一直是他的心病。

现在好了，拿到了专家别墅的钥匙，住进了别墅，家里的房子宽敞了，而且一家人的医疗和孩子的教育都由集团全权负责，享受的都是临港的顶级服务，他的后顾之忧因为这一串钥匙全部解决了。说句心里话，他现在很有成就感。

毕竟，连任建国自己在专家别墅都没有房产呢！

陆俊辉对梦幻手机不怎么在意，但是他多年的职业经验告诉他，老板在意的东西，他必须要引起重视，这是态度问题，也是原则问题。所以，在送走老板之后，他第一时间组织开会。

“怎么？你们说梦幻手机无限期推迟新产品的发布，他们这是什么意思？”陆俊辉手中拿着信息部刚刚收罗过来的资料询问。

营销总监苏灿摊摊手道：“不知道，不可思议吧？在目前激烈竞争的手机市场上，任何一款产品的热度都不可能超过一年，就连高傲的苹果公司，他们新产品发布的速度也在一年之内。

“现在国产手机冒出了一个无限期推迟新产品发布的公司，他们可能是在搞饥饿营销，我只能这么理解！”

“老苏，你怎么理解不重要，重要的是现在人家是销量排名前十的公司，按照公司的规矩，我们要把其列为竞争对手。今天陆总开会就是要大家商讨出竞争策略来。

“我们现在面对一家不发布新产品的公司，这竞争策略该怎么制订呢？”品牌总监石勇插言道。

石勇这话一说，会议室立刻鸦雀无声了。大家讨论竞争方案，必须要有针对性，竞争对手推出了什么产品，或者准备推出什么产品，然后针对产品讨论策略，现在人家公司都不发布新产品了，难不成要针对老款产品制定竞争策略吗？

陆俊辉觉得有些尴尬，他“嘿嘿”笑了笑，扭头看向首席信息官陈让，道：“陈让，你了解这家公司的背景吗？这是一群什么人搞的公司啊？”

陈让淡淡一笑，道：“这家公司的背景已经很清楚了，他们就是当年诺亚大中华区总部的那几个人。诺亚不是大裁员了嘛，他们被裁了之后，找到了资本，开始进军智能手机了。

“怎么说呢，这几个人有一些本事，但就是太刻板了。诺亚公司当年败就败在刻板上面，去年他们一鸣惊人，今年完全可以趁着这股好势头再接再厉。

“可是人家不这么干啊，人家把去年挣的钱都投入搞研发，而且宣布无限期推迟新产品发布。他们这么做就是拱手把市场再让出去，这帮人太年轻了，也太理想化了，我只能用不可思议来形容他们的决定。”

陈让说到这里，略微顿了顿，又道：“我了解了一下，不只是我们在关注这家公司，梅朵、畅想、韦瓦都在关注这家公司，现在人家这么一弄，估计他们也傻眼了。这样吧，我看策略就由战略部制定吧。

“我这边保持继续跟进的状态，有什么信息我随时向陆总汇报！”

陆俊辉轻轻点头，道：“目前只能这样了，这个事儿你保持跟进就行了。”

陆俊辉揉了揉太阳穴，对他来说，国内的手机厂商现在都不是棘手的事儿，现在的问题是荣誉如何突破国外厂商的壁垒，靠什么参与国际竞争？靠技术积累？靠策略营销？目前还想不到一个很好的策略。

“行了，第一个问题我们的讨论就到此为止吧，再讨论下去也不会有结果。接下来我们讨论第二个问题……”

荣誉高层一次专门针对世纪前沿公司的讨论会，就这样结束了。

而此时在世纪前沿公司总部天地大厦，刚刚参加研发中心成立仪式的朱恩，却是累得快要瘫痪了。

为了成立研发中心，他连续奔波了一个星期，而在一个星期之内敲定整个方案，他的工作可以说是日夜不休，每天睡眠不足三个小时。

研发中心的核心在人才计划。

朱恩现在制订的人才计划总结起来就三句话：“自主培养，高薪吸纳，股权激励！”

第一句话就是自主培养，高新技术人才国内很缺乏，所以世纪前沿公司自主培养人才是必需的，朱恩的要求是公司要不惜一切代价网罗全国优秀的年轻人才，给予应届本科生的薪金标准是月薪一万二千元，一年之后的转正工资提高 0.5 ~ 1 倍。

工作满两年的技术人才，公司给予部分股权，享受公司分红。

这个标准是目前全国最高的应届本科生工资标准。

对于应届毕业的研究生、博士生，在这个基础上提高 0.5 ~ 1 倍录取，对于社会专业人才，朱恩也要求给予最高薪资标准。

十个亿投资进去，薪资占了不少，朱恩现在是大把烧钱，场子铺得很开，架子搭得非常大。

应该说这样的决策说出来很爽，但是真正开始实施之后，朱恩还是感受到了压力，所以他现在虽然很累，但是根本无法入眠。

现在摆在他面前的最重要问题，就是如何开发出一款比梦幻江南或者梦幻北极有革命性进步的手机，因为他的无限期推迟新产品发布的计划，不可能真的无限期推迟。

在公司技术团队没有构筑起技术壁垒之前，这个过渡期，公司怎么才能做出优秀的产品来，不得不说，这个问题非常困难。

“朱，好了，现在我们可以放假了，对不对？我今天郑重向您请假，我要回一趟法国。你知道的，这个季节正是品尝红酒的最好季节，我得去好好地品一品家乡的红酒了！”杰瑞进了朱恩的办公室，动作有些夸张，样子有些滑稽。

朱恩抬眼瞅向他，道：“杰瑞，我等着你的营销计划呢，怎么了？写不出来吗？”

杰瑞干笑一声，道：“朱，这简直太荒唐了。咱们现在连产品都没有，哪里来的营销计划？你们中国有句话，叫‘巧妇难为无米之炊’，朱，你今天是要专门为难我吗？”

朱恩冲着他摊摊手，道：“杰瑞，你要记住，你是营销总监，不是战略总监，更不是首席执行官。公司现在在市场上有产品在销售，你就应该制订营销计划。

“你应该知道，这个时候正是我们深度挖掘产品营销点的时候，也是我们在全国设立维修中心和客服中心的时机。你去年年底在董事会上说的那些方案，现在都应该行动起来。

“时不我待，必须行动起来，你听明白了吗？”

杰瑞看了朱恩一眼，他突然道：“不，不，朱。我听不明白你的安排，你知道那些营销方案是我花了多久才做出来的吗？我耗费了所有精力做出的方案，你让我在一款老产品上实施？这不可能！

“你说过了，过度营销会伤害我们的消费者，会伤害我们的粉丝，这件事儿我做不了，兄弟，你需要另请高明。”

朱恩眯眼盯着杰瑞，大声道：“杰瑞，你再说一遍，真的做不了吗？”

杰瑞狠狠地抿了抿嘴唇，脸色变得很难看，他使劲地摇摇头，道：“真的做不了，朱，我对你太失望了。你太自负了，你是我见过的最自负的人，不要以为你是天下第一，真的，你这样独断专行会毁掉公司的！”

朱恩冷冷地哼了一声，慢慢走到杰瑞身前，他的脑袋慢慢地凑过去，嘴唇放在杰瑞的耳边，道：“如果我说我们很快就要推出新产品，你能不能做得了？”

“啊……”杰瑞惊呼一声，难以置信地盯着朱恩，摇头道，“朱，你……你搞什么名堂？你是在戏弄我吗？”

朱恩的神色非常冷酷，认真地摇头道：“不！我从来不戏弄人，我对外宣布的是无限期推迟新产品，没有限期，这个期限就有可能是一年，也有可能是十年。当然，明天推出新产品也是有可能的，是不是？”

朱恩摊摊手道：“我们的对手太强大，我们不能够让别人知道我们要干什么，而且，你应该明白，这种营销方式完全可以做到在任何时候、任何地方，我们都可以做产品发布会，推出新的产品。”

杰瑞呆呆地盯着朱恩，过了好大一会儿，他摇头道：“我还是不太明白你的意思，你究竟想表达什么？你能说得再清楚一些吗？”

第十五章　缺陷营销

天地大厦，世纪前沿副总以上级别的高层召开最高保密级会议。

自从朱恩上次在汪先生那里见过汪先生针对世纪前沿的调查材料之后，他回来立刻对公司进行了保密制度管理。现在世纪前沿公司已经完全按照诺亚当年的保密制度，对公司各种行为都进行了严格保密分类。

而像今天这种最高等级的保密会议，仅限参会人自己知晓内容，会议内容参会人连家人都不能透露，会议上也不允许做任何笔记。

“朱恩，你能说说你完整的想法吗？我现在都有些糊涂了，公司刚刚对外宣布无限期推迟新产品的发布，现在又突然说要快速准备发布新手机，你这是什么思路呢？”马梦可皱眉道。

朱恩抿了抿嘴唇，端起水杯喝了一口水，道：“这并不矛盾。无限期推迟新产品没有错，因为我们要等到新手机的研发设计彻底完成。我的想法其实很简单，那就是我们不能够墨守成规，不能这么快就被人看清我们的做法。

“竞争对手很强大，但是他们看不懂、看不清我们做什么，他们就拿不出针对性的方案，这就是我们逆袭的机会。”

“站在营销的角度，我们的营销应做到在任何时候，只要我们发布新产品，我们的粉丝都能感觉到特别惊喜。杰瑞，你明白我说的话吗？”朱恩认真地道。

杰瑞摇摇头，道：“不，这不可能，朱。我们的营销是经营粉丝，我们营销的核心是让粉丝参与设计我们自己的手机，这是一个庞大的营销策划，我们需要很长的造势时间。

“梦幻江南和梦幻北极两款机器，我们进行了几个月的造势才有可观的成绩，我们不可能临时发布一款产品，这真的不可能！”

朱恩皱眉道：“真的不可能吗？那你觉得，现在我们是不是还有几个月的造势时间呢？这不可能了吧？我们已经不是去年那个默默无闻的品牌了，现在网络环境如此复杂，竞争对手对我们虎视眈眈。

“而且我们的营销方法对手已经非常了解了，在这种情况下，我们按照去年的做法来开展营销，我认为结果不能给我惊喜。

“所以，我们应该换一个思路，还是这种营销方式，但是我们的造势方式要从梦幻江南和梦幻北极的缺陷着手。一款手机有优点便会有缺陷，我们鼓励粉丝们推广我们的优点，也更鼓励粉丝们发现机器的缺陷。

“因为只有他们发现了缺陷，我们才有进步的空间，我们的新机器才更值得期待。

“所以，我把接下来公司的营销计划定位成缺陷营销，而我们即将推出的新产品便是现在梦幻江南和梦幻北极的升级版，就叫江南 2 和北极 2。从今天开始，营销团队就要针对梦幻两款手机的缺陷来造一场声势浩大的运动出来。

“我希望三个月之后，这一场运动能推动到最高潮，而到那个时候，我们再推出无缺陷新产品，这就是我的整个想法。”

朱恩这一席话说出来，会议室一阵安静，大家你看看我，我看看你，每个人都难掩心中的震惊。

不过，他们也不得不承认，朱恩的思路非常独特，他的想法大胆、新奇，又富有创意。

而对一次成功的营销策划来说，大胆、新奇和创意又是不可或缺的要素，这还真有点儿意思啊。

杰瑞瞪大眼睛，他夸张地摊开双手，一个字都说不出来。作为一个营销天才，他的脑子在高速运转，快速消化朱恩话语中包含的信息。

“缺陷营销？这是个新名词啊，朱，以前我们从来没有做过类似的营销，我不能保证一定可行！”杰瑞道。

朱恩清了清嗓子，道：“我一向反对过度营销，但是目前在我们的产品不能确定绝对竞争力的情况下，营销的成功就是我们产品的成功。去年我们两款梦幻手机为什么能成为市场上的黑马？

“我认为成功的营销是我们成功的根本，既然这样，我们在过渡期推出的最新一款产品，必须要在营销上有创新。

“我们要闷声发大财，有道是出其不意攻其不备，我们不能让同行知道我们下一步怎么走。梦幻团队的神秘感能保持多久，就要保持多久，当所有人觉得我们要乘胜追击的时候，我们就宣布收兵。

“而当所有人觉得我们要收兵的时候，我们却突然推出新产品。

“当竞争对手挖空心思找咱们产品的缺陷进行攻击的时候，我们已主动出击，主动把缺陷暴露出来，以此来团结粉丝们，让他们参与其中，让他们共同为完善这些缺陷献计献策。

“从产品的外形到产品的功能，我们做一个翻天覆地的改变，而这一款机器依旧叫梦幻江南和梦幻北极，只是升级了一个型号，这将标志着我们梦幻手机品牌正式成为一个系列的产品……”

“好，朱恩，你这个想法太高了！说句心里话，对你永远推迟新产品发布的做法，我一直都持保留意见，我没想到你的真正用意在这里。缺陷营销，这个点子很绝，我认为值得一试。

“去年我们兵出奇招，一炮走红。今年我们的品牌知名度已经出去了，如果能再火一把，嘿嘿，咱们的梦幻就有资格和国内一线品牌竞争了！”王岳同拍手大声道。

作为一个经验丰富的企业家，朱恩的意图一暴露出来，他就看到了其中的亮点，当即毫不犹豫地表示了支持。

杰瑞摇头，道：“我的天啊，真是疯了。朱……我不得不说，你的想法太疯狂了，疯狂得让我的荷尔蒙分泌速度都加快了很多，不过我认为值得一试。哈哈，我不能回法国度假了，感觉有些糟糕。朱，你得给我准备最好的红酒，不然我就罢工！”

朱恩摆摆手，道：“你的工作我倒是说明白了，你先一边凉快去。各位啊，要推出新产品却不是一件容易的事情，余怀啊，我知道你现在很忙，不过我上次让你解决的缺陷，你们在技术上一定要开始组织攻克，解决一个问题，你发给杰瑞一个问题。

“我希望你们的技术团队能够做出粉丝们认定的无缺陷产品，你们的产品做得越好，我们的营销效果就会越好。

“而在设计上面，我会亲自去负责新产品的设计，新款的梦幻手机必须要给粉丝新的惊喜。”

说到这里，朱恩用力地拍拍手，道：“我一直强调，一款手机的成功必须是每个环节的成功，从功能到体验到外形都做好的机器才是真正的好机器。而好机器必须要配合完美无缺的营销手段，把机器卖出去了，才是真正的成功。

“如果有一个环节出了问题，就可能意味着失败，所以我希望大家都把弦绷紧，每个环节都不能出差错。各位，听清楚了没有？”

“好，好！我们明白了！”马梦可举手道，看她的模样明显是跃跃欲试。

朱恩笑笑道：“梦可，你的工作是趁着现在迅速完善全国范围内的售后服务网络，我们以后的销售模式是线上销售，线下服务。我们的每一部机器卖出去，都要让用户感觉到服务就在他的身边。

“我们要把粉丝发展成我们服务大军中的生力军，时间有些紧，我希望咱们新产品发布的时候，服务网络已经铺好了。”

马梦可大手一挥，道：“你就放心吧！我已经准备好了，我在全国首批划定了两百个城市，接下来我们组织人手一个城市一个城市地落实。我们的售后服务网络，很快将会遍及全国。”

朱恩点点头，看向王岳同，道：“董事长，您也不能闲着，现在我们人手不够，您的人脉关系要利用起来。国内手机市场是个烧钱的市场，对别的厂商来说，是营销烧钱；对我们来说，是研发烧钱。

“既然是研发烧钱，我们就要主动出击，争取能在全国一线大学里面找到顶级的科学家加盟。我们有十五个亿啊，到今年年底，这些钱要全部烧完。

“舍不得孩子套不到狼，董事长，这个艰巨而重要的任务我就交给您了，如果能够引进三五个科学家，我的研发中心就有底气了。”

王岳同朗声一笑，道：“你放心吧，朱恩，在这一块儿我会全力以赴。现在很多教授手上有成果，但是科研成果到产业化的推进国内还很迟缓，我前几年查过国内关于通信的专利，竟然有两万多个专利是闲置的。

“我相信咱们公司投入这么大的资本来发展通信科技，必然能吸纳一大批优秀的科学家加入到我们的队伍中来……”

第十六章　逆袭

公司新一年的工作终于部署完成了，接下来便是公司上下要卖命地去干活了。

在朱恩的观念之中，第二年是关键的一年。

世纪前沿去年一炮打响，这只能让公司暂时站稳脚跟，而真正要打出自己的一片天地，第二年便是开疆扩土的重要一年。

目前梦幻系列手机四百万部的销量，仅仅只是国内手机领头羊荣誉的十二分之一，只是全球手机领头羊苹果的五十分之一。如果把巨头们比作一头大象，世纪前沿目前还只是一只小蚂蚁而已。

巨大的差距不是靠一两个天才就能弥补的，朱恩对这一点有清醒的认知，所以朱恩从一开始给自己的定位就是游戏规则破坏者。

一只蚂蚁要挑战一头大象，双方拉开架势，按部就班根本就不可能取胜。

世纪前沿注定了不能走寻常路。

世纪前沿从一开始就表现得与众不同，首先在目标用户上，世纪前沿瞄准的是发烧友玩家，提出的口号是发烧友 DIY 自己钟爱的手机，把其他所有厂商都排除在了竞争对手之外，几乎把品牌做成一个封闭的品牌。

而在营销上，不铺广告，不搞大规模发布会，不走渠道，不找代理，世纪前沿的营销全部通过网络完成，手机厂商直接面对客户，砍掉一切中间环节，将目前刚刚兴起的电子商务和公司营销完美地融合。

这样的营销方式很年轻化，很受年轻人欢迎，朱恩和他的团队把手机销售过程做成一次时尚购物的即视感，这也是梦幻系列手机能够迅速走红的原因。

年轻人对新奇的事物都感兴趣，当很多年轻人还在赞叹苹果公司产品的神秘和高大上的时候，突然冒出梦幻手机这样一个怪胎，提出了自己 DIY 手机的概念，声称任何人都可以按照自己的想法设计一部手机，然后世纪前沿公司帮大家把这款手机制造出来。

这个噱头就是顺应了时下年轻人热烈追求的个性，每个年轻人都希望自己是独一无二的，每个人都很自我，都有自己的想法，梦幻手机就刺中了这个点。

至于后面梦幻手机搞南北对抗，明显是把年轻人从个性中解放出来之后，又重新让他们认识到团结的价值。

因为世界上不可能有一个厂商能够提供完全个性化的服务，每个人都有不同的想法，每个人都能设计一款自己的手机出来，哪个厂商能够满足这样的要求？

世纪前沿做不到这一点，所以为了规避这种情况出现，他们精心策划了南北对抗的戏码。

那就是南方一部手机，北方一部手机，两款手机在网上打擂台。

这样的做法融入时下年轻人最热衷的网游对战理念，就像是敌对的双方，大家都参与到各自一方之中，然后打败对方就会取得胜利。

这种对战势必要淡化个人色彩，为了胜利，大家要群策群力，构思出一款符合江南风格的手机出来，目标是打败北方的手机。

总之一句话，世纪前沿的营销融入的元素非常多，而且非常成功。就目前来说，这样的能力便是世纪前沿最核心的竞争力。

“任重而道远啊！”朱恩能很清醒地认识公司目前的境况，对未来，他同样充满了信心。

事在人为，朱恩觉得现在自己拥有最好的合作伙伴，拥有最好的契机，只要能把握好，就一定能成功。

花城市，史金刚像往常一样进入江南论坛，作为一名狂热的梦幻手机粉丝，他昨天一夜未眠。

“怎么能这样，为什么要无限期推迟新产品的上市时间？难道仅仅只是因为要成立研发中心吗？”史金刚小声道，他实在是感到有些憋屈。

昨天他在网上和一哥们儿PK，对方是荣誉的粉丝，两人就用荣誉S3和梦幻江南两款手机PK，双方从手机外形到硬件配置，到用户习惯，然后到综合性能，全方位对垒了三百回合。

两人战得可谓天昏地暗、日月无光，最后史金刚险胜，三大手机论坛上万粉丝见证了这一次PK，史金刚的风头一时无两。

对方不怎么服气，撂下话来等两个月后荣誉S4上市之后，让荣誉S4全面碾压梦幻系列。史金刚哪里能听得了这话，当即表示荣誉出新品，梦幻的新品肯定也快了，到时候大家江湖再见。

他这话一撂出来，当即就被对方耻笑了，然后对方拿出一条世纪前沿科技有限公司刚刚发出的通报告诉他，没有梦幻新机了，因为梦幻的东家宣布无限期推迟新机的发布。

听闻这个消息，史金刚当即就蒙了，他立刻打电话到世纪前沿公司确认，得到的结果果然是对方说的那样，他当时在电话里激动得只差骂娘。而挂了电话后，他整个人像是丢了魂儿一般，彻夜难以入眠。

“金刚，金刚，你起床没有啊？来，来，过来，我跟你说个事儿。”门外，传来老妈尖锐的声音。

“来了，来了！”史金刚刚刚站起身来，一眼看到电脑屏幕论坛上的置顶消息，他微微愣了一下，“哎？这是个什么玩意儿？梦幻江南致命缺陷第一炮……天，这是黑子吧！”

史金刚一屁股坐了下去，他点开链接看其中的内容，渐渐地，他额头上的冷汗都冒出来了。

“这不可能吧！”

他翻出自己的手机，按照论坛上描述的步骤一一操作，当完成最后一步操作时，“叮咚”一声，手机屏幕一闪，直接关机了。

“这怎么可能？怎么会这样？”史金刚一下跳到了椅子上，眼睛死死地盯着电脑屏幕，“我晕，北极论坛的那些王八蛋，这可是你们先挑事儿的。战起来，我就不信你们北极手机没有BUG……”

“吱，吱……”

史金刚拖出键盘，快速地敲击，标题出来了：“兄弟们，北极的王八羔子们挑事儿了，各就各位，摆好姿势，咱们迎战喽！”

几个字敲完，史金刚整个人都兴奋了起来，似乎昨日的不爽都烟消云散了。

不管公司的战略怎么安排了，他实在太无聊了，既然梦幻北极的那帮王八羔子开出了一块新阵地，那正好，他最近正愁没事儿干呢！

不是鸡蛋里挑骨头吗？不是找缺陷吗？那就来吧，你能找出咱们的机器多少缺陷，我们就能够奉还你们多少，江南论坛的人什么时候熊过？

史金刚越想越兴奋，情不自禁地哼起小曲儿来。

“史金刚，你是聋子吗？老娘叫你多长时间了？你口口声声说‘来了、来了’，你当老娘跟你一样那么闲是不是？我看你分明就是戏弄我！”门被老妈推开，劈头盖脸一通臭骂，史金刚像一只受惊的鹌鹑，连忙从椅子上溜下来穿好鞋。

“嘿嘿，妈，刚才一个朋友问我一点事儿，我就回了他一句！”史金刚站起身来“嘿嘿”傻笑道。

门口站着一个披着长发的中年瘦女人，女人的脸色不太好，很苍白，然而看起来却很凶，史金刚从小到大最怕的就是她，他妈是真的凶呢。

“别嬉皮笑脸！你看看你，屋子里乱七八糟的，拜托你能不能稍微懂事一点儿？自己的房间起床之后能不能稍微收拾一下？还有啊，你把玩电脑和手机的时间分一些出来找一份工作好不好？

“你这样宅在家里，你大学毕业都两年了，难道就做一辈子啃老族不成？”女人叉着腰，大声训话。

史金刚傻笑着出了房间，一屁股坐到客厅的沙发上，看上去有些萎靡。老娘骂街已经成了每天早上的例行功课，谁让他现在还没找到工作呢！

一想到找工作，史金刚就感到头疼，这两年他不是没出去找工作，而是他根本找不到合适的工作。

他不喜欢工厂的环境，而其他那些工作要求交际能力，这方面又是他的弱项。另外，他只是三流大学毕业，他看中的工作别人看不上他，他也没辙。

中年女人慢慢走过来，语气缓慢道："刚子，妈也不是要骂你，只是你现在这样让我们很担心。咱不说别的，丽丽家的人现在怎么看你，你知道吗？人家都不愿意让你和丽丽走在一起了。

"你是个男人，像你这样的做派，以后怎么养家糊口？别人家怎么能放心把女儿嫁给你？

"妈求你了好不好？你上进一些，努力去找一份工作，哪怕只是端茶递水，那也比你天天宅在家里强，你说是不是？"

史金刚无精打采地点点头，道："妈，你不是说找我有事吗？什么事儿啊？"

"哦，对了！丽丽昨天给我打了一个电话，让你今天去她公司一趟，我刚才都差点儿忘记了。嘿，你收拾一下赶快过去，指不定是人家公司出了什么事儿呢！"

第十七章　第一猛将

花城的天空很昏暗，一如史金刚现在的心情。

毫无目的地走在大街上，他突然有一种哭的冲动，于是他很快就泪流满脸。

丽丽是他谈了三年的女朋友，两人大学时就好上了，三年的相处，两人已经到了谈婚论嫁的程度。可是今天对方却突然提出了分手，原因自然也很简单，因为史金刚从毕业到现在连一份正式的工作都没有找到，对方家长不乐意了。

女孩子的青春很宝贵，到了谈婚论嫁的年龄便一年也耽搁不了，像史金刚这样工作都没有一份，身无分文靠啃老过日子的小年轻，怎么能肩负起家庭的责任？这是一个很现实的问题，丽丽的父母直接以此否决了他们的交往。

史金刚感到从未有过的痛苦，他反思自己这二十多年的人生，觉得从头到尾就两个字——失败！他不承认自己没有才华，因为在目前的江南论坛之中，他是骨灰级的手机发烧友，拥有粉丝众多。

可是那又如何呢？他没有工作经验，没有过硬的文凭，也没有哪一家和手机相关的企业会聘用他。

在所有人眼中，他就是一个得过且过，不求上进，甚至是无药可救的宅男。

毕业两年，几乎天天都宅在家里，这还是年轻人吗？这样不求上进的男人，根本就不配拥有爱情。

史金刚内心刺痛，感到前途迷茫，他抬头看天，脑子里一片空白，此时此刻，他真的不知道自己的前途在何方。

他年纪不小了，已经二十四岁了，接下来的路该怎么走呢？

现在史金刚已经极度不自信了，他甚至害怕和人接触，因为他怕别人笑话他。

在网上找工作，他也害怕给人发简历，因为他害怕被拒绝。

当年很自信、很有个性的年轻人，现在已经被生活折磨得遍体鳞伤……

他在大街上找到一处歇脚凳子，一屁股坐下去，身子使劲地往后仰，慢慢地闭上眼睛，努力地调整自己的情绪。

过了一会儿，他脑海之中突然浮现出梦幻江南论坛的种种画面，他忽然得到一点儿安慰，至少在那个虚拟的世界之中，他真的能够活得很自如，也唯有在那里，他活得才有光彩、有自尊。

“如果虚拟能照进现实该多好啊，那样的话，丽丽也不会离开我了！”史金刚深吸一口气，心中如是想。

“嗯？”

“叮，叮，叮……”

“谁给我打电话？临港的号码？”史金刚有些奇怪地看着手机上的陌生来电，心中升腾起很多的疑惑。

“喂，请问您找谁？”接通电话，史金刚大声问道。因为心情不好，他的态度也变得很不好。

“您好，请问您是江南论坛的‘变形大金刚’吗？我们这里是临港世纪前沿有限公司……”电话那头传来女孩子清爽热情的声音。

“呃……”史金刚心猛然一跳，“变形大金刚”是他在论坛上的马甲，对方直呼他的马甲名，应该是通过论坛找到自己的。

“对，对，我就是‘变形大金刚’，请问你找我什么事情？”史金刚大声道，对世纪前沿公司，他实在是拿不出好态度来。

这家公司太让他失望了，竟然无限期推迟新产品的发布，这不是摆明了要给竞争对手机会吗？

梦幻手机多好啊，尤其是梦幻江南，可是摊上了这么一个东家，真是白瞎了这款好手机了。

“是这样的，先生，我们公司在花城专门办了一次粉丝聚会，我们老总亲自指示，要给您发邀请函，希望您在百忙之中能够参加这次聚会。先生，您看……您有没有时间？”女孩十分热情地道。

“粉丝聚会？”史金刚一提到粉丝聚会，他心中的火气更大了，他冲着话筒道，“你们公司还在乎我们这些粉丝吗？既然在乎，为什么不征求我们的意见，就宣布要无限期推迟新产品的发布？

“你知不知道，你们这样做已经深深伤害了我们这些粉丝的感情，我代表花城的粉丝对你们的做法表示强烈抗议……”

史金刚一下变得激动了起来，一说到手机，他低落的情绪已经飞到九霄云外了。

此时，他脑海之中就只有梦幻江南，只有让他不爽的新产品发布无限期推迟的通报，所以他十分恼火地冲着话筒大吼。

“先生，先生，请您冷静。您的意见我们一定会认真考虑，在明天的粉丝聚会上，我们的杰瑞总监会亲自和您交流，听取您的意见。我们公司是一家服务粉丝的公司，您放心，只要您参加聚会，我们一定能给您满意的答复……”女孩十分耐心地给他解释。

所谓伸手不打笑脸人，对方态度这么好，史金刚也不好再发火了。

他沉吟了一下，道：“你说个地址吧，我明天肯定去参加！”

对方报给了他一个地址，史金刚用心记下了。

挂断电话之后，他忽然对这个聚会有些期待了。

从去年梦幻手机推出来之后，史金刚就迅速地成为这款手机的忠实粉丝，在论坛上前前后后发表文章超过一百篇，参加的各种 PK 不下五十次，现在已经成长为二级专家了，在这个圈子里面粉丝非常多。

尤其是在花城这座城市，史金刚已经成为级别最高的粉丝，他通过这个平台，还结识了不少同城好友呢。

明天有聚会，岂不是这些网上天天聊天的好友，明天都要见面了吗？

“嘿嘿，有点儿意思啊！这个破公司终于干了一件看上去正确的事情。真的好期待哦，听说‘塞族小妞儿’是个模特级的漂亮妹子，不知道是不是真的。明天聚会，应该能见到吧！”

他心中想着粉丝聚会的事情，收拾心情回到家中。

父母都去上班了，他直接进入自己的房间，打开电脑。

在江南论坛上，已经有关于花城粉丝聚会的帖子了。

“花城粉丝聚会第一弹，公司美女总监、营销总监亲自莅临花城！”

史金刚点开帖子，帖子里面详细地介绍了这一次花城聚会的背景，公司过来的领导，还有聚会的时间、地点、环境、饮食等。

更关键的是，帖子里还配有十分精美的图片。

“哇！这就是世纪前沿的副总裁马梦可？真是靓妹子哦，她好像在论坛上有个马甲叫‘愤怒的小马’吧！”看到马梦可的照片，史金刚感到很惊艳。

“嗯？这里还有一条消息……”

“从粉丝蜕变为公司的员工，为公司的成长和发展添砖加瓦。兄台，咱们约吗？”

“这是站内消息吗？”

点开消息，史金刚一下愣住了，消息内容是：“‘变形大金刚’兄台，我是‘愤怒的小马’，我谨以世纪前沿公司管理层的身份向您发出邀请，希望您能够把您关于手机的才华在我们搭建的平台上尽情挥洒。

“我们公司会努力地为您提供最好的待遇和条件，在保证您收入的同时，我们还保证您的工作弹性和生活自由，希望您能认真考虑我们的邀请。

“如果您有兴趣，请在参加粉丝聚会的时候，和我主动接触哦……”

“这……”

史金刚的心遽然一跳，眼睛盯着这条信息，半晌说不出话来。

“这是真的吗？这是世纪前沿公司副总裁马梦可给我发的邀请函？”史金刚将这条信息从头到尾看了好多遍，终于确定没有错。

他便激动了起来，他不止一次地想自己将来的工作一定要和手机有关，要和自己的兴趣有关。

可是这几年下来，他四处努力寻找，却次次都被碰得头破血流。

今天，他突然收到了这样一份邀请函，这不正是他梦寐以求的工作机会吗？

如果能够被录取，成为公司的员工，他们会给我什么样的待遇呢？

会不会要求我去临港上班，如果是那样，我可能真的要和丽丽分手了。

不过就算要让我去临港上班，我也一定要去，毕竟这样的机会太宝贵了……

他脑海之中掀起无数念头，各种念头交织在一起，让他变得十分兴奋。

终于，他深深吸了一口气，强迫自己冷静下来，重新坐在电脑前，进入论坛找到论坛中“手机江湖”进入，他登录账号，发了一个帖子：

“刚刚收到了世纪前沿‘愤怒的小马’的邀请函，靠谱不？求科普！”

他打好了标题，然后把邀请函直接截图贴上去，点击发布。

消息发布成功！

他深深吸了一口气，起身给自己泡了一杯茶，再一次回到电脑旁边，便听到“叮咚”一声，有人回帖了。

他迫不及待地点开帖子：“哇，亮瞎我的眼啊，金刚这是要大发的节奏，恭喜恭喜啊！”

接着又是“叮咚”一声，第二楼回帖：“金刚要火，鉴定完毕！上一次被公司收编的那帮兄弟，现在个个了得！”

第十八章　粉丝聚会

史金刚随便在论坛发一条帖子，几个小时之内的回复就有几百条。

这些回复中的说法五花八门。

大部分帖子都是表示祝贺和羡慕的，毕竟从一名泡论坛的粉丝，一跃成为公司的员工，而且还是副总裁亲自发的邀请函，这是很多人梦寐以求的。

现在史金刚得到了这样的邀请，自然值得祝贺。

不过也有一些泼冷水的，说什么那不过是公司在招聘临时工而已。

还有说这种邀请不能当真，只是公司的营销手段，粉丝如果真答应公司的条件，等于卖身给了公司，干的都是粗活和累活等。

各种各样的说法，让史金刚心中很没底，也更加紧张。

说句心里话，他真的希望能找到一份自己钟爱的工作，尤其是经历了丽丽闹分手这事儿之后。

所以，不知不觉中，他已经把这一次粉丝聚会看成一次难得的机会，心中非常在意。

然而越在意，他想得也就越多，而想得越多，他就越紧张。

他宅男一个，以前就不善于和别人打交道，大学毕业之后又处处碰壁，让他的性格变得更加孤僻，甚至有些自卑。

整整一个晚上，他躺在床上翻来覆去没怎么睡着。

第二天他起得很早，一大早就赶向聚会的地点。

公司把这一次粉丝聚会的地点选在了花城图书馆，花城图书馆东门出来有一个农家乐餐厅，史金刚费了不少劲儿才找到地方。

进入农家乐，他看到院子里陆陆续续来了不少人。

一名穿着小西装的女孩子站在门口，似乎是迎宾。

“嘿，这位先生，请问您怎么称呼，您是来参加梦幻手机粉丝聚会的吗？”女孩十分热情地道。

“呃……我……那个……是……是的。”史金刚变得有些紧张，他红着脸扭扭捏捏了半天，道，“我……我是江南论坛的‘变形大金刚’……”

报出自己在网上的马甲，史金刚感到浑身不自在，有一种被人扒光的感觉。

“啊……”女孩惊呼一声，睁大眼睛盯着史金刚，惊道，“您就是大金刚？天哪，和我想象的差别有些大，我可看了你不少的帖子。啧啧，你看看那边已经来了不少人了，妞妞他们刚才还在议论你呢！”

小女孩领着史金刚，十分热情地和他说话，史金刚有些受宠若惊，然而刚才紧张的心情却也得到了释放。

这种感觉很好，虽然刚开始比较紧张，但是对方一开口，就让他觉得大家是一类人。

进到院子里面，女孩冲着那边叽叽喳喳的人群喊道：“喂，各位啊，刚才你们议论的大金刚来了啊，‘变形大金刚’啊，咱们花城第一猛将，怎么样？是不是反差很大，看上去好像很文青呢！”

“哇！”

大家都站了起来，目光集中在史金刚身上。

有几个活跃的男同胞已经凑了过来，领头人是个大胖子，上来便给史金刚一个熊抱：

“大金刚就长这模样呢，今天不虚此行啊，哈哈，我是‘枯木生水’，哥，咱是老聊友了！”大胖子咋咋呼呼地道。

被大胖子抱着，史金刚开始很不适应，可对方一报马甲，他就感到非常亲切了。

对方和自己一样，都是很早就泡江南论坛的老鸟了，都是当年和“小鱼儿”一起厮混的兄弟。“小鱼儿”是谁呢？自然就是当前世纪前沿的技术总监余怀了，江南论坛最早的站长就是他。

如果说师承的话，史金刚算是余怀的徒弟，而“枯木生水”的资历比他弱一些，两人勉强算是同辈。

“水哥抱了，我就不敢抱了，我是‘三羊太太’。金刚哥，上次机器出了麻烦，谢谢您的指点啊！”大胖子后面的小年轻咧嘴笑道，满口白牙，给人的感觉很清爽。

史金刚感觉自己的内心一下活了，先前的紧张感全都没有了。

虽然眼前的都是陌生面孔，但是在精神层面上，大家都是多年好友了，平常天天在一起聊天呢，只是现实中没咋见过面而已。

“大金刚来了啊，兄弟们，姐妹们，想见大金刚的，想和大金刚拍照的，现在一个个来啊，过了这个村儿就没这个店儿了啊！”“枯木生水”大声嚷嚷道。

“吼！”接着下面就有人起哄，没办法，在江南论坛，“变形大金刚”就是明星，手下弟子众多，粉丝众多。

就像今天这一屋子人，只要在江南论坛有马甲，必然都能和他扯上关系。毕竟在花城这一块，“变形大金刚”无论是技术还是见识，都是大哥级的。

平常大家玩手机遇到问题，或者是机器坏了，上网第一个要找的便是“变形大金刚”。

这么多人起哄，史金刚只觉得有一股热血往脑门上蹿，这种感觉简直是太棒了。

在现实生活之中，他处处遇冷，处处碰壁，哪里想到有一天，会有这么一帮兄弟以他为中心起哄叫好？

他突然觉得，这几年自己混江南论坛很值，人生一世短短几十年，能够结识这么一帮志同道合的兄弟，夫复何求！

史金刚唯一的爱好就是玩手机，喜欢钻研手机，是典型的发烧友。除了手机，对其他的事情他都没有兴趣，他没有任何特长，就只有手机玩得多，摆弄手机很厉害，如果这算是特长的话。

而作为最早泡江南论坛的老鸟，他当时就没想过，江南论坛的余哥会真的自己做一款粉丝型的手机出来。第一次见到梦幻江南的时候，他感觉自己的呼吸都要停止了。

因为那款手机他一开始就参与其中并提出意见，而当梦幻江南的机器做出来的时候，外形和功能与他脑海里想象的几乎是一模一样。

所以，他几乎是秒变梦幻江南的狂热粉丝。在江南和北极大战的时候，江南论坛的“大金刚”可以说是冲在第一线，最多的时候他一天发过九十多篇帖子，一天打的字足有三万多。

“变形大金刚”这个马甲开始在江南论坛出名，也是因为梦幻江南这款手机，只是史金刚自己也没料到，他的名气已经如此之大。

一众兄弟笑闹，大约过了半个小时，粉丝会正式开始了。

一个大鼻子矮个子外国人嘻嘻哈哈地走进来，表情十分夸张，他张开双臂，道：“我亲爱的江南论坛的粉丝们，我就是‘大鼻子杰瑞’，谢谢你们参加我们在花城给大家准备的聚会。

“这样好不好？大家肚子应该都饿了，我们给大家准备了最丰盛的午餐，我们先吃饭好不好？”

“大鼻子杰瑞”，粉丝们都知道此人是公司的营销总监，平常他不怎么活跃在论坛中，但凡是他在论坛发帖，基本都是以搞怪的形式出现，因为在论坛中，他就是个活宝。

今天的粉丝聚会，没有其他的活动吗？直接开吃？

不过，这样也挺好啊，大家平常只在线上聊天，现在好不容易找到一次线下碰面的机会，大家趁着吃饭的机会，多聊聊天，多熟悉熟悉，这也是挺好的一件事。

更何况，大家从花城各地赶过来，有些兄弟连早餐都没吃，这个时候肚子还真的有些饿了呢。

杰瑞没有骗大家，餐饮很丰盛，地道的花城口味，还配有高大上的红酒、茅台、咖啡。而座位的安排也非常人性化，两个大方桌拼起来，几十个人围坐在很大的一个院子里，大家吃喝玩乐，完全可以尽兴。

更重要的是，这样的环境没有任何人打扰，没有所谓的公司领导过来讲话，或者是吃饭的时候半途被打断，要求大家发言什么的。

一切都是自由自在的，只有服务人员在一旁殷勤地服务，而且没有时间限制，这种感觉真的很棒。

饭桌上，史金刚成了大家争相追捧的明星，看这架势，他起初有些害怕，因为他担心别人给他灌酒。

他当即苦着脸道："哥们儿，我不能喝酒，喝酒立刻便要倒啊，后面的活动我都甭参加了！"

他这么一说，立刻有人给他"保驾护航"。

"敬大金刚的酒我代喝了啊，各位啊，大金刚不能喝酒，大家尽量以茶代酒啊，咱们要好好保护咱们的大金刚，是不是啊？"

史金刚被这种特殊照顾弄得眼泪都差点儿出来了，他什么时候被这么照顾过？

他大学毕业两年没找到工作，走到哪里别人给他的唯有嘲笑和冷眼，街坊邻居什么的，见到他都笑得好假，然后转过身去就对他指指点点，对于那些嘴脸，他心里敞亮着呢！

史金刚觉得，相对于之前，今天分外不同。

第十九章　收买人心

粉丝聚会安排得很好，先是吃饭。

吃饭之后，大家一起参观梦幻手机在花城的配送中心。在配送中心，大家看到了一张张订单下发之后，一部部崭新的手机从配送中心发出去的整个过程。

然后有专车把大家拉到花城的镜湖，一艘专门的游船载着大家在湖上游玩，而在这个时候，公司副总裁马梦可才出现在大家面前。

马梦可真的让人惊艳，比论坛中大家议论的更有过之而无不及，而她对大家的态度也非常热情，她的讲话之中，给大家传达了两个重要的消息：

第一个消息，公司要在花城市建立一支售后服务团队，而且选址都敲定了，就在刚才大家参观的配送中心附近。

第二个消息，公司已经启动了新一轮产品研发，最新的江南和北极产品将弥补第一款产品的所有缺陷。现在公司对大家的要求很简单，公司希望江南论坛的人能多给梦幻北极挑刺，这新一轮的 PK，极有可能决定新产品的水准。

这两个消息传达下来，史金刚觉得非常振奋，尤其是第二个消息，激动得他当即便提出了自己的问题：

“马总，公司不是对外发布公告说无限期推迟新产品发布了吗？现在又改变了通知吗？”

马梦可呵呵一笑，道：“你是大金刚吧，你好，你好，稍后等聚会结束，我还想单独请你吃顿饭呢！你可千万要给面子啊！”

“吼！”

大家齐齐起哄，有人道：“哎哟，金刚真牛啊，马总要单独和大金刚约哦，我们什么时候才能有这样的待遇呢？”

史金刚被闹了一个满脸通红，心中却无比激动。他毕竟年轻，能够在这么多人面前被认同，而且是被美女认同，这种感觉简直是太棒了。

马梦可顿了顿，道：“关于大金刚刚才的问题，我只能这么说，咱们公司推出每一款产品都是本着极其认真的态度，宁愿不推出产品，要推出必须推出精品。

“我们下一款手机主要是针对梦幻江南和梦幻北极这两款手机的缺陷实施完美改进。

“不仅修修补补，而且很有可能是大规模的变革。毕竟关于梦幻手机，现在已经有很多反馈，比如有人反馈说梦幻江南的屏幕过小，如果是这个原因影响到我们摄像头的功能，可能我们会换大屏幕。

“而在外形方面，我们可能会更加时尚、现代，极有可能采用质感更强的全金属的外壳。

“至于功能方面，已经发现了系统缺陷的我们必须弥补，已经发现硬件BUG的，我们一定会完美解决。

“各位啊，这不是简单的工作，所以我们不能给自己定期限。咱们公司就是为粉丝服务的手机，一朝不解决问题，我们就不能推出新产品，所以我们才宣布无限期推迟新产品发布计划……”

“好！好！太好了！”马梦可话刚落音，下面便有人鼓掌。

“公司的这个战略决策很对，我们的确应该以这样的态度来做机器，让那些嘲笑我们的厂商去死吧，我们的机器他们看不懂……”

下面有粉丝大声道。

马梦可接过话头道：“所以啊，为了加快进度，我希望大家都行动起来。我们不能让北极论坛的人小瞧了，我跟你们说啊，这一次去北方的是我们另外一名副总裁，他撂下话来，说这一次他要让咱们江南论坛的人好看。

“嘿嘿，我现在只能说一句，鹿死谁手，尚未可知呢。是不是啊，兄弟们？”

“是，是，马总您放心吧，我们江南论坛的人不会𡱝，回头我们就让他们好看！”

船上大家气氛热烈，然后便泛舟游湖，做了很多互动活动。

大家都很放松，都是同城志同道合之人，到一起也有话说，史金刚觉得这种感觉棒极了。

大家一直玩到下午四点半，聚会结束了，等船靠岸之后，史金刚按照约定留了下来。

看到其他的兄弟都走了，不知为什么，他一下又有些紧张了，紧张之中还很激动，反正那种感觉难以用言语表达。

“大金刚，您这边请，马总在那边已经给您准备好茶座了！”先前那名接待的小姑娘走过来，十分殷勤地和史金刚打招呼。

史金刚连忙跟在她身后，一溜小跑往前赶，小姑娘笑笑道：“不用急，有的是时间呢！”

马梦可选择了一处雅致的茶楼，热气腾腾的茶香萦绕在包房之中，非常沁人心脾。

史金刚进门的时候，马梦可站起身来，道：“大金刚，请坐，请坐！”

史金刚感觉整个人都要飘起来了，脸不由自主地红了，一颗心激动得怦怦直跳。

先前他就觉得马梦可很漂亮，可是现在如此近距离的接触之后，那种惊艳的感觉更强烈了，这样的女神对宅男来说，杀伤力实在是太大了。

强行平定心神，史金刚勉强落座，却不敢抬头看马梦可的脸。

马梦可笑笑，道：“我怎么也没有想到，在江南论坛那么牛的大金刚原来这么害羞。没事，放松一些，这里的红茶味道很好，你喝一点儿？”

“谢谢，谢谢！”史金刚连忙点头道。

马梦可不再和他开玩笑了，开门见山地道：“是这样的，大金刚，我们公司准备在花城成立售后服务中心。因为公司考虑到你对咱们产品的熟悉和专业，所以希望能邀请你担任售后服务中心的技术经理，这是个全职的职位，就不知道你是否方便？”

“啊……”史金刚惊呼一声，抬起头道，“我……我当技术经理？我……我现在没工作呢，我……很方便！”

史金刚一激动，说话语无伦次的。

马梦可笑笑道：“方便就好，那大金刚，这事儿就这么定了啊。公司为你准备了专门的办公室，同时给你配备了八名技术员。你们的工作就是负责花城及其周边八个县城的售后工作，这个工作非常重要，在技术上我对你很放心。我希望你能热爱这份工作，能够把这份工作当成事业来做。

“我们梦幻家族就是一个家庭，你以后就是咱们家庭里的一员了！”

史金刚连连点头，扭扭捏捏想说点儿什么，却一个字也说不出来。

马梦可又道：“待遇方面是这样，大金刚啊，因为考虑到你们这个点刚成立，起初待遇不会很高，你要有点儿心理准备！”

史金刚愣了愣，突然反应过来，刚才自己想问的就是这个。

待遇不是很高吗？那也无所谓，总比没工作强是不是？哪怕一个月有一千多块钱，这份工作自己喜欢，那才是最重要的呢！

一念及此，史金刚道：“没关系，我一切听从公司的安排！”

马梦可嫣然一笑，史金刚刚好抬头，看得一呆，眼睛都花了。

“大金刚，你别那么苦大仇深的，不管怎样，待遇就算不高也不会太差的。你作为经理的待遇安排是这样，刚开始三个月底薪六千，每个月住房补贴加交通补贴一千，年底的绩效奖金另算。

“试用期过后，底薪八千，其他的福利待遇不变，你看这个待遇行不行？”

“啊……”

史金刚这一次直接张大了嘴，他几乎怀疑是自己听错了。

试用期底薪有六千？我的乖乖，这么高吗？自己的那些同学毕业几年了，好像还没听说谁在花城拿这么高工资的，毕竟这只是个三线城市，平均薪水也就三千多的样子，六千块已经非常高了。

而且试用期过后还有涨，年底还有奖金，史金刚一下被这个条件给砸晕了。

“马总，这个待遇我很满意了。马总您放心，我一定好好干，一定让更多的人买我们的手机。现在我们的手机很多人还不了解，我觉得我们应该组织更多的人去帮忙宣传。

“我们花城这一次粉丝聚会之后，回头我会专门组织活动，把这一块工作也给抓起来。

“至于售后服务方面，公司可以放心，我一定做好。其实，现在花城很多机器我都免费在帮他们弄着呢……”史金刚认真地道。

因为激动，他话说得很快，还有一些结巴，但是说出这些话后，他就感到自己的血液都要沸腾了。

他突然觉得，自己今天的际遇就像是做梦一样，就在昨天，他还觉得自己的前途一片灰暗，仅仅过一个晚上，眼前的灰暗全都没了，他觉得生活一下充满了希望、充满了期待。

他恨不得现在立刻就投入到工作中去，他觉得自己能够参与到梦幻团队之中，就有莫大的动力。

马梦可从手提袋里拿出一个信封，道：“合同你签个字，这个你先拿着！”

在聘用合同上签上自己的名字，史金刚看着信封道：“马总，这是……”

马梦可一笑，道：“这是公司给你准备的签字费，一点儿小意思，一万块钱而已。同时也当是安家费吧，至少够你租个房子暂住。”

第二十章　惊喜

周丽丽今天下班有些晚，回到家的时候，她就感觉家里的气氛有些不对劲。

老妈老远便十分夸张地道："哎哟，咱家丽丽回来了呀！快进屋，进屋，家里来客人了呢！"

周丽丽有些木然地走进客厅，眉头不由得微微皱了起来。

屋子里沙发上坐着一个四十出头的胖女人，在她的另外一侧，还坐着一个戴着厚厚眼镜的年轻小胖子。那小胖子又胖又矮，估计还没自己高，一双眼睛贼溜溜的，很不讨喜。

"丽丽啊，你可回来了。阿姨都准备去接你了，是你妈非得说不用，来，来，快坐，快坐，你妈做了你最爱吃的烧鸡，马上就好，马上就好！"胖女人很会来事，态度热情得很。

周丽丽却只是淡淡地道："谢谢冯姨，我先去换一身衣服。"

她说完，径直回到了自己的房间，狠狠地把门关上，心中一阵烦躁。

这胖女人叫冯丹，是这一带远近闻名的媒婆，最喜欢干的事情就是替年轻人找对象。今天这女人登门了，还带来了一个男的，肯定是来相亲的。

周丽丽刚才瞟了一眼那小胖子，她完全无感啊。再说了，她刚刚和史金刚分手，心情正低落，哪里有心思去找男朋友？

一想到史金刚，周丽丽的心情更糟糕，两人交往了三年，金刚什么都好，就是没工作。

老爸和老妈就是挑人家这个刺儿，非得逼着自己跟他分手。昨天才分手呢，今天就让冯姨带人过来相亲，这不是逼人太甚吗？

"嘿！"周丽丽狠狠地把自己甩到床上，脑袋钻进被子里面，便听到外面老妈的声音：

“丽丽，出来吃饭吧，都等着你呢！”

周丽丽一阵烦躁，大声道：“你们吃吧，我肚子不舒服，不吃了！”

老妈一听周丽丽这话，从外面用钥匙将门打开，脸色很难看地说：“怎么回事？你肚子早不疼，晚不疼，一到吃饭的时候就疼吗？我说丫头啊，你能不能懂事点儿，家里有客人呢，你就这个态度，你让你爸和你妈的脸往哪里搁？”老妈黑着脸道。

周丽丽将头埋在被窝里，喊道：“我怎么就不懂事了？你们让我干什么，我就干什么，你们让我和金刚分手，我现在已经和他分手了，遂了你们的意了，你们还要怎么样？”

周丽丽一生气，一提到分手的事儿，便再也控制不住自己的情绪，眼泪哗啦啦就流下来了。

她的老妈叫陆庆秀，是从区工商局病退下来的，是正儿八经的国家公务员，平常在家里很有威严。

看周丽丽这一哭，她有些心软了，凑过来道：“丫头啊，乖啊，妈跟你说啊，今天跟你冯姨来的这孩子，你别看其貌不扬，其实很有内才。今年人家刚刚考上咱们区组织部的公务员。

“他和你是一年的人，你看这多好，工作又稳定，又有前途，如果你们之间能成事儿，妈就真的可以享福了……”

周丽丽道：“你觉得好，你去跟人家谈去，我才没那心情！”

陆庆秀眉头一挑，脸色一沉，喝道：“你这丫头还真反了天了，我告诉你，你马上给我起床吃饭，否则别怪我对你不客气。我说你呀，是不是还挂念着史金刚那小子？

“我都不知道上辈子造了什么孽，怎么就摊上了你这么一个丫头。史金刚那小子是什么人？无业游民一个，二十三四岁了还天天窝在家里啃老，他倘若是有一丁点儿长处，我也不会把事儿做这么绝。

“丫头啊，你妈是过来人，一切都是为了你好，将来终究有一天你会理解的。”

周丽丽将枕头扔到一边，眼睛哭得红红的，道：“妈，金刚不一直在努力吗？你又不是不知道，现在工作不好找……”

“你别说了，我不许你再提那个无业游民，我也不许你再和他来往！”陆庆秀粗暴地打断了周丽丽的话。

周丽丽委屈得脸都绿了，而恰在这时，她的手机响了起来。

她一看手机来电，脸色一变，很畏惧地瞟了一眼陆庆秀。

她一咬牙把手机挂断了，可很快手机又响起来了，她犹豫了片刻，按下接听键把手机放在耳边，便听到那头传来史金刚极度亢奋的声音：

“是丽丽吗？丽丽啊，我跟你说，我找到工作了，真的找到工作了。世纪前沿公司把我录取了，从明天开始我就可以上班了，真的……丽丽啊……你能不能再给我一次机会。

“真的，我不骗你，我一定努力，我一定给你幸福！”

周丽丽“啊……”的一声惊呼，她强行镇定道，“你……你稍等一下，我等会儿给你回电话……”

陆庆秀在一旁察言观色，早就看出了端倪。

她一听周丽丽这话，上前一步，直接从其手中将电话夺了过来，周丽丽惊呼一声，道：“妈……你……你要干什么？”

陆庆秀将电话放在耳边，对着话筒道：“史金刚，你给我听着，我不许你再找我女儿，你离我女儿远点儿。要不然，小心我对你不客气！”

“阿姨，是阿姨吗？我真的找到工作了，我不再是你说的无业游民了。真的，我一定会对丽丽好的，一定能给丽丽幸福的！”

陆庆秀听到话筒里史金刚亢奋的声音，微微愣了一下，旋即她又沉着脸道：

“你找没找到工作关我们什么事儿？反正从此以后，你和丽丽是大路朝天各走半边，你听清楚了没有？”

周丽丽看陆庆秀这个态度，心中那股气实在憋不住，也不知哪里来的勇气，她突然一伸手，以迅雷不及掩耳之势将手机从陆庆秀手中抢了过来，然后对着电话道："金刚，你别说了，我们老地方见！"

周丽丽说完，将电话一收，人如旋风一般，直接蹿出了房间。

陆庆秀一看这架势，脸色大变，喝道："你这丫头，你敢，你给我回来，丫头，你给我回来……"

她跟在周丽丽身后一通追赶，可周丽丽是铁了心要跑，而且是处心积虑地算好了。

等她追到门口的时候，周丽丽已经不见踪影了。

陆庆秀气得那是一佛出世二佛升天，狠狠地跺脚冲着门口吼道："好，好，你走，你走了就别回来了！我的天啊，我怎么就养了这么一个丫头哦！"陆庆秀感觉浑身的力气在这一刻都被抽空了。

家里还有客人啊，尤其还有她十分看重的女儿的相亲对象，现在女儿和人家话都没说一句，就一溜烟跑了，这事儿哪里还有希望。

再说周丽丽一气之下离家出走，一上公交车，心中就有些后悔了。

昨天她下定了决心才和史金刚分手，这个决定，也不全是因为父母。

的确，毕业两年多了，史金刚的表现太让她失望了，看看身边的同学，好几个闺蜜都找到了自己的幸福，别人的男朋友或者老公都是很体面、很有钱的那种，就自己的男朋友史金刚，毕业两年工作都没找到。

进入社会了，不再似象牙塔那般单纯了，在这个世界上要生活好，没有经济基础是不行的。

说真的，周丽丽在史金刚身上是真的看不到希望了，史金刚除了玩手机，还会什么？什么都不会，而且肩不能扛，背不能挑，找工作也是高不成低不就的，这样的男人，是根本没前途的。

可是刚才，当史金刚在电话那头叫嚷他找到工作了，让周丽丽给他一次机会的时候，周丽丽鬼使神差竟然就感动了。

然后……就有了现在这样让她感到很冲动的选择。

周丽丽突然想随便找个公交站下车，因为她真的不愿意和史金刚接触，因为她担心自己又会心烦。

一念及此，她迅速站起身来，冲着前面喊道："师傅，我要下车！"

"嘿，丫头，你怎么回事啊？早不吱声，等我车发动了你要下车。下不了，等下一站吧！"公交车司机道。

周丽丽深深地吸了一口气，眼睛盯着窗外。

"叮咚！"

一条微信消息提醒，周丽丽点开信息：

"丽丽，我已经到了，给你准备好了你最爱吃的酱板鸭，还有……还有一个大大的惊喜给你……"

消息下面，配有一张大大的照片，照片中一只剁得整整齐齐的酱板鸭，看上去让人很有食欲。

周丽丽嘴角露出一丝笑容，然后她就愣住了，在酱板鸭旁边还有一张便签，上面写着一行字："就算只有万分之一的机会，我也会付出我的全部。丽丽，我真的爱你！"

看到这行字，周丽丽突然之间就感到自己的眼睛湿润了。三年以来，她和史金刚相处的点点滴滴，都一一在她脑海之中浮现。

"哎，丫头，你不是要下车吗？怎么回事？这会儿又不下了？"冷不丁地，前面的司机回头冲着周丽丽嚷嚷道。

周丽丽此时才惊觉车已经到了下一站，她猛然抬头，道："啊，那个，我干脆不下了，我去情侣广场……"

第二十一章　挽回芳心

史金刚今天状态很好，很自信。

当他看到周丽丽出现在眼前的时候，心情更是一片晴空。

周丽丽能够不顾她妈的反对，坚持过来见自己，这就说明她心中还有自己。

而自己现在已经有了不错的工作，前途也能看到希望，史金刚坚信，周丽丽一定会和自己复合，自己的这段感情一定能够挽回。

“丽丽……”史金刚冲着周丽丽招手。

“嗯？”

他微微皱眉，发现周丽丽身边还有一个女孩，看女孩的模样，依稀有点儿眼熟。

“丽丽，你……”史金刚走到周丽丽身边，周丽丽冲他点点头，扭头对身边的女孩道：“袁佳，你吃了饭没有？要不我们一起？”

那女孩瞅了史金刚一眼，想了一下道：“我想起来了，你男朋友我们以前大学的时候见过嘛。嘿，人家都说大学的恋爱不靠谱，没想到你们还在一起呢！”

“你们两个约会，我当电灯泡，不合适吧？”袁佳道。

周丽丽道：“得了吧，我们好像有两年没见了，好不容易见一面，没必要在意这个吧。再说了，金刚已经都安排好了，咱们直接可以开吃了呢！”

“那……行吧！”袁佳点点头。史金刚在一旁道：“嗬，你们是刚才偶遇的吗？这么巧啊！”

周丽丽瞟了他一眼，暗暗拽了他一下，压低声音道：“金刚，我可跟你说，今天我没带钱啊，你待会儿可别出洋相。”

史金刚笑笑，道：“哪能呢？没事！”

周丽丽欲言又止，终究有些不放心，不过她碰到了大学同学，两人几年没见面，总不能见面就打发别人走，史金刚身上一向没什么钱她是知道的，万一待会儿，嘿……

三人走进餐厅，史金刚领着周丽丽道：“丽丽，在这边，包房呢！”

周丽丽一听包房，不禁松了一口气，心想今天史金刚这小子是真有准备，为了和自己复合应该是拼了。

进入包房，周丽丽便看到满满一桌子好吃的。

全是她喜欢的美食，有酱板鸭，有桂花鱼，有海鲜北极贝，还有从外面带进来的正宗烤碎骨，最引人注目的还有一束漂亮的花，九十九朵火红的玫瑰怒放，当真是亮瞎眼。

“啊……”袁佳看到这场景不禁惊呼出声，“好浪漫哦，你们！嘿，丽丽，咱们的金刚小朋友看不出来啊，还真是有心人。对了，今天不会是什么特别的日子吧？”

周丽丽一看这排场，心中也觉得感动、甜蜜，一颗心总算彻底地放下了。

“哪里是什么特殊的日子，要说特殊就是今天我和我妈吵架了，心里不爽，金刚就说让我出来吃饭。”周丽丽道。

袁佳吐吐舌头道：“真的只是这样？你确定没撒谎吗？”

史金刚道：“袁佳，真的没其他的事儿，我就看丽丽不高兴，所以把她叫出来吃顿饭。”

袁佳搓搓手，道：“你们这小浪漫，让我都觉得好感动哦！哎，还是单纯的爱情最好，没有负担，小两口共同奋斗，这真好啊！”

周丽丽道：“得了吧，袁佳，谁不知道你老公有钱。你看你拎的包，还有你这一身衣服，我们干一年只怕也买不起，你就别身在福中不知福了。”

袁佳一笑，道：“你说这个倒是真的。对了，你上次给我打电话说金刚一直没找到工作，让我帮忙问问工作的事情，现在什么情况，金刚……

“我这么说吧，你如果真去我老公的公司，起初工资肯定不会太高，应该也就三千左右的样子。但是你是我同学，是自己人，只要你干得贴心，将来前途肯定能给你保证。”

周丽丽一听袁佳这话，道：“好啊，这也不错呢！金刚，你可以考虑哦！”

史金刚在一旁微微皱眉，他隐隐记得半年之前好像有这事儿，周丽丽说找关系帮史金刚介绍了一份工作。史金刚按照那个电话打过去，接电话的那个人态度很差，一副施舍人的姿态。

史金刚和对方说了几句话，就觉得浑身不自在，后来这事没成。周丽丽抱怨说她同学笑话了她，说周丽丽找的什么男朋友，啥都不会，傻子一样，跟这样的男人怎么能过日子？

史金刚一下反应过来了，原来上次丽丽说的那个同学就是袁佳。

史金刚心中略微有些不快，面上却不动声色，道：“可惜啊，我找到工作了。要不然，我肯定去你老公的公司试一试！”

周丽丽微微愣了一下，冲着史金刚使眼色，史金刚却一脸泰然。

袁佳“咯咯”一笑，道：“找到工作了更好，我以前听丽丽说你玩手机很厉害的，你的工作跟手机有关？”

“是呀，梦幻手机你听过没有？我现在是梦幻手机花城售后中心的经理，以后你们如果喜欢梦幻手机，找我就成！”史金刚认真地道。

“经理？”周丽丽只觉得自己的心猛然一跳，她感觉有些难以置信，不过看史金刚那一本正经的样子，不像是说谎。

好家伙，自己和史金刚昨天才分手，今天这小子就被天上掉下的馅饼砸中了？

这是不是真的？

“行了，行了，咱们别光顾着说话了，菜都上齐了，就开吃吧！”史金刚转移了话题，招呼开吃。

“开动，开动！”周丽丽也在一旁配合，三个人便开始吃东西。

吃东西的时候，袁佳又道："丽丽啊，你很谦虚啊。你男朋友这么优秀，你上次偏偏在我面前把他说得一文不值，你这也太不应该了吧？"

周丽丽讪讪地笑笑，袁佳忽然话锋一转，道："对了，丽丽，你上次说喜欢的那款包包，现在降价了呢！好像只要四千多就能买到，我可跟你说，这个时候买包是最佳时机，差不多了就可以出手了！"

周丽丽道："袁佳，四千多好贵哦！我可不比你，四千多都差不多是我两个月工资了呢！"

袁佳道："丽丽，那可是雅丽的，国内一线品牌呢！四千多不贵了！"她瞟了史金刚一眼，"再说了，你上班那点工资自己零花就行了，包哪里能自己买呢？金刚，这可是你该表现的时候呢！"

"袁佳……"周丽丽皱皱眉头，脸色突然有些阴沉。

袁佳毫不在意周丽丽的脸色，反而继续道："是不是啊，金刚？四千多对你也不算是什么大额度吧？我跟你说，丽丽喜欢那款包很久了，上次我说要给她买，她死活不让。

"你说这意味着什么？这意味着她是给你留表现的机会呢，你懂不懂？"

史金刚神色平静，不理袁佳，而是看向周丽丽道："丽丽，我给你买了一个包，你看看喜不喜欢？"

史金刚低下头，变戏法似的从桌子下面拎了一个袋子出来。

"啊……"

周丽丽惊呼一声，一旁的袁佳也愣住了，看这包的牌子是LV。

"是不是真的呀，这包……"

史金刚将包从袋子里拿出来，道："丽丽，上次咱们看美剧，你不是说这个包漂亮吗？我今天去了一趟万象城，刚好看到包打折，才一万两千块钱，我就给你买下了。

"万象城的货应该不是假的吧，如果真是假的，我手上有发票，回头找他们去，跟他们没完！"

周丽丽整个人都呆住了，一旁袁佳的脸青一块，红一块的，尴尬极了。

她说雅丽是国内一线品牌，但 LV 可是世界顶级品牌，根本就不在一个档次上。她袁佳虽说是嫁了个有钱的老公，其实她老公也就是个小灯饰厂的老板，像这种世界顶级品牌，他们家也没有那消费水准。

看着面前货真价实的 LV 手提包，袁佳就感觉十分碍眼，要知道哪个女人不好奢？她也喜欢这样的包啊，只是自己买不起，又没人给她买。

这一瞬间，她之前在周丽丽面前拥有的那种优越感顿时化为虚无。

而周丽丽此时则像是在做梦一般，她深深地看了史金刚一眼，似乎一眼要把史金刚看穿。她觉得自己好像今天才第一次认识史金刚，这家伙还是自己那个天天窝在家里玩手机、泡论坛的男朋友吗？

史金刚看到女友的神情，一颗心终于放下去了。

为了今天这次见面，他是下了血本了，马总给的一万安家费他全部压上去了，还求杰瑞额外开恩，给他预付了一个月的工资。

一万六千块钱，买了一个包花了一万两千块，剩下的钱准备今天的晚餐，买花，待会儿如果周丽丽还没尽兴，他还安排了唱 K。

他花这么大的代价就只有一个念头，那就是一定要挽回周丽丽的心，一定要向她证明，他是有能力给自己女人幸福的男人，他能对自己的女人付出全部……

第二十二章　如火如荼

夜很深了，史金刚搓着手在酒店外面冲周丽丽招手，道："丽丽，你这同学怎么回事啊？又没人灌她酒，怎么一个人就能喝那么多，还非得拉着你陪她。"

周丽丽叹口气，道："还不是因为感情的事情，酒后吐真言，我也是刚才听她酒后跟我说我才知道，她和她老公是来花城办离婚的。她老公在外面和别人好上了，那个女人还怀了她老公的孩子。嘿，你说现在的社会，这都是什么事儿？

"这就是命，你还记得去年我让同学帮你介绍工作的那事儿吗？当时我找的就是她呢！

"那个时候她口气多大，调子多高啊。这才一年，她刚才抱着我在屋里痛哭，说她老公断了她的粮，她兜里连买卫生棉的钱都没有了。"

史金刚眉头一皱，扭头道："那她先前还那么高调，说把我介绍到她老公那里上班，什么三千多一个月，又说什么让我给你买包包，这未免也太搞笑了吧，真虚伪……"

"行了，行了，人家也是为了面子嘛。你一男人就别跟她怄气了，人家已经够惨了！"周丽丽道。

史金刚摊摊手，道："丽丽，你说不怄气咱就不怄气，没多大事儿呢！"

周丽丽侧头看着史金刚，道："好了，该说说你的事儿了，老实交代你的钱是哪里来的？嘿嘿，三天没见，你还成精了呢？一出手买包就是一万多块的LV，嘿，你不会偷了你老娘的银行卡吧？"

史金刚苦着脸道："丽丽，我跟你说了，我真的找到工作了。你看看，这是合同……”

史金刚从手提包里掏出劳动合同，两人借着路边的灯光，周丽丽认真把合同看了一遍。

“啊……试用期底薪六千？天哪，你还真是经理呢！我的乖乖，试用期过后底薪八千，年底还有年终奖，一年的年薪不低于十万？”

周丽丽将合同合拢，盯着史金刚，道：“金刚，我得去临港一趟！”

“怎么了，丽丽，你担心我被骗吗？不会的，这次公司来的两个高管我都认识，我们在网上早就是好朋友了呢！”

“不是，我是到你们临港的公司看看，看你们老板是不是得了失心疯了，请你这样的废柴，竟然还开那么高的工资？说他没病我压根儿不信！”周丽丽道。

史金刚哈哈一笑，狠狠地把周丽丽搂在怀中，道：“你这丫头怎么说话呢？你当你男朋友真是个窝囊废吗？实话跟你讲，在江南论坛，提起‘变形大金刚’的名头，就没有不知道的。

“而且梦幻手机从机器出厂之后，整个花城地区的粉丝只要遇到问题，基本都是找我帮他们解决。

“我之前虽然不负责售后，其实早已经帮公司完成很多售后服务的事情了，如果不是这样，公司能高薪请我？还给我配专门的办公室？”

“看把你能的，史金刚，我跟你说，你现在有了工作就好好干，别干三天被公司开除了，乐极生悲啊！”周丽丽道。

“不会的，丽丽，你还不了解我吗？对别的事儿我真不行，啥也干不了，用你妈的话说叫稀泥糊不上墙。但是只要和手机相关的事儿，就没有我干不了的，而且我喜欢摆弄手机。

“更何况，我本身就是梦幻手机的铁杆粉丝，工作上的事儿不用说，我肯定百分之一百卖力。”史金刚道。

他顿了顿，又道：“还有，别的不说，就因为公司在这个时候给了我一个机会，让我渡过了难关，让我决定不惜一切代价也要把你给追回来。对这样的公司，我真是感恩戴德，真的，我特感谢公司！”

听史金刚这么说，周丽丽心中便觉得分外感动。

说句心里话，她和史金刚处了三年朋友，今天的感动最多。

史金刚对她是真的好，哪怕之前史金刚没有工作，只要周丽丽有什么要求，史金刚必然想尽一切办法满足她。

女人谁不希望被人宠？周丽丽之前就被史金刚宠着，这几年她都已经习惯了。

而今天，现在，史金刚又有了正式的工作，而且工资还很高，回头妈妈再阻拦，那就是无理取闹了。

她这么一想，更加开心地道：“算你有诚意，我妈那里我就帮你顶了，反正以后你要认真工作，不能被我爸妈小瞧，听到了没有？”

“没问题，丽丽，为了你，我也要拼命干呢！”

这几天，国内的电子发烧友论坛再起风云。

各种关于梦幻手机的黑帖子，开始在论坛之中传播，梦幻手机各种各样的缺陷，似乎都被这些帖子扒了出来。

也不知是谁弄了这么多帖子，反正这些帖子一出来，立刻引起梦幻手机粉丝的强烈反弹。

一时间，网上关于荣誉手机的问题帖子，关于梅朵、韦瓦、畅想手机的问题帖子，铺天盖地而来。

这一来就了不得了，市场上所有的厂商都被波及了，这一波群黑立刻引起了网络主流媒体的关注。而主流媒体一关注，更加成了热门的话题。

与此同时，最大的两个手机发烧友论坛江南论坛和北极论坛中，粉丝又习惯性掐架了，双方都在挑对方的刺，矛头直指梦幻江南和梦幻北极。

本来随着两款手机的销量放缓，这样的争吵有缓和的趋势，现在因为手机爆出缺陷这一把火烧起来，论坛的热度再一次飙升，双方人马“大打出手”，相互争斗，场面可谓如火如荼。

很快，这一次争吵就演变成一场粉丝的狂欢。

很多粉丝趁着这个机会开始期待梦幻手机的新机型，江南论坛和北极论坛的管理员，已经开始自发组织粉丝设计新一代的梦幻手机。

这一来，两大论坛的口水战就更加有料可说了。

毕竟，双方已经对峙了很久，南方风格和北方风格的手机经历了整整一年的 PK，很自然，这样的 PK 要过渡到下一代。

而在下一代手机开发还没有提上日程之前，被激发起热情的粉丝们，已经迫不及待地开始自我畅想了。

论坛的热度不减，而伴随着热度，其他手机厂商的产品缺陷不断地被扒出来。

普通的手机厂商和梦幻手机完全不同。

梦幻手机做的是电子商务，做的是网络营销，做的是粉丝手机。

而其他品牌的手机走的是经销商、代理商，甚至是运营商，一旦手机爆出缺陷，或者是重大缺陷的时候，对他们来说就是灾难。

因为代理商和运营商都有各自的利益，手机厂商不能指望他们会跟用户如实解释，这一来关于服务不到位、代理商态度恶劣、运营商推诿问题的各种矛盾，就都爆发了。

尤其是领头羊荣誉手机，因为公关危机处理不当，接二连三地爆出负面消息，一时媒体上讨伐之声不断。

本来竞争就激烈的手机市场，因为突如其来的一股互黑的浪潮而变得更加风起云涌，几大厂商几乎就没有独善其身的。

现在的媒体太发达，尤其是社交媒体，厂商想灭火也灭不了。

负面信息的传递真就像是星星之火，可以燎原。

临港，天地大厦，朱恩关掉江南论坛，伸了一个长长的懒腰。

他开启电子商务平台的后台，看后台的最新数据，梦幻手机销量终于跨过了五百万的门槛。他心情很是舒畅，打开内部平台，正想给员工发一封报喜通告，电话恰在这时候响了。

“怎么回事啊，朱恩，都在等你开会呢？你还磨蹭什么？”电话里传来马梦可的声音。

朱恩微微愣了一下，道：“晕，我忘记了时间，对不起，对不起，我马上过来！”

朱恩顾不得关电脑，拎着旁边的手提电脑出了办公室，一溜烟往小会议室跑。

会议室里人都来了，公司总监级以上的高层齐聚一堂，现在高层不比去年了，去年一共就五六个人，今年副总就有了三个，总监有十几个，公司高层差不多有二十人了。现在开一次高层例会涉及的事情也比去年多了很多，所以对朱恩来说，他的工作量更大，压力也更大了。

走进会议室，果然其他人都来了，朱恩冲大家挥挥手道：“不好意思啊，我刚才盯着销售后台的数据，忘记了时间。大家发现了没有？咱们的销售数据变化诡异啊。最近网上关于手机的黑幕重重，其他的厂商都大吐苦水，如临大敌，貌似销量也受到了影响。

“反倒是我们，黑幕越多，销量竟逆势反弹了。我刚看数据，咱们的销售数据破了五百万。

“我看了一下，也就一个多月吧，咱们手机卖了接近一百万部，这不像是一款老机器呀！”

朱恩说这话的时候情绪很轻松，心情很愉悦，大家也都跟着笑。的确，现在世纪前沿公司的内部气氛很轻松。

第二十三章　百废待兴

今天高层会议的主要内容，就是通报全国售后服务网络的组建进度，另外，落实新一轮销售高峰中的机器生产和销售制度则是临时议题。

谁也没想到，随着两大论坛热度的上升，梦幻手机的销量又会上一波高潮。

前面从生产到销售都在随着正常的周期收缩，突然之间订单上升，销售火爆，这对公司的销售团队和代工企业都是莫大的考验。为了保证手机不断货，这段时间大家都很辛苦，几乎每一天都加班到很晚。

“我的判断是这样啊，各位！在我们新产品推出之前，梦幻系列两款手机的销量可能持续走高。说到原因，可能是因为最近各厂商都在爆出负面消息。我们梦幻手机本来是个小圈子的营销，却随着这些主流媒体的推荐，让很多圈子之外的用户接触、了解到了我们，这算是意外之喜吧！”朱恩大声道。

杰瑞哈哈一笑，道：“我们没有及时推出新产品，可是我们的利润却能继续飙高，这的确是好消息。我们第一款产品，当前销量破了五百万部。我觉得，我们第二款产品的销量至少要翻倍。

“通过这一次缺陷营销，我们也看出了小圈子的短板，所以我们要开始尝试多样化营销，要在营销上想更多的办法，用更多的心思，这样对我们迅速抢占市场份额大有好处。”

朱恩道：“杰瑞啊，多样化营销没有问题，但是有一点是必需的，那就是我们不能和别人雷同。梦幻手机从一开始就不走寻常路，这是我们克敌制胜的法宝。既然不走寻常路，就要懂得舍弃。

“我们的圈子营销虽然并不完美，但是这样的营销方式，却能让我们从一个籍籍无名的手机厂商，迅速抢占市场成为全国最盈利的手机厂商。

“所以啊，保证利润是首要的，抢占市场是次要的。我们不干赔本赚吆喝的买卖，市场的份额是需要时间去积累的，如果我们的产品是独一无二的，就永远不用担心市场份额！”

朱恩顿了顿，拍拍手道：“今天余怀怎么没有来啊，我跟大家通报一下目前咱们研发中心的情况。我们已经和燕京大学著名的集成电路专家、半导体专家汤坤教授达成初步合作意向。汤坤教授有望出任咱们公司的首席科学家……”

“啊……”会场一阵惊呼。

“是真的吗？朱总！”徐小芳眉头一挑，十分惊讶地道，“汤坤教授可是当年咱们国家最年轻的两院院士呢，他真的愿意离开燕京大学，加盟我们公司？”

朱恩道：“这件事还不能百分之一百确定，我们还在努力，但是希望很大。关于汤教授的事情，目前仅限公司高层知道。如果这件事能成，我们公司将有望成为国内集成电路方面的龙头企业。

“同时，我们在硬件技术上的进步，也必然能够一日千里。

“我刚才说的是喜讯，还有难题，研发中心那边现在遇到了难题。关于梦幻系列两款手机暴露出的缺陷，研发中心现在在搞技术攻关，应该说技术难度非常大，我们原有的技术团队，已经全面投入到工作之中。

“而近期我们新增的技术团队，也在陆续地投入到这个项目之中，所以现在的研发中心压力非常大，而他们的工作将决定我们新产品推出的速度。”

紧张的高层会议开了两个多小时，终于结束了。

朱恩回到办公室，感觉浑身上下使不出力气来。他实在是太累了，最近这半个月，他就像不知疲倦的陀螺一般，围绕着公司各种事务连轴转个不停。

研发中心成立后百废待兴，朱恩需要花很多心思把握大局。

产品现在涉及的缺陷很多，紧张的技术攻关之余，朱恩需要为改进产品构思全新的设计。

还有，最近最重要的一件事，就是汤坤教授的事情。王岳同已经往燕京跑了两三趟了，初步接触之后，双方现在均有了很强的意向，按照计划，朱恩明天需要去一趟燕京和汤坤教授见面。如果双方达成协议，可能要签署一系列的相关合同，汤坤教授不是一个人，他本身就有一个团队。

要想让汤教授的团队完全融入公司，这本身就是一个不小的工程。何况汤教授之前已经有的科研成果，有一部分现在公司需要采用，对这一笔技术转让费的谈判都需要下很大的功夫。

累！朱恩感觉真累，他坐在办公室的沙发上，似乎身上盖一条毯子都能够美美地睡上一觉了。

“咚！咚！”

“进来！”

朱恩从沙发上坐起来，马梦可笑吟吟地推门走了进来。

“哎哟，你这还睡上了，怎么了？最近忙得厉害吧？”马梦可笑道。

朱恩冲着马梦可招招手，道：“你也不轻松，这半个月天天在空中飞，只怕也算是名副其实的空中飞人了。你看你，好像都瘦了呢。你们的工作我知道了，干得不错，我估摸着再过一个月，我们全国的售后网络就基本成型了。

“我的想法是今年我们的网络铺到地市一级，明年我们的网络再进一步铺到县一级。这个战略完成，我们世纪前沿的产品应该就能进入国内前五了。”

马梦可走到朱恩身边，一屁股坐在沙发上，斜睨了朱恩一眼，道：“你能不能不要这么工作狂啊！我出去了半个多月，这一回来你还和我谈工作。哎，真的一点儿情趣都没有。”

朱恩愣了愣，哈哈大笑着用一只胳膊搂着马梦可的肩，道：“这不都是你害的吗？前年这个时候，我的日子还很单纯简单，平平淡淡的。后来被你一步步地拖下了水，从去年到今年，我真的没有睡到自然醒过。

“马总啊，我现在也觉得苦哇，你没见我躺在沙发上手指头都不愿动一下吗？可是有什么办法呢，既然拉开架势走到了这一步，再苦再累也得往前走，是不是这个道理？”

马梦可扭了扭腰，白了朱恩一眼，道：“你还真别怪我，我早知道你这么工作狂，就不找你了。在别人眼中，咱们在谈恋爱呢，可实际情况是我出去半个多月，你没有主动给我打过一次电话。

“而我主动给你打电话，咱们电话交流的内容也忒枯燥了，基本都是在谈工作，而且通话时间从来没超过半小时，我想想就觉得不爽！”

朱恩另一只手也搭上去，双手将马梦可环抱在胸前，道：“咱们这就叫革命爱情，分外浪漫。梦可，你看看现在这网络上，一天到晚都是一帮戏子的绯闻恋情，他们变着法儿秀恩爱。

“可是结果怎么样？隔三岔五劈腿出轨问题不断，甚至有些人秀得有多狠，最后分手就闹得有多疯狂。

“你再看看全国，像你我这样谈恋爱的人能找到几个？你是投资人，我是经理人，投资人和经理人谈恋爱，这首先预示着公司内部的和谐。另外，我是总裁，你是副总裁，总裁和副总裁谈恋爱，这说明我们团队的沟通顺畅。

“最后一点，你忙我也忙，虽然在一个公司，却鲜少能说上话，这不是典型的距离产生美吗？哈哈……”

马梦可将身子仰躺在朱恩身上，嘴巴微微翘起，道：“没看出来啊，你竟然这么能说会道。我能理解成你在油嘴滑舌吗？”

朱恩感受到马梦可身体的弹力和温暖，一低头，马梦可似笑非笑的表情就在他的眼前，当真是美艳不可方物。

他心头不由得一荡，双手捧着马梦可的脸颊，道：“我真的油嘴滑舌吗？想不想试一试呢？”

马梦可的脸“唰”一下变得通红，迎着朱恩咄咄逼人的眼神，显得有些胆怯心虚。

她干脆闭上眼睛，摆出一副任君摆弄的模样。

朱恩慢慢凑过去，两人红唇相交，两颗心似乎在这一刻交融到了一起，双双堕入甜如蜜的柔情汪洋。

对朱恩和马梦可来说，这样的卿卿我我还真是一种难得的奢侈。目前世纪前沿公司的局面，在形势一片大好的大背景之下，其实面临数不清的困难和挑战。

不管梦幻手机已经赚了多少，国内手机行业是竞争红海这个基本面没有发生变化，世纪前沿作为追赶者，无论是资源还是人才都不占据优势，在这样的宏观环境之下，容不得朱恩有丝毫松懈。

尽管很累很苦，当夜深人静一人独处之时，内心的那种充实感却是以前从来没有的。人生一世，能够有一个值得自己付出全部去奋斗的目标，这本身就是一种巨大的幸福。

第二十四章　转型升级

天空下着毛毛细雨，京城的天空有些昏暗。

燕京大学，寂静的未名湖畔，汤坤神色略显疲惫，夫人周霞帮他撑着伞，夫妻俩静静地看着湖面入神。

“老汤，你都这么大年纪了，为啥还要折腾呢？刚才魏校长给我打电话了，让我劝劝你。你应该知道，你的身份毕竟不一样，而对方的公司也只是一个小公司，你突然离开燕大，可能会引起不可预知的社会影响。照我看啊，魏校长是站在你的角度考虑的。”周霞轻轻地打破了寂静。

汤坤皱皱眉头，轻哼一声，道：“这一个星期，我就没安生过，不过是辞个职而已，怎么就有这么多人关心了？我的想法很单纯，我需要一个更加利于研究成果产业化的环境。

“无论是集成电路研究，还是半导体研究，离开了产业化就是无水之鱼。我的研究领域不同于其他科学领域，这个道理你不明白吗？”

周霞点头道：“我当然明白。可是国家有那么多产业，有那么多大企业、国企都找过你，挖过你。你不都摇头拒绝了吗？怎么这一次，你反而下定决心要去南方呢？”

汤坤“嘿嘿”一笑，道：“这一次去南方，首先是因为汪先生的邀请，他推荐的公司我放心。另外，这是一家正处在科技前沿的商业公司，又恰好位于临港这个改革开放的前沿城市。

“目前国内的电子厂商，敢于大手笔投资搞科研、搞硬件的企业很少，我们有一个很好的标杆，便是华夏集团。

“魏和平他们在华夏发展得很好，当初我们是老同学，后来选择了不同的路，不得不说，他们能把华夏集团的科技水平搞起来，让华夏集团成为国人的骄傲，这样的功劳不比我这个两院院士差。

“周霞啊，现在我们国家经济实力日益强大，国力日益强大。但是从客观上，我们也要看到，我们国家在集成电路和电子科技这一块落后得太多了。国家这些年虽然投入很多人力物力在这一块搞技术攻关，但目前看来，收效都不大。为什么会这样，你想过没有？”

汤坤顿了顿，继续道：“我想过，之所以收效甚微，根本原因就是我们的技术研发没有基于市场化的要求。我们总是在做国外已经做过的研究，在没有任何经济压力的情况下，我们的研究做出来不需要产业化。

“问题恰恰就出在这里，电子科技进步一日千里，我们的顶级科学院不处在第一线，不和市场接轨，不去将自己的研究和产业化挂钩，我们永远不能超越国外的技术。

“现在已经到了时不我待的时候，随着国内经济发展到了一定的程度，我们马上面临着产业转型升级。传统制造业的优势不在了，国家需要寻找新的经济增长点，劳动密集型产业向技术密集型和人才密集型转变是未来的趋势。

“在这个时候，如果我再不下定决心，我这一辈子，可能就会碌碌无为……”

汤坤侃侃而谈，语气坚定，周霞也不好再说什么了。

应该说，汤坤准备要干的这件事情，站在国家体制的角度来说，的确是显得有些离经叛道。两院院士，贵为燕京大学教授和博士生导师的汤教授，突然要辞职下海，这个消息即使在改革开放三十年后的今天，也太过震撼了。

辞职下海不是新鲜名词，以前科学家、官员和教授都干过，甚至有副部长级官员都干过这样的事情。

可是汤坤教授太不一般了，他是两院院士啊，而且他还是享受国家特殊津贴的国宝级科学家，这样举足轻重的人物，突然宣布辞职下海，应该说给很多部门和单位都造成了困惑和压力。

领导的第一反应当然是阻止，可是现在是依法治国，每个人都有职业自由啊，阻止没有道理啊，所以只能挽留。

但是汤坤教授这一次的态度很坚决，甚至领导们给他的夫人周霞做了很多工作，都没有收到成效。

汤坤也没料到，自己的决定会引出这么多麻烦，经历了一个礼拜的嘈杂，他现在其实也没有之前那么坚决了，略微有些摇摆不定。

“周霞，这件事也没有正式定下来，明天公司的董事长兼总裁会来燕京，我们到时候会见面。最终如何选择，还要根据这一次谈话的结果来定。你放心，我不会为了金钱而标新立异。

“在我眼中，最重要的是国家电子技术的发展和进步，如果对方提供不了我需要的实验环境和条件，我一定不会冒险去投奔他们的。

“毕竟，我开的条件也不低，国内的企业现在有一股浮躁之风，没有足够的远见卓识，没有足够实力的企业，是满足不了我的条件的。”汤坤轻声道，似乎是在安慰周霞。

周霞淡淡一笑，道：“我听说这家公司的董事长很年轻，只有三十岁出头，而且好像没有国外留学的背景。嘿，这么年轻的老板，能靠得住吗？”

汤坤皱眉道：“有志不在年高，高科技行业恰恰是年轻人的行业，比尔·盖茨当初成立微软公司的时候也很年轻，可现在人家已经是世界首富了。还有最重要的一点，我恰恰看中的是他的国内背景。

“现在很多人迷信‘海龟’，认为有‘海龟’背景的企业家视野更开阔，理念更先进。但实际情况真是如此吗？我看未必。

“国内很多优秀企业的领导者都没有‘海龟’背景，尤其是对我们电子科技来说，恰恰需要初生牛犊不怕虎的精神。换个‘海龟’老板，说不定他就没有勇气在这个领域和国外竞争，因为他了解国外的科技水平，会先入为主地认为国内和国外的差距过大，他们会选择用其他的方式规避技术上的短板。这也是这么多年过去了，我们的技术依旧落后的原因。”

周霞摇摇头道：“行了，行了，老头子，你就别说了，我知道我怎么讲道理，也是讲不过你的。反正我跟你说好，你去南方我不跟你去，我就跟儿子在燕京住着，我这个人不喜欢在外面奔波，我在燕京住了四十年，已经习惯这里的一切了。”

汤教授站起身来摆摆手道：“这事儿回头再说吧，说不定我能把儿子也动员到南方去呢！你呀，别以为燕京什么都好，燕京这里的环境哪里能跟沿海比？气候也比不了啊！

“我跟你说吧，你在南方待惯了，将来别人请你回燕京，估计都请不回去。你别忘了，你归根到底还是江南人。”

初春时分，临港已经春暖花开。

然而几千公里之外的燕京，却依旧寒风呼啸，寒意逼人。

朱恩和王岳同两人到燕京住在南粤酒店，这里是南粤省驻京办所在地。而在这里，朱恩和王岳同要见的第一个人，是临港市分管科教的副市长李拥军。

李副市长在燕京出差，事情很多，工作很忙，本来朱恩和王岳同还以为要等几天才能见到他。

没想到两人入住酒店的当天下午，李副市长的秘书就登门请两人来了。

李副市长今年五十多岁，很精神，为人也很和气，从衣着风格看非常简朴。

朱恩作为业务出身的人，事先已对李副市长有所了解。

李拥军在南粤的口碑很不错，能干事也会干事，是难得的专家型干部，他是去年政府领导分工调整之后，刚刚分管科教这一块的。现在临港发展迅速，科教这一块市委非常重视，李拥军上任之后进行了大刀阔斧的简政改革，应该说很有政绩。

王岳同以前和他见过一次面，老远李拥军便快步迎过来，道：“哎哟，王总，好久没见了呢！”

王岳同和他紧紧握手，王岳同扭头指了指朱恩道：“李副市长，我其实现在只是副董事长，这个年轻人叫朱恩，他现在是董事长！”

朱恩趁着机会道："李副市长好，我是世纪前沿公司的朱恩，很高兴见到您！"

李拥军眯眼打量着朱恩，一笑，道："我知道你，当年诺亚公司的'瓜子'嘛，去年一年你在智能手机市场上出了大风头，我们高新技术产业局的领导，竟然一度不知道世纪前沿是咱们临港的企业，这说明你很讲策略，脑子灵活。

"我一直跟大家说，年轻人有年轻人的优势，我看你就把自己的优势发挥得很好，在短短一年多的时间内，就能把公司经营起来，这很了不起呢！"

朱恩愣了一下，大吃一惊，一旁的王岳同道："怎么了？朱恩，是不是很吃惊啊！这就是李副市长的风格，在他分管的工作领域，就没有他不熟悉的人和事。这一次我们来找他不会错，我们的困难和遇到的阻力，他一定能帮我们解决！"

第二十五章　一鸣惊人

临港高技局副局长李永刚心情很不好，这一次来京城，事情很多、很繁忙，在某种程度上来说，这一次他的工作可能关乎临港特区未来经济转型的格局。

在这样的局面下，李拥军副市长却偏偏让他抽出时间陪同其和临港一家手机企业的负责人见面，对这个要求，他实在很不满意。

高技局是市政府今年刚刚成立的一个局，市里成立高技局的目的是要在临港发掘、培养和支持一批真正的高新技术企业，或者产业快速发展，为临港很快要到来的产业转型升级做铺垫。

临港是特区，处在国家经济发展的前沿，高技局这个单位目前也只有临港才有，因而高技局的班子都是精挑细选出来的强有力的干部，在他们身上或多或少都有一股子脾气。

在李永刚的眼中，手机企业算什么高技术企业？临港的手机企业和高技术半点儿关系都没有，李拥军副市长肯定是碍于面子才安排了这一次会面，这不是浪费时间吗？

不过，他虽然这样想，但是他上下级观念还是有的，只是为了表示抗议，他故意晚到了十分钟。

等他到的时候，便看到李拥军副市长已经和客人在会客厅聊开了，看上去聊得还不错。

“副市长！”李永刚推开门，也不致歉，径直走进会客室，道，“事情实在太多了，没有办法，对了，这两位就是什么……世纪前沿公司的负责人？”

李拥军打了一个哈哈，眼睛看向朱恩和王岳同道：“我给你们介绍一下啊，今年政府专门成立了高新技术产业局，简称高技局，这位便是高技局李永刚副局长，你们的工作但凡和高新技术有关，都可以找他帮忙支持。”

朱恩连忙和李永刚打招呼，自我介绍道：“李局好，我叫朱恩，是世纪前沿公司的董事长……”

李永刚眯眼瞟了朱恩一眼，却没有要打招呼的意思，而是一本正经地道：

“是这样啊，朱总，你们直接说你们的来意就好。现在我们都在燕京，如果说你们的想法或者是项目和高技局有关，回头我回到临港立刻帮你们落实。但是我丑话说在前面，临港是改革开放的前沿城市，对高科技的认定是很严格的，目前在手机这一块，我们还没有一个产业链被认定为高科技。

“如果不是高科技，和我们高技局便没有关系，那我可能也就爱莫能助了。”

朱恩微微愣了一下，扭头看向王岳同，两人对望一眼，朱恩道：

“是这样啊，那李局长，我们可能真的不对口，我们今天的来意和项目没有关系。”

李永刚一听这话，眉头一皱，却又不好立刻退堂，眼睛看向李拥军，道：“副市长，您……”

李拥军也愣住了，他看向朱恩，道：“朱总，怎么没关系？我怎么听说你们找我是关乎高新技术的问题呢？”

朱恩笑了笑，道：“是这样的，李市长，我们来找您本身也关乎高新技术，是我们公司准备引进一位特殊人才。在这个过程中，我们遇到了一些阻力和困难，关键时刻我们想到了咱们市政府，所以就来找您帮我们出主意了。”

李永刚一听朱恩这话，脸都绿了，扭头瞪了朱恩一眼，道：“我说朱总啊，你说你这都是什么事儿啊？副市长一天日理万机，你企业要招聘一个人都要惊动他帮你出主意，如果临港的企业都像你这样干，那他手头上的工作就别做了。

“临港有多少你这样的企业？临港每天有多少高级人才进进出出？就算你引进的是特殊人才，市委市政府早就有了相关文件，奖励规则已经很透明了。

在特殊情况下，你们如果还把握不好，我们有个局叫人力资源保障局，你可以找他们寻求帮助……”

李永刚说到这里，转身就想走，李拥军哈哈一笑道：“好了，好了，永刚，你别急啊，既然朱总来了，就让他说说情况呗。我们要有服务意识，市政府和职能部门都是服务大众的部门，不能给人推诿的印象。”

李永刚听李拥军这么说，只好坐了下来。

朱恩却有些发蒙，不知道关于汤坤教授的事情该不该说，王岳同看他有些犹豫，便插言道：

“是这样的，这一次我们准备引进燕京大学的汤坤教授为我们公司首席科学家。但是两位领导可能也知道，汤教授的身份太特殊，我们双方达成意向之后，来自燕京大学、中……”

“慢着！”李永刚突然打断王岳同的话，一下站起身来，道，“你刚才说谁？哪个教授？”

“汤坤教授啊，燕京大学的汤坤教授！”

“是搞半导体和集成电路的汤坤？”李永刚急切地问道。

王岳同用力点点头，正要说话，李永刚手中的笔记本“哐当”一声掉在了地上，一脸难以置信地道：“这不可能吧？你们确定不是在跟我开玩笑？”

王岳同一笑，道：“李局，这样的事情我们能开玩笑吗？我们和汤教授已经接触了多次，这一次进京是最终敲定的。如果一切阻力摆平，下个星期教授就可以去我们在临港的研发中心了。”

李永刚用力地搓搓手，看了看王岳同，又看了看朱恩，一反刚才冷淡的态度，坐下来道：“这样啊，你们两位不要急，你们把整个过程说一下，然后把你们遇到的困难说一下。

“还有，最关键的是把你们公司的情况也给我和副市长介绍介绍，你们是不鸣则已，一鸣惊人啊。如果你们这件事真能办成，今年市政府要给你们重奖，现在咱们临港就缺你们这样敢想、敢干的企业。没事，今天下午有的是时间，我们慢慢研究！”

李永刚这话一说，屋里的气氛就缓和了，王岳同便将自己和汤坤教授认识和接触的过程说了出来。

这个过程其实不复杂，首先是因为有汪先生牵线。在改革开放初期，国家为了培育高新技术人才，组织了一次大规模的访问学者的活动。那个时候出国是需要钱的，国家外汇不多，汪先生慷慨解囊，拿出一亿美金成立了一个专门的出国教育基金。

汤坤是首批访问学者，而且是优秀的访问学者，回国之后，汪先生听闻了他的成绩很高兴，专门给了他一笔奖励，那个时候汪先生和汤坤就认识了。

而这一次，王岳同之所以能够说动汤坤，除了有这个牢固的基础之外，汤坤教授这些年的研究成果没办法实现产业化也是关键因素。现在世纪前沿能够给汤坤充足的资金、一流的实验室，至于产业化更是不用说，企业科研的目的就是要提升企业的核心竞争力。

所以双方可谓一拍即合，几次接触下来，基本已经谈妥了，现在的问题就是关于其他事情的沟通了。

汤坤教授的身份太不一般，他是享受国家特殊津贴的科学家，是两院院士，这样身份的人物要下海，以前没有先例，在操作的过程中势必会有些麻烦。

“李局长，是这样的，您刚才问到我们研发中心的问题。我们的研发中心刚刚成立，还很年轻，我们今年计划投资二十亿，主要用于新建实验室和引进技术人才。

“未来的计划是，每年不少于十亿到二十亿的投入，我们在研发上的投入只会持续增加，不会削减。

“我们是要做全球智能手机的龙头企业，是要做游戏和规则的引领者，而不是跟风者。应该说这个目标很宏伟，但是还好，我们找到了一群志同道合的人。

“我们公司目前的投资方有红树林，汪先生以个人名义投入了十亿，去年我们公司第一年便实现了盈利，利润有五六亿的样子。我们计划在不久的将来推出新产品，目标是实现十个亿左右的利润……”

王岳同介绍了公司和汤坤接触的情况，朱恩便给李拥军和李永刚介绍世纪前沿公司的情况。

应该说世纪前沿公司还没有知名度，李拥军通过市政府搜集的材料走马观花地了解了一些。而李永刚，则是完全不知道。

这不了解不知道，一了解他们两人都吓到了，这样一家新兴企业来头很大啊。

投资方都是全球一流的资本，而公司从成立到今天，短短一年多，经营的势头也很猛。最关键的是，这家公司展露出的野心太惊人了，刚刚实现盈利，便能投入二十亿搞研发中心，还承诺以后每年投入研发的资金都将超过十亿。

不得不说，这样的大手笔很了不起，很符合未来的发展趋势，对李拥军和他的高技局来说，不就是要挖掘、帮扶和支持这样的企业吗？

这样的企业才是临港经济发展的希望所在啊，临港是有一个华夏集团，但是不能只有一个华夏集团，今天世纪前沿公司表现出的特点，就有成为第二个华夏集团的潜力……

第二十六章　瓶颈

下午，酒店餐厅，虽然吃的是工作餐，但是餐厅里的气氛，却已经非常活跃了。

李拥军率先吃完饭，要了一杯茶，便站在餐桌旁边道："朱总，王总，我刚才和李永刚副局长沟通了一下，已经做出了一个决定，这几天我和他手头上的一切工作暂时都放下来，我们把所有的精力都放在你们这件大事儿上来。

"我实话跟你们讲，在午饭之前我和少平市长通了电话，把这件事向他做了汇报。少平市长很高兴，立刻指示我们，让我们一定把这事儿办成。

"汤坤教授是两院院士，是拥有国际声誉的科学家，这样的科学家是我们临港最缺乏的高级特殊人才，如果这一次你们企业能够成功招纳他，市政府要给你们重奖。

"现在政府的扶植力度很大，像汤教授这样有名望的科学家，市政府在研发资金上能够给予最大的支持。如果你们有项目，找永刚局长，具体问题具体分析。"

李拥军说完，李永刚放下筷子，道："不错，副市长说得比较保守，我说得更坦白一点。如果你们能拿下汤教授，明年政府可以支援你们一个亿用于实验室的建设。现在我们分两步走，和学校沟通后与科学院沟通，涉及政府方面的这一块，我和拥军市长去做工作。

"正好，省委柳书记也在京城办事，我们就算求到柳书记那里，也一定要把汤教授在体制编制上的问题妥善解决好。

"而你们两个的主要任务，便是把汤教授拿下，你们是用人单位，你们和汤教授的接触政府不方便参与。我觉得啊，动作要快，避免夜长梦多啊。怎么样，二位有什么意见？”

朱恩点头道：“谢谢领导支持我们，我们没有意见！”

“哈哈！没有意见就行动！”李拥军大手一挥道。

朱恩和王岳同吃完饭，当即便决定去燕京大学拜访汤坤教授。

燕大朱恩还是第一次来，虽然是晚上，但是依旧能感受到厚重的文化气息扑面而来。这一座国家最高学府，是整个共和国顶尖人才的摇篮，朱恩在校园中漫步，感觉自己似乎都得到了某种程度的升华。

未名湖畔便是汤教授的住所，夜晚时分，朱恩和王岳同登门，家里只有教授和他老伴两人，院子里非常安静。

“汤教授！”王岳同大步踏进门，十分客气地喊道。

朱恩第一次见到汤坤，教授比电视上看到的显得老一些，其实他还不到六十岁，但是须发皆白，人又瘦，看上去显得比实际年龄要大一些。

而他的夫人站在他旁边却很显年轻，两老站在一起，像是父女一般。

“汤教授，我叫朱恩，今天第一次见到您，我十分荣幸！”朱恩客气地说道，对面前的老人，他是发自内心的尊敬。

在当今科技界，尤其是电子技术领域，国内唯一能够在世界上有影响力的科学家，就只有汤坤教授。

而这一次，朱恩能够有如此大的野心，更多的原因是动用了汪先生的人脉。

如若不然，凭世纪前沿这样的草创公司，怎么可能请到汤教授？

“好，好，朱总，你比我想象中的更加年轻啊。年轻有为，后生可畏，我听说你最早也是做技术出身的，这很好嘛，做技术出身的老板更懂得技术的价值。我想这也是你把发展高新技术作为公司战略的原因吧？”汤坤道。

朱恩道：“说到技术，我感到很惭愧。大学本科毕业以后，因为家里经济条件实在不允许，我就放弃了读研究生的机会。后来在诺亚集团做策划，虽然对手机技术方面有研究，却没有研发精神。

“后来诺亚不行了，我为了生计转行了，技术就再也没捡起来。”

“坐，坐！”汤教授热情地招呼两人落座。三个人就从技术开始聊，聊国内的经济，聊产业升级的话题，沟通的范围可谓非常广泛。

在座三个人都是顶级精英，汤坤教授就不用说了，两院院士、国际知名科学家。

王岳同纵横商海三十多年，本来是香港人，年近六旬却来到内地二次创业，他内心拥有的创业激情，不比任何年轻人差，他现在已经把世纪前沿的事业当成他这一辈子最重要的事业来对待，这些感觉，已从他的言语之间流露出来。

至于朱恩，他虽然年轻，但是当年他就是少年得志才华横溢的手机天才，后来经过几年低潮期磨砺了意志，今朝卷土重来，无论是眼界还是心胸都更胜往昔。

三个人一聊起来，便觉得很爽快，一时大有相见恨晚之感。

朱恩趁着机会，便介绍了目前公司的情况，重点介绍了目前研发中心的情况。总体来说，现在临港的研发中心刚刚成立，技术力量还比较薄弱。朱恩把目前技术方面遇到的问题，给汤教授做了介绍。

梦幻手机的缺陷很多，尤其是硬件方面的BUG要解决起来很困难，目前公司准备推出无缺陷的新产品，但是技术上遇到了难题，目前还没有解决，很棘手。

汤坤教授听了一会儿，道：“朱总，你们这么做难题是解决不了的，你们要想在硬件方面做出过硬的产品，必须建立电磁兼容实验室，也就是我们平时说的10米暗室。

“没有这样的实验室，你们测试不了，在浩如烟海的硬件汪洋中，怎么能做到缺陷归零？”

“啊……”朱恩倏然一惊，当即便感觉后背在冒汗。

汤坤教授一语惊醒梦中人，朱恩之前就觉得有什么地方不对劲，现在被汤坤教授这么一点拨，他立刻想明白了事情的关键。

公司的测试跟不上，实验室建设跟不上，目前国内的手机厂商，估计除了荣誉之外，其他的厂商也都没有类似的测试和实验设备。但是朱恩既然提出了无缺陷的口号，现在却没有能力做到这一点，那岂不是新产品上市真要无限期推迟吗？

一念及此，他便感到有些心浮气躁，心情一下有些乱了。

当即他便向汤教授请教电磁兼容实验室建设的相关信息，而经过汤教授介绍之后，他的一颗心瞬间变得冰凉。

一个电磁兼容实验室，目前最先进的技术在德国，如果用德国的技术，实验室建成大约需要五千万人民币。钱是小事，关键是至少需要一年才能建成。也就是说，如果朱恩坚持要改正产品的缺陷，那就得先等一年把实验室建成之后，再研发新产品。

在这样的环境下，等一年的话黄花菜都凉了，回头公司的资金链也必然会断裂。

他苦笑道："教授啊，今天我来得太值了，看来我虽然是技术出身，但还是犯了低级错误。一部小小的手机，我想得太简单了，这么说来，我们的研发遇到麻烦了。

"教授，我真的希望您能够加盟我们，我们需要教授您这样的资深科学家。我们要做出国人自己的顶尖产品，在技术上我们已经决定大力投资。但是十年树木，百年树人，人才才是我们真正的瓶颈呢！"

汤坤道："不怪你们犯错误，你刚才说小瞧一款小小的手机，是啊，这个观念很好。我们现在有些人很麻木，不说手机吧，现在 PC 机很容易买到，也不值钱。正因为如此，很多人就觉得国家不需要搞集成电路技术，不需要搞电子技术。

"因为国外的产品很便宜就能买到，自己搞劳民伤财，嘿，这样的观念害死人啊！

“一部小小的PC机，除了键盘和鼠标、机箱之外，其他的都是国外的技术，你说这样的现状是不是很可悲?

“再回到你们手机这个话题，你们做手机并不是研发手机，照我说你们现在就是工匠，把手机的各种硬件软件从全世界各地买回来，然后自己组装拼成了机器，然后卖给用户，这中间根本没有核心技术。

“所以，你们的产品搞出来缺陷很多，出现缺陷的原因在于各种厂商的标准不统一，技术参数不一样。我们需要对他们的产品进行再开发，才能够做到真正的兼容……”

汤教授的兴致忽然变得很高，和朱恩在技术问题上进行了很深入的交流。

对朱恩来说，他难得碰见像汤教授这样的专家，很多疑惑、想法在这个时候他都竹筒倒豆子一般倒了出来，可以说求知欲十分强烈。

他对未来的世纪前沿有伟大的设想，但是这个设想在技术发展这个环节还有很多没有解开的疑惑。今天能够遇到教授，他迫切希望教授的点拨能让他尽快地解开种种疑惑……

第二十七章　变卦

时间过得很快，朱恩和王岳同从汤教授家出来的时候，差不多已经凌晨一点钟了。

王岳同责备朱恩，道："哎，今天我们的目的是让你和教授初次接触，彼此见个面熟悉一下，为了我们明后两天的深入沟通做铺垫。你倒好，问起问题来没完没了，我看汤夫人的脸色都变了，我才拉你走。

"如果我不打断你，只怕你能问到明天早上吧？"

朱恩用手拍了拍脑袋，道："是我昏了头，哎，都怪我太投入了。的确，我们现在在技术上碰到的问题很大，虽然说我和余怀都号称手机专家，但是手机高精尖技术，还真不是我们这些玩家能弄通的。

"教授的话给我的刺激很大啊，他说我们干的工作就是工匠的工作，将元器件从全球各地买回来，自己组装完成一台机器。仔细想想，不就是这样吗？你说如果我们一直做这样一家公司，能有什么前途？"

王岳同叹了一口气，摇摇头，道："今天我们不讨论这个问题行不行？今天时间已经不早了，我们回去立马休息。明后两天我们将和教授进行深入接触，有很多内容要谈，这些内容可能和技术没有关系。

"这一次我们的目的是希望教授能加盟我们公司，如果他去了我们公司，你们天天谈都没关系，是不是这个道理？"

朱恩点头道："我明白了，我明白了！今天是我跑偏了，回去我反思，明后两天一定不犯今天的错误。"

回到酒店，朱恩躺在床上翻来覆去哪里睡得着。

他是真的担心新款机器的研发进度，所谓无知者无畏，朱恩在做出决策之前，并没有想过技术攻关的难度有可能解决不了。现在和真正的专家一接触，了解了问题的关键，发现目前公司产品遇到的技术问题，通过技术攻关还真解决不了。

现在了解了情况，他还能睡得着吗？他现在根本想不到一条妥善解决的办法。

在床上熬到两点，朱恩干脆从床上爬起来，把房间里的灯打开，掏出手机给余怀打电话。

电话竟然很快接通了，余怀的声音有些嘶哑："搞什么啊，这么晚打电话？"

朱恩道："这么晚你不也还没睡觉吗？是不是被难住了，问题解决不了啊？"

"是遇到了一些小困难，关键是团队不给力啊。有时候我连一个帮手都找不到，如果你不是去燕京了，我都要把你拉过来给我帮忙了！"余怀在电话中抱怨道。

朱恩苦笑道："余怀，把手头的工作停下吧。我们搞错方向了，今天我在大学见到了汤坤教授，他告诉我，如果我们要解决缺陷，需要建立电磁兼容实验室。我们现在没有这个实验室，无法做准确的电磁兼容测试，虽然我们能够做出产品来，但是产品必然有缺陷。

"哎，老余啊，你我两个人都有些落伍了，我们毕竟没做过智能机，在纯技术上面，想当然的地方很多。你说这不是很尴尬吗？今朝我算是明白了，我们的路还很长，关于缺陷的攻关暂时可以停止了，别做无用功了，我们再想其他的办法吧！"

余怀在电话那头怔了半天，过了好大一会儿，他道："那现在怎么办？你的意思是我们现在无法继续研发新产品，是这个意思吗？

"扯淡，没有实验室我们也得做出产品来。对了，我们可以想办法做一个实验室出来，可不可以？我们先做个简单的，或者是先通过软件模拟，通过软件搞模拟测试，你看这样行不行？"

余怀在电话中道，他是真的急了，声音拔得很高，朱恩都觉得耳膜受不了。

“能不能行我也不知道，就算你要搞个简单的实验室，我们也要请专家帮我们弄，自己弄不了。而通过软件测试，我们自己更弄不了！”

“你那里不是有个汤坤吗？他作为国内顶尖的集成电路专家，他会没有实验室？电磁兼容实验室我们不容易建设，就不能借用一下他的吗？”余怀大声道。

他这话一说，朱恩一下愣住了，道：“这……”

“别这这那那的了，我明天早上来燕京。真是气死我了，搞了快一个月了，现在发现搞错了方向，就这样了，我先休息一会儿！”余怀说完，直接将电话挂断了。

朱恩盯着电话长长地吐了一口气，仰头倒在床上，身体再也扛不住了，终于呼呼睡去。

第二天清晨，朱恩起床的时候已经九点了。

洗漱过后去餐厅，迎头便碰到了王岳同：“董事长……”

王岳同神色黯然，冲着朱恩招招手道：“朱恩啊，有个不好的消息告诉你，早上汤教授给我打电话，委婉地表示他之前的想法可能不成熟，加盟公司的事情恐怕不能成行了。”

朱恩一下愣住了，脸色一变再变，道：“董事长，是不是昨天晚上我说错什么话了？”

王岳同摇摇头道：“这跟你没有关系，今天我和教授沟通了很久。他主要有三个原因：第一个原因是家庭原因，第二个原因是学生的原因，他带了十几个博士生，他一走人家就无法毕业。第三个原因还是体制压力的原因，他下海有人不高兴，很多人反对。

“甚至还有人拿这件事做文章，上纲上线，毕竟这些年国家投入的资金很多，教授手中的项目也很多，从上周到这周，这一个星期教授就没有安生过一天。他反复斟酌考虑，还是决定暂时放弃他原有的想法，哎……我们做的努力不少，结果遗憾啊！”

朱恩皱皱眉头，道：“董事长，您也别太沮丧了，这件事您费的心比较多，失败了肯定心情不好。不过，谋事在人成事在天，没成就没成吧，我们回头给两位领导通个气，也向他们表示一下感谢。”

王岳同点头道：“这件事交给我吧！你的事情太多，这边既然不成，你可以考虑回去。”

朱恩咬了咬嘴唇，他心中的沮丧其实一点儿不比王岳同少，尤其是昨天他和汤教授深入交流之后，他更加觉得公司缺乏顶尖的科学家。

技术壁垒不是一天构筑起来的，创业分外艰难，这一点朱恩有充分的思想准备。

但是他还是没有想到，困难竟然这么大，他和余怀搞了这么多年手机，一旦触碰到真正的硬件技术之后，两个人都还只是门外汉。

在这样的情况下，如果能够有汤教授这样的科学家加盟公司，公司的技术实力一定能很快有进步，而现在，这个事情似乎不可能了……

仅仅喝了一碗豆浆，朱恩就回到房间收拾行李，把行李刚收拾好，手机响了。

“你住在哪里啊？是不是南粤酒店这边？”

朱恩一看来电竟然是余怀，他才恍然想起，余怀说今天要来燕京，他“嘿”了一声，道：“老余啊，你还真迅速。不过有个不好的消息，汤教授可能无法加盟我们了，王总在早上吃饭的时候给我通报了这个消息。”

“扯淡吧，你昨天半夜三更给我打电话，把我扒了个精光，今天我风风火火地跑过来，你却说对方变卦了，你觉得这事儿以我的性格能算了吗？”余怀道。

“那怎么办？现在就这么个情况。”

余怀道：“还能怎么办？死缠烂打我们也得搞定啊，如果我们不搞定技术问题，产品出不了，咱们还玩个屁啊！甭管教授是否加盟我们，反正他既然指出了我们的问题，这事儿就必须找他帮我们解决。

“这样吧，你也别回去了，你我两人留在京城住下，一日不解决问题，一日不回去。”

余怀说着说着，朱恩就听到了外面走廊上的动静，他拉开门，见余怀拎着一个大箱子，大摇大摆地走了过来。

挂掉电话，余怀瞟了一眼朱恩，道：“就这么定了啊！这个思路是你提出来的，你要搞无缺陷的产品，现在遇到了麻烦，你没有理由打退堂鼓。反正公司是你我两人最早创立的，不成功便成仁，搞不出来的话，你我两人就死在燕京算了！”

余怀将箱子扔进房间，摆出的还真就是持久战的架势。

朱恩一听余怀这话，心中的那股悍劲儿也上来了，道：“行，你既然有这个决定，那我就舍命陪君子，现在你甭睡觉了，我们去燕大。先摸清汤教授的作息，为我们死缠烂打做铺垫。

“反正原则只有一条，他不加盟我们可以，我们得学到他的技术。他自己不愿意加盟，推荐几个能力强的弟子也行，反正我们不能空手而归……”

第二十八章　死缠烂打

燕京大学，今天是汤坤教授一周一次为学校本科生上公开课的日子。

顶级科学家给本科生上课是燕京大学的一项制度，汤坤教授主讲的课程名字叫“大国电子科技及信息安全”，这是一堂科普讲座性质的课程，主要目的是培养本科生对电子科技的兴趣。

因为汤教授的原因，选修这个课程的学生很多，能容纳两百人的教室挤满了。而在这些人中，朱恩和余怀也当了一次学生。

汤教授的讲座很严谨，而这样的严谨便略显枯燥，朱恩和余怀却听得非常仔细，整整一节大课的时间，前后差不多九十分钟，两个人都坚持听完了，还做了不少笔记。

下课之后，汤教授被学生们团团围住问问题，朱恩和余怀就跟着学生一起围着教授，一直跟着教授出了教室，朱恩才道：“汤教授，您好！”

汤坤微微愣了一下，讶然扭头，看到朱恩，道：“朱总，你怎么到学校来了？”

朱恩道：“教授，我不仅来学校了，刚刚还听了您的课程。不瞒教授，昨晚我一夜没有休息，脑子里就想着我们的产品。今天一大早，我们公司技术总监就火速赶到燕京来了……”

汤坤尴尬地一笑，道：“朱总啊，是这样，今天我和王总通过电话。考虑到种种原因，我之前的想法可能并不成熟，所以加盟贵公司的这个想法，只怕落实不了。

“还是有些遗憾的。朱总，从你身上我看到了年轻人干事业的劲头。这件事既然我已经决定了，也没想再更改，所以朱总，您还是把精力放在公司的事情上，我这边……抱歉，抱歉！”

朱恩沉吟了一下，正考虑该如何措辞，一旁的余怀却抢先道："汤教授，我昨天听朱恩说，您指出了我们研发上的问题。现在的情况是，我们公司还根本没有电磁兼容实验室，所以我赶到燕京来，就是希望能够借用一下您的实验室。

"您放心，我一定有偿使用，您是否加盟咱们公司这事儿另谈，我们能够有机会接触到您，这就是一次难得的机缘，所以在这件事情上，我希望您能给予我们帮助。"

汤坤扭头看向余怀，吃惊地道："你……你还真是搞技术啊，那你知不知道，电磁兼容实验室我们学校也很紧张，再说了，我借你实验室，你就一定能搞好研发吗？"

余怀道："教授您放心，我以前是诺亚公司大中华区的研发人员，大学毕业于华东电子科大，在技术上面有一些功底。而朱恩也是多年研发出身，我们两个人留在燕京，我相信一定能够把难点攻克。当然，教授能够给予我们些指点，我们会更加受益！"

汤坤看了看余怀，又看了看朱恩，不可思议地摇头道："就你们两个？能搞出无缺陷的产品，可能性太小了，你们把产品研发想得太简单了！"

朱恩道："汤教授，您就给我们一次机会吧！我知道您有专门的实验室，我们现在为了新产品尽早能出来，只能求您帮忙。您放心，我们绝对能成功，保证不让您失望！"

朱恩和余怀把汤教授一左一右地夹在中间，施展的是死缠烂打的功夫。

反正原则只有一个，不达目的不罢休。估计汤坤教授教了一辈子学生，像朱恩和余怀这样难缠的，还是第一次碰到。

最后，他估计也是被缠得没办法了，便点头同意，道："那行，我就把实验室借你们用。关于实验室的情况，我先说明一下，我的实验室是专门用于科研的，以后你们自己要建设实验室，标准肯定和我的实验室大有差别。

"还有，时限我只能给你们一个月，如果一个月你们做不出什么成绩来，我估摸着你们也弄不成了，那你们在产品方面可能得另外想办法，我这个要求你们能不能答应？”

“行，一个月就一个月吧！时间从明天开始吧，今天就这样吧，朱恩，我们把住的地方搬到学校附近的酒店来，然后我立刻安排公司技术部带一批元器件和研发人员过来。我们就在燕京组建临时的研发项目部，你我两个人专门负责实验室的测试工作。

“其他的人为你我两人提供服务，我们分工合作，技术攻关，时间一个月！”余怀大声道。

他说完转身就走，朱恩掏出电话，立刻开始订酒店。

汤坤眯眼看着两个年轻人，欲言又止，他摇摇头，慢慢离开了。

时间过去了一个星期，汤坤像往常一样去实验室指导学生。

一进实验室，便看到刘明华博士笑吟吟地走过来，道：“教授啊，您收的这两个关门弟子实在是有点儿意思啊，你看看这屋子里面，南粤的荔枝，西北的牛肉，川省的橘子，真是应有尽有。

“这一个星期，咱们实验室人人都过上了好日子，因为实验设备基本被他俩给占据了，咱们天天被他们好吃好喝地供着呢。王新几个闲着没事做，硬被他们游说，参与到他们的项目中去了。

“这下好了，我们现在的新课题成梦幻无缺陷智能手机了呢！”

汤坤微微皱眉，眼睛扫过这一屋子的食品，道：“明华啊，我看你嬉皮笑脸的，是吃人家的嘴软了吧？”

刘明华笑容不减，道：“那倒没有，但是这两人还真是厉害。这一次进去已经三天了，三天三夜没出去，就窝在实验室捣鼓搞实验。刚才我去瞅了一眼，两个人的眼睛红得跟兔子似的。

“不光是他们，王新几个人这几天也跟着发疯，每天加班到晚上十点以后才回去。

“照我看，这两个人下海可惜了，真的是搞研发的苗子呢！”

“嗯？三天三夜没出去？嘿，这么弄哪里行？你快带我去看看。”

汤坤和刘明华两人换了防静电衣物，走进电子兼容实验室，里面朱恩和余怀两人的形象简直不堪入目。

两个人都一个星期没剃过胡子，余怀倒也罢了，他胡子不多，朱恩看上去则完全换了一个形象，哪里还有几天前董事长的风采？

再说了，两人没洗澡也没打理头发，西服被穿成了牛仔装，一个在用仪器测试，一个在旁边操作配合，真的是全心投入，物我两忘。

“好了，好了，你再把电阻加三欧！”

“r478 的电容能想到替代的元件吗？现在就这一个地方有点儿问题，如果解决了，这块板子就能定型了！”

“能替代，可以先用 r472 替代，昨天晚上和我王博士测试过了没问题！”

“真的没问题？那这样啊，我们现在把整个线路板所有的图完成，再做一次整体测试……”

随着两人的操作，电脑液晶屏幕上，复杂的线路板构图慢慢地铺开，一款手机的设计，线路图是核心，如果线路图设计好了，就可以做出线路板。

所有的元器件贴在线路板上，构成的便是手机的硬件部分。

“好了，好了，线路板就这样了！立刻发出去让工厂做样品出来，然后安排贴片，把硬件做好，再做整体测试！”朱恩把所有的构图模拟检测完毕，大声道，心情说不出的轻松。

一个星期的攻坚，终于看见成效了，看着新产品的开发进度一点点地向前推进，而且朱恩也参与其中，这种感觉真的很棒。

“余怀，先收工吧，吃了饭我们先休息几个小时。晚上我们再讨论软件的问题！”

朱恩说完，站起身来，一扭头正好看到汤坤。

“啊……教授来了啊，您好教授！”朱恩迎上去道。

汤坤盯着朱恩看了好大一会儿，突然道："你……你们真的只是本科毕业？我看不像啊，你们表现得很专业！"

朱恩讪讪笑道："谢谢教授鼓励，这一次在您这里我和余怀真的受益匪浅，王博士和李博士他们教了我们很多东西。而且我也邀请他们加入我们的项目中，有了他们的帮助，我们的产品研发看到了曙光。

"感谢您教授，如果不是您的帮助，我们的项目可能真的就无限期搁置了。

"我现在有个设想，那就是我们公司是否和燕京大学建立某种合作关系，通过这种方式，我们可以实现互利共赢？"

汤坤摆摆手，道："朱总啊，这个事情回头再说，你们先去吃饭。另外，记得要休息好啊，别太拼了。年轻人不懂得珍惜身体，老了你们就知道痛苦了！"

目送朱恩和余怀走出实验室，汤坤走进电脑，盯着屏幕看了好大一会儿，道："明华啊，你还真说对了，这两个人的确是有股子劲头啊。你可能不知道，他们两个身家都已经过亿了，朱恩甚至掌握着一家估值百亿的公司呢。

"他们的雄心大得很，却又能做到脚踏实地，真的了不起呢！"

第二十九章　糖衣炮弹

时间过去了半个月，朱恩和余怀在燕京也待了半个月。

起初两个人住在燕京大学附近的陆雅酒店，后来随着技术团队不断进京配合两人工作，整个陆雅酒店已经被世纪前沿公司全部包了下来，这里成了公司的临时研发部。

朱恩的工作也很单纯，除了睡觉就去实验室搞开发，其他所有的事情都放在了一边。

功夫不负有心人，经过半个月的努力，梦幻手机的缺陷基本解决了，新产品开发的关键技术问题宣告攻克，应该说他们是很幸运的。因为在这个过程之中，教授实验室的王新、李通等几个博士都给予两人很大的帮助，而教授本人在后期的几个关键问题上，也给予画龙点睛的指点。而通过这一次合作，朱恩也成功邀请了王新和李通两位博士加盟公司，出任公司的关键技术岗位。

汤坤教授感叹朱恩两人的这股狠劲，王新和李通是他的得意门生，两个人先斩后奏，做了决定才跟他汇报，则让他感到有些惊讶。

他眯眼盯着自己的两名弟子，道："王新啊，你不是还想去国外读两年博士后吗？怎么这么快就决定跟朱总跑了？"

王新道："教授啊，朱总和余总真的是搞研发的好手，他们的诚意很足，而且目前梦幻手机在市场上的表现非常抢眼。他们去年才开发出第一款机器出来，今年就已经杀进了全国前十名。

"公司的估值甚至高达百亿人民币，这样的一家公司，我认为很有前景。更重要的是，他们立足在技术上面，希望能够做出全球一流的产品，这一点我是最为欣赏的，所以没有太多考虑，我和李通便选择加盟他们。"

李通在一旁道："教授，今天我和王新过来其实有两重意思：第一是向您汇报我们下一步的发展方向；另外一个意思，也是我们受两位老总所托，他们还是希望您能再考虑一下，出任公司的首席科学家。

"朱总给我介绍了目前的形势，通过他们这半个多月在京城的工作，临港市领导、南粤省领导已经和科学院、工程院有了深入沟通，您的问题已经得到了各级领导的重视，燕京大学方面通过沟通之后，也同意放人。

"现在只需要您点头，一切后顾之忧公司都可以帮您解决，不需要您自己出面做任何事，教授，您看……"

"嗯？"汤坤眉头一皱，盯着李通和王新，道，"你们这是……这是朱总跟你们说的？我这么一点事儿，居然惊动临港市的主要领导了？嘿，这小伙子啊，真是厉害啊！不声不响的，他天天都在我的实验室搞研究，外面的工作却一点儿也没放松，你说这……"

"教授，您就表个态吧。说句心里话，如果您能出任公司的首席科学家，我和李通能继续跟着您做项目，我相信我们这个团队一定能做出很耀眼的科技成果出来。教授您说是不是这样啊？"王新略微有些着急，希望汤坤能够迅速表态。

汤坤沉吟了一下，道："这个问题，我再斟酌一下吧！"

李通哈哈一笑，道："教授，您现在只有一个障碍了，那就是师母。您放心，这个障碍两位老总也已经想到了，这个时候朱总和余总估计已经在您家了。汤小天回国内发展的事情，我听说已经有了眉目，他准备把总部敲定在南方，而且临港市政府给出了承诺，他如果在临港成立咨询公司，政府会大力帮助。

"教授您想啊，汤小天回国是你们二老梦寐以求的事情，现在这件事情已经敲定了。而他回国之后的创业地点也敲定了，他一个人在南方发展，如果你们二老也在他身边，一家团聚，这不是很好吗？"

汤坤倏然站起身来，直愣愣地盯着王新和李通，道："你们说的可是真的？"

不管是不是真的，汤坤已经坐不住了，当即便快步回到家中。

一进家门，老伴周霞便笑吟吟地道："老头子，告诉你一个好消息，小天要回来了。这小子之前还跟咱犟着呢，今天我跟他通电话，他表示已经确定这个月就回来。

"临港特区给了他优惠条件，据说市领导还亲自和他通过电话呢！老头子啊，你还别说，特区就是特区，难怪这些年南方发展得这么好，人家政府工作效率真高啊，尤其是引进人才方面，那绝对是诚意十足。"

汤坤淡淡一笑，道："那个……这么看来，今天朱总也来过了？"

周霞讪讪一笑，道："是的，朱总来过了，而且一起过来的还有临港市的一个副市长，他们说已经把你的顾虑给解决了。科学院和工程院都开了绿灯，学校也开了绿灯，你现在去南方没有任何障碍了。你看看他们这事儿办的，出乎意料的周全呢！"

汤坤猛吸了一口气，道："我说老婆子，你这态度变化是不是太大了？那天晚上，你可劲地跟我吵，说坚决不同意我去南方，说什么我如果去南方，就让我一个人在南方过。

"嘿，跟你吵完，我也没了下海的想法，第二天清早就给王总去电话，把这事儿彻底给推了。

"好家伙，这还没一个月，你今天的态度是一百八十度大转弯。我倒想问问你，究竟是谁给你做了思想工作？"

周霞笑眯眯地道："这有什么奇怪的？不是小天要回来了吗？他在南方发展，我们俩如果也在南方，一家人在一起那当然好啊！还有就是，刚才朱总带来的副市长让我给你带话，说只要你去临港，市委和市政府立刻便会拨一笔专项的研发资金。

"待遇方面更是完全没有问题，你可以随便提条件……"

周霞顿了顿，又道："朱恩这小伙子啊，是真的有心。你看看他刚才给我送的材料，我们在临港的家他都已经给安排好了。位置在前海，那里是汪先生开发的专家别墅区。

“汪先生给了你一套别墅，连产权也一起送给你了，临港的房价现在是多少你知道吗？

“我刚才问了我弟弟，他告诉我，光这一套别墅的价值就在一个亿以上，而且有钱还买不到。人家诚意这么足，你说我还能推得了吗？我的态度还能没有变化吗？”

汤坤眉头一挑，道：“你呀，就是被糖衣炮弹给击垮了。无功不受禄，怎么能收这么贵重的别墅呢？我们自己重新找地方住，我稍后给朱总打电话，让他把别墅还给人家汪先生。”

“老头子，这么说你是同意了？哎哟，那我得立刻准备收拾东西了，回头得问问我弟弟，去了南方该买一些什么东西……啧，啧，去南方了，再也不用忍受燕京污浊的空气了，我这身上很是轻松带劲呢！”周霞喜出望外地道。

汤坤看着老伴的样子，他摇头道：“我不去能行吗？儿子受了人家的恩惠，你收了人家的好处，吃人嘴软，拿人手短，不去也得去了！糖衣炮弹威力大啊，真的能扭转乾坤。”

汤坤这么一说，自己也笑了起来。在他内心深处，能去临港，能加盟世纪前沿公司，他也很高兴。

通过半个多月和朱恩还有余怀的接触，他能够清晰地感觉到这两个年轻人身上的实干精神、拼搏精神。现在国内做企业的年轻人，投机取巧的多，脚踏实地的少，急功近利的多，目光长远的少，朱恩能够如此重视技术，如此重视人才，这一点是很难得的。

而临港特区在引进人才上面这么有诚意，暗中做了这么多工作，也让汤坤非常感动。

本来他去临港是为了解决自己在研究方面的瓶颈，人家反倒为他做了这么多的工作，从单位的阻力、体制的阻力到家庭的阻力，事无巨细，都给他办好了，让他完全没有后顾之忧，这太难得了。

回到书房，汤坤便打电话给朱恩，朱恩听到汤坤的决定，整个人当时就跳了起来，道：

“汤教授，您这个决定真是太让我高兴了，我们半个多月的努力没有白费。您放心，您的选择一定不会错，我们世纪前沿未来一定会成为一家全球顶级的公司，而您也将会成为全球顶级的科学家。”

朱恩结束和汤坤的通话后，已经迫不及待地把这个消息分享出去了。

很快，王岳同、马梦可、余怀都收到了消息，市委市政府那边的领导，朱恩也第一时间给了通报。

李拥军副市长在电话中激动得狠狠地拍着桌子，道：“好！朱总，还是你有办法，这件事能成，你立了大功。”

朱恩忙道：“李副市长，您千万别这么说。要我说，这件事能够办成，关键的还是咱们特区的人才战略居功至伟。为了吸引人才、鼓励创新，特区给的政策实在太棒了，要不然，汤教授这件事成不了！”

第三十章　重大突破

在燕京待了大半个月之后，朱恩终于回到了临港。

这一次回来，他可以说是满载而归，不仅公司新产品研发的问题攻关成功，更重要的是，研发中心的人才战略有了重大的突破。

两院院士、燕京大学著名教授、博士生导师汤坤教授加盟世纪前沿，出任世纪前沿首席科学家的事情已经完全敲定。而跟着朱恩同机到临港的两名博士，则已经成为世纪前沿研发中心的成员。

另外，靠着汤教授的关系，朱恩和燕京大学电子科学院签订了人才合作备忘录，世纪前沿公司和燕京大学在电子技术、人才输送方面展开战略合作。其中最重要的一点，便是燕京大学电子科学院的博士可以直接加盟世纪前沿公司，并在世纪前沿公司的实验室完成整个博士课程。

而且，燕京大学还支持汤教授在临港建立博士后流动站，世纪前沿公司的高级人才在继续深造方面，可以有更加便捷的选择。

应该说这样的重磅新闻是捂不住了，很快《临港日报》上就发布了这一条消息。

这条消息一出来，很快席卷整个华南，而很多嗅觉敏锐的记者，开始深度追踪这一条新闻。

本来以黑马姿态崛起的世纪前沿公司，这几天一下成为媒体关注的焦点，而梦幻手机，也终于被主流媒体广泛提及。

两院院士加盟一家手机企业担任首席科学家，而这家手机企业还是新兴的公司，不得不说让很多人大跌眼镜。

而在每天的深度追踪之下，世纪前沿目前的实力、估值，以及梦幻手机的市场反馈、优势，等等，都渐渐被公众所知。

而临港特区在吸引人才方面的诚意、态度和优惠的政策，也成了新闻关注的亮点。

改革开放三十多年，临港特区一直是改革开放的排头兵，一直都处在发展的最前沿，通过这一次吸引汤坤教授来临港，便能窥得其中深层次的原因。

反正不管怎么说，这件事影响巨大，世纪前沿公司因为这一件事名声大噪，而梦幻手机也因此受益匪浅。

随着媒体密集的报道，以前只有地方性质媒体关注的梦幻手机和梦幻手机的商业模式，现在已经被主流媒体关注了。

而主流媒体的关注，使梦幻手机的销量进一步攀升。

刚刚过去一个多月时间，梦幻手机的销量已经从五百万部飙升到接近七百万部了。

在四百万部销量的时候，世纪前沿公司在这一款机器上的盈利大致是五亿。现在又多了三百万部，盈利接近九亿元，应该说现在公司的财务非常乐观。

至少今年投入二十亿建设研发中心的计划，已经没有资金上面的问题了。

并且，汤教授的加盟让公司在硬件技术上有了龙头。作为一家手机厂商，下一步公司需要的是顶级的软件人才、设计人才和通信专家。

挖人这一块，人才战略这一块，现在王岳同在亲自负责。

成功引进了汤教授之后，他很受鼓舞，当即飞美国硅谷去了。

在那里，他将竭尽全力为公司寻找软件方面和设计方面的顶级人才，当然也少不了通信专家。

不过这一切，朱恩已经暂时顾不上了。

时间过得很快，手机技术研发完成之后，下一步他就要进行外观设计和功能设计了。这一块必须由他亲自负责，因为目前没有合适的人可以胜任，所以等待他的，将是十分艰苦的一次烧脑闭关。

江南论坛，最近火爆异常，刚刚加盟世纪前沿公司的花城“变形大金刚”今年彻底崛起，已经成长为可以独当一面的大版主了。

看着论坛上沉甸甸的积分数据，史金刚伸了一个长长的懒腰，心中说不出的舒坦。

“头儿，下班喽！”

公司的几个技术员跟他打招呼，纷纷收拾东西准备下班。

史金刚摆摆手道：“下班吧，你们先回去，明天周末不上班记得登录论坛啊，现在论坛的火热度我们必须维护好。前几天公司那边传来了消息，我们论坛活跃等级每提升百分之一，手机的销量便能提升一万部。兄弟们啊，公司卖出去的手机越多，我们的奖金就越高啊，是不是啊？”

“知道了，头儿，你也早点儿下班吧，要不然小心嫂子让你跪搓衣板，哈哈……”

公司的人都走光了，史金刚打开邮件，开始给马梦可写建议书。

自从担任花城售后的技术经理之后，史金刚现在完全变了一个人，以前他死宅死宅的，不修边幅，整天睡眼惺忪，无精打采的。

而现在他每天穿得整整齐齐，头发理得顺顺溜溜，举手投足都显得神采奕奕，那一份自信真的是以前没有的。

他很珍惜这一份工作，对公司怀有感恩之心，所以他工作特别用心，在工作上遇到什么问题，他都会立刻记录下来，然后在第一时间向公司汇报，甚至有时候还写建议书。

当他第一次收到公司副总马梦可亲自回复邮件的时候，那种成就感差点儿让他飘了起来。

而他上班仅仅一个月，就被马总提前转正，这一待遇据说在全公司还是头一份。

现在在花城这样的三线城市，他每个月拿八千块钱的工资，真的特别满足。

“老婆，晚上你想吃什么啊？我马上就回去了，我给你把吃的带回去。”史金刚给周丽丽去电话。

“别带东西了，快点回来吧，晚上我妈让咱们回去吃呢！”周丽丽道。

“啊……”史金刚惊呼一声。周丽丽道：“没事儿，金刚，你怕什么？我妈又不会吃人！”

“没，没有，丽丽，我就想给你妈买点儿什么带回去，我这好久都没去过了，总不能空着手吧！”史金刚迟疑地道。

“嘿，算你有心啊！我已经给你想好了，刚才我妈给我打电话，说我姨一家过去了，晚上得喝酒，让我买一瓶稍微上档次的酒回去。买酒的事儿就交给你了啊，没问题吧？”周丽丽道。

“行呢，那我去买酒了，你在家等我，咱们一起回去。”

今天周丽丽家有点儿热闹。

周丽丽的老爸周明堂，以前是市磷肥厂的老厂长，磷肥厂垮台的时候，职工都是给钱直接下岗的。

周明堂人实诚，把自己放在最后，当时财务紧张，到最后没钱了，周明堂应该得到的钱没着落。市里也没办法，后来想来想去，市里就把老磷肥厂以前废弃的一幢老旧宿舍楼估价准备卖掉。当时一幢旧楼的价格不过六七万块钱，如果能卖掉，刚好够周明堂的“买断钱”。

周明堂一看这样，那干脆宿舍楼别卖了，他收一幢楼就当是买断费了。

后来周家就住这幢旧房子，一直住到今天，这房子虽然很大，但是已经破旧不堪了。

周明堂本来想重新给周丽丽买套房子，但是他几年前得了一场大病，手术花去了十多万，也就没那个经济能力了。

今天周家来的客人是陆庆秀的亲妹妹陆庆香一家，两家走得近，而且两家下一代都只有一个女儿，所以在儿女亲事上面，都比较慎重。

陆庆香的女儿谈朋友了，两老自己把关之后还吃不准，今天就把这一对带到周丽丽家，指望姐姐姐夫再把关一下呢！

而史金刚这一来，似乎又多了另外一层意思。

那就是周丽丽找的对象怎么样，陆庆香做姨的也要把关。

史金刚和周丽丽一进家门，一看这么热闹，他就觉得怯场，当即把手头拎的酒放在了门口的鞋柜上面，便十分拘谨地走进客厅。

“姨！”周丽丽和陆庆香抱在一起，扭头道，“金刚，这是我姨！”

史金刚只好跟着叫：“姨！”

“小敏，你男朋友吗？”周丽丽指向陆庆香旁边的小年轻，眼睛却看向另一侧玩手机的黄头发女孩子。

“是啊。邹凯，这是我姐丽丽！”

小年轻十分大方，站起身来满脸堆笑，眼睛眯成了一条缝：“丽丽姐好！”

周丽丽上下打量了邹凯一眼，暗自嘀咕道：“也不过如此嘛，硬是被我妈吹上了天呢！”

“金刚，过来认识一下啊，这就是我表妹马小敏，这是他男朋友邹凯。小邹可了不起了，人家可是电子工程师呢！你不是喜欢捣鼓手机吗？今天你们多交流交流，说不定还能学到东西呢！”周丽丽道，却冲着史金刚顽皮地眨眼睛。

陆庆香用手敲了敲周丽丽的脑袋，道：“你这死丫头，口是心非，小心你妈听到了给你脸色看。”

周丽丽吐了吐舌头，马小敏把手机放下，眼睛扫向史金刚，道：“金刚哥，你找到工作了没有啊？丽丽姐说得也对，邹凯是搞电子的，你们多交流一下，说不定一下就有了灵感，马上就能找到工作了呢！”

第三十一章　暗中较劲

屋里的气氛有些诡异，马小敏和周丽丽两姐妹似乎是在斗气。

应该是马小敏先挑事的，因为她今天心情很不爽。她和邹凯已经谈了一年多恋爱了，两人之间关系没得说，算是情投意合。

偏偏家里对邹凯的态度一直是不冷不热的，今天来姨妈家里做客，本来两家人聚一聚是一件喜事，可是来之前，老妈陆庆香一个劲儿地在她面前唠叨，说邹凯个子又矮，收入又低，姨妈肯定瞧不上。

然后又说周丽丽找的男朋友，人家在大公司上班，一个月工资有多少多少，年终的奖金又有多少，邹凯怎么能跟人家比？

马小敏心中憋着一股火儿，一瞅周丽丽的男朋友不还是史金刚吗？

就史金刚那德行，他能在大公司上班？一个月工资有八千多？扯淡吧！谁不知道谁啊，半年前马小敏来姨妈家，陆庆秀还拉着她的手向她诉苦，说周丽丽找了史金刚这么一个不上进的男朋友，让陆庆秀伤透了心。

说史金刚毕业都快两年了，工作都没找到，天天窝在家里啃老，这样的人怎么能成家立业过日子？

这才过去半年，怎么在老妈口中史金刚就变得那么高大上了？

马小敏心中一口气憋不住，当即便忍不住要揭史金刚的老底，老妈不是喜欢攀比吗？那就让邹凯和史金刚两人比一比，看看究竟谁才是靠不住的废柴。

马小敏这态度一出来，周丽丽肯定第一个不爽，什么人嘛，她找男朋友家里吃不准来自己家里让老爸老妈帮忙把关，也不能够看不得别人好吧，想踩金刚衬托自己男朋友优秀，门儿都没有呢！

两个女孩子都有心机，几句话说下来，火药味就浓了，搞得两方大人跟着一起尴尬。

史金刚一看这样，便道："丽丽，你就少说一句！小敏说得也对，我是还得多学习，今天咱们两家聚会，不就是图一个乐和嘛。去，阿姨那边缺人手呢，咱过去帮忙。"

周丽丽轻轻地哼了一声，瞟了马小敏一眼，清了清嗓子道："小敏，我不是故意要说你，是你自己说话不注意场合，金刚再怎么也比你大，有你这样没大没小地说人家的吗？"

马小敏昂着头，看上去有些叛逆，当即便要反击。邹凯倒是很懂事，一下攀着她的肩膀道："小敏，丽丽姐是为咱好，你也别说了。"

史金刚趁机把周丽丽拉到一边去了，这时候饭菜也准备得差不多了。

周明堂走到客厅招呼大家吃饭，一看周丽丽和马小敏的样子，哈哈一笑，道："你们这两姐妹啊，从小就是这样，但凡见面必然要吵一番。三天没见面，又忍不住要打电话，我说你们啊，都像个小孩子一样。好了，好了，去吃饭啊！"

两家人围着大圆桌，周明堂和连襟也就是马小敏的爸爸马共乐两人坐在最上席，落座之后，周明堂嚷嚷道："老婆子，让你买的酒呢？"

陆庆秀端着菜从厨房走过来道："丽丽，你的酒买了没有？"

"买了，买了！"史金刚连忙接口，他这才想起自己的酒放在鞋柜上了。

"一惊一乍的，怎么就没个正形儿？"陆庆秀皱眉道，史金刚终于把酒拿过来了。周明堂掀开塑料袋，一看里面的包装，讶然抬头看向史金刚，道："孩子，这酒是你买的？多少钱？"

史金刚点点头道："是的，伯父。今天赶上打折呢，不是很贵，八百多一点儿！"

马共乐凑过去一看，一下子笑了起来，道："哎哟，飞天茅台！丽丽找的对象啊，人还真实诚！"

陆庆秀在旁边也一下愣住了，她瞪了周丽丽一眼，道："你这丫头，还真是会花钱！家里吃顿饭，你买这酒不是败家吗？”

周丽丽无所谓得很，心中还爽着呢，马小敏不是一直要揭金刚的底吗？人家金刚现在就这消费档次，她嘻嘻一笑道：“什么叫败家啊？茅台也是人喝的，这是消费档次的问题。今天姨父和姨过来，喝一瓶茅台又怎么了？

“另外，这也是金刚的一点儿意思，难不成他买了茅台，我非得让他换成二锅头啊？再说了，我真要把这瓶酒换成二锅头，那得多大一箱子啊，我们也拎不动啊。”

“嘿！丽丽这话我爱听，那行，今天我和你姨父就喝这酒了。对了，给小邹和小史也上个杯子，男人都要喝点儿酒。”周明堂道，他性格豪爽，当即便把酒给开了。

马共乐嗜酒如命，等面前的酒杯斟满，他就凑过去嗅了嗅，然后才细细地抿了一口，道：“好啊，不愧是茅台，这味儿真正！”

他品了酒，抬头看了看史金刚，道：“你这钱花得值！”

陆庆香在一旁白了丈夫一眼，道：“老酒鬼，你将来非得死在这酒里头不可。”

酒菜备齐了，一家人开始吃饭了，马小敏心情更不好，一个人低着头嘀嘀咕咕，显然史金刚借这瓶酒出了风头，自己爸妈好像都对他有了好印象。而自己这边，姨父和姨妈都不对邹凯说话，也不知道是什么意思。

一顿饭闷闷不乐地吃完，周明堂两连襟还在喝酒，其他人都来客厅喝茶了。

陆庆香和陆庆秀两姐妹终于凑到了一起，陆庆香清了清嗓子，一本正经地道：“邹凯，这就是小敏的姨妈，我和她从小一起长大，感情是最深的。今天带你们过来没有别的意思，你不是非得要和小敏谈朋友吗？我对你们的结合不怎么看好。今天这样，趁着小敏的姨妈也在这里，你把你们的想法说一说，让小敏姨妈也听一听，看一看。如果姨妈这边没意见，哎，我也就不管你们了，反正你们将来是要自己过日子的。”

邹凯有些紧张，马小敏也一反之前的叛逆，凑过来道：“姨妈，其实邹凯已经很不错了，你别听我妈的。现在他在永康电子当工程师，一个月工资也有三千多块，而且福利待遇都不错。他毕竟刚大学毕业，很多人大学毕业了几年都还在啃老呢，姨妈您说是不是啊？”

邹凯道：“妈，姨妈，我知道你们觉得我配不上小敏，不过我一定会努力的，我现在准备换一份工作，去一家大公司。如果能换工作，收入方面会好很多，回头我和小敏在花城交房子的首付绝对没有问题。

“我家里有两兄弟，小敏这边就一个女儿，我家里的意思是只要我和小敏自己把日子过好，家里不用我们负担。毕竟我哥已经结婚多年了，以后我们两口子只需要养小敏这边的老人就行。”

陆庆秀刚开始没听出什么感觉来，待听到后面，她眼睛一亮，当即点头道：“这个好，这个好，家里有两兄弟的是最好的。小邹这孩子我看是个实诚的孩子，咱家小敏还是有眼光的，我看蛮好！”

陆庆秀这话一说出来，马小敏十分高兴，当即道：“我就知道姨妈比我妈公平。我跟你说姨妈，邹凯真的很厉害，他现在正准备给一家大公司投简历，梦幻手机您知不知道？那是临港一家很厉害的手机公司。

“邹凯如果能加盟这一家公司，福利待遇比现在要好差不多一倍。姨妈您说，现在在咱们花城这样的城市，二十出头的年轻人收入能过五千，是不是不错了？”

“是，是，能有五千真的就不错了！我觉得小邹有前途！”陆庆秀道。

陆庆香在一旁道：“姐，你真觉得好？”

“好啊，怎么不好？我觉得很好，那个庆香，你看金刚这孩子怎样？”

陆庆香道：“金刚我觉得很好，蛮不错的！”

陆庆秀道：“这不就得了嘛，你觉得金刚好，我觉得小邹好，这不皆大欢喜吗？”

陆庆香这一下说不出话来了，她看了看史金刚，道：“小史啊，你现在在哪里上班？”

史金刚愣了愣，正要说话，一旁的周丽丽知道戏码来了，当即便抢口道：“姨，刚才小敏不是说邹凯想进那家大公司嘛，金刚就在这家公司上班，公司的名字叫世纪前沿有限公司，他们的产品就是梦幻手机！

“来，姨你看，我这款手机就是梦幻江南，漂亮吧，就是金刚他们公司生产的。”

“啊……”

一旁的马小敏惊呼一声，难以置信地瞟了一眼史金刚，道：“丽丽姐，你说的是真的吗？”

周丽丽一笑，道：“小敏，我会骗我姨吗？我这么跟你说吧，邹凯不是想进世纪前沿公司吗？这事儿也好办，因为世纪前沿公司现在花城的售后部就是金刚在负责，公司的技术员都是他负责招聘呢。邹凯如果真有能力，技术真的行，凭咱们两家的关系，这事儿还能不成吗？”

周丽丽这番话一说出来，满屋子人都惊住了，尤其是陆庆秀。她一直对史金刚不满意，所以今天对邹凯，她就一个劲儿地说好，反正在她想来，邹凯再不济，也不会比史金刚差吧！

第三十二章　试炼

史金刚突然感觉大家看向自己的眼神变了，尤其是一直不待见自己的丽丽妈，她那眼神好似是第一次认识自己一般。

还有马小敏，她今天似乎一直对自己有敌意，现在却似乎出现了微妙的变化。

一下成为屋子里的焦点人物，史金刚有些不适应，显得很拘谨。

邹凯盯着史金刚看了好大一会儿，突然道："金刚哥，你……你就是世纪前沿的技术经理史经理？我……我昨天给你通过电话，你有没有印象？"

史金刚愣了片刻，皱眉道："你是不是说自己会弱电控制，懂兼容测试？可是昨天你给我报的名字不叫邹凯啊？"

"是，是，就是我！邹凯是平常大家叫的名字，我户口本上的名字叫邹定军。金刚哥，没想到你就是史经理啊，那个……你看我的条件怎么样？符不符合公司的招聘要求？"邹凯确定了史金刚的身份后，心情一下变得很激动。

他太希望得到世纪前沿这份工作了，不仅是因为世纪前沿这边待遇高，更重要的是他自己也是梦幻手机的粉丝，而且他给自己的职业规划，便是希望自己能够学到过硬的技术。

现在他在一家叫永康的小公司上班，虽然说是工程师，其实干的是销售代表的活儿，学不到东西不说，还要经常出差。

所以邹凯一直都在关注世纪前沿公司的情况，公司在花城成立售后服务点的消息，他第一时间就知道了，只可惜当时他在网上报名没被选中。

后来他在江南论坛注册了账号，每天花一些时间泡论坛，等论坛等级上去了又投简历，才得到一次电话面试的机会。而此刻电话面试他的人就在面前，就是史金刚，他能不激动吗？

史金刚看着邹凯这副模样，实在有些为难，周丽丽在一旁道："金刚，你有什么说什么，都自己家人，有什么不好意思的？"

史金刚沉吟了一下，道："邹凯，是这样的，严格说起来，你可能还不太符合条件。因为你知道，我们一天的工作量其实是很大的，我们负责的范围包括整个花城还有下面八个县城。

"而公司一共只给了我八个技术名额，如果对机器不是特别熟悉的技术员，工作压力会非常大。我不瞒你，我今天一天就拆了差不多一百部机器，有时候可能拆得更多，你看……"

邹凯一听史金刚这么说，他有些急了，道："金刚哥，我对机器其实不算陌生了，我天天都在摆弄呢！您放心，如果您录取我了，我一定不拖后腿。要不您看这样行不行？您先给我试用一个星期，这一个星期我不要工资，如果不行，我二话不说就走人；如果行，您就把我留下来，您看这样好不好？"

史金刚微微皱眉，冲着周丽丽招招手，道："丽丽，把你手机拿过来！"

周丽丽把手机给史金刚，史金刚递给邹凯，道："把这机器拆下来，只给你一柄螺丝刀，要拆到芯片一级，拆装时间五分钟。"

史金刚变戏法似的手中多了一柄小螺丝刀，递给邹凯。

邹凯当即便低着头，开始紧张地拆机。

时间一分一秒地过去，转眼已经过去了三分钟，邹凯堪堪把外壳一层拆出来。

等他拆排线和其他小零部件的时候，刚刚有点儿眉目，时间就到了。

"把机器装起来！"

邹凯立刻又开始装机，足足用了十多分钟，机器总算恢复了原样。他按着开机键，眼睛死死地盯着屏幕，待听到"滴"的一声，机器正常开启，梦幻的图案跳出来，他松了一口气，才发现自己后背都被汗水浸透了。

"金刚哥，有点儿慢了，但是我还是能拆的是不是？"邹凯道。

史金刚点点头，道：“那这样吧，你把这款机器拿回去练习，我给你一个星期的时间，如果你能在五分钟内完成这个过程，就过来上班，行不行？”

邹凯沉吟了一下，用力地点头道：“行，你放心，金刚哥，我一定能行！”

一旁的马小敏皱眉道：“金刚哥，不太可能吧？这么复杂的一部手机，怎么可能五分钟拆装完毕？你这要求也太难了！”

史金刚瞟了一眼马小敏，又看了看邹凯，道：“邹凯，这样吧，我给你演示一遍，你看好！回头按照我的手法练习。”

史金刚说完，把手机拿出来，只见他两根手指头轻轻一推，大拇指一按一松，手机的外壳就退了下来。

一柄小螺丝刀到了他的手上，便像旋风一般，六个螺丝很快便拧了下来。

接下来，手机内部各种零部件，在史金刚的手中如同庖丁解牛一般，以大家肉眼可见的速度变成一堆零件。

“好，拆卸完成了，你再看装机！”

史金刚再一次出手，他的动作极具美感，似乎有一种神奇的节奏，看上去能给人一种震撼的视觉效果。

在这样的震撼中，一堆零件很快变成了一部手机，然后按下开机键，手机顺利开机。

周围众人一个个都还沉浸在刚才不可思议的震撼中，邹凯更是张大了嘴巴，看向史金刚的眼神充满了崇拜之色。

“哇，金刚，你太牛了！”周丽丽率先喊道。

史金刚腼腆地笑了笑，道：“邹凯，多练习就行了，你也能行的。如果你练好了，现在这个时候加盟公司是最好的时机。因为明年公司可能要把中原大区的总部设在我们花城，到时候花城不仅有售后，还会有物流和市场部，那样一来公司的规模真的更大了，福利也肯定会更加完善！”

“金刚哥，你们公司究竟是什么待遇啊？”马小敏说出了自己最关心的问题。

史金刚道："技术员试用期四千一个月，三个月试用期之后五千一个月，三险一金齐全。另外，年终奖一般是全年工资的三分之一到一半，差不多两万到三万。"

"哇！这么多啊！我算一下啊，那一年收入有八到九万块钱，我的乖乖，跟一线城市的白领差不多了！"马小敏整个人都变得兴奋了起来。

她沉吟了一下，又道："对了，金刚哥，你是经理，工资应该更高吧，能透露一下吗？"

"我呀！也没多少，差不多吧！"史金刚又腼腆了。

周丽丽在一旁道："金刚现在一个月底薪八千，绩效另算。年终奖因为今年工作没有一年，应该只有三万的样子。如果工作一整年，应该有十五万左右吧。不过，明年好像他要升职，收入应该会更高一些！"

"啊……"马小敏真的吃了一惊，"这么多啊，嘿，邹凯，你也好好努力，向金刚哥学习！"

四个年轻人聊得欢，陆庆秀两姐妹在一旁却插不上话，然而两人却也被史金刚的表现震撼到了。

陆庆香低声在姐姐耳边道："姐啊，你呀，就是报忧不报喜的性子。你跟我一打电话就抱怨，说丽丽找的男朋友如何如何好吃懒做，如何如何不让你满意。嘿，我还当真了，还想着是不是找机会劝劝丽丽啊，让她别任性了。

"可是现在你看看……金刚这么年轻就是公司经理了，一年收入十几万，而且还说要升职。这孩子一年的收入，就够在花城付首付了，丽丽能找到这样一个对象，你还不满意啊？"

陆庆秀被陆庆香说得浑身不自在，她红着脸道："不是，妹子，你听我说……"

"别说了姐，你我一辈子的姐妹了，我还不了解你啊。你呀，就是心太高了，恨不得让丽丽嫁给那些大明星。没有必要呀，儿孙自有儿孙福，你看我家小敏，他找的对象邹凯能跟你家金刚比吗？

“可我也没说坚决反对啊，哎，孩子大了不由娘，拗不过他们，就随他们去！”

陆庆秀皱皱眉头，瞅了妹妹一眼，欲言又止。

这个妹子，说什么儿孙自有儿孙福，真是说得比唱得还好听。若是真有这个心胸，今天把一家人领到自己家里来干什么？还让自己帮助把什么关？

不过，她一想到今天这个场合，有些话还是别说了。

再说了，她心里一块大心病，今天总算好转了。史金刚这小子，不声不响的，暗地里还真有些本事。刚才他露的那几手，自己虽然不懂，但是单单看那个场面，就是有真本事的人，要不然小敏那么要强的孩子能服吗？

“丽丽就硬是看得上这小子，我就说嘛，我的丫头不会是瞎了眼的，看来还真如此呢！”

这么一想，陆庆秀心情一下好了，道：“妹子，过几天我们也去你家吃一顿，回头我们一家人都去，就下个星期吧，行不行？”

“好啊，我正准备说这事儿呢，那个……”

“姨，下个星期可不行，下个星期我和金刚要去临港呢，他们公司要开会……”

第三十三章　铁粉大会

临港，天地大厦，世纪前沿公司总部。

晚上差不多八九点钟的样子，整幢楼还灯火通明，随着新产品的研发和设计工作日渐完成，整个公司已经开始高速运转。

现在各个部门的工作都相当紧张。

技术部在进行产品最后的定型，朱恩亲自抓的设计工作，也在不断精益求精地修改，原材料采购工作已经拉开了帷幕，营销计划已经制订好，现在正紧锣密鼓地实施。

而在这样的背景下，一年一度的梦幻手机粉丝大会在临港拉开了帷幕。

粉丝大会是世纪前沿公司营销部和客户服务部联手组织的一次大型活动，通过这个活动，营销部需要收集各种意见，为接下来推进营销计划做最后的优化。而客户部需要通过这个活动，进一步在粉丝之中挑选精英，从而让这些精英充实到公司的团队中。

目前公司已经在全国一百二十多个城市建立了售后服务部，在全国五个大区建立了物流中心和销售中心。按照这个数据来计算，临港之外的区域，公司的员工已经有了一千多人。

而这一千多人，九成都是通过网络招聘的，或者说是由粉丝转化而来的。

经营粉丝，吸纳粉丝，让粉丝成为员工，这已经成了公司的一大人才策略。

公司梦幻系列手机的销量为七百万部，真正的粉丝则只有几十万，而这几十万的粉丝才是公司巨大的财富。

公司的客户部就是专门管理粉丝、经营粉丝和吸纳粉丝的部门，现在这个部门由副总裁马梦可亲自负责。

朱恩盯着电脑，吃着热气腾腾的泡面，看着马梦可发过来的粉丝大会的视频，笑得很开心。

马梦可悄然进门，笑嘻嘻地道："喂，又吃泡面吗？跟你说多少次了，让你不要吃泡面，你怎么就不听呢？"

朱恩笑呵呵地道："下次不吃了啊，今天我实在是饿了，都是让杰瑞给害的。这小子给我递交了一个'段子营销'的计划，我琢磨了一个多小时，耽误时间啊！"

马梦可撇撇嘴，道："你呀，老是这句话，我听得耳朵都起茧子了，算了，我也不管你了。对了，你觉得我们这一次粉丝大会举办得怎么样？"

"不错，不错！我觉得蛮成功的，通过这样一次聚会，下一步把论坛的热度再往上推一推，然后有策略地开始一步步地推进新产品营销。我觉得到一个合适的时机，我们的产品迅速上市，应该很快就能斩获佳绩。"朱恩笑道。

"对了，梦可，我让你安排一批铁杆粉丝搞个见面会的，你安排了没有？"朱恩话锋一转道。

"你安排的事情，我敢怠慢吗？不瞒你说，这事儿我搞定了，个个都是铁杆粉丝，其中还有我们公司的员工呢！能进入见面会的粉丝，都是资深粉丝，表现不好我不要，一共就一百人。

"见面会的地点，我觉得还是安排在科技园吧。我们研发中心那么大的地盘，让粉丝们可以感受一下我们研发中心的气势。"马梦可道。

朱恩站起身来道："这个好，和我想到一块儿去了。这一次粉丝见面，我主要是想把我现在设计的几款手机架构拿出来，征求一下他们的意见，你看这事行不行？"

"什么？"马梦可盯着朱恩，"你确定要这么干吗？如果这么干，我们的产品就毫无秘密可言了，这事儿我不能给你拿主意。我建议还是开个高层会议，听听大家的意见。"

朱恩大手一挥，道：“那就不用了！这事就这么干，不会有问题的。”

“别，朱恩，这不是一件小事，你别……”

朱恩用手捂着马梦可的嘴，道：“小声点，你当我完全没脑子吗？我跟你这么说吧，这个事儿我敢做，就是有把握的。一款手机究竟怎么样才有震撼效果，我觉得既要符合用户的心理预期，又必须要有惊喜。

“如果我们什么料都不放出去，我们就不知道广大用户的心理预期究竟在哪里。

“这个事儿乍看关乎营销，仔细分析却和设计有关。作为设计师，我不能闭门造车，所以我做出了产品之后，需要有人给我意见和建议，更需要有人直接地反馈他们的喜好。这个事儿只有一线粉丝能反馈给我，你明白吗？”

马梦可盯着朱恩道：“你这么说……好像有点儿道理。不过，你跟我解释这么清楚是为什么？是觉得我理解不了吗？”

“当然不是，我是让你保密，这件事千万不能告诉杰瑞。这个鬼佬，最是难缠，像他这样的财迷，永远都理解不了我的做法，你明白？”朱恩道。

马梦可眨着眼睛，上下打量着朱恩，道：“你这么说，我倒又不支持你的做法了，杰瑞既然反对你这么做，说明你这么做可能损害公司的利益。我看还是算了吧，或者是我们换一批人，我们在内部搞一个类似的见面会。”

“一样的，没用的。现在这个社会，商业间谍无所不在，不管我们怎么做保密工作，只要这事儿我干了，必然很快就能有人知道。他们是无孔不入啊，咱们的员工之中，一定有给别人提供信息的人。

“就如同在咱们的粉丝之中，也一定有不可靠的人，这是一样的道理。”朱恩道。

“这样吧，明天我的见面会只说一款手机，这款手机就是梦幻江南 2！至于梦幻北极 2，我们留点儿悬念吧，等到一个合适的机会，我们再想办法吹风，或者是这个项目我们一直保密，直到手机正式发布的那一天。”朱恩最终下定了决心。

目前全球顶级手机厂商的惯例，都是新手机在没有发布之前绝对保密的。

因为一旦手机的功能和外形泄露出去，会让用户和粉丝失去期待感，那样推出新手机的时候，热度会大大地降低。

只可惜，这样的方式对世纪前沿并不合适。

朱恩对梦幻手机的定位是粉丝自己做出的手机，第一款手机从设计到研发到功能，都有大量粉丝参与其中。正因为这样的新模式，让梦幻手机出其不意地获得了成功。

第一款手机获得成功之后，现在公司内部对第二款手机的操作方式，已经有了不同的意见。在这样的情况下，朱恩还是坚定地认为，不能改变粉丝参与的模式。

虽然，朱恩选择的新产品发布方式和第一款手机已经不同了，但是粉丝DIY这个概念，他认为绝对不能摒弃。

因为他自己就是一个手机的超级玩家，他能够亲身体会到粉丝DIY这个概念给他内心带来的沸腾的感觉。

朱恩下定了决心，当即便准备第二天粉丝见面会的内容，这一次见面会，他将亲自操作……

临港春雨绵绵，汽车从临港大道拐弯进入科技大道的时候，车上的人便看到了宏伟的临港市高新科技园区，本来热闹的大巴车上，气氛更加热烈了。

“你们看到没有？这就是科技园了，梦幻手机的研发中心就在这个园区，我们很快就要到了！”最前面的导游小姐拿着话筒对大家喊话。

“哇，终于要到了啊，我们已经迫不及待了。我听说公司花了二十亿建立研发中心，我真的很期待这个研发中心！”一个戴深度眼镜的小胖子挥着手，有些激动地道。

“是呀，是呀，我也很期待呢！”

很快就有人附和。

这一车人便是参加粉丝见面会的梦幻手机的铁杆粉丝，今天世纪前沿公司一共安排了三辆车，三辆车一共搭载一百名粉丝参加今天的见面会，应该说这样的规模基本算是在粉丝中万里挑一了。

所以，能够参加见面会的粉丝无一不是铁杆，都是年轻人，都是非常喜欢梦幻手机的年轻人，大家聚在一起自然有话说，而当大家得知有机会去参观梦幻手机的研发基地，气氛就更加热烈了。

车上的导游都是公司的员工，他们感受到这样的热情也觉得兴奋，导游小姐突然指着窗外道：

“各位粉丝，大家看外面，顺着我手指的方向，看到那一幢最高的楼没有？那一幢楼现在叫世纪大厦，我们的研发中心就是以这幢大厦为中心的。我跟你们说，这幢大厦是科技园东区最高的大厦。

“当年华夏科技准备把研发中心放在这幢大厦之中，科技园的领导没有同意。

“而现在，这幢大厦成为我们公司的研发中心所在地，各位啊，这说明什么？这说明我们潜力巨大，而实际上，我们公司现在在临港也拥有巨大的影响力，也许不久的将来，我们就是第二个华夏集团……”

第三十四章　震撼发布

世纪前沿公司研发中心所在地，今天迎来了梦幻手机一百名铁杆粉丝的参观。

研发中心核心的建筑便是世纪大厦，这一幢二十五层的建筑全部都是研发中心的地盘，建筑面积有几十万平方米之大。

作为粉丝，能够参观公司的研发中心，大家都是极度兴奋的，尤其是在先进技术展示区，由公司首席科学家汤坤教授率领的团队研发出的一系列关于硬件的先进技术一一给粉丝介绍展示出来，那种无比高大上的感觉，让大家的心情更是激动。

而当粉丝最后被邀请到研发中心二十楼的多功能会议厅，主持人宣布今天公司董事长兼总裁朱恩将和大家见面的时候，全场都沸腾了。

整个会议厅的热度极高，大家对见面会都翘首以盼，每个人都希望能够亲眼看一看他们崇拜已久的传奇人物“瓜子”。

在这一百人之中，有一个人是例外的。

他叫郭川，作为江南论坛的老牌版主，郭川在江南论坛的威信是非常高的。

但是这一次他来临港，却怀有特殊的使命，他需要对世纪前沿的产品研发、营销策略和新产品进度等一系列的工作进行刺探，然后凭借这些信息挣一大笔钱。

不错，郭川就是所谓的商业间谍。他在江南论坛混了这么多年，有这么深的资历是他现在的老板选中他的原因。

而让他最感到欣慰的是老板给他的待遇让他很满意，不用正常上班，每年都有不菲的收入，完全能让他实现财务自由，这一点对他来说尤为重要。

现在这个时候，所有的粉丝都陷入一种狂热的状态中，郭川便躲在最后面，冷眼观察着这一切。

“梦幻手机能成功绝不是偶然啊，的确是有几把刷子，国内敢于投入这么多资金建立研发中心的厂商，唯有梦幻团队了！”郭川心中也很感叹。

“经营粉丝这一手太绝了，一款手机能够在全国经营起几十万的粉丝，并能很好地利用这一资源，梦幻手机的前景真的势不可当！”

郭川嘴角露出一抹微笑，梦幻手机发展得好，郭川喜闻乐见，因为那样一来，他掌握的信息会有更多人关注，他的收入就会更高。

他现在在江南论坛有很高的地位，这就是他得天独厚的优势，有了这个地位，别人不知道的消息他知道，别人不了解的情况他了解，现在是信息社会，信息就是金钱，不是吗？

“嘿，二愣子，你怎么坐在最后面啊！”冷不丁的，他感觉自己的肩膀被人拍了一下。

郭川的网名叫“郭二愣子”，猛地被人这么一喊，他心中一惊，扭头看向对方，一笑，道：“是大金刚啊，吓我一跳！你没看见前面都挤满人了吗？‘瓜子’我之前见过，见大家这么热情，我就躲后面给大家机会嘛！”

大金刚便是史金刚，他有些兴奋地搓搓手，道：“那二愣子，晚上吃饭的事儿你可不要忘记了，我得往前挤一挤，太远我看不清！”

史金刚说完，猫着腰一直挤到了最前面一排。

这一次来临港，史金刚把周丽丽一起带过来了，因为今天粉丝见面有保密级别的要求，周丽丽不能参加，等他把女朋友安置好后过来已经有些迟了。

还好，昨天的粉丝大会来自天南地北的兄弟们都照过面，史金刚在论坛上“变形大金刚”的名字威信很高，名气很大，坐在第一排的好几个人他都认识。

关键时候，史金刚也就不讲面子了，强行和几个兄弟挤在了一起，大家一起等着朱恩的到来。

下午三点，朱恩拎着手提电脑从大门进来，全体粉丝自发地站起身来，齐齐鼓掌。

朱恩愣了一下，也吓了一跳，他走到主讲席前，对着话筒道："你们太热情了，我有些受宠若惊啊！这样吧，我还是按照惯例说点儿题外话，作为世纪前沿公司的董事长兼总裁，我对这一次粉丝大会的成功召开表示祝贺。

"另外，今天来参加见面会的兄弟们，都是被公司高度认可的铁杆粉丝，正是因为有你们的存在，公司的产品才能获得这么大的认可，我代表公司欢迎你们！"

朱恩稍微顿了顿，等下面的掌声稀疏了，他才又道："今天这个见面会啊，我不会跟你们来虚的。我实话告诉你们，梦幻手机的无缺陷版，也就是梦幻手机 2 两款机型的技术开发已经基本结束了。

"也就是说在技术上，我们争议了接近半年的缺陷都已经解决了。不管是梦幻江南，还是梦幻北极，我们新一代的产品将是颠覆性的。当然，还是那句话，我们推出新产品的时间没有期限。

"而今天这次见面，我主要是针对手机的功能设计和美学设计和大家做个交流，兄弟们，今天这个见面会可全都是干货啊！"

朱恩这话一说，全场一片嘈杂，在场的很多粉丝非常活跃，纷纷开始拿出手机拍照，记录！

就在这时候，公司工作人员、公司行政部的经理拿过话筒道：

"各位粉丝，因为接下来的会议内容涉及公司的高度机密，所以五分钟之后，我们将会暂时帮大家保管手机、数码相机等一切数码通信设备。另外，会场没有纸笔提供，也希望大家不要携带纸笔！"

坐在最后面的郭川，绽放的笑容突然凝固在了脸上，然而旋即他眼珠子一转，便有了主意。

接下来，工作人员便开始用特殊的塑料袋逐一收手机和其他电子设备，大部分人都非常配合，遇到不配合的情况，工作人员都会耐心地解释，关键是这样的人在粉丝群中是极少数，而且他们还需要面临周围七嘴八舌的指责，也基本上没什么人能扛住。

终于，一个小妹子走到郭川身前，十分客气地道：“先生，您的手机……”

郭川“呵呵”一笑，将手机塞进塑料袋。

小妹子十分客气地记录好名字然后退下去，郭川暗暗冷笑，心中有一种说不出的得意。

他事先已经料到会有类似的情况，所以他的设备带得很齐，不仅有常规的设备，还有特殊的设备。

作为一个真正的商业间谍，郭川可是经过自我培训的，哪里会那么容易被人防住？

“您好，您是‘郭二愣子先生’，对不对？”刚才离开的小妹子去而复返。

“呃……对，有什么事情？”郭川微笑道。

小妹子笑靥如花，眉毛弯弯，模样十分可爱，态度也非常客气，她道：“是这样，郭先生，刚才我们的电子设备报警器提示，在您身上还有其他的电子设备，而且提示级别是危险级。

“我刚才给领导汇报，领导确定了您的身份，首先我们希望您能配合我们，把一些电子设备交给我们保管。

“当然，您也可以选择不合作，但是以后您将不能参加类似安全级别的聚会，郭先生您看……”

郭川一惊，他环顾四周，感觉后背一阵发凉，似乎隐隐有一双眼睛在盯着他，他先前的得意瞬间消失得无影无踪。

过了好大一会儿，他打了一个哈哈，将身上的一个小包递给小妹子，道：“是个误会，这东西你暂时帮我保管吧！”

“谢谢，谢谢您配合！”小妹子的态度一如既往的客气。

郭川的心里却在滴血，不过很快，他就顾不得患得患失了，因为这时候，朱恩已经开始分享梦幻新机器的设计了。

会场的灯突然关闭了，幻灯片上，一款美轮美奂的手机以一种惊爆众人眼球的方式闪亮登场。

“各位，这是我们为梦幻江南设计的最新外形，请大家看机身，这是一款全金属机身的超薄款手机，拥有一千五百万超高像素的高清摄像头，配备三星最新技术的大屏幕，拥有指纹识别技术和语音识别技术，搭载公司刚刚优化的无缺陷安卓操作系统……”朱恩的声音在黑暗中特别富有磁性。

随着他的介绍，手机的每一个细节都一一在大家面前呈现出来，从画面看，这款手机用四个字描述最为贴切，那便是“精致华丽”。

有梦幻江南第一代产品做铺垫，这一款新产品既然是无缺陷产品，那自然是在第一代产品的架构基础上优化改进的产品。但是从现在发布的设计来看，这款手机已经从第一代机型上脱胎换骨，给人的感觉完全不同了。

第一代手机虽然厉害、震撼，但是或多或少还能给人一点儿屌丝的感觉。而这一款机器一发布出来，给人的感觉就是非同凡响，高贵华丽，不同一般，能给人无限遐想。

而随着手机功能设计的各种细节一一被细化介绍，这一款手机的强大功能和独具匠心的设计也慢慢地呈现出来，所有的粉丝都屏着呼吸在听，生怕错过一个细节。

上百人的会场，没有一丝杂音，大家都沉浸在梦幻手机的震撼之中……

第三十五章 热情高涨

今天并不是新品发布会，但是现场却出现了新品发布会的震撼效果。

一百名粉丝并不多，但是一百名粉丝爆发出的热情，却让见面会结束的时间一再推迟。

现场太疯狂了，粉丝们针对梦幻江南 2 的各种反馈，让公司后勤部的人员根本记录不过来。而在当面提问环节，场面甚至一度失控，狂热的粉丝几乎要把在前面主讲的朱恩给抬起来。

可以说这一次见面会很成功，因为大部分粉丝都被朱恩的设计震撼到了，而对梦幻新机型的期待，也因为这一次见面会，攀升到了一个全新的高度。

今天的见面会只针对梦幻江南，现场北极论坛的兄弟一个个心里像被猫抓似的痒痒，梦幻江南有这样的震撼设计，梦幻北极又会是怎样的呢？

梦幻系列江南款柔和婉约，而梦幻系列北极款则是雍容大气。

这两款手机从第一代就确定了各自的特点和风格。

而新一代机型究竟会有怎样的惊人表现，一时也是大家万分期待的事情。

所以，这一次见面会很成功，不仅没有因为泄密而让大家失去兴趣，反倒是朱恩设计的效果太震撼，让大家的期待迅速地攀升，热情飞速地高涨。

就在见面会当天晚上，两大手机论坛再一次炸锅了。

江南论坛数万粉丝刷屏，要求世纪前沿公司提供手机的高清谍照，而今天与会的一帮幸运儿，则成为其他粉丝追逐的明星。

世纪前沿的工作推进到这一步，手机江湖上也终于意识到，梦幻系列手机第二款机器上市的时间已经不远了。

一时业界反应强烈，媒体争相报道，很显然，现在谁也不敢小瞧世纪前沿的团队了。而对世纪前沿公司来说，从这一场见面会开始，公司上下的紧张工作便进一步加码，因为从今天开始，新产品上市开始进入倒计时。

三天之后，梦幻江南的整体设计最后敲定，经过多次会议确认之后，生产指示并随订单一道下放到了代工厂商。

惠亚集团，刚刚在董事会换届中获得连任的迈克，今天精神状态非常好，他老远便看到了朱恩，连忙快步走过来，给了朱恩一个十分夸张的拥抱，道：

“朱，不得不说你们太棒了，梦幻手机真就如梦幻一般，对不对？去年手机市场上最大的黑马就是你们，我对你们的成功表示衷心的祝贺！”

朱恩道：“谢谢你，迈克，我们的成功就是你们的成功，现在我们是最紧密的合作伙伴，对不对？”

“呀，朱，你说得太对了，‘最紧密’这个词我特别喜欢，并且为之感动。不过我有一个疑问，既然我们合作得如此顺利，为什么你们还要把订单给我们的竞争对手？”迈克大声道，表情很夸张。

朱恩哈哈大笑着用力拍了拍迈克的手臂，道：“迈克董事长，你既然专门了解过我们，就应该知道我们对新产品的期待很高，而新产品的出货量，也肯定是去年的数倍之多。

“这么大的出货量，我们担心惠亚会有压力，毕竟去年我们就有相当长一段时间供货紧张，你说是不是？所以今年我们为了给你们减压，主动分配了一些产能给别的代工厂……”

朱恩说到这里，声音猛然拔高，道：“不过迈克，惠亚占据我们出货量的百分之八十，你们是全球最优秀的代工厂，这一点我们很清楚，所以主要的业务肯定都给你们。

“而你们吃肉的时候，完全可以考虑给别人一点儿汤喝。我认为，一片草原不能只有狼和羊两种动物，是不是这样，迈克？”

迈克哈哈大笑，冲着朱恩伸出大拇指道：“朱，你是个很有能力的企业家，我看好你们。你放心，今年我们为了你们的订单，专门开辟了一家工厂负责。

“我们知道，你们的保守目标是一千万部，而我给你们准备了一千两百万部手机的产能。因为我知道，你们习惯给我们惊喜。”

迈克是个很精明的商人，他懂得随时分析合同双方的地位和筹码。

今年和去年不一样了，去年世纪前沿籍籍无名，很难找到有实力的合作厂商。

可今年，世纪前沿和梦幻手机已经成为市场的宠儿，声名赫赫，成了各大代工厂争相追逐的大客户。在这样的情况下，惠亚集团已经不占上风了，所以迈克主动给了朱恩很大的优惠。

而朱恩在接受迈克慷慨馈赠的同时，自然也会找另外一家代工厂放出少部分订单，一个很有实力的企业，不可能把鸡蛋放在一个篮子里面。换句话说，朱恩不可能被代工厂掐着脖子，所以多点布局是必需的，迈克也懂得这一点。

他表情夸张地向朱恩提出“抗议”，更多的是一种另类表忠心的方式，而专门为梦幻手机安排专门的工厂，这便是在展示惠亚集团的实力和专业。

朱恩在惠亚参观完生产线，和迈克签完合同，梦幻手机的生产线就正式开始运转了。

一个月后，当梦幻江南 2 的存货量达到一百万部左右便正式开始上市，而紧随其后的梦幻北极 2 将推迟半个月上市，梦幻系列第二款手机终于要和市场见面了。

从梦幻手机第一代到第二代产品，时间间隔接近一年零六个月，这对一家新兴的手机厂商来说，这个时间间隔已经非常长了。

要知道，国内手机厂商一般都习惯把产品线拉长，这样做是为所谓的细分市场，满足各种群体的需求，从而做到东边不亮西边亮。目前全世界的手机厂商，只做单一产品线的厂商只有苹果公司，而现在，世纪前沿公司到目前为止，也只做单一的产品线。

做单一产品线的最大优势，就是可以集中所有资源在一款产品上，让用户在认同品牌的同时认同产品，这样做出的产品往往是精品，很利于经营粉丝。

当然，单一产品线的弱点也很明显，那就是一旦产品市场不认同，巨大的资源投入会很快打水漂，无法做到将风险分散。

所以，敢做单一产品线的厂商，必须要有绝对的自信，并且最好要有忠实的粉丝群体，否则风险巨大。而目前，世纪前沿的梦幻手机可以说拥有这种自信，也拥有属于自己的粉丝群体。

手机正在紧锣密鼓地生产，接下来一个月，便是大力营销的一个月。而在这一块，公司现在又出现了分歧，朱恩的观念又一次无法占据上风。

关于营销的分歧，主要在两点：第一点，市场部提出手机竞价预售计划，朱恩以董事长和总裁的名义把这个计划否决了。

第二个分歧点，市场部提出拓展营销渠道，在以电子商务作为主要销售渠道的基础上，建立传统的销售渠道，实现产品的多渠道销售。对这个计划，朱恩再一次否决了。

而这两个计划，杰瑞并没有想要放弃的打算，一场新的争论自然无法避免。

会议室里，这一次会议已经是今天第三次会议了，前两次会议一次和采购物料供应有关，一次和生产和销售计划有关。而前两次会议都牵扯到营销的话题，关于营销的争论都没有达成共识。

而今天第三次会议，公司所有高层全部参加，投资人代表全部参加，会议的规格一下提到了最高级。

杰瑞很激动地挥动双手，道："朱，我不得不说你的想法过于死板了。我们市场部主张开展手机竞价预售，一方面是为了在梦幻新手机上市之前，营造出你争我夺的营销氛围，让我们的机器能够快速卖出去，能够快速回笼资金。

"另外一点，也是最重要的一点，那就是通过竞价预售，找准我们手机市场的认可价格，从而为我们的定价找到参考。我们现在不能盲目定价了，我们手机的价值应该是市场来决定，大家认为是不是这样？

"我实在不明白，为什么公司会否决这样合理的建议？你们为什么不相信营销专家？”

朱恩喝了一口茶，抿了抿嘴唇，道：“杰瑞，不是不相信营销专家。而是我认为，竞价预售会淡化粉丝对产品的热情。当他们可能会付更多的钱才能买到同样的手机，你觉得这对他们公平吗？

“杰瑞，如果我们最后的定价低于预期，你能想象将会出现的场景吗？假如你是我们的粉丝，你付出比别人更多的钱才拿到机器，你是怎样的心情？”

杰瑞哈哈大笑，道：“这就对了，我们需要的就是这样的效果，我们就是要让大家争先恐后，形成竞争。电子产品的价格本来就有周期性，苹果手机每次发布的时候，都会有大量的黄牛出现，这就说明你的担心完全多余。我们搞竞价预售，粉丝对产品的热情只会更强，绝对不会削弱，他们拿不到产品，会每时每刻关注论坛，登录论坛。那样我们的人气会高涨，我们的营销会获得巨大的成功！”

杰瑞口若悬河，动作表情非常夸张，他不断阐述自己对市场的理解，不得不说，他的说法很有道理，也非常有煽动性。不过他遇到了朱恩，一时很难让朱恩妥协。

第三十六章　内部争斗

此时已经是深夜，世纪前沿公司会议室的气氛依旧紧张，朱恩还是坚持自己的观念。

杰瑞的确是个营销天才，他提出的“竞价预售”的确很独特，简单地说就是在预售的时候先不确定价格，而是要求用户在一千六百块附近的价格竞拍。

出价高的前一万部手机将竞价预售成功。这一万个用户，可以比其他的用户提前一个星期得到新机器。在竞价预售结束之后，后面的预售为普通预售，普通预售的定价将参照竞价预售的所有数据库来确定精准定价。普通预售的价格是确定的，所有的用户都能够按照统一的价格购买手机。

杰瑞想出这个办法，目的是为了给梦幻手机增加更多的话题，能让营销有更多的噱头，因为这样的方式全球任何手机厂商都没有做过，杰瑞认为这样的营销策略能够收到奇效。

但是朱恩却不这么认为，朱恩坚持认为杰瑞的这种做法是对粉丝的过度消费，他坚决反对。

他道：“杰瑞，你说的这些情况我能够明白，也表示理解。但是我们公司是一家以经营粉丝为核心的手机企业，我们不能对粉丝提出过分的要求。你刚才说的黄牛，我相信随着我们的手机越来越优秀，将来也可能出现黄牛。

“但是黄牛不是官方行为，我们作为官方手机厂商，绝对不能够过度利用粉丝，这不仅不道德，而且很无耻！

“如果我今天给你开了这个口子，以后你还会有更多的新思路，会变着法子来围绕粉丝搞花样。长此以往，我们将会失去支持我们的粉丝，这得不偿失！”

朱恩顿了顿，又道：“还有啊，你们市场部提出的第二个提议。不得不说，站在营销的角度来说可能是正确的，但是任何营销都不能超越战略，我们的市场是粉丝市场，是制作粉丝自己的手机。

“我们通过厂商直接面对粉丝的销售模式，就是要降低营销成本，减少手机的中间环节。如果现在我们开始走传统的营销模式，我们需要给代理商让很大的利益，这样一来，我们的电子商务销售模式还有什么意义？我们的产品还有多少利润？

“你们的思路还是太飘了，去年我做产品的时候就说过，不要把智能手机想象得太过宽泛。不要把一款手机想象成整个产业链，好像只要手机销售量上去了，占据了一哥的地位，便能用这个地位占据未来用户的智能终端。

“这种想法没有错，但是却会导致我们失去专注力，我们的专注力必须在产品本身上，这一点是绝对不能动摇的。”

朱恩说到此处，站起身来，挥动双手道：“不要指望把好事都占尽了，鱼和熊掌不可兼得。我们选择的路与众不同，就不要回过头来被传统同化。我说得更通俗一点儿，那就是凤凰不要学鸡叫，这个道理还要我多说吗？”

朱恩这话说出来，全场鸦雀无声，杰瑞不断地摇头，嘀嘀咕咕着，不知道他说的是什么。

他是个把钱看得比命还重的疯子，所以他天生就是个营销天才。但是显然，他的天赋在这里遇到了阻力，他无法说服朱恩。

“朱，我觉得我们是一家以营利为目的的公司，作为营销总监，我能够保证如果按照我的思路展开营销活动，我们能赚更多的钱，我们能更快地赶超竞争对手。你看看吧，在座的这么多人，支持我的人多过支持你的人。

“如果是公平投票，你的观念会输给我，你必须承认这一点！”杰瑞又道。

朱恩摆摆手道：“做企业不是搞政治选举，没有可能一人一票。另外我要纠正一点，我们不是一家以营利为目的的公司，我们是一家以做世界一流产品为目标的公司，利润只是我们在经营奋斗过程中一个自然的附加收益。

“我在这里强调一点，我不是情怀手机的老板，我也没讲太多情怀。但是作为一家企业，如果太唯利是图，这家企业离死也就不远了。杰瑞，我看今天的会到此为止，没有好争论的，你的营销计划我完全赞同，唯有这两条我否决！”

朱恩说完，站起身来，道：“各位，今天这是第三次会议了，也到了晚上十点多。我觉得我们不要再争论营销的问题，在这里我给大家保证，我们这一款产品用目前的营销方式推向市场，保守估计我们的销量可以直逼两千万部。

“今天与会的有公司两位投资人，我知道你们内心可能是支持杰瑞的，但是我只有一句话，这家企业的文化必须保证，我永远不能完全听资本的意见，这一点请投资人理解！”

朱恩说完，转身就走。王岳同笑了笑，道：“杰瑞，下一次你和朱恩争论一定要记得联合余怀，你一个人势单力薄，争不过他的！”

杰瑞耸耸肩，道：“朱恩太固执，他是拿着你们投资人的钱不当钱，你们应该坚定地支持我，因为我的思路能让你们挣更多的钱！”

王岳同摊摊手，道：“杰瑞，你应该明白，我们很难反对朱恩，因为他已经把公司做得足够好了。”

一直没说话的马梨，突然扭头看向马梦可，道：“梦可，朱恩刚才最后一句话什么意思？他是冲着我说的吧，他什么意思？说我唯利是图？我看他反了天了，我……”

“好了，好了，妈，你怎么老是喜欢多想。在这个时候，公司内部出现分歧，朱恩心里也烦得很，你就不要纠缠这些小问题了，好不好？”马梦可站起来，道，“各位，今天的会议到此为止。刚才朱总已经说过了，营销方案完全确定，之前杰瑞提出的两个计划取消，希望大家能够正确理解公司的决策，积极面对马上要开始的营销大战！”

马梦可做了最后的会议总结，从会议室出来，她急匆匆地直奔朱恩办公室。

推开朱恩办公室，她看到朱恩已经仰躺在椅子上呼呼睡过去了。

她连忙从朱恩办公桌下面的柜子里找出一条毯子帮朱恩盖上，然后悄然准备出门。

“梦可……”

“啊……你……你继续睡，我不打扰你！”马梦可歉然道。

朱恩睁开眼睛，伸出手来抓住马梦可的手道：“梦可，说句心里话，今天的会议我很失望。你知道为什么吗？”

马梦可瞟了朱恩一眼，道：“朱恩，我是坚定支持你的！你放心，杰瑞虽然有些情绪，但是他这个人的工作不难做通，我有信心和他沟通，他不会因为这件事影响工作。”

朱恩摇摇头，道：“我不是说这一点，我是担心我们公司有一天会跑偏。智能手机这个市场啊，乍一看遍地都是金钱，到处都有诱惑。尤其是对我们来说，我们有了一款产品的积累，有几十万粉丝的阵容，还有新款手机的一流性能。

“现在我们似乎怎么做都能挣钱，所以在这个时候，很多人已经花眼了，已经忘记了我们当初做手机的初衷了。

“我不说杰瑞，杰瑞他是一个唯利是图的疯子，也正因为如此，他才能成就营销天才的名声。

“但是杰瑞唯利是图，我们的其他高管、我们的投资人能够跟着他一同头脑发热吗？你看看杰瑞提出的这两个方案，第一个方案是滥用粉丝的信任，利用粉丝对公司的感情，过度营销，最终的结果是要伤害粉丝的。

“第二个方案，更是离谱得厉害，为了拉高销量，让我们去走传统的渠道营销，搞什么两驾马车！他是要和荣誉争高下，要通过这一款机器把我们推上全国第一的宝座。

“用他的话说，就是要用我们现在的资源，配合梅朵式的营销，成就一家伟大的公司。”

说到此处，朱恩长叹一口气，道：“杰瑞这个说法很有煽动性，可是你想过没有？我们怎么和荣誉争高下？我们就是靠我们这一次大规模营销，靠梅朵式的营销和他们争高下吗？

“就算我们能在这款手机上争过荣誉，那能说明什么？能说明我们就是国内第一吗？

“如果真的这么简单，谢明珠已经可以赶超三星和苹果了，实际情况是怎样的呢？情况是梅朵每况愈下，现在马上就要被我们干掉了！

“这里面深层次的原因，杰瑞不去想，他们也不去想吗？”

马梦可深深吸了一口气，另外一只手悄然伸过去搭在朱恩的肩膀上，慢慢俯下身去，将脸贴在朱恩的脸颊上，道：“朱恩，你别生我妈的气，你就当她在更年期，好虚荣行不行？你放心，我永远站在你这边，她如果真要一直调皮，大不了我们再引进资本，将红树林的股份进一步稀释……”

马梦可说到最后，咯咯一笑，当真是娇柔无限，而朱恩糟糕的心情，也因此迅速变淡……

第三十七章　安抚

马梨是个资本家，对资本的敏感是她与生俱来的本能。

所以，她非常欣赏杰瑞，尤其是杰瑞提出的可以在一年的时间内把梦幻手机做成国内手机销量第一的品牌，这个提法对她有无法抵挡的诱惑。

站在资本的立场上，这一笔账很好算，目前梦幻手机的销量还没破千万。

如果说通过全面营销的策略，能够让梦幻手机完成弯道超车，销量突破五千万，世纪前沿这家公司的估值便能翻数倍，甚至往千亿逼近。

到了那个时候，红树林就会在这一笔投资中赚得盆满钵满，粗略估计也有上百亿的利益。面对这样的巨大利益，马梨能不动心吗？

只可惜她的支持帮不了杰瑞，因为公司的章程已经明确规定了，投资人没有公司的管理权。另外，就算她有话语权，以她占有的股份份额，她也改变不了朱恩的决定。

而王岳同那边，她不可能联合成功。因为王岳同对朱恩的信任度很高，更重要的是王岳同是企业家，不是资本家，他们思考问题的方式是不同的。

“梅朵式”营销，这是当前手机市场上很经典的营销模式。

梅朵手机号称渠道天下第一，这得益于他们独特的营销理念，梅朵号称能做到消费者进入任何实体店，实体店的销售员都能首先力推梅朵，这就是梅朵式营销最厉害的地方。

而梅朵之所以能做到这一点，得益于他们采用的是联合全国所有的渠道商，组成一个庞大的合作联盟的办法。梅朵厂商和渠道商之间进行交叉持股，通过这样的方式把厂商和渠道商打造成一个坚固的利益共同体。

这样的做法，能够让渠道商永远保持对产品的高度重视，而且在梅朵没有任何亮点的情况下，依旧能保证梅朵手机销量全国前几的排名。

杰瑞在梅朵干了三年，对谢明珠的营销方式和渠道了如指掌。正因为如此，他才敢夸下海口，表示只要让他走渠道，他有信心一年之内把产品的销量杀到全国第一。

现在世纪前沿公司出的产品真的太棒了，在目前的手机市场上，梦幻手机绝对是性价比最高的。有这样的机器，再加上顶级的营销手段，梦幻手机做第一有什么难的？

应该说这个分歧的出现，让几方都觉得委屈，而这也是公司目前存在的一个隐患。

美美地睡了一觉，朱恩起床的时候，发现天色已经大亮了。

今天是难得的好天气，朱恩洗漱完毕，穿着宽松的运动服准备去外面跑步晨练。最近工作太忙，好久没有运动了，身体明显有些吃不消。

“叮，叮，叮……”

电话恰在这时候响起。

朱恩拿过手机，一看是陌生来电，他犹豫了一下，按下接听键，道：“您好，请问……”

“是朱恩先生吗？早上好，能听出我的声音吗？”

朱恩愣了一下，一时还真反应不过来，这个声音很熟悉，但是……一时间硬是想不起来是谁。

“您……啊……”朱恩突然反应过来，连忙道，“您是汪先生，您好，您好！汪先生，我真没想到您会亲自给我打电话。”

“呵呵！”电话那头，汪先生笑得很亲切，他道，“朱恩先生，今天我给你打电话没有别的意思，你们公司出现争议的事情，我已经听说过了。我觉得你真的很棒，能够在诱惑面前保持冷静，这一点尤为可贵。

“我虽然不是大股东，但是我对你的决策表示绝对的支持，我也坚信你能有这样冷静的头脑，世纪前沿公司将会有了不起的未来。”

朱恩愣了愣，突然觉得特别温暖。他万万没料到，这么一点儿事竟然惊动了汪先生，而且汪先生还亲自打电话过来安慰自己。

他沉吟了一下，道："谢谢您，汪先生，您的鼓励让我的信心更加坚定！"

"朱恩先生，现在内地的风气很浮躁，很多人缺乏耐心。就如同 20 世纪 60、70 年代时的香港一样，那个时候我很年轻，有时候也缺乏耐心，有几次步子迈得太大，风头出得太过，就经常栽跟头。

"我记得我快六十岁的时候，终于有一点儿耐心了，千牛集团才渐渐稳定下来，经过十几年的发展，现在千牛才有了一点儿规模。

"你很了不起，年纪轻轻就能够稳住心神，面对外界的诱惑能做到心如止水，这样的品质是很宝贵的。我相信，世纪前沿公司一直都能具备高度的专注力。

"搏二兔，不得一兔。这个道理很简单，说出来谁都懂，但是一旦面临诱惑，有些人就会忘记。岳同跟随我多年，他是很有能力的人，但是脑子有时候也不太清醒，我也希望朱恩先生你不要介意，我代他向你致歉！"汪先生认真地道。

朱恩忙道："汪先生您太客气了，我和王总的合作一向很默契。我坚信我们公司内部的分歧会通过沟通得到解决，大家有想法，有碰撞是好事。我们只有经历过这些风风雨雨，经历过各种诱惑，才能更清楚地认识到我们的目标。

"昨天我们的营销总监说世纪前沿是一家以营利为目的的公司，我当场给予了反驳。我创建这家公司的初衷，是想做世界一流的产品，所以我们的目标应该是做全球顶尖的产品，而不是谋求利润。

"如果只是谋求利润，这个世界上最赚钱的不一定是智能手机。我们选择做智能手机，源于我们有信心做出独一无二的优秀产品，这代表的是社会和用户对我们的认同。"

汪先生哈哈一笑，道："朱恩先生，你应该积极地面对媒体，你需要把你的理念通过媒体推向整个社会。一家企业的理念，尤其是一家成功企业的理念，能够影响很多人。

“智能手机行业市场现在一片混乱，我希望你能成为规则的确定者，努力吧，我很关注你们，也很看好你们！”

“谢谢，谢谢！”朱恩十分真诚地道。和汪先生的谈话短暂却感觉良好，朱恩的心情突然变得很放松，昨天他还忧心忡忡，因为他担心公司内部在经营上出现分歧会影响团队的战斗力。

但是现在，他突然醒悟，那样的情况应该不会出现，因为自己坚持的是正确的理念。

作为团队的领袖，作为公司的董事长兼CEO，作为公司的创始人，朱恩的职责就是捍卫公司的理念，维护公司的战略，昨天的情况不是第一次，也不会是最后一次。

当全世界都不冷静的时候，朱恩需要冷静，他是整个团队的核心，他在某种程度上决定着世纪前沿的未来。

一念及此，朱恩突然有一种神圣感，同时成就感也油然而生。在两年之前，朱恩还无法想象今天的情形，而现在他已经成为掌握百亿估值手机厂商的核心领袖，身份的变化，猛然想起，恍若梦境。

晨练半个多小时，朱恩脑子里思绪纷飞，心境却越来越平静了。

不得不说，最近他的事情太多了，尤其是现在公司没有设计方面的人才，两款手机的设计基本是朱恩在亲自操刀，他一方面需要掌控公司的大局，另外又需要心无旁骛地去搞设计。而在此之前，他和余怀还在燕京搞技术攻关。

马上要上市的梦幻2系列手机，可以说每个环节都凝聚了朱恩的心血。因为太忙，朱恩甚至没有时间去思考，像今天这样晨练放松的时间，对他来说似乎太奢侈了。

晨练结束，朱恩边更换上班的正装，边用手机拨通杰瑞的电话。

电话一接通，杰瑞夸张地一笑，道：“哈，朱，这么早给我电话是不是有好消息给我了？昨天晚上想通了很多事情对不对？我等你的好消息呢！”

朱恩呵呵一笑，道："杰瑞，你想得太多了，我的原则是不会放弃的。对了，打电话给你是今天我要去你们市场部看一看，新的战斗要开始了，我想看看你们准备的情况。

"杰瑞，别气馁！梅朵式营销只是赔本赚吆喝的营销，那是以销量换利润的做法。而我们的营销前提是保证单机的利润，关于手机的定价，昨天我想过了，要不稍后我们碰个头，商量一下？"

"嗯？对，对，这个事情很关键，我正准备跟你商量呢！朱，你能透露一下你的想法吗？我觉得我们的新机器太棒了，我们完全可以在定价上碾压同行，我们要信心十足地挺起胸膛告诉他们，我们是目前市场上最优秀的手机，是不是这样，朱？"杰瑞十分夸张地冲着电话大喊道。

他这样的状态，让朱恩松了一口气。杰瑞这家伙有一身毛病，但是优点也特别突出，他的精神永远是积极乐观的，不会因为昨天的受挫而波及工作，这一点太宝贵了！

第三十八章　强强联手

临港的夜色很美，郭川轻轻搅动面前浓郁香醇的蓝山咖啡，心情有些激动。

他实在没有想到，老板这么重视他，竟然亲自来临港和他见面，这让他很有成就感。

“老板来了，郭先生！”美女职员巧笑倩兮，彬彬有礼道。

郭川连忙站起身来，门口，一个雍容干练的女人走进门，女人轻轻地扬手道：“郭川先生，你的工作很出色，让我们第一时间掌握了竞争对手的信息，这对我们的下一步战略有莫大的好处。”

“谢总！”郭川十分小心地打招呼，他的老板就是谢明珠，是国内智能手机行业富有传奇色彩的女人。郭川很崇拜这个女人，他从来没想过，自己会如此近距离地和谢总交流对话。

谢明珠坐在郭川对面，也叫了一杯咖啡，道：“郭先生，这家店的咖啡很正宗，说句实在话，在国内找这样一家咖啡店太不容易了。今天我约你在这里见面，是想就几个问题和你进一步沟通一下，希望你能畅所欲言！”

郭川爽快地道：“谢总，您太客气了，您有什么想问的但说无妨，我尽量帮到您！”

谢明珠沉吟了一会儿，道：“郭先生，你也是资深的手机玩家，我就想问你一句，世纪前沿的梦幻手机究竟好在哪里？你觉得我们的产品和他们比，究竟是哪个地方存在不足？”

“呃……”郭川微微有些发蒙，这个问题不好回答，他一时不知道怎么回答。

他沉吟了好大一会儿，道：“谢总，我这么说吧。梦幻手机是真好，但要说好在哪里，我觉得只能说出一点，那就是这款手机突出了一个‘玩’字，我们经常讲玩家，什么是玩家？就是玩手机的这群人。

“梦幻手机是专门为玩手机的这群人准备的，所以梦幻手机在硬件设计、功能设计和软件优化等方面都做得非常优秀。

“我们使用梦幻手机，在任何情况下都觉得流畅自如，都觉得舒坦，也许这就是这款手机与众不同的地方。”

郭川沉思了一会儿，又道：“我们经常说到一种观念，说一款手机的功能用户往往只能用到百分之十，所以，这就决定了一款手机并不是功能越多越受欢迎。我们写文章，需要围绕一个中心来写，需要有中心思想。

“做手机也是一样的，倘若只是一味堆垒手机的功能，这样的手机就很杂乱，没有亮点，其实很不好。

“而且，堆垒功能型手机还有一个致命的缺陷，那就是可靠性不行，不是电池用几天就废了，就是频繁死机，再不就是硬件用几天就坏了。这对用户来说，就是灾难……”

谢明珠皱眉道：“你的意思就是说，梦幻手机的核心就是‘玩’儿？它一切都是为玩家设计的？那我梅朵手机可不可以复制这样的模式？”

郭川点头道：“可以啊，为什么不可以？我觉得完全可以。你们如果能有这样的人才，完全可以做，而且我觉得梅朵的实力也挺强的……”

谢明珠面平如水，掏出笔在便笺上写了两个字：人才。

她写完这两个字，又道：“你为什么断言，认为朱恩不会搞渠道营销？你知不知道，目前智能手机这个行业，通过电子商务销售的手机只有十分之一，也就是说用户买十部手机，只有一部是通过电子商务的方式完成的。

“朱恩能做出这么优秀的产品，如果完全摒弃渠道营销，不是等于要放弃九成的市场吗？”

郭川微微皱眉，沉吟了好大一会儿，道：“谢总，这是一个理念的问题。朱恩是个很讲理念的人，他做梦幻手机提出的口号就是要做粉丝自己的手机，所以，他将成本控制在最合理的水准。

“第一款梦幻机器，他甚至将原材料的价格都在网上公布出来，正因为这个理念，梦幻手机才有这么多粉丝。

“现在如果朱恩转而通过渠道营销，他必须要让大把的利益给渠道，这样一来，他的理念岂不是完全摒弃了？而一家刚刚出点儿成绩就忘记理念的公司，我认为这家公司很快就会完蛋，而朱恩绝对不是这样的人！”

谢明珠冷笑一声，道：“郭先生，你这话未免太武断了吧？我实话跟你说，我和世纪前沿主要投资人之间已经有了默契，如果他们愿意走渠道营销，我梅朵的渠道可以原封不动地给他们。

“我纵横商场这么多年，有人说我不会做手机，但是却没有一个人说我不会做营销。

“梅朵式渠道营销现在是行业渠道营销的标杆，如果朱恩点头，通过我的渠道，他今年有可能做到全国第一。你觉得，朱恩会放弃这个机会吗？”

“啊……”郭川惊呼一声，道，“为什么？谢总，为什么你会把自己的渠道让出去？”

“不是让出去，而是合作！”谢明珠严肃地道，“我们梅朵现在面临着危机，我们需要找一家有实力的厂商强强合作。现在这个时代，不是单打独斗的时代了，任何时候都要懂得合作，这是现代企业生存的重要手段。

“梅朵的缺陷在产品上，如果我们拥有梦幻手机这样的产品，荣誉算什么？畅想算什么？我们完全有能力碾压他们！”

郭川怔怔地说不出话来，他不知道该怎么说。因为如果这件事是真的，以他的见识和眼界，还真不知道这种选择会给世纪前沿或者梅朵带去什么结果。

不过，他隐隐觉得，如果真是那样的话，梦幻手机的未来不一定会乐观。因为一个失去了特点和个性的品牌，可能不会再有粉丝支持。

郭川现在是商业间谍，但是他另外一个身份是手机玩家。

梦幻手机能吸引他的地方他清清楚楚，如果梦幻手机真的和梅朵搞所谓强强联合，最后沦为平凡的可能性极大。

当然，这些话他不能对谢明珠说，他沉吟了一会儿，道：“还是理念吧，谢总。我觉得理念很重要，梦幻手机成功的地方在于理念！”

谢明珠思索了好大一会儿，拿起笔，在刚才的便笺纸上又写上“理念”两个字。

她盯着这四个字，突然哈哈一笑，抬手将便笺纸撕掉了，道：“说了半天，我们的交流其实没有价值。因为我们现在和人家比，差的地方在人才，在理念。

“这不是废话吗？如果我能有余怀、朱恩这样的人才，我们梅朵手机的产品还会这样弱吗？

“如果我们能有……”

谢明珠话说一半，摇摇头，她总不能说自己没有理念吧，她谢明珠如果都没有理念，这个市场上还有谁有理念？

现在她的理念就是要曲线救国，创造条件和梦幻手机合作，最终实现交叉持股。梅朵这个牌子还是有价值的，如果能够找到合适的人才去设计产品，梅朵的产品能做好，卷土重来的机会不是没有。

一想到这里，她又道：“郭先生，我说假如啊，梦幻 2 系列手机预售。你觉得这款手机应该有什么样的市场表现，比梦幻 1 更震撼？”

郭川没有任何犹豫，道：“这款手机绝对要火，我给您提供的那些资料您应该看过吧。哎，当时现场真的很震撼，至少我是被震撼到了。朱恩和余怀，他们半年多没出新产品，完全是憋着放大招呢！

“我判断他们这款手机的定价应该也在两千块以内，如果是这样定价，这款手机能横扫四方，没有任何厂商能够在这个价格区间和他们竞争。

“我觉得，这款手机就是手机天才做出来的经典，甚至未来梦幻手机还能不能复制今天的经典，可能都不一定！”

谢明珠的眉头慢慢皱起来了，她用手指轻轻地敲打着桌面，脑子里面天马行空。

这几天她没怎么睡好觉，自从梦幻手机新机型曝光之后，她就拿着间谍的资料找各种人交流。这些人都是这个行业很资深的人，有的人是技术方面的专家，有的人是营销方面的高手，有的人是投资方面的巨头。

大家看到梦幻手机的资料之后，无一例外，都觉得这机器要火。

然后，她拿着这样的资料找到自己公司的设计和技术部，告诉他们，为什么别人能做出这样的机器，我们却做不出来？

设计部、技术部的人当场傻掉了，这个问题没有人能回答。

做一款手机看似很容易，目前谁都能做，但是做出的手机是否经典，是否能得到用户的欢迎，这个问题就不那么简单了。就如同写文章一般，好的文章你读过之后可能会觉得不过如此，可是让你去写同样档次的文章，那可能就是千难万难了。

沉默中，谢明珠的手机响了，她一看来电，脸色变了变，连忙起身道："郭先生，对不起，我有一个电话！"

她顾不得礼貌，转身就走，一溜小跑到僻静处，然后按下接听键，道："马总……"

电话里传来一个很沮丧的声音："明珠，不得不告诉你一声，你的想法无法实现！"

第三十九章 预售倒计时

郭川有些发蒙，因为谢明珠没打招呼就突然走了，这让他感到疑惑，还有些忐忑。

“是不是出了什么事了？是不是自己提供的信息和实际情况有巨大的误差？”郭川心中的感觉非常复杂。

从咖啡厅出来，感受着临港温暖的海风，他决定明天回家去。

“商业间谍这活儿，看起来很容易，其实也未必啊。经过谢总这么一说，明年她还需不需要自己都不一定了呢。只是，朱恩真会选择向资本屈服吗？”郭川脑子里思绪纷飞，心情很乱。

“叮，叮……”手机震动。

他一看来电，微微皱眉，将电话放在耳边。

“是二愣子吗？这几天忙什么呢？论坛里没看到你的踪影啊！”电话那头，传来史金刚的声音。

江南论坛，一众版主平时有很多活动。尤其是最近，因为梦幻江南 2 很快上市，论坛的活动更多。

郭川是版主之一，平常他和史金刚的联系最为紧密。现在史金刚估计是有些急了，直接给他打来了电话。

论坛里的兄弟，大家平时都喜欢叫昵称，郭川的昵称叫“郭二愣子”，史金刚的昵称叫“变形大金刚”。两个人一个在花城，一个在蓉城，相隔几百里之遥，但是因为江南论坛，早就成了铁哥们。

“金刚啊，我人还在临港呢，这几天忙事情呢。我明天回去，回去之后我就有时间了。这两天你就多帮兄弟担待点儿，好吗？”郭川道。

“行，没事儿！对了，我告诉你一个喜讯啊，公司已经决定把中原地区的销售部放在花城了。马总的意思是想在蓉城也搞一个物流中心，二愣子，你不是没工作吗？我反复考虑了下，把你的名字给公司报上去了。

“哥们儿，公司实在是对咱们不错，我们如果能在帮公司的同时，又能发展自己的事业，这不是天大的好事吗？上次关于技术招聘，你这一块是弱项，我就没找你。

“可这一次公司要的是管物流的主管，你以前不是干过采购吗？这恰好合适。我跟你说，这个机会你可一定要把握住。我告诉你，在蓉城你找这样的工作可不容易……”

郭川倏然一惊，道：“你说什么？你给我报了名？我……我加盟世纪前沿？”

郭川忽然感到有些荒唐，自己刚刚把世纪前沿公司的商业信息卖给另外一家公司，现在竟然有人邀请他加入世纪前沿，这难道不可笑吗？

“怎么了？二愣子，我听你的口气不对啊，瞧不上啊？”史金刚道。

“不……不，谢谢兄弟，真的谢谢兄弟，我是怕公司瞧不上我呢！”郭川忙道。

“行了，这事儿我跟马总沟通过了。你的性格很好，很适合这个工作，放心吧。马总下个月会来花城，到时候你过来花城和她见个面，这事儿就成了！”史金刚道。

郭川道：“但愿能成，兄弟，那这样吧，明天回去我们再联系，好不好？”

话说到这里，郭川突然道：“兄弟，对了，关于预售的消息你有了没有？我听有的人说今年梦幻 2 可能走渠道销售？这消息是真的吗？”

史金刚哈哈大笑，道：“二愣子啊，我说你还真愣。预售的消息你还用问我吗？论坛上早出来了，下周一开始预售，现在已经开始倒计时了。至于你说的第二点，‘瓜子’在江南论坛不是发了帖吗？

“今天论坛那么火爆的帖子你没看吗？那是完全不可能的事儿，梦幻手机永远不走传统渠道，只进行网上销售！这是‘瓜子’的原话！”

“呃……”郭川瞬间无语，他隐隐想到了刚才和谢明珠的谈话。

谢明珠的表现是如此的志得意满，胜券在握，也许她还没有看过江南论坛的帖子吧！

不知为什么，郭川的心情突然之间变好了，因为他发现自己原来没有低估朱恩。

朱恩不愧是铁杆玩家出身的CEO，他真正了解手机玩家，在面对资本肆虐的江湖，他终究守住了自己的初心。

夜，已经有些深了。

国际酒店旋转餐厅的人已经很少了。

马梨喝得有点儿多，醉意微醺。她夹了一筷子菜，眼睛盯着面前的王岳同，道：“老王，你呀，有时候过于老实了。我到今天为止，都不认为自己的想法错了，我是个资本家，为了利益而存在的资本家。

“你说梦可这丫头，怎么就能这么不给我面子？我是她妈，朱恩目前还没成为她老公呢，就算是女生外向，可梦可未免也太让我寒心了吧。说句心里话，今天我心情很不好，我很不舒服，你说怎么办吧？我要喝酒啊！”

王岳同将手放在杯子上，道：“马总，你我是多年相交的老朋友了。实话跟你讲吧，关于这一次争论，我起初也是很倾向你和杰瑞的。但是，今天我去了一趟老头子那里，老头子是劈头盖脸给了我一通训。

“这一通训厉害啊，让我从头到脚开始反省。还别说，现在要让我表态，我肯定坚定地支持朱恩！

“你刚才说梦可女生外向，我看应该不是这样，还是我们考虑问题的角度不同。做企业的和搞资本的思维是有差异的，而像朱恩这样才华横溢的天才，他的思路肯定不能以常规眼光来看。

“如果他屈服了，我现在反倒有些失望了。而我现在觉得没有屈服的世纪前沿，让我更看好它的未来！”

马梨皱皱眉头，摆摆手道：“老调重弹，随波逐流，你呀，我是看透你了！行了，你不陪我喝酒，待会儿有人陪我喝酒！”

马梨嘴里唠叨着，就在这时，王岳同听到一个声音从门口传过来：“哎哟，马总啊，你今天这个电话打过来，说句实在话，让我感到非常失望！”

王岳同一愣，他一扭头，就看到了谢明珠。

谢明珠来得很快，她看到王岳同时也吃了一惊，而她的眼神落在马梨身上，神色又变得凝重了。

“马总，我也想不明白，你们的脑子是怎么想问题的。一年之内，梦幻手机成为全国第一是个什么概念，你们不知道吗？突破五千万的销量，销售金额达到千亿级别，利润达到百亿级别。

“这个时候，正是资本市场活跃的时候，公司可以轻松在香港或者内地上市。有了巨额资本，什么不可以做？

“你们要专注做技术，可以投入巨额资金搞研发；你们要搞多元化，有五千万用户的基数，你们什么不能做？进军互联网、视频、阅读、购物、电子商务，整个产业链布局都能非常轻松地掌控。

“在终端方面，数字电视终端、其他移动终端，很多东西你们都可以衍生出去。

“我的天啊，你竟然说我这种提议无法实现！马总，你还是我认识的马总吗？”谢明珠大声道，表情夸张，非常激动。

马梨抬头盯着她，摊摊手道：“我跟你说实话吧，我没有话语权。我虽然是世纪前沿公司的大股东之一，但是我没有话语权！”

马梨指了指王岳同，道：“这是王总，相信你也不陌生吧，我和他的股份超过公司的五成，但是就是我和他联合起来，也无法推动这样的计划。原因很简单，我们没有话语权。

“你的计划很好啊，但是你说服我没有用，你得能说服我们的老板——朱恩！

“朱恩很难说服，我这么跟你说吧。我的女儿，亲生女儿现在已经被他灌了迷魂汤了。就在今天，我女儿给我打电话告诉我，让我别用资本家的脑子去指挥企业的经营，她代表公司的管理团队向我提出抗议。

“你看看吧，明珠，事情就是这样，没有办法，我很遗憾啊！”

谢明珠怔怔地说不出话来，她扭头看向王岳同，道：“王总，真的是这样吗？据我所知，杰瑞也是管理团队中的一员，难不成管理团队现在就只指望朱恩一人？”

王岳同一笑，道：“当然不是。但是决策者只有他一人，他决定的事情，其他人没权更改！”

谢明珠眉头一挑，勃然道：“王总，马总，你们竟然会接受这么荒唐的公司章程？我的天哪！我觉得你们一定是疯了，这样下去世纪前沿将会死得很惨，一个狂妄自大的创业者，会导致灾难性的后果。而没有约束的权力，也会将公司导向未知。

“你们难道就不想解决这个问题吗？”

王岳同哈哈大笑，道：“谢总，如果你能帮我挣百倍的利润，你提出再苛刻的条件，我也可以接受。所以，这个问题我觉得你还是不要谈了。在目前的世纪前沿公司，你如果真有合作的想法，你唯一要找的人只能是朱恩。

“除了他之外，你找任何人都徒劳无功，包括马总和我。我这么说，你能明白吗？”

谢明珠瞬间哑口无言，王岳同一句话说到根儿上了，她还怎么反驳？

第四十章　接待领导

杰瑞的心情很不错，因为朱恩今天来市场部颁布了最新的激励机制。

按照这一激励机制，杰瑞作为市场总监，他的收入多了提成这一项，如果完成公司既定的销售任务，杰瑞今年有望收获几百万人民币的提成。不得不说，这是一件天大的喜事。

杰瑞在加盟世纪前沿之前，在梅朵科技号称千万年薪，他放弃梅朵加盟世纪前沿，等于放弃了大笔收入。虽然他得到了公司的股份，按照股份来计算，他去年的收入也不低。

但是，他去年真正到手的薪资仅仅有五十万左右，这对过惯了奢侈生活的杰瑞来说，那么一点儿收入，实在太寒碜了。

而现在，就在今天，朱恩终于给了他新的激励，让他看到了获得高薪的希望，所以他现在感到浑身上下充满了力量。

至于之前他一直坚持的全渠道营销和竞价预售的方案，既然朱恩已经否定了，那就彻底忘记吧！杰瑞心中已经没有任何芥蒂和阴霾。

朱恩其实说得很对，利润是最重要的，但如果梦幻手机真的实施全渠道营销，很可能一部手机只能收获微薄的利润。

而通过电子商务营销，一部手机最保守也能盈利一百元。而今天朱恩还承诺，为了保证盈利，可能会进一步上调定价。另外一点，单一通过电子商务营销，也更有利于杰瑞将营销资源集中在一个领域，这样的好处也是显而易见的。

“哈哈，朱，我知道中国人都喜欢 8 这个数字，所以我建议干脆将梦幻江南定价确定为 1888 元，我们可以提高 88 元，这对我们极有好处。而且对用户来说，他们也不会在意这 88 元！”杰瑞大声道。

他顿了顿，又道：“梦幻北极手机的定价，我觉得要确定为 1988 元。因为在我看来，我们的北极手机可能更受欢迎，因为它的屏幕更大，给人的感觉更大气！

“另外，我还建议可以实施不同的颜色不同的定价，因为实际情况是我们不同颜色的手机，成本也是略有差别的，所以在定价这一环节，我们可以做得更加精细一些！”

朱恩抿了一口咖啡，舒展了一下胳膊，道：“杰瑞啊，我之前从来没来过你的办公室，嘿，没想到你这边还真不错，有这么大一个空中花园呢！关于定价的问题，可以遵照你的意思去安排，以后定价权交给你们市场部。

“但是有一点，我们不能够定价太高，公司将来会根据每一款产品制订出产品战略，市场部必须符合公司的战略。”

朱恩顿了顿，道：“我刚才和你们沟通了，也看过了你们的工作。的确，各方面的势头都不错。下个星期开始预售，我相信我们梦幻 2 系列手机的销售，比上一代产品会有明显的进步。

“我们的五大物流中心和销售中心已经建立起来了，针对两百个城市推行的当天到货，货到付款的模式也已经确定了。

“今年我们有了更多的经验，有了更多的资源积累，有了更多的粉丝。杰瑞，接下来就看你的表演了，马总会协助你的！”

杰瑞傲然一笑，道：“你就放心吧，现在我手上拥有几千人的团队，大家都整装待发。我们五大物流中心会同步动作，不会出现去年顾此失彼的情况了。

“而且我在论坛上还组织了推荐积分制，鼓励我们的粉丝向周围的人推荐梦幻手机，如果他们推荐成功，我们会给他们积分。除了物质奖励之外，还可以帮他们提高论坛等级。

“你不是否决了全渠道营销吗？那我们现在就退而求其次，搞全粉丝营销。”

杰瑞拍了拍朱恩的肩膀，道：“朱，我对你还有一个意见，那就是你对技术太敏感了。我们辛辛苦苦挣的钱，你全部都投入到技术研发里了，这样做是一种浪费。我们可以买技术，我们可以找公司给我们转让技术。据我所知，现在有些有深厚技术积累的厂商，他们的经营很困难，我们可以通过收购公司的方式，提升我们的技术积累。”

朱恩微微皱眉，道：“行了，杰瑞，这个问题不在你的工作范围，今天我来也不是和你谈这些的。你还是先把我们新产品的销售搞好，回头有机会，我们再沟通关于公司的投资问题。”

朱恩说完，站起身来，恰在这时候，人力资源部的徐小芳过来找他。

“哎哟，朱总，你原来在杰瑞这里，害我一通好找！”徐小芳面带微笑地道。

“什么事儿，徐姐？看你喜滋滋的，是喜事儿吧？”朱恩道。

徐小芳道：“应该是喜事，是这样的，刚才市政府办公厅打电话过来，说李副市长要见你，我估计应该是和市里的扶持资金有关。我最近接触了很多猎头公司，他们反映说我们公司大规模建设实验室的举动，引起了很多高级人才的关注。如果我们能够得到市政府的重视，我觉得对公司的整体形象必然大有帮助！”

朱恩点头道：“行，我知道了，我马上去见李副市长。对了，徐姐，最近你也很忙，既然我们的技术团队正在网罗人才，你们人力资源部可以从技术部找几个骨干充实进来，这样在和猎头公司见面，或者是直接和招聘对象见面的时候，我们会显得更专业一些。

“在今后一两年，我们公司在技术人才方面会大力地吸纳，人力资源部的担子非常重。这样吧，回头你们拿个方案出来给我看看，争取把这一块工作抓好！”

朱恩一边和徐小芳聊人力资源部的问题，一边坐电梯到地下停车场，等徐小芳送他到停车场的时候，朱恩对人力资源部的工作要求才基本布置结束。

朱恩上车，徐小芳笑道：“朱总，你呀，工作效率太高，我这是送你上车呢，你却给我布置了一大摊子工作。行了，你开车小心一些，我们期待你的好消息啊！”

朱恩驾车到市政府，李拥军副市长正专门等着他，让他颇感意外。

“副市长，您急召我过来，是不是政府对我们的扶持资金有着落了？”朱恩开门见山地道。

李拥军摆摆手，道：“这个事没那么快，需要一级一级地审批。今天让你来是有另外一件重要的事情。在下个月，李首长将视察特区，领导主要来考察特区经济产业转型升级的情况。

“市政府今天召开了党委会议，我推荐了你们企业作为特区转型升级企业的标杆，到时候李首长可能要到你们企业视察，你们有没有信心搞好接待工作？”

“啊？”朱恩心中一震，旋即道，“李市长放心，我们一定不会让领导失望的！”

李拥军压压手道：“你先别激动，你有信心就好。是这样的，目前李首长的行程还没有完全敲定，但是深入企业调研是李首长这一次过来的重头戏。我们已经确定了一批企业，这一批企业都是在临港有深厚资历、拥有广泛知名度的企业。

“你们公司现在不能进入第一批，只能进入待定的企业名录中。

“所以朱恩，你这几天要准备好企业的详细资料，到时候市委和市政府会召集你们过来，最终确定视察企业的名录。

“朱恩啊，有这个机会不容易，这是你们企业提升形象的一次重大机会。对了，上次你说你们去年的销售额有多少？一百亿？这个规模不小了，这些特点到时候你要着重突出一下。”

朱恩认真地道：“是，李市长，我们会努力争取机会。我们世纪前沿公司不惧怕任何对手，我相信我们一定会是特区最典型的高新技术企业。”

朱恩表现得信心十足，李拥军也挺高兴，毕竟，他可是亲眼见识过朱恩的本事的。

临港在引进两院院士、博士生导师汤坤教授这件事情上，朱恩所表现出的不屈不挠、坚持不懈的精神，李拥军非常赞赏。

而在引进汤坤教授之后，临港最近又引进了一批高级专业人才，其中也不乏院士一级的科学家。应该说在引进这些专家和科学家的过程中，市里也都参照了引进汤坤教授的经验。

改革开放三十多年了，特区的发展现在已经进入新的历史时期，在这个关键的历史时期，特区要继续保持高速发展，经济转型已经迫在眉睫。而在这个过程中，人才是关键中的关键，李拥军是市政府专门负责这一块的副市长，朱恩能给他留下好印象，自然意味着会有一些机会。

而现在这个机会，朱恩觉得就很重要，所以他暗暗下定了决心，机会一定要把握住。争取让世纪前沿在今年就进入临港市高新技术龙头企业的行列……

第四十一章　临危不惧

这一次李首长来特区，具体接待标准很高，对于李首长日程的安排，不仅临港市委市政府要把关，甚至省办公厅也要过问。

朱恩在得到这个消息之后，密集地召开了几次高层会议。

而这几次会议，他主要和王岳同还有各部总监商议这一块工作。因为这个时候，公司正是忙的时候，马梦可已经成了空中飞人，杰瑞也奔赴到了营销第一线。

好在，王岳同在这一方面的经验非常丰富，两人经过了几次碰头，便做好了几套预案。

三天之后，市委副书记秦棉亲自主持企业的最后筛选工作，市委办公厅、政府办公厅的领导与李副市长等都参加了筛选。

这一次筛选，候选企业二十四家，从二十四家企业中选出四家企业，应该说淘汰率是非常高的。

临港作为特区，企业的实力都很雄厚，和这些老牌企业比，朱恩的世纪前沿根本不占优势。另外，世纪前沿是做手机的企业，外界对临港手机企业的普遍印象还停留在山寨机时代。

那个时候临港的手机号称论斤卖，而所谓的手机公司，大致也就是三五个人搭一个草台班子，搞一套方案，然后找代工企业加工出来，随便贴一个牌子就是所谓的品牌。因而在这一方面，世纪前沿也不占优势。

随着筛选工作的进一步推进，秦副书记感觉有些疲惫了，他对李拥军道：“李市长，我看这样吧，我们没必要全过一遍。我们刚才过了一批企业，我觉得都不错嘛！你不是还推荐了一家企业吗？让他们进来我们再了解一下，看他们行不行，然后这事就可以敲定了。

“回头你跟没有选上的企业负责人做一下工作，告诉他们，这一次李首长过来日程太紧张，让他们不要气馁，只要努力发展，迟早有一天，他们一定能脱颖而出。”

秦副书记开了口，今天的事情可能就要尘埃落定了。

而这个时候，世纪前沿也是市领导们过的最后一家企业了。

朱恩一进门就感觉气氛略微有些不对劲儿，他顿了顿，道：“各位领导，我是世纪前沿有限公司的朱恩，我们的企业不太知名，但是我们刚刚建立的研发中心位置很醒目，就在临港科技园正中心的世纪大厦。

“目前我们的首席科学家是汤坤教授，这也是今年临港引进的唯一的两院院士……”

朱恩这话一说，秦棉摘掉眼镜，看了看关于世纪前沿的资料，对朱恩道：“朱总，你们是一家做手机的企业，请两院院士做首席科学家是不是有点儿过了？这一次我们筛选企业的要求是一定要有特点，要具有代表性，你还是从这方面介绍一下公司吧！”

朱恩神色不变，当即把早就准备好的预案迅速地说了出来。

朱恩的介绍很清楚，世纪前沿公司是一家全电子商务公司，所有的商务活动都是通过网络实现的，目前在特区仅此一家。公司去年的销售额超过百亿，而今年的销售额将达到数百亿，明年的销售额将达到千亿。

世纪前沿公司的第二个特点是公司把研发作为主要投资方向，公司一年投入在研发上的资金是公司销售额的百分之二十，而公司员工中有九成是研发人员。除了研发之外，其他的一切产业环节都实现了外包服务，这样的企业，目前国内也仅有世纪前沿一家。

世纪前沿的第三个特点就是，公司高速发展改变传统的就业观，从去年到今年，公司的估值从四千万已经到了一百个亿。而公司给国家交的税，今年有望突破亿元，这个数字国内没有一家同年龄的企业能够比。

公司创立一年，交税破亿，明年交税破十亿，后年交税争取破百亿，公司的目标是三年成为共和国的百亿纳税大户……

由于经过了无数次的演练，朱恩把介绍做成了一次演讲，应该说，有各种专业的数据支撑，他的演讲听起来让人觉得震撼，同时又有说服力。

最有说服力的是世纪前沿公司成立两年不到，就已经有了这样的成就，如果再这样继续发展下去，真的有可能三年就成为巨无霸。

毕竟，互联网高科技行业就是一个创造奇迹的行业，当前国内规模和市值最大的企业，都是与互联网和高科技相关的企业。

世纪前沿的发展成绩通过朱恩的介绍，给人的感觉非常震撼，可以说完全颠覆了寻常人对手机企业的认知。

而当朱恩介绍企业的目标，把智能手机的技术和专利的知识向大家说明的时候，在场的很多人听得热血沸腾。

世纪前沿是一家拥有伟大目标的公司，他们的目标是要超越苹果、超越三星，要做世界最棒的手机。而为了这个目标，这家公司已经在按部就班地努力，并且努力已经见到了丰硕的成果。

这样一家新兴的公司、积极向上的公司，不正是临港经济在转型升级阶段需要的榜样公司吗？

临港特区处在新的关口，面临产业转型升级，应该说充满了机遇，更充满了挑战。在这样的背景下，从中央到地方，大家的心情都同样复杂，都同样忐忑。

临港的转型升级能否成功，能否有成效，目前大家心里都没有底。毕竟这么大的共和国，这么大的经济体完成大规模的转型升级，历史上没有先例，没有成功的经验可以学习。

这一次李首长过来视察，也是来为临港打气鼓劲的，现在临港崛起了世纪前沿这么一家公司，这是一家典型以创新和技术制胜的公司。

看看目前的国内智能手机市场，已经是一片红海了，所有智能手机厂商都面临极其严酷的竞争，面临无钱可赚的窘境。

可是世纪前沿的出现改变了这一现状，这家公司靠创新、靠技术、靠现代化的企业理念，不仅站稳了脚跟，而且崛起的速度之快，让人叹为观止。这不正说明临港的经济发展需要找对路子，依托创新，依托技术，也必然能够再一次腾飞吗？

朱恩巧妙地把世纪前沿公司的发展和整个临港经济大局完美契合，秦棉听完朱恩的介绍，整个人的精神状态都好了一大截，他带头鼓掌道：

"好，很好！世纪前沿公司足可以做同行的榜样，这样的工作很有价值，临港需要一百家这样的公司！"

秦棉书记这一说，自然是一锤定音，世纪前沿公司入围了，下个月李首长视察必然到世纪前沿。

终于得到了这个机会，朱恩很兴奋，也很激动，接下来参加今天筛选的二十四家企业，大部分失意而归，仅有的四家幸运儿则留在了市委。市委办公厅和市政府办公厅的领导，挨个儿和四家企业的负责人沟通，确定接待的要求和细节。

等忙完一切，已经到下班时间，朱恩从市委开车到市政府，李副市长刚好准备下班。

"副市长，今天这个机会对我们来说太宝贵了。这样吧，为了表示对您的感谢，您无论如何要赏光，晚上我们一起吃一顿便饭，好不好？"朱恩十分诚恳地道。

李拥军呵呵一笑，道："应该说今天你的表现很好、很优秀。说句心里话，我当时真替你捏一把汗，因为秦副书记不是好说服的人，如果你们没有足够的亮点，是不容易打动他的，最后你成功了，我应该恭喜你！"

李拥军说到此处，微微顿了顿，道："至于你说的吃饭问题，这事儿不行。现在中央有八项规定，我今天和你出去吃饭，明天就可能被纪委请过去谈心。你如果真要和我吃饭，现在政府食堂还开着，我们可以一起去吃个工作餐。"

听李拥军这么说，朱恩一时不知道怎么说话了。

李拥军拍拍他的肩膀，道：“小朱，得，就这样吧。我们去食堂吃饭，顺便我跟你谈一谈关于你们扶植资金的问题，我给李永刚打个电话，让他也过来，我们三个人碰头落实一下。

“这一次扶植资金，主要是针对汤教授的。具体的项目，你上次说了一个电子兼容实验室建设的项目，我建议你们再报两个项目。一共三四个项目，这样我们审核的时候，你们通过的概率会更大一些！”

李拥军做事雷厉风行，当即便给高技局的李永刚拨了电话，然后朱恩三个人一起去市政府食堂，就在食堂的餐桌上，把扶植资金的事情给朱恩也交代清楚了……

第四十二章　预售

光阴荏苒，转眼一个星期过去了。

今天，天地大厦张灯结彩，整幢写字楼看上去喜气洋洋。

公司的员工下班之后，没有像往常一样回家，而是径直到了十八楼，大家聚集在一起。十八楼已经装修一新，巨大的液晶屏幕占据了差不多整整一面墙壁，显示屏上的背景是梦幻手机的订购页面，而前面则是一个巨大的时钟图案。

时钟滴滴答答地走着，每一秒都非常清晰，公司的高层全部聚在液晶屏幕前面，静静地等待着那一刻的到来。

今天是梦幻江南 2 正式预售的日子，这个时候，整个江南大地，一百多个城市的员工都屏吸等待，所有人都将注意力放在临港总部，等待销售平台正式开启。

这个时候的江南论坛和北极论坛都异常的火爆，梦幻江南 2 已经炒了一个月了，现在关于这款手机的热度，已经攀升到了顶点。

很多人都守在电脑旁边准备抢购，趁着等待的机会，他们都选择在论坛上刷一个又一个的帖子，以此来宣泄他们此时的情绪。

“余怀，怎么回事啊，怎么无精打采的？”朱恩碰了碰余怀。

余怀恍然惊醒，用力地搓了搓手，道：“我突然感觉有点儿紧张，不知道梦幻江南 2 的销量究竟会怎样。这段时间我一头扎在了研发中心那边，杰瑞没偷懒吧？”

朱恩淡淡一笑，道：“杰瑞这个时候应该在华东，要不连线一下，你们通一通话？”

余怀摆摆手，道：“还是算了吧，这个时候就是天塌下来也没办法了。再说了，杰瑞那副嘴脸我看着实在不爽，唉……”

“唉什么唉，这么一个大喜的日子，你叹什么气啊？”马梦可凑过来，冲着余怀瞪眼道。

余怀摊摊手，道：“我叹气是因为对你和杰瑞的不信任。我们的产品是做得完美无缺，问题是你们的营销能不能做好。还好我看你气定神闲的，这样我稍微感觉自己安心了一些！”

马梦可头一昂，颇为骄傲地道：“那当然没问题啊，你就把心放肚子里，明天你准备看业界新闻吧。《中国电子报》、新狐网、企鹅网、《临港日报》、《南方日报》的记者待会儿都会过来，他们将和我们一起见证梦幻时刻。”

就在马梦可说话的当口，门口一阵骚动，马梦可愣了愣，余怀伸手捅了一下朱恩，道：“老朱，你丈母娘到了，还不去迎接？”

朱恩抬头，看到马梨和红树林的核心高管从正门走进来，马梦可瞟了一眼朱恩，朱恩抬抬手道：“看我干什么？咱们去迎接啊！”

朱恩和马梦可走过去，马梦可道：“妈！”

马梨瞟了女儿一眼，看向朱恩，朱恩满脸堆笑，道：“马总，欢迎你们过来，那边已经给您准备了座位，您请！”

马梨嘿嘿一笑，正要说话，恰在这时，一堆人挤过来，几台摄像机架起来，记者的话筒直接递到了马梨的面前：

“马总您好，我们是新狐网的记者，我看您今天似乎不太高兴，是不是您和世纪前沿公司管理层真的存在矛盾，或者是您对今天的预售不太看好？”

马梨瞟了一眼说话的记者，对方戴着一副小眼镜，个子不大，问的问题却刁钻得很。

看到这一幕，马梨心中像吃了一只苍蝇一般不爽。

她脸色一沉，道：“我有不高兴吗？我真有不高兴吗？你们哪只眼睛看我不高兴了？”

下面好几个记者起哄，说他们都看出了马梨心情不好。

马梨双手张开，道："那就对了，你们是正确的。我今天的确不高兴，主要原因是我宝贝女儿竟然因为梦幻手机的预售，连晚饭都不吃。你们说现在的孩子啊，怎么不知道珍惜自己的身体？

"人是铁，饭是钢，一顿不吃饿得慌，就算工作再重要，怎么能不吃饭？"

马梨这么一说，所有的记者当场蒙了，一个个你看看我，我看看你，不知道接下去怎么问。

马梦可连忙凑过去，双手摇着马梨的胳膊道："妈，您就别生气了，待会儿我们吃夜宵好不好？我亲手给你做！"

"哼！"马梨哼了一声，气冲冲地走向自己的座席。

几名记者直接向朱恩围过来，刚才那名"小眼镜"道："朱总，请问今天的预售会贵公司的所有股东都会参加吗？是不是千牛集团也会有代表前来？"

朱恩微微皱眉道："你的问题逻辑上有错误。首先我强调一点，千牛集团并不是我们的股东，你们掌握的信息可能有错误。另外，今天只是预售会，不是股东大会，不要求所有的股东都过来。

"当然，对过来支持我们团队的股东，我们表示欢迎。"

"朱总，今天的预售，你觉得会收获什么样的成绩？我记得梦幻江南 1 预售的时候，当时二十四小时的成绩是接近两万部，您能否预测一下梦幻江南 2 的成绩？"

朱恩摇摇头道："这不好预测，我只想说一点，梦幻 2 相比梦幻 1 有了脱胎换骨的变化，我坚信这款手机会更有市场，会更让人喜欢。今天我们预售会把你们请过来，就是希望你们能和我们一起见证这次预售会的成绩。

"好了，各位记者朋友，我们的预售马上就要开始了，现在暂时不要采访我了！"

朱恩推掉了记者的采访。他慢慢走到液晶屏幕前面，这个时候的时间跳动已经到了倒计时三分钟以内。

朱恩抬抬手道："各位，今天是个特别的日子，我们梦幻江南2今天正式预售了！我首先感谢我的团队，是你们这一年多的努力，让我们梦幻系列增添了新的成员，梦幻江南2的出现，一定能让我们世纪前沿公司攀上一个新的高度。

"现在离后台开启的时间还有两分多钟，我和大家的心情是一样的，有些紧张，有些兴奋，也有些忐忑。

"这样好不好？我们现在一起唱一首歌，我们把这首歌唱完，这个时间就会自动过渡到后台开启之后，我们以此来放松、释放一下我们的心情……"

朱恩顿了顿，道："我们就唱《相信自己》，我起头，'多少次挥汗如雨……'"

朱恩起头，公司所有的员工齐声高唱道：

"多少次挥汗如雨
伤痛曾填满记忆
只因为始终相信
去拼搏才能胜利
总是在鼓舞自己
要成功就得努力
热血在赛场沸腾……"

这是零点乐队的歌，歌声之中蕴含着无限的激情，公司的员工经常唱。而今天朱恩起头，在这个场合大家唱起来，气势更和平常不同。

整个楼层，都因为歌声而震动。

而在歌声之中，时间一点儿一点儿地流逝。

所有人边唱歌，边盯着时间，当时钟上的时间走到了零点的时候，"滴……"的一声。

液晶显示器一闪，时钟消失了，后台的预订平台页面弹出。

就在这个时候，所有人的歌声戛然而止，前一刻还喧嚣异常的办公楼，此时落针可闻，甚至连人的呼吸声都听不到。

接着“滴”的一声，后台数字变成了“1”。

接着又一声，后台数字变成了“2”。

接着“滴”的声音越来越快，后台的数字很快就跳到了“10”，接着，后台的声音已经有些乱了，眨眼工夫，数字跳到了“100”。

而这个时候，后台正式开启十五秒钟。

“十五秒钟破百！”马梦可洪亮的声音在大厅里回荡。一瞬间，安静的人群爆发出雷鸣般的掌声。

很多老员工还记得梦幻1手机预售的情形，等到一百差不多半个小时，而今天，梦幻江南2的预售，十五秒就破百了。

时间还在继续，纪录还在创造，到三十秒的时候，后台的数字已经到了惊人的“1000”。

“三十秒钟破千！”马梦可的声音一如既往的洪亮，音色因为兴奋显得有些颤抖。

三十秒钟，订单破千部，这已经远远超越预期了。

虽然为了今天的预售，市场部、销售部和售后部做了很多工作，甚至有很多粉丝守在电脑前面抢机器，但是这个数字也太惊人了。

而更惊人的是，后台数据的跳跃根本没有衰竭的迹象，这个数字仍在急速变大。

在一分钟之内，订单破两千。

在七分钟左右，订单破了一万。

订单破一万的时候，全场再一次爆发出热烈的掌声。这一次，大家都无比激动，公司的员工已经自发开始庆祝了，场面非常疯狂，有很多人喜极而泣。

梦幻江南2成功了！

朱恩按下了电脑关机键，液晶屏幕上的后台数据应声关闭，今天的预售仪式到此结束了。

“七分钟销售破一万部！”这就是梦幻江南 2 的出色表现，按照这个数字推测，第一天订单破十万不在话下。保守估计，梦幻江南 2 的销售数据应该是梦幻江南 1 的五倍。

第四十三章　新的辉煌

世纪前沿公司的梦幻江南 2 正式开始预售，预售的定价是 1888 元，第一天预售的销量，达到了惊人的二十万部。

这个消息一爆出，整个手机江湖一下沸腾了，说是天下大乱也不为过。毕竟预售第一天，卖出二十万部手机，销售额三亿多，这个数字太惊人了。

要知道这二十万部完全是通过电子商务平台完成的，业界其他同行，每销售一部手机，成本至少上千元；世纪前沿公司通过电子商务平台销售，营销成本几乎可以忽略不计。

二十万部手机有多少利润？保守估计，利润至少有四千万到五千万，这样的赚钱速度，在今年的手机市场上，其他同行都要黯然失色了。

而更让同行们羡慕嫉妒恨的事情是，在梦幻江南 2 预售之后，当前在年轻人的群体中，抢手机已经成了一个极其时尚的事情。

一众年轻人，趁着上班午休的时候，趁着去餐厅蹭网的时候，登录梦幻手机官网，玩抢手机的游戏。

梦幻手机预售的额度不够，在第一天预售之后，世纪前沿公司宣布后续预售每天最多只能预售三万部手机，他们给出的解释是工厂产能不足。

这个消息一公布，不仅没有让梦幻手机的风潮过去，市场的反应反而愈发疯狂。

很多年轻人每天都登录抢机器，但凡有人抢成功，必然会在朋友圈发信息炫耀一番，而通过社交媒体迅速的病毒式传播，梦幻手机 2 的知名度竟然越来越高。

梦幻手机如此来势汹汹，应该是出乎很多人意料的。因为就在今年，梅朵手机的总裁谢明珠还专门在某知名媒体上撰文，在文章中她用各种数据作为支持，断言梦幻手机的未来发展空间有限。

谢明珠做出如此断言的一个重要的理论支撑是，国内电子商务还没发达到所有用户都敢花上千块钱买电子产品的时候，目前国内通过电子商务销售的手机，占不到手机总销量的一成。

梦幻手机首先在营销上就把自己的前途给堵死了，所以谢明珠认为，梦幻手机终究只是一款小众手机品牌，很难有大作为。

应该说谢明珠的说法，在业界得到了广泛的认同。畅想手机的 CEO 杨坤宁在接受媒体采访的时候，也表达了类似的观念。

但是现在，梦幻手机刮起的这一股超级风暴，来得如此快，让人措手不及，几乎是一夜之间，这款手机就火遍了全国。而特别滑稽的是，这款手机仅仅只是预售而已，他们的正式产品都还没有发布出来。

时间转眼过去了十天，市场上关于梦幻手机抢夺的风潮，丝毫没有偃旗息鼓的意思。按照这样局势，不难判断现在梦幻手机的销量，在严格控制之下，梦幻手机的销量现在已经达到了惊人的五十万部。

而另外一个消息也随之被发布出来，梦幻手机的另外一款机型，梦幻北极 2 将在今天正式预售。

梦幻北极是梦幻江南的竞争机型，两款机型一南一北，风格迥异。

在之前，关于梦幻江南 2 的谍照非常多，而关于梦幻北极 2 的谍照却极其稀少。

在预售之前，梦幻手机官方终于发布了梦幻北极 2 的照片，梦幻北极 2，超薄机身，日本东芝公司超大 5.5 英寸屏幕，三款机身颜色为黑色、土豪金和北极银。当这款手机的宣传片在官方网站播放出来，那种北方凛冽酷炫的感觉，瞬间征服了无数粉丝。

在预售的第一天，梦幻北极 2 的销量就破了梦幻江南 2 的纪录，达到了惊人的三十万部。而第二天，世纪前沿公司官方宣布，将后续预售额度限定在每日三万部。

这一来，两款手机一南一北，一大一小，成为大家哄抢的热门。

喧嚣的手机市场更加喧嚣了，而这一次，其他的手机厂商都感觉到一丝冷意，因为所有的热闹都被梦幻手机抢过去了。

世纪前沿公司的团队，用几乎同样的套路，同样的南北两款手机的模式收到了比去年更惊人的效果。近乎一年半的等待和蛰伏，梦幻系列手机迎来了新的辉煌。

媒体不得不感叹粉丝的力量巨大，过去一年多，梦幻手机积累的三十万铁杆粉丝，爆发出的威力太惊人了。

而这个夏天，梦幻 2 系列手机上市的热潮，也必将成为国内手机江湖上今后被人津津乐道的一段传奇。

世纪前沿公司，朱恩最近一个星期的睡眠不超过二十个小时，整个人忙得连轴转。

出现这样的状况，事先谁也没有料到。在预售之前，公司已经做了充分的准备，应该说在各个岗位上都进行了超额的配置。

然而预售开始之后，大家都直接蒙了，因为最强的配置至少还差了一半，梦幻江南 2 预售的第二天清早，公司销售平台的十几台服务器直接跑死机，当时的局面只能用疯狂来形容。

而梦幻江南 2 第一天预售达二十万部，这个数字也远远超过了大家事先的预判。不得已，在当天晚上召开的高层紧急会议上，朱恩做出了惊人的决策。

那就是将公司后续的预售额度调整到每天出货三万部，这个举动本来是不得已而为之，可是疯狂的地方就在于，这个决定做出来，不仅没有打击大家的热情，反倒让粉丝抢手机的热情变得更加高涨了。

而这样高涨的热情，直接传递到了梦幻北极 2 的预售，梦幻北极 2 第一天的预售就达到三十万部。当时这个数据一出来，据说在燕京坐镇的杰瑞当场就蒙了，惊得差点儿从紫禁城护城河上跳下去。

现在摆在世纪前沿团队面前的是销售的人手不够，工厂的产能跟不上，五大物流中心配送人员的配置太少，售后团队建设得太单薄。甚至连公司的电话客服人员，都需要紧急补充至少五十人，反正就一个字，公司需要人。

不得已，朱恩将所有的高层召集起来，将公司的工作分成几个板块，高层直接分工解决各个板块的问题。

马梦可从方旗科技、方拓科技紧急征调一百名临时员工负责处理订单，可是这只是杯水车薪。

王岳同在万分火急的情况下，向千牛集团的汪先生求救。恰好，千牛集团进军内地，他们刚刚在全国招聘了八百多名员工，这些员工全部汇聚在临港搞内部培训。

汪先生紧急从香港赶过来，亲自宣布培训取消，将这八百人临时放到世纪前沿公司实习一个月。有了这八百人的团队，朱恩才勉强在人力资源上稳住阵脚。

另外，马梦可在全国征集粉丝，全国两百多座城市的售后团队得到粉丝的大力支持，局面也勉强维持住了。

而最后还剩一个问题，就是产能问题。朱恩之前根本没有向合作的代工厂要求那么高的产能，现在看来，这个问题有可能成为头号问题。

而今天，朱恩紧急约见惠亚集团董事长兼总裁迈克。

迈克还是第一次来天地大厦，他看上去红光满脸，和朱恩的满脸憔悴形成鲜明的对比。

"哈，朱总，你的气色可不太好。我本来应该对你表示祝贺的，不过我看你这个样子，却又忍不住替你担心。你得保重好身体，可不能因为工作把身体搞垮了！"迈克道。

朱恩点头道："谢谢，如果你能把我们的产能给我提高一倍，我的身体就不会有问题了。"

“不，不，这不可能。朱，你知道我们是一家很忙的制造企业，提高一倍需要上万工人，需要巨大的厂房，还需要全新的设备，这都不是我一个决策就能做到的。我只能给你承诺，我们尽量努力地工作，我们可以二十四小时不休息地给你加班，但是产能最多提高三分之一！”迈克认真地道。

朱恩摇摇头，道：“那不行。你这样吧，梦幻 1 的生产线你暂时停一个星期到半个月，把这条生产线投入到新机型的制造上。迈克，这是没有办法的事情。我们的产量要求只会越来越高，所以你迟早要给我想出办法，因为我也不希望未来我们的订单会更多地流向别的公司，您说是不是？”

迈克皱眉，嘀咕道：“这太不可思议了，朱，我告诉你，国际大厂商也没有你这么做的。苹果公司和三星公司，他们的主打产品一般都是提前半年开始生产加工。而你却是生产一部产品卖一部产品，这样的做法没有任何一家厂商能够达到产能要求。

“我这么说吧，你现在就是找任何一家工厂，他们也不可能满足你的产能，所以，朱恩，这款机器你们要做好产能不足的准备。天知道那些疯狂的粉丝能给你砸多少钱，他们的潜力是无限的，在这样疯狂的市场面前，我无法给你承诺……”

第四十四章　扭转乾坤

朱恩很清楚，梦幻 2 两款手机的产能肯定会拖后腿，市场缺货一定会成为常态。

但是他还是约谈了迈克，而且着手准备收购一家代工企业，尽最大的努力将目前的产能扩大。因为他隐隐觉得，这一款梦幻 2 手机，很可能会创造一个很高的销售纪录。

从去年到今年，世纪前沿公司的梦幻系列手机一直在销售，而且销量还不错。

如果按照一般的逻辑，梦幻江南第一代销量三百多万部，第二代销量应该也差不多，就算多一些也多得有限。

但实际情况是随着梦幻品牌知名度的提高，很多人其实都在等待梦幻出新款。另外，梦幻手机过去一年多时间里，其实一直在通过论坛经营铁杆粉丝。而这些铁杆粉丝的力量是无穷的。

人都有从众心理，比如说一家企业，最早是几个人用了梦幻手机，然后很快有人看到梦幻手机好立刻也买。当买的人多了，成了一股风潮之后，势头便会变得无可阻挡。

而当抢手机变成白领圈子的一种时尚之后，这势必就会将整个市场引爆。而这样的结果，就是世纪前沿公司营销的巨大成功。

应该说这大部分都算是杰瑞的功劳，他的确是个营销天才，这是由他守财奴的性格决定的。

杰瑞在任何时候都懂得通过什么样的方式勾起用户的购买欲望，而梦幻手机营销的一切手段，都是围绕这一点进行的。

可能单从某一个细节看不出出奇的地方，但是当所有的因素综合到了一块儿，就是量变到质变的过程，现在梦幻手机已经卖疯了。

梦幻江南 2 的预售期终于过去了，可是销量却没有丝毫下降的趋势。

当公司的五大物流中心开始向全国发货的时候，第一天发出去的货就多达三十万部。

积累了差不多一个月，差不多一百万部梦幻江南手机在三天之内全部发货完毕。而这三天，江南论坛的服务器死了三次，公司紧急对江南论坛服务器进行了三次扩容。

朱恩看到这个势头，最后不得不大笔一挥，决定在科技园重新建立新的数据中心，直接计划投资一个亿建立全新的电子商务中心。

目前，梦幻江南从销量上看，已经逼近两百万部，梦幻北极的销量已经到一百五十万部。梦幻江南刚刚开始发货，两款机器的销量就达到三百多万部，公司的账面上一下多了近百亿的资金。

现在论坛极度火爆，而关于梦幻江南机器的各种测评，也开始频繁出现在媒体上。

不管其他厂商是什么样的心态，他们用了什么样的手段、请了多少水军，没有人能改变一个事实，那就是梦幻江南 2 这款机器在当今的国内市场上，真的很难找到同级的对手。

首先从外观和制作工艺上，那种精细到骨子里的江南柔情的风格，就可以秒杀很多竞争对手了。而手机的各方面性能测评，可以媲美国外五千档次的同期机型。而其他的额外配置，包括耳机，用的都是国外的顶级电子技术，说梦幻江南 2 是无瑕疵无缺陷版，应该是名副其实的。

虽然网上各种不同的声音也很多，各种对梦幻江南挑刺的帖子也是铺天盖地的，但是这一切都已经无济于事了，因为梦幻手机已经火了。

就算是大批水军在网上发负面帖子，起到的作用，也只是帮梦幻手机做更大的营销而已。

这样的场景，很容易让人想到当大火燃烧起来，用一杯水去灭火，不仅火不会灭，反倒会成为燃烧的助力一般。水能克火，但是火太大了，水便会被烤干，根本发挥不了作用。

燕京，畅想科技总部。

初夏的季节，燕京的天气已经很热了，而今天一场雨落下来，不仅没有降温，反倒让空气中充满了压抑的感觉。大北方的夏天，硬是有江南汗巴巴的感觉。

畅想科技最高楼，大会议室，今天公司的所有高层被紧急召集在这里开会，杨坤宁亲自主持会议。

会场的气氛很凝重，营销总监周小欧的脸色最是难看。

他低着头，将手中的笔死死握着，眉头深深地皱起来，攥紧的拳头狠狠地打在桌面上。

“我周小欧也干了这么多年营销了，从来没有吃过今天这么大的亏！今天公司的高层都在，公司的C9项目落到今天这个地步，作为营销总监，我难辞其咎。

“所以，恳请董事会和总裁准许我辞去营销总监的职务，这个位置我没有颜面再待了。”周小欧恨恨地说道。

杨坤宁将手中的笔一丢，勃然道：“如果都像你一样，遇到了挫折就辞职，那我畅想科技在十年前就倒闭了，还能存活到今天？我们还能是国内手机厂商的三甲？

“周总啊，周总，我们三年磨一剑，现在毁于一旦，你内心的痛苦我理解。但是在这个时候，你脑子想的应该是怎么处理难局，而不是撂挑子不干。

“你撂挑子不干很容易，但是这一次我们推广了那么久的C9手机，最后得到这样一个成绩，势必成为业界的笑柄，这一份羞辱你这一辈子能忘记吗？”

周小欧脸色一青，黯然摇头，道：“我去年就给公司提交过一份报告，明确说了我们要警惕临港的世纪前沿公司，这家公司很有来历。当时我在董事会上说这样的话，所有人都嘲笑我，大家都告诉我，说咱们的眼睛应该盯在荣誉上，应该盯在韦瓦上。

“嘿，短短的一年时间啊，我想各位都感受到了这个夏天的疯狂了，不是我们C9的疯狂，而是人家世纪前沿彻底的疯狂。我们这款手机和人家恰恰处在一个价格区间，最终手机刚上市便彻底地被遗忘了，到现在为止，我们的销量还不足十万部。

“说得不好听点儿，我们所谓三年磨一剑打造的C系列手机，成了别人的炮灰！”

公司副总裁李东乐推了推眼镜道：“周总，你这话是不是有些过了？你是营销总监，收集竞争对手的信息本就是你的工作。你们在新产品发布之前，连外部的环境都没摸清楚，这难道不是严重的失职吗？

“还有，事情已经到了这一步，我们需要做的是想办法解决问题，而不是怨天尤人、哀叹失误。你总不能一句成了炮灰，我们这款手机就完全放弃吧。如果是这样，我们的亏损怎么来弥补呢？”

周小欧慢慢地平定心情，道：“现在我觉得只有一条路可以走。目前梦幻手机很火，他们火在年轻人这个群体，火在白领这个群体，尤其是一线城市，几乎是他们的天下了。

“我们这款机器要想有生机，得避开电子商务，把所有的营销资源集中到渠道营销上。应该说这个做法我们并不擅长，在国产的几大厂商中，我们的渠道是做得最不好的，但是现在我们只能这样选择。”

杨坤宁皱皱眉头道：“关于这一点，我和小欧的想法近似，但是有个差别的地方，根据现在的情况，我想我们是不是和梅朵合作一下？谢明珠这个女人，产品做得一塌糊涂，可是王婆卖瓜的本事却不是盖的。

“现在这个时候，我相信她的日子也不好过，目前梅朵在市场上本来就没有旗舰机型。去年年底他们临时搞研发，应该也到出新产品的时候了，只是恰在这个时候，经过梦幻手机这么一闹，估计她的勃勃野心，已经凉了一多半了。

“而我们 C9 这个机器，我觉得有竞争力，或者说有一定的竞争力。如果我们能联络梅朵，借助他们公司的渠道，我们未尝没有扭转乾坤的机会。大家认为怎样？”

周小欧瘪瘪嘴，道：“杨总，您还是省省吧，谢明珠那个娘儿们太难对付了。她就算答应了，必然也是狮子大张口，别忘记她是搞销售的，典型的无利不起早。

“您指望在她身上占到便宜，我看难！”

杨坤宁摇头道：“周总，你错误地理解我的意思了，我不是请她帮忙，而是想找她合作。这个时候了，不抱团取暖不行了，我们前有荣誉，后有这个什么……什么梦幻，如果我们再不变化，可能被他们挤压成肉夹馍。

“对了，小欧，你们最新统计梦幻两款手机的销量到了什么位置了？”

周小欧嘿嘿一笑，道：“应该是到四百万部了，我估计他们这两款手机，都是冲着千万销量去的。其实我们还真不用太沮丧，这个时候恐怕不仅是我们紧张，估计高高在上的荣誉，也有些坐立不安了。

“不服人家不行啊，这么难做的市场，人家硬是做得火遍大江南北，这群人真的是够厉害的……”

第四十五章　股份转让

马梨用力揉着太阳穴，彼得轻轻推门进来，马梨双目猛睁，道：“怎么样？来了没有？”

彼得点点头道：“来了，来了！菜都点好了，就等您了呢！”

马梨皱皱眉头道：“蛋糕呢？蛋糕安排好没有？”

“您就放心吧，马总，这点事我都办不好的话，怎么能替您排忧解难？”彼得笑嘻嘻地道。

马梨大手一挥道：“那我们走。对了，待会儿你不要乱说话啊，梦可这孩子啊，什么都好，就是人太实诚了……”

马梨边说，边跟着彼得一起下楼。写字楼下面，刚刚开的一家江南菜馆，马梨带着公司的一众高管，浩浩荡荡地进入包房。

包房里面，马梦可倏然站起身来，看到一下进来这么多人，一脸迷茫道：“你们这是干什么啊？咋这么多人？”

“妈，您心急火燎地把我叫过来，究竟是要干什么？”

马梨满脸挂笑，压压手道：“坐，坐下，让你过来吃顿饭，怎么了？你就这么忙，吃顿饭的时间都没有？”

“哦，不……不是，妈，总该是有点事儿吧？我怎么感觉你今天怪怪的。”

马梨皱皱眉头道：“怎么就怪怪的了？你让彼得他们说，我怪吗？”

其他人一个个面面相觑，哪里敢说话，马梨道：“这不就得了吗？我很正常，一点儿也不怪嘛。梦可啊，你一个女孩子，青春很宝贵的。我知道你事业心强，可是事业心再强，也不能太拼命不是？

“你看看你啊，又瘦了，我听说你们这一个月忙得脚不沾地，你这是在透支自己的身体，年轻的时候不注意，将来可没有后悔药吃。”

马梦可觉得一阵头大，现在这个时候，公司正是忙的时候，马梦可实在没有闲心听老妈唠叨。

不过，考虑到前段时间母女俩好不容易才把关系缓和，今天不能把关系再搞僵，马梦可只能选择屈服，表现得很乖顺。

不就是吃顿饭的事儿吗？老妈一个人也不容易，也该陪她吃顿饭。

菜很快上来了，正式开饭了，彼得终究忍不住了，道：“梦可，你们公司是这个夏季的传奇。啧啧，整个市场被你们搞疯了，甚至是整个国家都被你们搞疯了。别的地方我不说，就咱们红树林公司，几乎每天我都能看到小女孩在休息间叽叽喳喳，说的基本都是关于梦幻手机的话题。

“你们能把一款手机做到这样，实在是了不起。对了，现在销量怎么样了？”

马梦可得意地一笑，拱手道：“谢谢你了，差不多吧。销量吗？我也不知道，我一天忙得脚不沾地，没工夫去看那数字。反正我们现在是出不完的货，订单越积越高，上个星期我们在花城的物流中心，很多人为了等手机，自发去排队领取，你猜怎么着，队伍排了两公里长，我们的物流车一到，一个小时全部货物被扫光。哎，老妈刚才说我不注意身体，这样的状态，我能不拼吗？”

马梨嘿嘿一笑，瞪了彼得一眼，道：“吃饭的时候说这些干什么？安安静静吃饭不懂吗？”

彼得知道自己犯错了，连忙低头不说话了。

马梦可道：“别呀，彼得，你是投资方代表，我们谈工作很正常啊。哦，我明白了，现在你们的心情很复杂，因为你们不是断言我们梦幻 2 的销量不会太高吗？说什么一定要搞全渠道营销，我们搞电子商务的销量上不来。

“不好意思啊彼得，我们用的是电子商务，但是如果要统计销量，这个月我们可以秒杀荣誉吧！荣誉销量高，但他们有一条产品线，我们只有两款手机。不过，说真的，就算是如此，今年年底我们梦幻手机不可能只是原地踏步，你说是吧？”

彼得脸色变了变，瞟了一眼马梨，马梨脸色有些难看，道："梦可，你怎么说话呢？你这话像是冲着我说的，是不是朱恩教你这样戗我的？"

马梦可道："妈，怎么了？这跟朱恩有什么关系啊？这话就是我说的，当初你们作为投资方，非要支持杰瑞搞什么渠道销售。我现在实事求是地说件事情，怎么就不能说了呢？"

"得，你能说！你尾巴翘天上去了。嘿，我怎么就生了你这么个女儿啊！有了老公就忘了妈，你天天为了一个世纪前沿，饭都可以不吃，觉都可以不睡。可你看看你妈我，每天还得操这么大一摊子心，你什么时候能替我分担一下啊？"马梨道。

马梦可一听这话乐了，道："妈，你说这话我就不爱听了啊，当初我可是红树林的副总裁，是你免了我的职啊。我没工作了，只好找人合作开辟自己的事业，现在倒有意思啊，一年过去了，你倒打我一耙，说我不替您分担。

"还有啊，你自从投资了咱们公司之后，我就发现你好像一直就不怎么高兴。我就奇怪了，你说你投这点钱，公司也给了你丰厚的回报，现在公司的发展你也看到了，一日千里，在这种情况下，你还不高兴，我实在不能理解！"

马梨被马梦可的话戗得脸都变了，一拍桌子站起身来道："好呀，梦可，你现在真行啊，能数落你妈了。妈真是白疼你这么多年了，现在你就用这些话来数落我，我……"

马梨说着说着，眼泪都出来了，旁边的一众高管看到这场景，吓得都站了起来。

彼得忙道："梦可，今天可是马总专门给你准备的生日宴会，知道你马上要出差，提前给你过生日呢。你就不能别这么说话吗？"

马梦可见老妈一哭，她连忙凑过去道："妈，行了，行了，我不说了总行了吧？你是对的，我都听你的，好不好？"

马梨抹了抹眼泪，火气略微小了一些。

恰在这时候，秘书从外面推门进来，她不了解情况，径直走到马梨身边道："马总，梅朵谢总来电话，说要和您通话！"

"谁？谢明珠？你就说我不在！"马梨摆摆手道。

秘书愣了一下，道："可是我刚才说您在吃饭，我……"

"怎么说是你的事儿，我不接这个电话你明白吗？这么一点事儿都搞不定、解决不好，你做什么秘书？"

小丫头被马梨训得眼泪都差点儿出来了，彼得连忙给她使眼色，让她先出去。

一顿饭这么一闹，大家都没有胃口了，可是红树林的高管们，却又不敢把这种情绪流露出来，场面一时尴尬得很。

马梨突然抬头看向马梦可道："梦可，最近朱恩在干什么？"

马梦可愣了一下，道："还能干什么？都快要忙得四脚朝天了，为了解决人手不足的问题，他直接找到了千牛的汪先生，汪先生把他们集团招聘的八百名新员工全部借调到了我们公司，帮我们出货。

"不瞒你说，我这一次回来和他也就见了两面，想一起吃顿饭都没成呢！"

马梨轻轻"哼"了一声，道："得，这小子，这一下更牛了，他搞成了嘛！人家不看好的事情，他搞成了，能不牛吗？"

马梦可暗暗皱眉，不知道老妈究竟为什么对朱恩有这么大的成见。

朱恩现在把公司搞起来了，大家都高兴，无论是公司员工，还是股东，都觉得前途一片大好。也就自己的老妈，整天一副苦大仇深的样子，她究竟是什么意思？

彼得眼看局势缓和了，大家好像也没吃饭的兴趣了，他连忙凑过来道："马总，您买的蛋糕来了！"

马梨点头，对马梦可道："梦可啊，你的生日还差几天，我估摸着你是不会赶回来过生日了，我心里可念着呢。这样吧，今天提前给你把生日过了，回头妈还想跟你谈一点私事儿，行不行？"

"妈，谢谢你！"马梦可有些感动，凑上去亲了马梨一口。

这时候蛋糕推上来了，蜡烛点上了，灯光熄灭，大家开始齐声唱生日歌。

马梦可双手合十，慢慢放在胸前许愿。

“吹蜡烛了！”

马梦可一口气把蜡烛吹灭，全场响起雷鸣般的掌声。

灯光再一次亮起来，马梨抬抬手道：“梦可，今天是你的生日，妈专门给你准备了一份礼物，彼得，把文件拿过来！”

彼得将一份文件递给马梨，马梨签上自己的名字，递给马梦可。

马梦可一瞅文件内容，这竟然是一份股份转让书，转让书上写着从即日起，马梨将手中掌握的世纪前沿公司的所有股份，全部转让给马梦可。马梦可看到这东西，整个人都蒙了，脱口道：“妈，你这是……”

马梨轻轻地摸了摸马梦可的脸颊，道：“你长大了，终究是要嫁人了。妈是过来人，很多事情我都懂，我没别的要求，我只希望你这一辈子能幸福。这些股份我都给你，就算是嫁妆吧！

“妈对朱恩也没有什么成见，我就是担心他将来会欺负你。我把股份转给你，就是希望你不被他小瞧了，女人啊，一辈子不能够由男人养着……”

第四十六章　战略合作

马梨将手上持有的世纪前沿公司的股份全部转给了马梦可，她第一时间将这个消息知会公司管理层和其他主要股东。

朱恩收到这个消息，不由得缓缓地摇头。王岳同笑嘻嘻地走进朱恩的办公室，道：“朱恩啊，马总这一次股份转让意义可非同一般，她这是把股份当成了梦可的嫁妆呢！我说你和梦可的年龄也真不小了，要不干脆把婚结了，这也算了结了老一辈人的一个大心愿。”

朱恩苦笑道：“王总，现在的情况您说可不可能？梦可是一天换一个城市，忙得连轴转呢。现在这个局面啊，我们都不能有片刻放松，我看还是算了吧。”

王岳同道：“你这个人还真是要强，事实证明，你之前的坚持是正确的。我们如果搞全渠道营销，还不一定能有今天的效果，还可能因此丧失自己的特点，如果一步走错，后果的确不堪设想。”

朱恩点头道：“是呀，马总转股份这事儿啊，我看很大程度上就是因为面子上过不去。其实她的心情我理解，她也是希望公司能快速发展，但是我们和她站的位置不同，视角不同，自然意见不可能相同。

“这也是我为什么在公司章程上就明确做出了规定，公司的经营必须要以创业团队为中心，不能由投资人掌舵的原因。

“按照目前公司的发展，不排除我们将来还会引进资本。还有，我们也有可能会上市融资。按照我的想法，将来公司不管发展到什么程度，我们的文化都不能改变。

“让专业的人去做专业的事情，资本挣钱，企业家干活，这个模式要坚定地保持下去。”

朱恩说到这里，顿了顿，道："董事长，您过来不会只是为了这点儿事吧？"

王岳同一笑，道："我是有点儿事想找你沟通。我这一块的工作暂时轻松了一些，终于有机会去关注外面的世界了。不得不说，这个夏天我们已经成为国内手机市场上的唯一主角了。

"我们的突然爆发，引起了很多厂商的警惕甚至是恐慌，畅想、梅朵、韦瓦、荣誉等几个国内厂商都在想应对之策，可以明确地说，我们未来的对手就是他们了！

"有件事你可能不知道，畅想最近推出了一款新机器叫 C9，定价和我们的梦幻系列手机差不多。这款机器号称是他们三年磨一剑，专门针对中高端市场打造的一款旗舰机型。

"结果呢？怪他们倒霉，发布会的当天就碰上了我们梦幻江南的预售，反响平平。据说到现在为止，销量堪堪过了十万部，仅仅达到他们最低预期的十分之一。

"这样的成绩，对他们而言可以说是惨不忍睹。畅想的杨坤宁急了，紧急飞到了华南。按照我的分析，他很可能和谢明珠接触，不排除畅想和梅朵准备合作抱团取暖。"

朱恩嘿嘿笑了笑，道："梅朵不会做产品，畅想的产品也不怎么样。他们抱团取暖在资本上可能有一些优势，但是如果战略不调整，我觉得他们不会有太多的机会。

"我一直强调，智能手机厂商必须要有特点，哪怕像韦瓦一样，一直致力做山寨机中的战斗机，这也是一大特点。现在看来，梅朵很辛苦，畅想很焦虑，韦瓦却过得很滋润。

"而真正让我感到担心的，还是荣誉，荣誉是厚积薄发的典型，他们的技术储备很足，产品质量过硬，它才是我们真正的对手。我们要超越它，我觉得可能需要一个不短的过程。"

王岳同道："这么说来，我们对梅朵和畅想的合作不用有什么表示？"

“当然，他们的行动威胁不了我们，而且畅想的做法有些后知后觉。一款手机已经上市了才想到去抱团取暖，已经迟了。C9 那款机器我看过，硬件的确颇有特点，但是整个设计定位太模糊了。

“以年轻人的眼光看，这款手机显得太老气，以年龄大一点儿的人来看，这款手机太花哨，在外观上，我觉得有泯然众人的特质。

“我还是一个观念，一款机器市场不认同，一定是机器的原因。畅想的机器在市场上遇冷，把责任归结到我们梦幻手机上面，这不是很滑稽吗？”朱恩的笑容有些嘲讽的味道。

朱恩和王岳同以一种极其轻松的心态指点江山。

而此时，梅朵和畅想的两位大佬心情沉重，紧锣密鼓地商量合作的事宜。

两个人来到了临港，共同探讨怎么渡过目前两家公司遭遇到的残酷危局。

谢明珠喝了一口咖啡，道：“杨总，现在的局面我们很被动。你刚才说得不错，我们去年的销量受挫之后，的确是痛定思痛，下定决心要在产品上下功夫。应该说经过了大半年的技术攻关，我们的新产品也是很有特点的。只是，世纪前沿的梦幻手机出乎意料的火爆，我思忖再三，完全拿不了主意。现在看来，你们的 C9 都惨遭失败，我甚至有些庆幸我没有冲动。”

谢明珠微微沉吟了一下，道：“关于合作，我现在有几个想法，第一个想法是我们实现战略合作，整合品牌和团队，在技术上我们投入大量的资金研发，在销售和营销上面，我们进一步绑死渠道。

“只要我们能做出优秀的产品，我们拥有两家公司的资源和资本，又有全国一流的渠道，我就不相信，我们会被一家新崛起的公司打下去。”

杨坤宁道：“战略合作吗？那股权问题怎么分配？这个谈判过程有点儿漫长吧？”

谢明珠摊摊手道：“我们先不谈细节，我们先谈意愿。我们两家公司的董事会和高层，是不是都有战略合作的意愿，如果我们双方都有这个意愿，我觉得细节都好说。

“你们现在要借用我们的渠道，这都不是问题。但是如果没有意愿，彼此都还想着自己的那点儿小九九，我们现在谈任何层面的合作，都是没有意义的。”

杨坤宁微微皱眉，苦笑道：“如果说意愿，那我们的意愿肯定不充分。但是现在的局面已经不是以我们的意志为转移了，是市场把我们逼到了这一步。昨天我和董事会主要成员沟通过，他们对战略合作的想法均表示了支持。”

谢明珠笑笑，道：“那好，待会儿我给你介绍红树林资本的马总。她是我的朋友，是投资方面的专家。她还有一个身份，那就是世纪前沿有限公司的主要股东，我们可以和她沟通一下……”

杨坤宁眉头一挑，正要说话，谢明珠压压手道：“别有疑虑，什么事情沟通过后才了解！”

正在这时候，外面的秘书进来道：“谢总，马总来了！”

马梨和谢明珠见面寒暄，乍一看到杨坤宁，她觉得很是意外。

谢明珠道：“马总，现在这个局面我不怕曝家丑。世纪前沿是真厉害，搞得我们国内的厂商不得不选择抱团取暖。畅想的杨总你应该认识吧，畅想科技的局面比我们好不了多少啊！”

马梨微微一笑，道：“畅想的少帅嘛，我当然认得。谢总，今天来有一点我给你说一下，我现在已经不是世纪前沿的股东了，我前几天把所有的股份都转给梦可了。

“现在的年轻人啊，他们的思维我们跟不上了，而我马梨做了一辈子投资，像世纪前沿这样的团队我也很少遇到。这一笔投资很挣钱，但是作为投资人，完全没有话语权，我从感情上有点儿不能接受。

“所以，谢总，如果你还想谈关于世纪前沿公司的事情，我现在只能说爱莫能助了。他们的事情，现在已经完全和我没关系了。”

谢明珠脸色一变，整个人都傻了，脱口道：“马总，您占那么多股份，全部转给梦可了？嘿，你这手笔啊，是真大的，那可是价值几十亿，将来甚至上百亿的资产啊。

“得，你今天既然这样说了，以后我们就不谈关于世纪前沿的问题了。

“现在我就以朋友的身份向你请教一件事，我刚刚和杨总有了初步的共识，我们两家公司准备进行战略合作，目前在合作方式方面还有些疑问。你是这方面的专家，能给我们一个建议吗？”

马梨随口道：“那很简单嘛，你们各自把手机业务剥离出来，联合成立一家全新的公司，这不就完成战略合作了吗？梅朵还是梅朵，畅想还是畅想，但是成立的新公司全部接手两家公司的手机业务。这样的操作很容易整合资源，也很容易确定股权结构，如果要速度快，你们双方的主要领导多接触几次，就可以直接对外宣布合作了……”

第四十七章　血战

夏季的临港，海风炎热潮湿，而智能手机江湖的血战，随着梦幻手机两款机器的火爆，开始愈演愈烈。

梦幻手机成为今年手机江湖的搅局者，而这个搅局者的疯狂崛起，也让本来竞争到白热化的手机江湖变得愈发血腥。

最近手机行业的第一件大事是畅想科技和梅朵科技发表联合申明，宣布两家公司进行战略合作，两家公司的手机事业部直接合并，共同经营畅想和梅朵两个品牌。

这个消息一宣布，全国震惊，而随之而来的是畅想 C9 手机，经过重新包装之后，卷土重来，先是媒体上铺天盖地的广告，然后全国渠道商密密麻麻地铺货，从一线城市到五线城市，营销活动的浪潮一波高过一波。

畅想 C9，这个几乎要被遗忘的机器，似乎一夜之间咸鱼翻身了。国内一线的数码媒体，主流新闻网站的数码频道，纷纷发布关于 C9 测评的正面消息。通过这些媒体的推介，关于 C9 的渲染和报道，似乎要盖过梦幻手机和正在火爆销售的苹果 5 系列手机。

梅朵式营销的大手笔、大投入、大气魄再一次扬威，而他们的激烈反应，也吹响了传统手机反击的冲锋号。

紧随梅朵和畅想之后，荣誉科技宣布公司决定提前推出荣誉 3 系列手机，并且对荣誉 2 系列手机实施大幅度降价，原价 1850 元左右的荣誉 2 机型，通过降价之后只需要 1350 元。一部机器降价五百，这一手被业界解读为荣誉围剿梦幻手机的狠招。

一方面，荣誉推出新机器，另一方面，刚刚上市只有半年的荣誉 2 大幅度降价，挤压梦幻手机的生存空间。从国内市场上看，除了韦瓦一直在专注自己的小世界之外，其他几家大厂商都发力了。

不得不说，这样的争斗分外精彩，梦幻手机现在真正成为家喻户晓的品牌，手机江湖的顶级豪强之中，又多了一位新贵。

到九月末，盛夏转到秋季，梦幻手机官方宣布，梦幻江南 2 和梦幻北极 2 的销量超过九百万部，这个数字超过了梦幻手机预先制订的全年目标。

随之，梦幻手机官方宣布，公司将今年全年的销售目标，定为一千八百万部。

目前的统计数据，从一月到六月，梦幻江南 1 和梦幻北极 1 两款手机销量四百万部，加上六月之后梦幻 2 系列手机的九百万部销量，再加上六月之后这几个月，梦幻 1 系列手机还有几十万部的销量，目前梦幻手机的销量已经接近一千四百万部。

剩下的三个月完成四百万部的目标，将是很轻松的事情。而根据媒体和市场估计，今年梦幻手机的全部销量应该能到两千万部。

如果是两千万部的销量，梦幻手机的销量有望排在荣誉和畅想之后，位居国内品牌的第三位。

销量是第三，如果说到利润那就太吓人了。梦幻手机的利润，梦幻 1 大约是单部机器一百五十元，而梦幻 2 单部机器的利润则是二百五十元左右。这样算下来，今年梦幻手机的利润将高达四十亿。

这四十亿可不是毛利，而是扣除一切成本，包括税收过后的纯利润。

这个数字可以稳稳地排在国产手机第一位，甚至可能直逼三星在大中华区的利润，单就盈利来说，梦幻手机已经成为国内的龙头了。

而可怕的是，这一切计算都只是以最保守的方式计算的，如果按照目前梦幻手机的势头，三个月将破九百万部的销量。今年年底，梦幻手机的总销量则要超过两千万部，甚至是更多。那样，梦幻手机的江湖地位将更加了不起。

一切都还存在变数，一般来说，夏季之后的下半年是手机江湖血战的高潮，这最后的三个月，极有可能决定新的江湖排名。

荣耀大厦，荣誉科技新产品发布会在紧锣密鼓地准备着。

荣誉的掌门人陆俊辉，今天气色极佳，今天的发布会将由他亲自主持，他对即将发布的荣誉 3 拥有绝对的信心。因为他相信，在目前的国产手机中，荣誉 3 是没有哪一款手机可以和其竞争的。

而华夏集团董事长任建国，也破天荒地参加了发布会，发布会现场媒体云集，场面比前几年大得太多了。

过去的一个夏天，荣誉经历了一场可怕的台风，本来荣誉计划这个夏天完成销售一千五百万部的目标，结果这个夏天他们的全系列手机销量不足一千万部，这个数据和梦幻手机九百多万部的销量几乎持平。

这对荣誉来说是无法接受的，因为荣誉手机除了旗舰机荣誉系列之外，还有针对低端市场开发的 O 系列手机，以及针对高端市场开发的 P 系列手机，目前在市场上销售的手机多达十一款。

十一款手机的总销量，只能和梦幻手机两款手机的销量持平，这对荣誉来说不亚于一个噩梦。

一夜之间，手机江湖似乎就要变天了，当所有人认为国内手机江湖荣誉已经一马当先，确定了绝对优势的时候，梦幻手机突然崛起，来势如此凶猛，隐隐有取荣誉而代之的架势。不得不说，今天荣誉发布会的规格如此之高，和此不无关系。

尽管面对媒体，面对市场，陆俊辉依旧有无比的自信，他不止一次坚称，国内手机龙头老大是荣誉莫属。今年夏季荣誉的销售量下滑，主要是因为荣誉 2 存在设计缺陷等。

又说只要荣誉 3 上市之后，荣誉手机系列将会重新崛起，荣誉 3 将成为国内同类手机中最具竞争力的手机，没有之一。

但是，现实的情况是，梦幻手机已经真真正正地威胁到荣誉的江湖地位了。而今天将要发布的荣誉 3，则被外界认为承载了荣誉科技最大的期待。

“任董，您放心，荣誉 3 是我们开发出的最新机型，虽然是荣誉系列，但是和荣誉前两款机器已经完全不同，可以说是脱胎换骨。本来这款机器我们准备明年春季发布，但是鉴于现在的形势，我们提前发布了，我很有信心，这款手机能够成为今年的销量王！”陆俊辉对任建国道，他的态度很认真。

任建国淡淡地道：“我们是一家以技术为核心的公司，公司的战略从来就是不计一城一地的得失，但是这一次可能和之前不同。我们为了荣誉已经付出太多了，荣誉能有今天的地位也是我们打拼多年才挣得的。

“一家拥有华夏科技这样万亿级企业支持的手机厂商，被一家刚刚成立两年多的新公司打败，这是我们不能承受之痛。

“所以无论如何，这一战我们不能败。从今天开始，无论成败，这家叫世纪前沿的公司一定要列为你们的头号竞争对手，这家公司很了不起啊，我们小瞧他们了。

“看看人家的手笔，一家刚成立的小公司，就敢投入二十亿建立研发中心，这一份气魄和野心，让人胆寒。”

陆俊辉点头道：“是呀，他们的董事长叫朱恩，这个人我了解过，此人以前是诺亚手机的高级设计师，外号‘瓜子’，在业界极有知名度。而他的合作伙伴余怀还有杰瑞，当年都在诺亚集团身居要职。

“应该说他们是一群手机方面的专家，我分析他们现在推出的这两款手机，都是他们多年积累、厚积薄发做出的产品。

“整体来说，这家公司因为创立不久，技术积累很薄弱，技术团队甚至都没有完全建立起来。所以，我认为我们只要扛住这一波冲击，他们后续肯定乏力，我们再趁机压住他们的势头，他们就很难翻身，最终他们很难威胁到我们。”

任建国皱皱眉头，道：“不能掉以轻心啊，对方既然是专家，我们的举动他们肯定也会有警惕。我们的信息工作要加强，就好比现在，我们在开新产品发布会，他们在干什么呢？

“他们正坐在电视前面看我们的发布会吗？或者是他们已经开始有了对应策略了。

“我们经常说自己是狼，他们会是羊吗？等着我们去宰割的羊？

“我看他们不像啊，但是到目前为止，我们还没有找到他们可能会使用的对应策略，这一点你要引起重视，相关部门的人要反思。我们在战略上可以藐视一切对手，但是在战术上必须重视一切对手。”

陆俊辉点点头道：“明白了，董事长。其实这也很容易，我马上就能知道他们的反应！”

陆俊辉说完，站起身来拨通了一个电话。

他低头轻声地对着电话问话，两人的交流很隐蔽。但是渐渐地，陆俊辉脸上轻松的笑容不见了，取而代之的是无比凝重之色。

第四十八章　一决胜负

花城，世纪前沿刚刚建立的花城营销中心和物流中心非常忙碌。

作为花城分公司的售后经理，史金刚在忙碌了几个月之后，终于有了短暂的放松时间。这两天因为公司营销总监杰瑞和副总裁马梦可到花城视察工作，史金刚被安排全程陪同，相比紧张的售后工作，这样的工作明显要轻松很多。

“嘿，金刚，你知道吗？荣誉科技马上要推出荣誉 3 新机型了。这款手机通过谍照来看，很有实力，很强大。在这个时候他们推出这款机器，目的就是要把我们梦幻手机给压下去。

“今年第三季度，我们梦幻手机的销量和荣誉手机的销量几乎并驾齐驱。在某种程度上说，单看第三季度的成绩，我们已经取代荣誉成为国内手机的龙头了。嘿，人家荣誉现在要反击了，你说我们该怎么办呢？”杰瑞眯眼盯着史金刚，一字一句地道。

“啊……”史金刚惊呼出声，道，“我……我们有那么高的销量吗？那真是太棒了。至于荣誉 3，我觉得应该强不到哪里去，荣誉的手机我一直觉得很老土，反正我是不喜欢。”

“NO！ NO！金刚，你不能戴有色眼镜去看荣誉，站在客观的角度看，荣誉 3 的性能的确不错。不得不承认，它是我们梦幻的劲敌。不瞒你说，这一次我巡视全国五大区域，就是在想应对之策。

“我们公司从来没有在营销上输给对手过，这个纪录不能因为荣誉 3 被破了。

“我跟你说这些，是让你帮我想想办法，我们用什么样的办法，能够让我们产品的热度掀起更大的高潮！”

史金刚皱皱眉头，埋头沉思。

他不过是一个手机发烧友，根本回答不了杰瑞的问题，但是作为公司的一员，他听到荣誉的来势如此凶猛，心中也很急。

梦幻江南2手机现在在他眼中是无敌的，就连梦幻北极2也远远比不上，至于荣誉3那更是不行。但是他的眼光并不客观，荣誉一直很强势，甚至在史金刚的朋友中，就有荣誉的铁杆粉丝。

“杰瑞总监，我觉得咱们吃亏在手机的产能跟不上，市场上老是缺货。如果是我们的产品充足，我们的销量估计不止这个数字。所以在某种意义上来说，我们现在的销量是限定死了，因为我们只能生产那么多产品出来！”史金刚突然道。

杰瑞眉头一皱，猛然一拍手，道：“对了，你真是一语惊醒梦中人。嘿，这个朱恩，他是怎么和代工厂谈判的，为什么产能一直提不上去呢？这么下去，我们的营销该怎么做？

“不过金刚，假如说我们现在产能问题解决了，我们该怎么办？你觉得你想买手机的时候，最强的欲望点在哪里？”

“我买手机，就是想证明我买的手机是最牛的。而欲望点嘛，当然是那款手机让我极其心动，就像梦幻江南2一样……”

杰瑞暗暗摇头，道：“那我换一个问题问你，你说梦幻江南2是最好的，那梦幻北极2呢？要知道梦幻北极2现在的销量并不比梦幻江南2少多少呢！现在问题就来了，究竟是我们的江南款好，还是北极款好？

“两大论坛，我觉得一定要分出高下来。我们的百万粉丝一定要决出胜负来，这个胜负我想会成为我们下一款手机的开发方向。

“如果是这样，你觉得会是什么局面？”

史金刚倏然站起身来道：“如果是这样，那我得立刻率领江南论坛的兄弟和那帮北极鬼子死磕。大不了我们在官网搞一个投票，谁胜谁负以投票来论，最终胜利者官方给予认可，如何？”

杰瑞突然跳起来，拊掌大笑，道："好，好！我终于迸发出灵感来了，你这个主意太棒了。对了，我们换个思路，我们把投票的日期定在十一月的某一天，也就是说那个日期离现在还有两个月的时间。

"这两个月的时间，我们可以组织兄弟们做好充分的准备，一旦到了那一天，我们一起投票，决定最后的胜负！"

"对，对，这个想法太棒了。我们投票分两个部分：一个部分就是实际销量，另一个部分就是粉丝人气。实际销量的数据，我们每一天都有实时的更新，而粉丝人气则完全是通过投票来决定的。最终这两个数据加起来，谁优胜谁就是胜利者！"杰瑞越想越兴奋。

这几天，他为了营销思路的事情绞尽脑汁，一直想不到好的营销点子。

梦幻系列第一代手机，营销中有一个十分有意思的环节，那就是两大论坛的南北之争。

因为南北之争，双方粉丝"大打出手"，将梦幻第一代手机越炒越热，最终这些热度都转化为销售业绩。

而今年，营销的重点没有放在争斗上面。到目前为止，两大论坛虽然偶有口角，但是远远没有战出火药味儿来。

而杰瑞觉得，如果只是按照第一代的思路继续让两大论坛展开骂战，那未免太老套。同样的剧情重复使用，再经典的套路也会让人厌烦，效果会大打折扣。

而今天，和史金刚闲聊时杰瑞突然发现了一条崭新的思路，那就是官方宣布未来的战略以及方向。

将梦幻系列的发展方向交给粉丝来决定，也就是说梦幻手机究竟是走江南的风格还是北极的风格，粉丝说了算。

具体办法一是看粉丝们对两款手机的支持度，也就是各自的销量。

另外就要看粉丝对梦幻手机的支持度，到时候事先敲定一个投票日，像美国大选一般，到日子投票，让粉丝去发动用户来投票。

这个营销思路简直是灵感迸发，必然会大放异彩。

一念及此，杰瑞再也没心思和史金刚聊天了，他当即找了一间办公室，立刻召开电视会议部署新的营销策略。

很快，梦幻官网改版了，江南和北极打擂台的页面成为主页，而两款手机的实时销量也出现在主页上。

接着便是一个大大的英雄帖，上面写道："梦幻的未来，由您敲定，江南北极谁胜一筹大型 PK 活动规则及胜者荣耀……"

这个英雄帖发出来，江南论坛和北极论坛很快开始转发，江南论坛和北极论坛粉丝们内心熊熊的战火，随着时间的发酵越来越旺。一时间，两大本来就很火爆的论坛，又找到了新的发力点。

梦幻手机从第三代开始，将没有江南和北极两款，只有一款手机，至于这一款手机究竟是什么风格，将由粉丝来确定。具体 pk 方式，就是双方比销量，比人气。规则很简单，但是简单的规则，却将所有人内心好斗的因子彻底撩拨起来了。

这要一战啊！

史金刚一天之后在论坛上看到了相关的信息，当即他只觉得心中有一团火，这一团火一瞬间就升腾起来了。

"梦幻北极 2 和我们比？差远了吧？这一次，江南论坛一定要赢！"

史金刚没有过多思考，当即就用自己的账号在论坛发布了一张战帖——"江南战帖，金刚的红旗已经打起来了，兄弟们，跟着我冲啊！"

帖子发出去一会儿的工夫，回复就有数百人之多。

而随着粉丝的加入越来越多，在网上各大版主也开始碰头交流了，版主之间大家都在想主意。

现在兄弟们士气很高，江南的粉丝力量很强大，但是怎么战？

决定胜负的，可不是比谁嘴皮子厉害、谁骂得最凶，而是要比两款手机的销量，还要比人气。

士气可用，如何战？

江南论坛最大的一个版区红花会会长，网名“陈家洛”的版主发出了帖子：“今天下大乱，烽烟四起，我江南之地，本是我梦幻江南之天下。然而，有狂徒妄称北极者，欲欺我江南兄弟之羸弱，野心取而代之。

“此种情形，万分危急，鄙人红花会会长陈家洛，纵观当今天下大局，以为江南北极，必有一战，此乃天意，无可避免。今鄙人愿为血战北极出微薄之力，红花会现诚邀我江南英豪汇聚滨海鹏城商讨北伐之策，望我江南血性兄弟，能如期赶到……”

陈家洛发布了第一份英雄召集帖，号召粉丝线下见面，这个帖子一出，江南各大城市纷纷有版主效仿。

一时南方一百城池，英雄帖频发，各种线下聚会活动如火如荼地开展起来。粉丝聚会，共同商议决战北极，从线上发展到线下，这正是杰瑞的构思。

杰瑞就是要以这一次争斗为中心，发动梦幻手机的几十万甚至上百万粉丝，发动一场声势浩大的营销活动。此外，他已经为这一次活动命名了，名字就叫“百万雄兵横扫华夏大型营销活动”。

他为活动申请的经费是一个亿，撬动一百万粉丝帮公司贩卖手机……

第四十九章　经验交流

花城大学城汇聚了楚南省十几所知名的学府，在校大学生接近三十万。

今天，周丽丽率领江南花城粉丝团两百名粉丝志愿者进入花城大学城，做关于梦幻江南 2 的盛大宣传活动。

这一次宣传活动，周丽丽联络了十所大学的学生会，以学生会的名义组织大批学生为梦幻江南 2 手机站台造势。为了组织这一次活动，周丽丽和粉丝团两百名粉丝志愿者，差不多已经连续工作一个星期了。

“马主席，是这样啊，我们联合了十所大学，每所大学选择了一百人，一共一千人，到时候大家都穿同样的宣传服装，在大学城每所大学巡游一圈，晚上参加千人篝火晚会。

“这些服装我们不收回来，全部赠送。接下来有一个重点，那就是我们在活动之后会赞助大学城十校联盟围棋比赛，冠名赞助十校联盟校际篮球和足球赛，这三项比赛，我们赞助经费为一百万人民币。

“另外，我告诉你一点，就是这个赛事的赞助我们不只今年支持，以后每年都能提供赞助！”周丽丽和一众学生会主席做着认真的沟通。

接下来，主要的工作就靠这些学生会主席来调度安排。对周丽丽来说，她的工作已经做到了。

“明白了，周姐，您就放心吧，这事儿交给我们一定能行！我们在活动结束之后不是还有千人篝火晚会吗？到时候场面会非常浩大，这个活动的成功举办，一定会在大学城造成很大的轰动！”花城大学学生会主席马亮踌躇满志地道。

周丽丽抬抬手，道：“你有信心就好，这么大型的活动，我们首先要保证的就是安全。你放心，今天我们有两百名志愿者在这里，有什么需求，你找他们帮忙就行。

“接下来的工作，我就交给你们全权负责了，希望你们一定指挥好。

“我现在必须去篝火晚会的现场安排布置，今天的篝火晚会，我们要保证万无一失，绝对不能有任何问题……”

周丽丽交代完事情，留下志愿者团队协助学生巡游宣传，她自己则赶去安排篝火晚会了。

最近一段时间，周丽丽真的很累，但是她觉得特别充实，浑身上下都充满了干劲儿。

她进入世纪前沿公司完全是偶然，一个月之前，她在原公司被主管裁员，当时她委屈得蒙在被子里号啕大哭。

让她万万没想到的是，第二天史金刚就把她介绍给了世纪前沿公司的马总。

马总人很漂亮，也很随和，在了解周丽丽的情况后，她当即就表示世纪前沿公司可以给周丽丽提供职位，职位的名字就叫花城粉丝团团长，试用期月薪四千，转正之后月薪六千。

周丽丽需要干的工作，就是专门经营世纪前沿公司在花城的粉丝，组织粉丝搞活动，解决粉丝的困难，发现粉丝中的人才。一句话，就是和粉丝打成一片，把公司的粉丝经营好，并组织粉丝帮助公司宣传产品。

这个工作简直就是为周丽丽量身定做的，因为她天生就喜欢和人打交道，性格开朗，不喜欢枯燥的工作，像这种能交朋友又能赚钱的工作，对她来说最合适了。

她接受这份工作之后，也和她男朋友史金刚一样，因为工作成绩出色，刚刚工作一个月便提前转正，一个月后就能拿六千块的工资了。

一年算下来，周丽丽算上年终奖金能拿接近十万块钱，这在刚毕业的大学生群体中，她秒杀了班上所有的同学。

而她和史金刚两个人，现在一年的收入有二十多万，这样的收入放在花城这样一个小城市，日子可以过得非常奢侈了。

“喂，您好，请问您是哪位？”

公交车上，周丽丽接通电话，大声问道。

“是丽丽吗？我是马梦可，你现在在哪儿呢？”

“啊，是马总啊，我现在在花城公交车上，在大学城这边呢！您……您来花城了吗？”周丽丽有些兴奋地问。

“是啊，你在这里这么大手笔地搞活动，我怎么能不来捧场？这样吧，你先把手头上的事情放一放，我们先吃饭，再忙也得吃饭对不对？皇帝还不差饿兵呢！你把金刚也叫上，就到公司附近的湘菜馆吃饭，我请客！”

“那个，马总，每次都是您请客，多不好意思啊。”周丽丽道。

“你真不好意思，就让金刚请客。哈哈，行了，开玩笑的，我是老板，肯定我请客。别磨蹭了，过来吧，我还想跟你聊点儿东西呢！”

半个小时之后，在花城分公司楼下的湘菜馆，包房里面，史金刚呵呵傻笑着。

周丽丽瞪了他一眼，道：“金刚，你傻笑啥啊？是不是马总又给你什么奖励了？”

史金刚摇摇头，道：“不是，你上次不是跟我嚷嚷着说要买SK-Ⅱ的神仙水吗？看看，这是马总这次给你带的礼物，说是犒劳你的呢！”

“啊……”周丽丽的脸一下红了，她看向马梦可，非常不好意思地道，“马总，您……您太客气了，我……”

马梦可淡淡地道：“上次金刚工作努力，我给了他礼物。这一次你做得很不错，我自然也不能厚此薄彼。你看金刚乐呵呵的，现在官网上，梦幻江南2的销量还是占据上风，这里面有你的功劳。

“从目前的局面来看，我们江南的一百个城市，粉丝经营搞得算是多姿多彩。我和杰瑞有分工，我负责咱们江南论坛这边的一百个城市，他负责北极论坛北方的一百个城市。

“从目前来看啊，我们还是占据了一点儿上风，但是不能掉以轻心，因为杰瑞的鬼点子很多，他们在北方的活动也搞得相当好！

“这样吧，你们先点菜，点了菜之后，我们边吃边聊好不好？”

菜上齐了，三个人吃得其乐融融。

周丽丽没吃早餐，肚子很饿，再顾不得淑女风度，她大快朵颐，吃得很放松。

吃完饭，马梦可拿出电脑打开记录软件，指着屏幕道：“丽丽啊，我给你看一看其他城市活动的一些亮点，你可以借鉴一下。我们先看鹏城，鹏城粉丝团队有两万多人，两万多粉丝搞了一次万人上街巡讲活动。

“这个活动是两万多名粉丝走上街头，去和市民沟通交流，向他们介绍我们的梦幻江南 2。这个活动场面非常大，你看这些图片，是不是很震撼？这个活动引起了鹏城各方的关注，鹏城电视台都有专门的报道。

“你再看我们花城附近的山城，山城的粉丝和他们旅游局组织了一个翼装飞行的推广活动。山城为了开发旅游产业，邀请全世界六十多个翼装飞行的顶尖高手过去表演。我们的粉丝把握这个机会，在翼装飞行的现场搞了一次我们梦幻江南 2 的推介活动。

“另外，公司也给这一次翼装飞行表演提供了部分赞助。飞行的当天，现场有几十万人，应该说这一次活动也是很成功的……”

马梦可给周丽丽详细介绍其他城市的粉丝经营情况，两人谈得很投入。

最后，马梦可道：“丽丽，这一次你们投入百万经费搞的这个活动我觉得很好。如果效果好的话，你要准备一下，可能我们下一步要在全国推广，到时候你要出去介绍经验。

“大学生这个群体很重要，因为他们代表年轻人的时尚追求。如果我们能坚持下来，每年都做类似的活动，将来我们公司在年轻人中将会培育出更多的粉丝！”

周丽丽听马梦可这么说，很兴奋地道：“马总，那真是太好了，说句心里话，搞这么大的活动，我也是第一次呢，没有经验，紧张得很。如果不是您的支持，我肯定不敢搞。

“现在我感觉自己成长了很多，而且我深切感觉到，我们的产品在大学生群体中很受欢迎。待会儿您可以去大学城那边看看，晚上我们还在大学城后面的路山上搞千人篝火晚会呢，您也可以去感受一下气氛。”

说到这里，周丽丽突然道：“对了，媒体，对，一定要有媒体！这个事儿我马上去落实，让大学的学生会去联系一些媒体，他们这方面的资源反而更多一些。我们不一定需要主流媒体，有时候校园媒体的受众更有针对性……”

马梦可点点头，道：“对，对，你刚才这个思路不错。小而专的媒体以前我们有所忽视，现在可以重新重视起来。另外，我想起来了，还有一个活动你们可以搞，那就是组织学生勤工俭学。

“我们在花城有这么大的物流中心，销售中心，我们可以吸引学生过来参观实习，这方面你也可以和校方沟通联系。这种方式可以让他们更加了解我们公司，而且，这对他们将来就业也有很大的帮助。

“甚至，对优秀的学生，我们公司也能够帮助他们实现就业。这一点我们有个城市有经验，回头你们在论坛上好好地搞一下经验交流……”

第五十章　问鼎江湖

楚江边，夜色很美。

路山山麓，楚江沙洲，千人的篝火晚会在沙滩上掀起了高潮。

都是年轻的学生，晚会载歌载舞，充满了青春的激情。晚会上，关于梦幻江南 2 的巨大宣传画，通过 LED 灯光的衬托，非常醒目。

马梦可今天下榻在临江阁酒店，站在数百米外的高楼俯瞰这一片沙洲，她感觉心情很棒。

今天到花城，明天又得换另外一个城市了。

马梦可这一次从临港出来，已经三十多天没有回去了。这三十多天，她几乎每天换一个城市，工作就是完成杰瑞这个盛大的百万粉丝营销计划。

不得不承认，杰瑞这个预算上亿的百万粉丝营销计划是一个天才的计划，作为这个计划的执行者之一，马梦可从来没想过梦幻手机在全国竟然有这么多粉丝。

这些粉丝很真诚，很纯粹。为了帮助公司，他们无偿地付出很多很多，有太多的事情让马梦可现在想起来都觉得分外感动。

马梦可从来没想过，一家公司只是卖产品竟能卖出这么多粉丝，现在她总算体会到一点点手机玩家的情怀了。

不接触这个圈子，是永远理解不了他们的行为的，而这也是很多手机厂商失败的根本原因。

马梦可和王岳同都投资做过手机，结果都铩羽而归，而朱恩和余怀他们入行，第一款手机就大火特火。

原因可能有很多，但是有一点马梦可现在理解了，那就是朱恩和余怀他们这些人是真正理解手机玩家的，他们本身就是从玩家成长起来的。

马梦可觉得自己通过这一个多月的工作，学到了很多很多。

“嘟，嘟！”拨通朱恩的电话，马梦可按下免提键将手机放在电脑旁边。

“喂，梦可啊，你今天又到了哪里呢？”朱恩的声音很有磁性。

马梦可嘴唇翘起来，道：“还能在哪里？在花城呗！你这时候还在公司吗？为什么不早点儿回去休息啊？”

朱恩道：“今天不回去了，办公室有睡袋呢！对了，你下个星期一得回来一趟，李首长视察临港，按照日程安排，他会莅临我们公司。”

马梦可道：“来就来呗，你和王总都在，我在不在无所谓吧。”

朱恩哈哈大笑，道：“哎哟，我的马总，这可不是你的风格啊。怎么能无所谓呢？你现在才是公司的大股东好不好？你不到可不行啊！”

“切！朱恩啊，你可没给我大股东的待遇。每天都是我给你汇报工作，什么时候你给我汇报工作看看？”马梦可笑道。

“那还不简单吗？等你回临港了，我立刻给你汇报工作好不好？别忘记我们是邻居，我去你家或者你来我家，咱们都很方便呢！”朱恩大笑道。

马梦可的脸“唰”一下子变得通红，忍不住啐了朱恩一口，却感到分外甜蜜。

和朱恩谈恋爱，起初会觉得很淡，但是慢慢地，马梦可便感到越来越舒心和快乐。

朱恩是个很简单的人，在为人处事上没有太多的花哨之处。而偏偏他这个人很有内涵，对很多事情都有极其深刻的认识。

而这一点恰恰需要和其长期接触才能感觉到，这就是所谓的满桶水不响，半桶水起波浪，越是有内涵的人，越不流露于表面，越不诉诸唇舌之间。知者不言，言者不知，像朱恩这样的男人，唯有和他长期相处，才能慢慢地感受到其魅力。

马梦可不知道自己是从什么时候喜欢上朱恩的，反正现在她对这一段感情很认真，她觉得朱恩就是自己这一辈子最好的归宿。

“好了，梦可，时间不早了，你也要早点休息。对了，你这一个月的工作极富有成效，梦幻江南 2 的销量这个月又要创纪录了，很有可能冲击单月三百万部。

“对了，还有一件重要的事情给你说一下，惠亚集团的迈克今天给我打电话了，为了维系我们长期合作的关系，他终于把佛州工厂腾了出来，给我们生产梦幻手机。所以，产能方面的问题现在没有多少障碍了，我们梦幻江南 2 的生产能力达到了每天十万部。”朱恩道。

马梦可一笑，道：“好，我知道了，我跟你说啊朱恩，我不会被杰瑞比下去的。梦幻江南真正的销售高峰可能还没到，因为很多大型活动现在正在策划中。待会儿我给你发个视频过来，是今天花城这边策划的活动，你可以给杰瑞看看，让他也长长见识……”

很多时候两人都是这样，和朱恩以谈工作的方式聊天，其实这也是在谈恋爱。

马梦可和朱恩的家庭背景相差十万八千里，两个人本来没有可能走到一起，而之所以现在有了这段缘分，一切都是因为两人有共同的事业。

两人共同的事业撮合了这段姻缘，所以对他们来说，每天晚上以这样一种方式聊一聊，就是一种浪漫。

一直聊到差不多十一点，马梦可挂断了电话，却睡不着觉。

她打开官网，官网上梦幻江南的实时销售数据达到了七百多万部，梦幻北极的销售数据达到了六百八十多万部。这个数字在一个多月之前，分别是梦幻江南四百多万部，梦幻北极三百九十多万部。

当时完成前面的两个数据，是从六月到九月的销量。

而从九月初到现在十月下旬，这一个多月的销量就和之前三个月的销量持平了，不得不说，这样的业绩只能用疯狂来形容了。

杰瑞的百万粉丝大营销计划取得了空前的成功，但是在马梦可看来，这不能简单归结于这一点。

因为她现在觉得，梦幻手机的这种模式，就给予了公司产品的无限可能性。

从技术到营销，从营销到服务，世纪前沿公司全都是创新的模式，都是业界独一无二的模式。这样的情况下，梦幻手机和同行进行的竞争便是不对称竞争，如果不是全国手机的总销量是个固定数字的话，梦幻手机和同行都难称得上是竞争对手。

因为从目前的情况看，竞争对手没办法和梦幻手机竞争。

关闭官网，马梦可进入江南论坛，论坛的板块已经细分到四十多个了，在所有的板块中，“手机江湖”这个板块最为火爆。马梦可点开了一些热门帖子，看着这些帖子，她便能通过帖子看到一个个鲜活的面孔。

很快地，她看到了“变形大金刚”发的帖子，帖子的标题是：“马总莅临花城，老婆大人被其额外照顾，金刚大有面子，散财三百楼啊！”

点开这个帖子，马梦可脸上很快就浮现出了笑容。

热情的花城粉丝们在帖子后面留下了各种欢迎的言论。

而关于今天花城大型活动的照片，也在帖子后面被粉丝们通过不同的视角贴了出来。

花城大学城的巡游，深入校园的演讲和推介，还有梦幻手机对大学城围棋比赛，以及足球比赛百万经费赞助的签约仪式，最后便是美轮美奂的千人篝火晚会……

年轻人通过线上的交流去与世界沟通，马梦可现在闭上眼睛都能想象。就在现在，就在这一刻，该有多少人拿着梦幻手机登录江南论坛，在发着帖子，或者和自己一样看着帖子。

手机已经成为现代年轻人不可或缺的娱乐终端和信息终端，正因如此，手机成为顶尖巨头争相逐鹿的战场。

而现在，在这一块血腥的江湖之上，梦幻手机和世纪前沿的团队，已经开始慢慢占据有利的位置了。

这一天，世纪前沿公司成立刚刚三年。短短三年的时间，国内手机江湖便多了一位新的巨头，马梦可则是这家公司的关键一员，每次她想到这儿的时候，都有一种不真实的感觉。

马梦可突然想到了，朱恩经常说的那句话，世纪前沿的目标是要做世界第一流的产品。

这一刻，马梦可一下子对朱恩这句话高度认同了。因为，她脑子里突然忘记了很多，尤其是忘记了围绕手机的各种经济的纠葛，以及利益的谋算。

就像现在这样，马梦可通过自己想到有人拿着梦幻手机，他们通过梦幻手机度过一个无聊的晚间时光。他们通过梦幻手机和朋友交流，获取生活和工作需要的信息，作为手机制造者，这种成就感能够让人暂时忘记利益。

而当忘记利益的时候，马梦可觉得自己内心最纯粹的想法，就是有这么多人支持我们的手机，我们有什么理由不为他们做更好的机器呢？

而这个冲动，就是朱恩一直在公司内部会议上强调的公司的目标——做世界最好的产品。

朱恩的这个目标，他自己是深刻理解的，但是在如今国内的手机江湖上，能理解的太少太少了。在这样的手机江湖，世纪前沿和其他的团队都没站在一个高度上，这样的竞争会有悬念吗？

马梦可忽然很自信，对自己自信，对公司团队自信！

第五十一章　洗牌

时间已进入下半年，下半年国内的手机江湖和去年同期比，已然是沧海桑田了。

这几年大家一直喜欢提一个词——“洗牌”，很多人经常喊智能手机行业洗牌的周期快到了。可是谁也想不到，行业的“洗牌”竟来得如此之快。

今年下半年，国产手机的态势基本是梅朵和畅想强强合并抱团取暖，对全国代理渠道进行精耕细作，他们算是一方势力。

另外，荣誉科技凭借荣誉 3 的全面突破，并且挟国内老大之威继续强势，算是另一方势力。

而这两方势力的风头，在这个夏天和秋天，都被另外一方势力给掩盖了。这一方势力就如一颗升起的新星，去年才崭露头角的手机企业世纪前沿公司。从第三季度开始，国内权威机构的统计数据显示，国内销量最好的手机已经是梦幻品牌了。

国产手机三分天下，占据了整个国产手机百分之八十的市场份额，另外一个手机巨头韦瓦不仅被挤出了三甲之外，而且市场份额被进一步挤压，已经掉落到下一个梯队了。从现在国内的形势看，媒体已经喊出“三国争霸”的口号了。

国内手机江湖三足鼎立，究竟谁能成为真正的王者？

也许这个答案现在还不能确定，但是，今年的世纪前沿公司和梦幻手机团队，已经成为最耀眼的明星了。世纪前沿公司一时成为媒体和资本的宠儿，而现在还只是金秋十月，接下来两个月，谁也不知道会发生怎样的奇迹。

因为就在一个多月以前，当时梦幻手机的销量排名还在全国第三位，那个月，为了对付梦幻手机的迅速崛起，梅朵和畅想宣布合并，强强联手抱团取暖。

荣誉宣布推出荣誉 3，并且对荣誉 2 大幅降价，企图多方面围剿梦幻手机。

然而接下来一个多月发生的事情，却让围观的群众惊呆了。三个月销量接近九百万部的梦幻手机，在接下来的一个多月，销量竟然来了一个大爆发。一个月后，两款手机销量冲高接近六百万部，梦幻 2 系列手机的销量瞬间走到了一千五百万部，梦幻手机全年手机销量走到了两千多万部。

而今年还剩下三个多月的时间，按照这个势头，梦幻手机的销量分明奔着四千万部去了。

四千万这个数字，足以和今年的荣誉一争高下了。因为根据各方数据显示，今年荣誉手机的销量出现下滑已经成为定局，荣誉下滑，梦幻冲高，今年的国产手机龙头老大的位置似乎有了悬念。

智能手机新一轮洗牌周期到了，而促成这一次洗牌周期来得如此迅猛的搅局者便是世纪前沿公司。接下来几年，本来竞争激烈的智能手机市场，将会迎来更加残酷血腥的竞争。

荣耀大厦，相比去年秋天，今年大厦外面的门庭显得萧瑟很多。

进进出出大厦的荣誉科技的员工，也比往日少了很多嬉戏喧嚣，多了沉默和凝重。

今天是公司荣誉 3 的产品讨论会，这样的讨论会对荣誉科技来说，已经成为一种惯例，每一款新产品上市，经过了市场的检验之后，公司会组织讨论会。

讨论会的目的是以一种全新的视角分析产品，找到产品的优势和劣势，从而为未来产品的设计和开发积累经验。荣誉科技是一家以技术为核心的公司，公司的研发氛围非常浓，作为华夏集团的子公司，荣誉科技的员工从公司创立起就有一种骄傲。

当今中国，电子行业、通信行业中的华夏集团是唯一的标杆，全世界提到中国的通信企业，唯一会忌惮的公司便是华夏集团。荣誉科技作为华夏集团的全资子公司，自进入手机行业以来，基本就没有遭遇太多挫折，一路走过来可以说是顺风顺水。

当今的手机市场巨头林立，可是无论是畅想还是梅朵、韦瓦，这些公司都一一被荣誉横扫。荣誉科技的优势很明显，那就是创新能力无敌，技术无敌。有这样的优势，试问手机江湖，谁与争锋？

然而，现在，或者说今天，荣誉科技从上到下，他们的骄傲已经被人撕得粉碎。荣誉 3 这款被寄予厚望的新手机，推出市场一个月，销量三百五十万部，这个数字其实不差。

但是，相比市场上备受追捧的梦幻江南和梦幻北极，两款手机一个月的销量冲高接近六百万部，荣誉 3 的这个销售数字，显然无法契合荣誉科技现在国产机老大的身份。

几年的顺风顺水，突然遭遇迎头痛击，应该说荣誉科技从高层到普通员工，现在都有些发蒙。因为他们发现，一夜之间，他们攻无不克，战无不胜的法宝，突然失灵了，接下来该怎么办，他们都感到迷茫。

荣誉 3 的手机好不好？当然好。这款手机超越了荣誉系列之前的所有机型，可以说是革命性的一款机器。

但是荣誉 3 和梦幻 2 放在一起，这两款手机究竟谁更好？这个答案，连荣誉科技的员工都无法理直气壮地认为自己的产品更好。

因为最近这些天，公司的技术团队已经开始着手分析梦幻 2 两款手机，从各方面的测评和分析来看，这两款手机从设计到技术、到系统，都做得非常完美，完全不逊于荣誉的产品。

这个结果送到华夏集团董事长任建国的手中时，任建国当即给荣誉高层训话，说：

“这些年荣誉取得了很多成绩，这个成绩的取得并不是说我们有多优秀，而是对手太糟糕。现在你们都看到了，别人用一款机器就给我们上了生动的一课！”

据说当时荣誉的高层一个个面红耳赤，羞愧得无地自容。

而任董事长接下来又说道："我们荣誉科技背后站的是华夏集团，华夏集团是一家什么企业？我告诉你们，我们一年投入到研发的费用是百亿级数的，这个数字在全国首屈一指。

"我们一年在全球申请的专利多达三万多项，这个数字超过了国内其他同类公司总和的五倍，超过苹果公司，超过三星公司，在全球排在第三位。

"我们集团拥有全世界顶级的科学家团队，拥有两院院士二十多人，拥有享受国家特殊津贴的专家八十多人，这个数字相当于国内四大顶级学府的所有师资了。

"各位啊，在这样的情况下，我们做出的产品竟然不能在技术上占优势，不能超越同行，你们是不是该反思呢？"

任董事长的讲话结束，陆总回来之后立刻召集高层会议，在会上陆总做了严厉的自我批评，而且在会上发了誓言，表示一定要挫败梦幻手机，维护荣誉科技的尊严。

而今天这一次讨论会召开的背景就是如此，所以今天公司上下的气氛很紧张、很压抑。

与此同时，陆俊辉也在办公楼最顶楼小会议室召开高层会议。陆俊辉今天一反常态，笑容可掬，一进门就大声道：

"各位啊，今天我给大家通报一个消息：明后两天，李首长会调研咱们临港的企业。刚刚我接到集团的通知，集团把这一次宝贵的机会留给了咱们荣誉科技。

"相信各位都看过一些报道，这一次李首长过来，主要是考察我们临港经济转型升级现状的。我们华夏是行业的龙头，是这一次李首长考察的重中之重。到时候，我们任董极有可能陪同李首长，所以啊，从现在开始，我们就要开始准备部署了，要求只有一个，那就是我们一定不能让领导失望！"

陆俊辉这话一说，本来有些压抑的会议室气氛一下缓和了，这是个好消息嘛。

李首长视察公司，这是公司巨大的荣誉。现在公司恰好处在困难时期，有这一件事缓冲，公司有望迅速稳住阵脚，从而提升公司上下的士气，为接下来的工作创造好的条件。

“陆总，我觉得这一次我们一定要把实验室开放给李首长看一看，在媒体上露露脸。让同行们都看看，我们是以什么技术来研发智能手机的，我觉得这是一个确立我们形象的好机会！”公司副总裁尚春道。

陆俊辉道：“老尚，这一次接待你亲自负责，具体让领导看哪些地方，你去安排。不过，有一点我跟你们说一下，这一次李首长也要去世纪前沿公司。嘿，诸位啊，咱们和世纪前沿现在成了同城冤家了。

“都是做手机的，且都在同一个城市，就连这一次国家领导人过来，也都是两家公司一起看。现在人家正是春风得意的时候，在这个时候，我们需要想想办法了。总之就一条，无论如何不能被人家比下去了。”

第五十二章　视察

飞机穿过薄薄的云雾快速地下降，临港这座城市透过机窗可以看得很清楚了，这是李首长的专机。

此时临港蓝湾机场，前来迎接的人群已经排成长长的队伍了。在迎接的人群中，华夏集团董事长任建国的位置很靠前，紧邻着这个月才刚刚被提拔为市委常委、常务副市长的李拥军。

飞机已经降落了，大家的眼睛都凝视着从远方慢慢滑行过来的李首长的专机。

李拥军副市长突然扭头道："任总，你认识李首长吧？"

任建国点头道："我跟李首长很熟，他之前在南粤工作了八年时间，虽然没有在特区任职，但是他在南粤省委担任主要领导的时候，正是我们华夏集团尝试走出国门投资的时候，当时我们得到了他很多支持。"

李拥军道："是呀，李首长对南粤的发展居功至伟。这一次他来特区视察，是带着任务来的，也是带着期待来的。你们华夏集团是我们临港的名片，市里希望你们能够活跃一些，这次安排你和我全程陪同李首长视察，书记就有这个意思在里面。"

任建国点点头道："那是责无旁贷的，我们临港是改革开放的龙头，在新的历史时期，这个龙头要继续坚挺，转型升级成为必然。临港高科技企业的创业环境和发展环境都搞起来了，我觉得未来很有希望。

"李市长，我这个人不护短，我给你暴一点儿家丑。今年我们华夏集团旗下的荣誉科技，被咱们市刚刚崛起的世纪前沿科技的梦幻手机搞得很狼狈，梦幻手机这群年轻人很了不起啊。这些年来，我们华夏集团还没吃过这么大的亏。嘿，这一次借着陪同李首长视察的机会，我也想去这家公司看看，顺便也取一取经啊！”

“嗯？”李拥军心中一惊，推了推眼镜，道，“世纪前沿，小朱的公司吗？我前段时间和他沟通时提到了荣誉，当时他说差距还很大啊，怎么了？华夏集团现在的危机意识已经这么强了吗？”

任建国叹口气道：“李市长，你说的是前段时间，可能还是上半年的事。对目前的国内手机市场来说，一个月都已经很漫长了。世纪前沿从今年六月份开始，他们新机型的销量接连攀升，现在已经对我们构成很大的威胁了。

“今年手机市场最大的黑马就是他们，去年我就关注着这家公司，感觉这家公司与众不同，看好这家公司的未来。

“可是实在是没想到啊，他们来得这么快，他们产品的利润，也是惊人的高。按照现在的势头，他们今年的利润可能破八十亿啊！”

李拥军怔怔地说不出话来，他被任建国的话给惊呆了，世纪前沿的发展竟然这么快？

几个月之前，李拥军专门约见朱恩，当时他专门询问世纪前沿的情况，朱恩给出的公司估值是一百亿的样子，李拥军就觉得很了不起了。

仅仅几个月之后，这家公司一年的利润就能达到八十亿了吗？

如果按照这个利润来算，世纪前沿的估值得接近千亿了，就算是高科技企业的成长速度快，但世纪前沿的发展速度，未免也太快了吧。

李拥军和任建国交情不浅，在他担任经管局局长的时候，就经常和华夏集团打交道，也经常和任建国打交道。

他了解任建国，任建国很要强，从他口中说出这么严厉的话，只能说明今年华夏集团的手机业务真的受到冲击了，而且受到的冲击还不小。

一念及此，李拥军“嘿”了一声，道：“任总，你这么一说，我也有点儿兴趣了。不瞒你说，世纪前沿这家公司前段时间引进燕京大学的汤坤教授，我当时支持过他们，和他们打过交道。

“不得不说，我当时就很看好他们，感觉他们有股子狠劲、韧劲，野心也很大。一家年利润只有五亿左右的公司，却投资二十个亿去搞研发中心，当时我还提醒过他们的负责人，让他别太理想化了。

“现在看来，人家心里有底啊，他们的业务增长这样强劲，倒是值得去看看！”

李拥军和任建国聊天的时候，飞机的机舱已经开启了。

机舱开启，李首长精神矍铄地走下悬梯，下面接机的人迅速停止了交谈。

李首长走下了悬梯，市委邹书记、市政府曾少平市长迎上去和李首长握手。李首长面带微笑，道：“我这次来临港，主要是来看你们的成绩的，今天接机的人有些太多了，没必要搞这些排场嘛！”

邹书记忙道：“李首长，今天接机的人一部分人是市里安排的，另外一部分人却是自发要求过来的。政府这边，李拥军副市长就是主动要求过来接机的，他说他当年在经贸局的时候，你批评过他对高新技术企业的关注不够，把精力过多地放在了附加值不高的制造业上。

“现在过去这么多年了，今年省办公厅对我们临港又提出了转型升级的新要求，他想跟您做一些交流和汇报。”

李首长微微愣了一下，道：“是吗？我知道你说的是谁了，李拥军嘛，特区抓经济的怪才嘛，当年主持过前海经济开发区的工作，后来又在经贸局干了不少年。当年的年轻小伙儿，现在也走上特区的主要领导岗位了。那好，这一次我要跟他好好谈谈，看一看这个怪才有什么鬼点子。”

李拥军连忙凑过来，伸出双手，道：“李首长，您好！能有机会向您汇报工作，我真是太高兴，也太激动了。您在临港视察这几天，别的我不敢保证，有一点我可以立军令状，那就是我一定让您看到我们最真实的临港，一定让您看到最有发展前景的临港，也一定让您看到国家未来经济发展可能的转型升级的方向。”

李首长哈哈大笑，握住李拥军的手用力晃了两下，道：“好你个李拥军，口气不小啊！那行吧，冲你这三句话，这几天你就带我多走走、多看看。

“咦？我说怎么李拥军说话这么有底气哦，原来我们华夏集团的建国来了。都说华夏集团现在是临港的一张名片，建国啊，这一次我可要去看一看你们集团的新气象啊！”

任建国连忙上前和李首长握手，道：“李首长，欢迎至极啊，我们华夏集团能有今天的成绩，是在各级领导的关怀下发展起来的！”

李首长和任建国说了几句话，道：“好了，咱们现在就走吧。我今天也不接见你们班子了，这一次我就是来看一看的，你们市委和市政府有什么工作照常做，不用管我，让李拥军陪着我到处看一看就行了。

“看过之后，如果我想说几句话，到时候再跟你们打招呼。如果不想说什么，我就直接回去了，不耽误你们的工作。”

李首长的性格很务实，而且雷厉风行，车队到下榻的酒店简单地吃了工作餐，下午他的秘书就把行程给安排好了。其秘书直接找到李拥军，开门见山地说领导想下去看了，让李拥军安排。

李拥军有些措手不及，道：“按照日程安排，明天上午我们才去企业视察，今天我们都还没打招呼，这是不是……”

“拥军啊，等你打了招呼咱们再去，能看到最真实的临港吗？我们不设预案，就随便走一走，看一看，怎么了？你们安排的日程，就不能乱吗？”李首长突然走过来，声音洪亮地道。

李拥军额头上的汗都出来了，他以胆子大出名，可是面对这种情况，他还是有些放不开。

李首长是大领导，不打招呼就随便下去。别的不说，安全如何保障？这个难题让李拥军措手不及啊。

“张秘书，你马上给任总打电话，说……”

“慢着！拥军，华夏集团我们什么时候都能去，今天就不去了吧！你要知道，我可是从南粤走出去的，华夏集团我去的次数只怕不会比你少。你给我安排几家新企业，要体现你们临港最近这些年发展的成果嘛！”李首长打断李拥军的话，他否决了李拥军的想法。

李拥军沉吟了好大一会儿，一咬牙道：“那好吧，我们换个地方，我安排车队，我们去天地大厦，看看创业型的公司吧！”

关键时刻，李拥军一下子想到了世纪前沿公司，他能想到世纪前沿还是得益于先前在机场和任建国的那几句闲聊。

李首长出了题目，李拥军不能不给答案啊，可是仓促之间，让他怎么安排行程，他心里都没底。

与其这样，他就决定干脆来一招厉害的，让李首长去世纪前沿公司看一看，这家公司如果真有看头，便不虚此行。如果让领导失望了，也可以理解，毕竟这是一家很年轻的企业，有各种瑕疵，完全可以理解嘛！

第五十三章　视察二

天地大厦，李首长轻车简从，一辆考斯特载着二十多个人，在大厦停车场下车，没看到任何人迎接。

李拥军额头上的汗都冒出来了，暗想："这个小朱是怎么搞的？咋就联系不上呢？"

李首长的兴致却很高，用手指指天地大厦道："就是这里吗？很好嘛，我们进去看看。李拥军，先别惊动人家啊，我们今天就当一回不速之客！"

天地大厦，一楼今天值班的保安是老史，六十岁的年纪了，为人很和气，大家都亲切地称他史伯。

这个时候，老史正用咸菜卷大饼津津有味地吃午饭呢，突然看到大厅一下走进来这么多人，他心中一惊，顾不得把手中的饼放下就走上前去。

他看到为首一人，脑袋里面"轰"的一声，一下就短路了。

李首长忙走上前道："老哥，您才吃午餐啊？看来我来得不是时候，打扰你就餐了。"

"没，没有！那个……您是……您是李……李首长？"老史这一辈子哪里想过，自己有生之年竟然能面对面地遇到国家领导人？乍遇到这情形，他脑袋完全是蒙的，语无伦次。

"是李首长！"李首长旁边的李拥军连忙提醒他。老史连忙点头道："李首长，您好，您好！"

他一只手和李首长握手，另外一只手攥着饼，咧着嘴憨笑，心中实在是高兴得很。

"老哥啊，是这样，我们想到楼上的公司看一看，您能不能帮我们通报一下？”李首长道。

老史连忙点头，当即便给世纪前沿公司拨电话，只说有大领导要过来公司，让公司马上下楼迎接。

等了一分多钟，电梯里走出一个三十多岁的中年女人，是世纪前沿公司刚刚上任没多久的公关经理关虹。关虹一下楼看到这情形，脑子也有些短路。

李拥军实在忍不住了，凑上前道：“你们朱总呢？”

关虹很紧张，道：“朱……朱总去研发中心了，没在总部这边……”

“那王总在不在？”

关虹摇头道：“王总也不在，王总上午去了香港。”

“那你们现在哪位高层在？”

李首长慢慢凑过来，道：“行了，拥军，我们今天来就是参观参观，不一定要他们企业的一把手二把手都在嘛，这位小同志可以带我们看一看嘛！”

关虹刚上任公关经理，一下遇到今天这场景，她哪里能不紧张？

不过，好在她的职业素养在，当即热情地请各位领导上电梯，一边立刻联络徐小芳。

在公司高层中，她现在最熟悉的，也就是人力资源总监徐小芳了。徐小芳一听大领导突然来了公司，也有些措手不及。

她急匆匆地赶到十五楼，蓦然想起马梦可刚刚从楚南省赶回来，中午吃饭的时候，她们见过面，立刻便让人去喊马梦可。

等马梦可急匆匆地赶到十五楼的时候，李首长已经和十五楼销售部的员工聊上了。

关虹凑到李拥军的身边，道：“李……李首长，那位是我们的高级副总裁马总，这是在场的公司最高级领导了。”

李拥军忙走过去对李首长道：“李首长，我给您介绍一下。来，小马，今天李首长过来视察你们公司，恰好朱恩和王总不在，你给李首长做个自我介绍嘛！”

马梦可这才自我介绍，道：“李首长您好，我叫马梦可，是世纪前沿公司的副总。我接到的通知是您明天或者后天才过来公司视察，没想到您今天就来了！”

马梦可毕竟见过大场面，她几句话就让大家的心稳了。

她指了指十五楼的布局，道：“李首长，您现在看到的是我们公司的营销中心，我们公司的产品全都是通过电子商务的方式销售的，是企业直接面对个人的销售模式。我们在全国有五大物流中心，每天从五大物流中心发出的产品超过二十万件。

“您来这边，可以看一下我们销售的整个流程图……”

世纪前沿公司的销售系统去年投入巨资建设，现在已经极其完善先进，从客户下订单开始，接下来的每个环节都可以完美操控。

而销售中心有一个中控室，在这里可以掌握整个销售流程，全国五大物流中心的实时工作情况，都能通过巨大的显示屏呈现出来。坐在中控室，全国的员工都在眼皮底下，看得清清楚楚。

不得不说，世纪前沿的销售中心很忙碌，订单量一天差不多有二十万，每分每秒，订单都在显示器上跳动。每一个订单的出现，立刻就有人去处理。

马梦可用心给李首长介绍，随便点击一个订单，显示器上就实时出现处理的进度，再点一下，立刻就出现了这个订单现在所处位置的视频图像。

马梦可对着话筒道：“2145号接单员，你把手中的工作停一下，你现在告诉我，你正在处理订单的编号！”

那位正忙碌的员工立刻停止了手中的工作，对着摄像头报告单号，和刚才显示的单号分毫不差。

马梦可继续对李首长介绍道：“我们这个系统是目前全球最高效、先进的电子商务系统，如果按照传统的销售方式，我们卖二十万部手机，每部营销成本要超过千元。我们今年已经销售了两千万部手机，那样需要几百亿的营销费用。

“而我们现在用电子商务销售，营销成本可以压缩到每部一百元，单此一项就能让我们节省百亿成本。”

李首长用力地点头，道：“嗯，很不错，你们的企业很有创新意识，今天我来不虚此行啊！对了，建国来了没有？”

华夏集团董事长任建国此时不在中控中心，他站在外面盯着营销中心一幅巨大的标语看，标语上写着：“与时间赛跑，与自己竞争，百万粉丝与我们同行！”

标语上面，是一面巨大的LED显示屏，上面显示的都是梦幻手机粉丝的画面。这些画面庞大而震撼，有的画面是上万粉丝穿着统一的服装走上街头聚会宣讲，有的画面是数千粉丝一起点燃篝火举行晚会。

任建国观察世纪前沿公司的员工，他发现每个人工作都很用心，很投入，对周围的情况并不在意。另外，公司的气氛很活跃，到处都是欢声笑语，在这样的欢快氛围下，似乎一点儿也不影响工作的效率。

根据任建国多年做企业的经验，他能看出来，这家公司的员工能动性很高，甚至比华夏集团的员工能动性更好，这说明企业拥有很好的文化。

就在任建国看得正出神的时候，李首长身边的陪同人员过来叫他了，他连忙凑到李首长的身边。

李首长指着中控中心的显示屏幕道：“建国，我听说你们也做手机，今天我们来到这家新公司，谈谈你的感受？”

任建国微微一笑，道：“不敢瞒李首长，目前国内手机厂商中对我们威胁最大的，应该就是世纪前沿了。虽然公司成立不足三年，却已经在国内手机厂商中将销量冲到了第二位，利润也是最高的。

“我今天来，也是本着学习的态度来的，现在我们看到的是他们的营销中心，我感到很震撼，同时也在反思。他们控制成本的方式是通过创新来实现的，这给我们的经营也提出了更多的要求。”

李首长点点头，扭头看向马梦可，道：“马总，这位你认识吧？”

马梦可看到任建国也颇为吃惊，当即道：“当然认识，任总是我们临港的骄傲，我们一直都在向任总的公司学习。去年我们投资建立研发中心，我们朱总也希望我们能像华夏集团一样，做出世界一流的产品来。”

现在天地大厦已经成为世纪前沿的营销中心和客户中心，研发中心和设计中心都搬到了科技园区。

李首长参观了公司的营销中心和客户中心之后，兴致非常高，世纪前沿的经营模式，给了他很大的惊喜。

这种模式在全国来说，应该还没有先例。而世纪前沿公司现在能做得这么好，这足以说明中国的经济转型拥有很大的机遇，能够把握好这个机遇，关键在于创新。

“这样吧，拥军，我们今天既然来了，光看营销中心和客户中心不过瘾啊，我们去科技园看看他们的研发中心。再说了，你们小朱长小朱短的，我也想认识一下这位小朱呢，看看到底是怎样的一位年轻人，能做出这么了不起的企业。”李首长道。

李首长发话了，大部队自然要跟着走。

这一次世纪前沿倒也不是全无准备了，马梦可已经打电话到研发中心，朱恩和余怀等人本来准备赶过来，后来听说李首长要去研发中心，便在研发中心等待。

马梦可在电话中对朱恩道：“朱恩，你知道陪同李首长视察的人中有谁吗？华夏集团的任总在呢！嘿，这下好了，我们的老底全泄出去了。”

朱恩微微皱眉，旋即大笑，道：“得了吧，梦可，任总是华夏集团的董事长，荣誉只是华夏集团一个小小的子公司而已，你想得太多了！”

第五十四章　鼓舞人心

李首长一行人来到科技园。

从车上下来，看着眼前的世纪大厦，李首长扭头对李拥军道："拥军啊，我刚才看了一下地图，好像这幢大厦恰好处在临港科技园正中心的位置。看来，世纪前沿公司把研发中心放在这里，只怕还有深意啊。"

李拥军点头道："应该是这样吧，说句心里话，最早我也感到意外。去年这家公司的利润只有五亿左右，但是他们却宣布投资二十亿建立研发中心。我当时还和他们企业的负责人沟通过，希望他们量力而为，不要小马拉大车。

"现在回过头来看，他们的每一步都走得很自信，我相信今天他们的研发中心，也一定有看头！"

"来了，来了！"李拥军冲着大楼前面指了指，大楼里面的两个人快速地往这边走过来，为首之人不是朱恩又是谁？

朱恩走到近前，李拥军笑眯眯地站在李首长身边给他介绍。

李首长主动伸出手来，道："朱总啊，我刚才去你们总部看过，这一路上都听到大家提你的大名，所以我也能说久仰大名吧！"

"哈哈！"李首长说话幽默，大家都笑起来。

朱恩道："李首长，您能到我们公司视察，这是我们莫大的荣幸，也是我们企业一次很大的机遇。我们是一家成立三年不到的企业，虽然发展速度尚可，但是存在的问题更多。

"我们的研发中心今年才开始建立，无论是人才、硬件还是软件方面都还很薄弱。今天李首长过来，我只能让您看到一些简单的团队和成果，心中感到很惭愧！"

李首长大手一挥道：“惭愧倒没有必要，有道是万丈高楼平地起，只要你们信心坚定，完全可以后来者居上。我给你介绍一个人，在这方面你可以和他多交流，他就是后来者居上的典范！”

李首长扭过头去，冲着任建国招手，道：“建国，我介绍你和小朱认识一下！”

朱恩一见到任建国，忙肃然起敬道：“任总，您好！今天没想到您也会来我们这里，意外的同时又有些忐忑。相比华夏集团，我们还很弱小，希望今天的参观，我们不至于贻笑大方。”

任建国微微一笑，道：“年轻人，你不要太谦虚了！我对你们很看好，实际上，你们的成绩已经让我这个华夏的董事长都感到压力了。你放心，今天我过来没有刺探的意思，倒是有学习的心思。

“刚才我在你们总部营销中心，已经学到了很多。”

朱恩忙道：“任总，其实更应该学习的是我们，我们在技术上面底子很薄，人才稀缺，经验几乎为零，感觉举步维艰呢！”

李首长笑呵呵地道：“行了，你们就不要互相谦虚了。我了解你们，你们之间是有竞争的。既然这样，今天我带建国来了这里，小朱啊，明天我们去华夏集团参观，你也跟着去。

“礼尚往来，彼此彼此嘛！刚才你们不都说要学习吗？那就相互学习，好不好？”

李首长这一说，周围的陪同人员也都会心地笑了起来。

商业竞争是很残酷的，别看朱恩和任建国两人现在的交流似乎很愉快。但谁都知道，一旦离开了这个场合，彼此动起手来，可都是毫不手软的。

商场如战场，有时候甚至比战场更残酷，尤其是目前的智能手机江湖，竞争激烈，偏偏又巨头云集，每一家企业都面临着巨大的压力。

李首长何许人也，他岂能不懂这些，所以他才故意说这些话调节气氛。

接下来的参观，朱恩没有任何保留，公司刚刚建成电磁兼容实验室，还有刚刚引进的集成电路研发实验室，这些目前世纪前沿能拿出来的压箱底的硬件，朱恩都请李首长一行人进行了参观。

汤坤教授作为首席科学家，担任参观过程的解说，还介绍了公司研发中心对未来研发方向的定位。

世纪前沿公司，现在已经有了一个年轻的研发团队，现在的团队中，已经有汤坤这样的两院院士一人，还有三名博士生导师级别的软件专家和工艺专家，另外博士生有四十多名，占据整个研发团队的百分之二十。

研发团队中，硕士以上学历占比超过百分之九十，应该说目前的研发团队是很有希望的。

李首长的兴致一直都非常高，参观了研发中心的各个实验室，和一线的研发人员私下交流过后，他在十八楼硬件研发中心的主办公区发表了今天的第一次讲话。

他的讲话内容很简单，却很震撼人心，他道："今天我刚刚来临港，来之前很忐忑，因为对这一次临港的视察我信心并不足。大家经常看新闻可能知道，现在我们国家的经济已经到了新的历史时期。

"我们过去赖以发展的经济模式，我们以前拥有的人口红利，现在都渐渐地失去优势了。在新的历史背景下，我们要继续发展，就必须走创新和科技的路子。过去很多年，我们经常说国家为全球制造产品，同时也一直说，国家技术力量薄弱，科技发展任重道远。

"在这样的情况下，国家对临港有新的要求，希望临港能在新的历史时期继续为国家的经济发展带好头，我就是在这样的情况下来临港的。

"我上午到，下午李市长就安排我来你们公司，不得不说，我这一次来不虚此行，你们公司的创新、你们公司取得的成绩让我很高兴，也很受鼓舞，我先感谢你们！"

大家掌声雷动，所有人都很激动，就连从来特立独行的余怀，都涨得满脸通红，卖命地鼓掌。

掌声过后，李首长又道：“刚才我和你们朱总交流，他说公司的研发中心刚刚建立，底子还很薄。本来我以为看不到什么东西，但是现在看来，朱总谦虚了，我看到了你们公司扎根研发、努力进步的信念和精神。你们研发团队人虽然不多，但是个个都来历不凡，一家公司能将你们这么多能人都请来，我认为光靠金钱肯定不行。

“这说明你们加盟公司，内心都是怀着某个崇高的信念的。刚才你们朱总说你们的目标是要做全球最好的产品，说这句话的时候，他没有任何犹豫，语气铿锵有力，这说明你们这个目标是早就定好的，这一点让我感到很高兴。

“我也相信你们一定能做到这一点，一定能让我们国家的技术完成对欧美国家的弯道超车，我预祝你们取得成功！”

掌声继续，随行媒体有两个记者忍不住端着摄像机近距离录影了。

李首长讲话完毕，今天的视察基本结束，他又主动要求和大家合影。不得不说，今天的世纪前沿公司，迎来了自创立以来最热闹的一天，也是最鼓舞人心的一天。

第二天清晨，朱恩果然接到市里的电话，让他立刻赶到指定地点集合。

而这一次，是朱恩第一次进入华夏集团参观。

应该说朱恩对华夏集团一直都存着敬畏之心，现在朱恩如此大手笔地投入搞研发，他在某种程度上也是受到华夏集团的影响。

因为把时间退回到十几年二十年之前，那个时候全球通信产业都是被西方公司垄断的，别说是国内，就算是美国以外的西方国家，他们都没有多少人敢投入大资本进入这个行业。

在那样的背景下，华夏集团成立，从成立的第一天开始，华夏集团就注定了要面临和国际巨头的竞争。

一家毫无基础的公司，要在通信设备这个高端的产业生存，其难度可想而知。而就是在这样的情况下，华夏集团一路艰难地走过来，他们的法宝就是埋头苦干，埋头研发。

目前华夏集团一年投资到研发上的资本，多达数百亿人民币，这个数字是国内四大互联网公司研发经费总和的五倍，他们每年申请的国际国内的专利多达数万项，这个数字超过国内其他科技公司的总数。放眼世界，也仅仅只有两家公司能超越华夏。

现在的华夏已经成为让世界瞩目的巨无霸，成为国人的骄傲，已经成为共和国高新技术企业的标杆。

世纪前沿和这样一家公司比，现在还完全不是一个量级，但是对朱恩来说，他从来没有失去过信心。因为他觉得自己的优势在于专注，世纪前沿只做一样产品，就是智能手机。

而华夏是巨无霸，产业众多，拥有很高的技术壁垒，但是世纪前沿只做一样产品，公司把所有的精力集中在一个点上，这一点华夏做不到，也不可能做到。所以，世纪前沿拥有真正的得天独厚的优势，因而朱恩对未来的竞争充满了信心。

第五十五章　求婚

清晨，朱恩难得起个早，他以一种极其轻松的心态坐在客厅看新闻。

马梦可从背后轻轻抱着他，道："今天怎么起这么早？就是为了看自己上新闻联播的画面吗？"

朱恩反手过去搂着爱人，道："我要看昨天就看了，还等到今天吗？这一次李首长的视察，对我们来说是一次转折点。在此之前，我们一直都很低调，尤其是管理团队，基本从来不和外界接触。而从今往后，恐怕要打破之前的局面了。

"昨天我去华夏集团，说句心里话，觉得很震撼。他们一共有五个事业部，全球光研发人员就有几万人，就算是手机这个项目，我们跟他们也是有差距的。梦幻 2 的火爆，是我们将营销做到了巅峰，如果我们真正要挑战荣誉，还需要努力啊！"

马梦可从后面走过来，坐在朱恩身边，道："你呀，就别给自己那么大的压力了。其实我们已经做得不错了，如果像你这样说，荣誉也算不了什么，我们最终的对手是三星还有苹果，我们和他们比差距更大，你说呢？"

朱恩点头道："是呀，我从昨天开始在想一个问题，那就是我们走出国门的问题。我们的事业不是一个短、平、快的事业，而是一个长期的事业，今天取得了成绩，并不意味着明天还能有这样的成绩。

"这个过程必然是个跌宕起伏的过程，我觉得我们需要尽快地开拓国际市场，这样我们才能拥有更高的利润，进而保证我们的长期投资战略！"

马梦可点头道："这样吧，等今年年底，我们完成这一波营销过后，集团开一次会，一起探讨一下这个问题。国外市场我们的经验不是很丰富，就算是杰瑞，这也不是他的强项。我建议引进新的人才，制定全新的战略。”

朱恩站起身来倒了两杯水，递给马梦可一杯，他喝了一口水道：“明天南方电视台给我安排了一个专访，这是刚刚上任的公关部经理关虹的建议，我们迈出这一步，首先是一种标志，标志我们正式成为国内手机一线厂商。

“第二，也标志着我们要正式向巅峰进军，不成功，则成仁。未来三年到五年，我们会面临很多困难，甚至是超出我们想象的困难。梦可啊，今天你我所面临的局面，是三年之前你我都不敢想象的。”

朱恩说完，伸了一个长长的懒腰，道：“梦可，三年之前的今天，我还在为房贷的事情发愁。那个时候我一年收入能上三十万，都觉得赚大发了，心里都能乐很久。

“那个时候你在我眼中，如同天上的仙女一样高高在上，一看到你，那就是：哇，真是有钱妹子，富二代啊。”

马梦可咯咯一笑，道：“是吗？我当时看到你，就是：哇，这家伙，真是个刁民啊，我不过车开快了一些，竟然就被你那样一通抢白，实在是感到心里委屈呢！”

两人说到三年前的事情，都不禁又回忆起两人相识的点点滴滴。

那时候的很多事情，现在回忆起来，就如同是梦境一般，特别不真实。

短短的三年，朱恩已经从一个打工仔彻底蜕变成一个知名企业家，他现在的身家就算按最保守的方法估计，也达到几十个亿了。而他的生活，相比三年之前也有了翻天覆地的变化。

至少，他现在再也不用考虑钱的问题，不用为房贷绞尽脑汁。但是另一方面，他也失去了很多。这三年，他没有回过一次家，连妹妹生小孩，朱恩都没有时间回去。

这三年一千多个日夜，朱恩几乎把所有的精力都放在了事业上面，为了事业，他付出了很多。

现在他想起这些，心情非常复杂，有欣慰，有自豪，有愧疚，也有遗憾。

伸手搂着马梦可，朱恩心中突然有一股冲动，道："梦可，我……我想向你求婚！"

"啊……"马梦可惊呼一声，脸一下子变得通红，盯着朱恩，道，"你……你见过空口白话这样求婚的吗？"

朱恩也颇为尴尬，道："当然不是，我一定会精心准备，向你求婚。我就想问问你，你会答应吗？"

马梦可白了朱恩一眼，昂着脑袋，道："那可不一定，得看你的表现了！"

朱恩点点头，道："你没一口拒绝就好。哎，我突然觉得我亏欠家人太多了。梦可，我又整整三年没回家了，我外甥丫头都快两岁了，我至今还没见过她，我这个当舅舅的真的很失职！

"前几天我妹妹打电话给我，说在老家那边很多人议论我，说我在外面挣了大钱。却也有人说，我三十多岁了家都没有成，老父老母都不顾，就算挣再多的钱，又有何用？

"我听到这样的话，心中突然觉得发酸。因为我蓦然想起来，我爸妈今年都已经六十多岁了，再过几年，我就算想尽孝，恐怕也没机会了！"

马梦可沉默不语，朱恩紧紧地抱着她不再说话。在沉默中，两人彼此都能听到对方的心跳，两人相识三年多的点点滴滴，均一一浮现在眼前，这一刻的场面非常温馨。

朱恩说求婚的事儿并不是心血来潮，这件事他说出来了，很快就办了。

朱恩上班之后立刻行动，他亲自去万象城珠宝专卖区挑选了一款价值百万的戒指，亲自订了九百九十九朵玫瑰花，然后在梦幻手机江南论坛、北极论坛同时发帖，表明自己的身份，然后以非常庄严神圣的口吻公开向马梦可女士求婚。

发帖的标题便是："嫁给我吧，我的女神！"

话说马梦可却是毫无准备，虽然朱恩已经和她说了求婚的事情，她哪里会想到朱恩的行动这么迅速。

上午她专心在公司召开电视会议呢，大约上午十一点钟的时候，徐小芳推门进来，脸上挂着古怪的笑容，道："马总，今天是个特别的日子呢，您难道就不出去看一看吗？"

马梦可微微愣了一下，道："徐姐，怎么特别了？你的意思是？"

徐小芳做了一个"请"的手势，道："马总，究竟有什么特别，您出去看看不就知道了吗？"

马梦可满脸狐疑地走出办公室，她才发现，整个天地大厦，从一楼到最顶楼，所有的员工都走出了办公室。而在十八楼，员工们密密麻麻地挤满了办公区，大家一个个都喜气洋洋的样子，见到马梦可出来，齐声发出欢呼。

马梦可看到这个场景，吓了一跳，扭头问徐小芳道："什么情况，徐姐？"

就在她回头的时候，人群变成人浪向两边分开，一辆载满了玫瑰花的小车缓缓地驶过来，看这一车的玫瑰花，简直就是一片花海。

一看到玫瑰花，马梦可惊得尖叫一声，她一瞬间似乎明白了什么。

朱恩恰在这个时候从花海之中探出身子，他正穿着正装礼服，头发梳得整整齐齐的，穿着尖尖的绅士皮鞋，系着领结的样子，完全颠覆了他之前的形象。

朱恩走到马梦可面前，双手捧着戒指，单膝跪下，全场瞬间变得无比安静。

在上千人的注目下，朱恩终于说出了很老套的求婚词："梦可，请你嫁给我好吗？"

马梦可有些惊慌失措，她环顾四周，周围的人齐齐高喊，都在为朱恩助威。马梦可突然觉得，这一刻，她瞬间成为整个世界的中心。

不知道从哪里来的巨大的液晶显示器，突然在大楼外面的玻璃幕墙上被点亮了。

液晶显示器里面，来自全国各个城市的粉丝团现场的画面都传递了过来，无数的粉丝聚集在一起，齐声高喊着马梦可的名字。

马梦可看到这一幕，整个人都痴了，她觉得这么大的场面，怎么可能在几个小时之内完成？

然而，现实就是如此，短短的几个小时，公司的所有员工都参与了这次浪漫的求婚仪式，而得到的结果就是现在这样震撼的现场。

马梦可盯着朱恩，朱恩就跪在她的面前，目光清澈，态度诚恳。

终于，马梦可上前了一步，这一个小小的动作，引来无数的欢呼。

而当她从朱恩手中接过戒指，整个公司瞬间成了一片欢乐的海洋，接着，来自全国各地的粉丝的祝福出现在液晶显示器上，粉丝们拉着“百年好合、天作之合”等条幅，向马梦可和朱恩表示祝贺。

而朱恩突然做出了一个震惊全场的动作，他突然弯腰把马梦可直接抱了起来，然后冲着所有人大喊了一声：“我朱恩终于有老婆了！哈哈……”

朱恩的这一声长笑，让马梦可满脸通红，她想挣扎，奈何朱恩抱得太紧了。

最后，她只觉得自己越来越没力气了，她觉得自己的一颗心分明已经被融化，终于她笑了起来，笑靥如花，笑容之中，尽是幸福小女人的满足和快乐……

第五十六章　热潮

临港天地大厦浪漫的求婚仪式，被大家用摄影机记录了下来，江南论坛和北极论坛上关于这次求婚的帖子和视频占据了所有板块的头条。

远在千里之外的周丽丽，津津有味地看着这些视频，看得眼泪泛滥，她觉得太感动了。

“朱总真浪漫，马总真幸福，我感动得不行了。身为女人，一辈子能经历这样一次浪漫的求婚，真的幸福死了！”周丽丽心中如是想，然后她想到了史金刚。

“金刚什么都好，就是差了一点儿浪漫。哎，我们这些普通白领，也比不上马总她们的高大上。”

“丽丽，丽丽！快出来啊，出大事儿了！”突然，周丽丽听到外面有人大喊她的名字，通过声音判断，对方应该是花城粉丝团的“小苏苏”。“小苏苏”是网络昵称，其真名叫苏懿，是花城粉丝团的团花，不仅人长得漂亮，而且平常特别活跃，现在“小苏苏”已经成为周丽丽最得力的助手了。

周丽丽心中一惊，顾不得关电脑便急匆匆地跑出来。今天她在花城分公司这边坐镇呢，早上她看到了朱恩的求婚帖，当即便联络粉丝。在朱恩求婚的时候，花城这边有几百粉丝一起通过远程视频做了见证呢。

走出房间，周丽丽吃了一惊，因为她突然发现，整个花城分公司的物流中心，此时密密麻麻全是人。这么一眼看过去，约莫得有上千人之多。

更奇怪的是，这些人几乎都统一着装，全都穿着花城粉丝团官方分发的粉丝服。

苏懿似笑非笑地看着周丽丽，耸耸肩，摊摊手，周丽丽道：“这是怎么回事啊？时间已经过了啊，怎么还来了这么多人？喊话器呢？喊话器在哪儿？”

周丽丽终于找到了一个喊话器，她对着喊话器道：“各位，你们今天来迟了，我们的活动时间已经过去了！”

下面密密麻麻的人群无人说话，个个表情木然。

“你们……”周丽丽有些惊慌，她感觉到气氛很诡异。而当她扭头去找苏懿的时候，这丫头早已经没有踪影了。

“这是怎么回事啊？”周丽丽脑袋发蒙。

就在这个时候，下面的人群突然从中间往两边分开，人群之中分开了一条通道。

这条通道从物流中心一直延伸到远处的大门口，大门口的方向，一个人影快速地向这边跑来。

看这人，穿着西装，手中捧着一束玫瑰，速度很快，在周丽丽愣神间，他就跑到了面前。

“啊……”

周丽丽终于看清来人的面孔了，竟然是史金刚。

在她的记忆中，她从来没有看到过史金刚穿西装。而今天史金刚不仅西装笔挺，还系了一条领带，完全颠覆了他的固有形象。

看到这一幕，周丽丽瞬间明白了事情的原委，一时怔怔地说不出话来。

接下来的求婚便水到渠成，史金刚的态度无比诚恳，周丽丽刚才还在为千里之外的那一场求婚而感动莫名，现在她自己就成了主角。

这个幸福来得有点儿太突然，因为关于两人婚事的问题，经过了最近双方家长的多次协商沟通，这件事基本已经敲定了。

按照花城的传统习俗，接下来就是讨论办酒的问题了，所有的程序中可没有包括求婚这一项。

所谓求婚，这都是国内新时代的青年学习西方的浪漫而兴起的一股潮流，可没在花城婚嫁的礼仪中呢。

但是作为女人，尤其是被无数偶像肥皂剧荼毒过的女人，周丽丽对眼前这个场景怎么也做不到心如止水，她哭了，感动地哭了，高兴地哭了。

而更震惊的事情还在后面，远在千里之外的马梦可和她通过视频连线，对史金刚的求婚成功表示了祝贺。

马梦可还道："大金刚啊，咱们丽丽可是花城粉丝团的团长，她手下拥有数万兵马。你这一辈子只能爱她，疼她，宠她。倘若不然，你欺负她，背叛她，伤害她，后果你得自己承担，你听到了没有？"

史金刚满脸通红，一脸憨笑，盯着周丽丽发傻。

周丽丽抹掉眼泪，对着视频中的马总道："马总，我手下有数万兵马，您手下可是雄兵百万，我们百万粉丝都支持您，以后朱总也只能爱您，疼您，倘若不然，我们百万粉丝都饶不了他呢！"

周丽丽这样一说，全场都爆发出笑声，马梦可在视频那一边也笑了起来。

又一次求婚结束了，这一次求婚的视频也在江南论坛上贴了出来，而这事好像还没结束。

因为接下来几天，各地都有求婚的消息在论坛上公布。大江南北，梦幻手机的粉丝群体中，似乎一夜之间掀起了一股求婚的热潮。

朱恩和马梦可的这一次结合，无形之中带起了一股风潮。而这样的风潮，恰恰反映出梦幻手机经营粉丝的成功。

什么是粉丝？粉丝是有很深感情纽带联系的，人家买了你的产品，是因为你的产品打动了他，让他心中有敬佩之心，这就是粉丝。

当今的手机江湖，国内手机厂商唯有梦幻手机有这样的粉丝。其他手机厂商拥有的只是客户，只是消费者，这种巨大的差异，就是目前世纪前沿公司拥有的竞争壁垒。

客观而论，世纪前沿的梦幻 2 系列手机的确不错，但是市场上并不是没有对手。像畅想的 C9，这款手机的性价比并没有比梦幻 2 低太多。至于荣誉 3 这款手机，综合水准应该在梦幻手机之上。

但是最终三方血战的结果，梦幻手机的成绩遥遥领先，这靠的是什么？

如果说靠的是营销，畅想和梅朵合作之后，梅朵式营销号称国内渠道营销第一，他们就能被世纪前沿落下这么远吗？

归根到底，还是在于梦幻手机在此之前已经拥有了几十万铁杆粉丝。这几十万粉丝的能量被调动起来了，号称百万粉丝营销计划，试想有几十万个支持梦幻手机的铁杆粉丝天天帮梦幻手机搞营销。而他们身边有朋友、亲人和同学，这样的口碑营销所产生的效果，是花多少钱打广告也比不了的。

自从周丽丽和史金刚的关系正式确定之后，史金刚就成了周丽丽家的常客。

史金刚现在在周丽丽家附近的街坊邻居中口碑可好了，这孩子了不得啊，高级白领，一年收入好几十万呢！

而史金刚帮周丽丽表妹的男朋友搞定工作的事情，在周丽丽妈那边的亲戚中也传开了。现在陆庆秀走到哪里，都好像很有面子一般，所以陆庆秀现在对史金刚的态度，有了一百八十度的大转弯。

今天史金刚求婚成功，恰好又是老周五十六岁的生日，史金刚心中高兴，便又买了两瓶飞天茅台。

周丽丽家今天的客人很多，除了陆庆香一家，周丽丽的几个叔叔和婶婶也都来了。

周丽丽的三叔开煤矿，家里条件最好，堂弟周宇，又是学霸一枚，大学毕业以后去了美国留学，最近刚刚回来，今天恰好也来了。

“咦，金刚哥，你下班了，邹凯怎么没来呢？这是怎么回事？”马小敏道。

史金刚皱眉道：“应该下班了啊，你给他打电话，他在我之前走的呢！”

“来了，来了！”门被推开，邹凯也拎着酒来了。

陆庆秀瞪了邹凯一眼，道：“你这孩子，来就来呗，怎么还拎东西？”

邹凯呵呵一笑，道：“不是礼物，待会儿反正要喝酒，我就给拎了一瓶。”

陆庆秀一看酒的牌子，又是飞天茅台，她一下乐了，道：“嘿，你和金刚还真是同事啊，买酒都能这么有默契！”

陆庆秀在这边说话，史金刚却被周丽丽拉过去见亲戚去了。史金刚以前没见过这一帮叔叔，现在两人的关系确定了，今天趁这个机会，他也需要认识一下长辈和同辈的堂兄弟。

几个叔叔和婶婶问了史金刚很多，都是关于工作、家庭一类的，应该说，他们对史金刚的情况都比较满意，唯有三婶，看上去不怎么热情。

“嘿，我说现在的孩子还是要多读书，像小史这孩子，如果能去国外留一下学，那肯定能发展得更好。你刚才说是搞售后吧？我家小宇搞的就是研发，这一次国内一家公司专门去美国招聘，重金聘请小宇回国呢。

“我跟小宇说过了，以后他要是找媳妇，就找全职太太。他一男子汉，要有能力养活老婆孩子嘛，女孩子天生就是用来宠的，不能像要求男孩子一样要求女孩子。

“所以我说啊，咱家丽丽还是苦啊，我听说今年年底两个人就要结婚了，结婚了还得上班挣钱过日子，哎，丽丽，三婶替你不值呢！”

周丽丽三婶这话一说出来，场面就有些尴尬了，今天客人可多呢，她这不是找碴儿吗？

第五十七章　投鼠忌器

屋子里的气氛一下子有些变味儿了，周丽丽的心情可以说糟糕到了极点。

今天本来是一个大喜的日子，老爸过生日，亲戚们来祝寿，她今天还答应了史金刚的求婚。现在偏偏出了一个喜欢嘚瑟的三婶儿，这话说得，完全不给金刚一点儿面子嘛！

老周家几兄弟，就周丽丽三叔家条件好，也就周丽丽这三婶仗着家底殷实，经常不拿正眼瞧人，不过今天这场合，她这般说话实在太煞风景了。

对方是客人，还是长辈，周丽丽空有一肚子气，硬是没地方发泄。

陆庆秀的性格可是吃不得亏的，眼看这人这么嘚瑟，她便道："周宇啊，你说说看，你现在回国在哪里上班？我们老周家从小就你成绩最好，最有出息，刚才你妈也说了，你现在拿的是高薪，让大伯和大伯母也长长见识？"

周宇一直在玩手机，像所有年轻理科生一样，周宇的性格沉默寡言，有宅男的倾向。

大人们聊得热闹，机锋不断，他有些后知后觉，直到被陆庆秀点了名，他才恍然惊醒，茫然看向周围。

他老妈拍了一下他的肩膀道："小宇，你大伯母问你话呢，你这次回来是在哪家公司上班？你跟我们说说看？"

周宇愣了一会儿，道："我在……公司叫世纪前沿，研发部，就是梦幻手机研发中心，在临港的公司！"

三婶咧嘴一笑，道："对了，梦幻手机，你们知道吧？现在国内最好的手机。总部在临港，公司大得很，他们的研发中心投资都是几十个亿，这一次小宇就是特招进去的。"

扑哧一声，马小敏突然笑起来，道，“哎哟，我还以为是什么公司呢！周宇原来是在世纪前沿公司上班啊，那不是大水冲了龙王庙吗？金刚哥就是在这家公司上班啊，金刚哥，周宇以后可是你同事了呢！”

马小敏这话一说出来，周丽丽三婶一下愣住了，她扭头看向史金刚，道：“小史，你……你真的在这家公司上班？”

史金刚点点头，三婶猛吸一口气，道：“那正好，我一直就念叨，都说这家公司好，一直没找到人问情况，你在这家公司上班，这家公司究竟怎么样啊？”

她顿了顿，接着又道：“得了，问你估计也不起作用，就算再好的公司，一般员工也不一定了解。我们小宇在研发中心，就算其他部门不咋的，研发中心绝对差不了，你说是不是这个理儿？”

史金刚实在是不爽，他已经够忍耐了，怎么这三婶就蹬鼻子上脸呢？

他沉吟了一下，当即觉得自己心里一口气实在憋得难受，当即道：“弟弟是叫周宇？等一下啊，这个名字我怎么感觉有点儿熟悉！”

史金刚站起身来找到自己的小包，从包里面拿出一份材料，道：“对，我想起来了，公司刚刚给我们发过来了一份实习名单，周宇在名单中，你是下个星期要到我们花城公司实习，是不是这样的安排？”

周宇愣了一下，点头道：“是啊，是啊，嗯，你叫……”

“叫金刚哥！”周丽丽在一旁道。

周宇呵呵一笑，道：“金刚哥是吧，我真要在花城公司先实习几个月呢。我听说花城是公司五大物流中心之一，花城分公司环境特好，是不是这样啊？对了，到时候我去实习，实习内容到底是什么啊？还有，到时候我该找谁报名啊？”

周宇可没有他妈那么多心思，他一听和史金刚在同一个公司，连忙过来询问情况。

三婶一看这情形，脑袋也有些发蒙，心中自然不是很爽快，当即道：“小宇，你问你金刚哥他能知道吗？他是搞销售的，能知道啥？”

马小敏又笑了起来，她瞟了三婶一眼，道，“婶儿啊，你还别说，不光是您犯错误，我男朋友邹凯也犯过同样的错误。我们当初都觉得金刚哥其貌不扬、老实巴交的，哪把他当回事儿？

“我男朋友应聘世纪前沿公司的时候，那牛哄哄的，整个就是目中无人。婶儿，后来你道怎么了？”

三婶狐疑地看着马小敏，下意识地问道：“怎么了？”

马小敏一拍手，道：“世纪前沿公司花城分公司的经理就是金刚哥，邹凯就因为忒嘚瑟了，金刚哥当时又不认识他，差点儿就没录取他。周宇既然是在花城实习，甭管他干什么工作，那必然在金刚哥手下干事儿，是不是金刚哥？”

马小敏这话一说出来，三婶的表情一下变得极其精彩，一青一黄，简直就要下不了台。

周丽丽和陆庆秀在一旁看到这情形，心中别提多爽快了。周丽丽心想：“幸亏周宇是应聘了世纪前沿公司，要不然还能上天呢！”

当即她咳了咳，道：“小宇啊，你进入世纪前沿是个大喜事儿，我上次和你金刚哥去总部开会时参观了研发中心，好家伙，里面博士、硕士以上学历的在百分之九十以上，里面的竞争非常激烈，所以你可要好好干，一定要站稳脚跟！听到了没有？”

周宇搓了搓手，道：“丽丽姐你别说了，你越说我越紧张。你说的这些我都听过，而且我在临港面试过，的确很厉害。我虽然在国外读的大学，但是在研发上并没有优势，要不然也不会被安排到花城来实习了。”

陆庆秀在旁边道：“小宇，你别急，你金刚哥是花城的经理，回头有什么不明白的，多问你金刚哥，他不懂的让他给你找人帮忙。金刚哥在总公司那边也很熟，总公司的几个老总他都认识，你放心，你只要好好干，不怕没前途！”

周宇点头道："大伯母，知道了！金刚哥，待会儿我敬你酒啊，以后你得罩着我！"

房间里的局面突然变了，周丽丽的三婶一下子无比尴尬，先前她把自己的儿子吹上了天，搞到最后，自己的儿子现在只能给人家做属下。

她心里别提多不舒服了，可是她一想，自己儿子从国外刚回来，好不容易找到这么一家有前景的公司，今天真把关系闹僵了，人家丽丽的男朋友是公司的经理，回头给儿子穿小鞋怎么办？

她这么一想，就有点儿投鼠忌器了，她感觉自己平常的优越感没了，当即就不说话了，看上去一副无精打采的样子。

还好，这时候饭菜好了，大家上桌子吃饭，男人们凑到一起都喝酒去了，她是有眼力见儿的人，一看桌上摆的是飞天茅台，而且还不止一瓶，她心中"咯噔"一下，就想："老大这一辈子出息不大，丽丽现在成人了，家里的条件一下就不一样了呢！家里请客都喝上飞天茅台了。倒是自己家，这几年煤炭不景气，挣钱一年不如一年，有江河日下的感觉！"

女人的小心思不是今天的主流，饭局一开始，今天的主角便是丽丽她爸了，他是寿星，大家都给他敬酒。

另外，今天也是史金刚和周丽丽订婚之后，第一次和周家几个叔叔吃饭喝酒。几个叔叔对史金刚都很满意，气氛一融洽，自然少不了要推杯换盏。

今天的酒是一等的好酒，平常大家不容易喝到这么好的酒，而且量也够，史金刚买了两瓶，后来邹凯又带了一瓶过来，六个男人三瓶酒，一人半斤的量，刚好够大家喝好且不会醉。

大家喝到兴致浓的时候，老周自己开腔，道："今天亲戚们都在，几个兄弟也在。反正我们家的事儿也就是这么一个事儿了，丽丽长大了，找对象了，要出嫁了。

"前几天，我和她妈和亲家他们商量了，初步达成的共识是喜事儿今年年底就给办了。今天这样，我们老周家的亲戚都在这里，大家就各抒己见，我们把这个日子给敲定下来。日子定了，回头喜事儿怎么办，我们再和亲家那边商量，是不是啊？”

老周说话了，酒桌上一众叔叔、婶婶开始各抒己见，最后由对易经八卦颇有研究的二叔定夺，日子就敲定在农历腊月十八。刚好那个日子周家这边的弟弟妹妹全都回家过年，临近年关，其他亲戚朋友该回来的也都回来了。

到时候可以热热闹闹地办一场酒席，风风光光地把丽丽嫁出去，这不仅是了老周两老的心愿，也是了所有亲戚朋友的心愿。

定了日子，史金刚是最高兴的，今天他求婚成功，接着就敲定了结婚的日子，掐着日子算，用不了多久就当新郎官了。人生一辈子，结婚是头等大事儿，想想现在的幸福，史金刚心中特别满足。

他很清楚，自己能拥有今天，一切都和公司有密不可分的关系，如果不是在自己最困难的时候得到了公司给的工作机会，也许自己永远都没有机会和丽丽在一起了……

第五十八章　联手抗魏

史金刚的事业和爱情双丰收，而同样作为江南论坛版主的郭川，最近却烦恼很多。

他先是借口自己另有工作推掉了世纪前沿的招揽，接下来恰好碰上了畅想和梅朵的强强联合，谢明珠走出了这步棋，自以为得计，志得意满，以为可以和营销渠道狭窄的梦幻手机大路朝天各走半边。

谢明珠这样的心思一起，对郭川就不像之前那么热心了，郭川费了九牛二虎之力搜集到的一些信息，谢明珠收到之后的表现也是不冷不热。虽然没有切断郭川的“经费”，可是郭川内心的失落，不是那点儿经费可以弥补的。

而从秋季开始，腥风血雨的手机江湖从战国群雄逐渐走向了三足鼎立，一直被认为渠道狭窄、营销方式单一的世纪前沿公司，成了三足鼎立中的魏国，销量呈现爆炸式的增长，将其他两家豪强压得喘不过气来。

从这个角度说，郭川似乎又迎来了机会，然而现在他心中没有丝毫的兴奋。因为他深切地感觉到，畅想和梅朵的联合江河日下已经成为趋势，他们已经没有和世纪前沿竞争的资本了。

而在这种情况下，他被谢明珠叫到梅朵科技的总部，他的心情是非常糟糕的。

经过三个月的江湖血战，谢明珠看上去依旧还处在很亢奋的状态，在一众特别员工的见面会上，她挥动着双手，道：“各位，你们都是公司在特殊战线上的员工。今年，我们梅朵科技走过了关键的一年，当今社会，合作共赢是发展的趋势，我们梅朵科技和畅想科技强强联合，应该说这个决策保障了我们在智能手机行业继续领先的地位。

“今天公司召集大家来总部，主要是为诸位接下来的工作做一个安排和部署。我坚信，我们梅朵科技已经走出了困难，未来的梅朵会越来越好！”

听着谢明珠激情洋溢的讲话，郭川的心情无比复杂。

此时此刻，打开江南论坛，论坛上各个版面都是世纪前沿朱恩向马梦可求婚成功的相关帖子，一个手机论坛，大家都不怎么讲机器了，不怎么议论手机了，这说明什么？

这说明，今年世纪前沿的梦幻手机已经卖到了睥睨天下的地步，相比梅朵和畅想现在每个月召开的代理商会议，召开的各种促销订货会议，梦幻手机已经不怎么关注了。在这种情况下，谢明珠当时想的那个大路朝天各走半边的竞争思路，现在看起来更像是阿 Q 精神胜利法，很是滑稽可笑。

召开集体会议之后，接下来的单独会面，郭川再一次直面谢明珠。

这一次两人近距离接触时，郭川才感觉自己面前的女强人似乎流露出了一丝疲态，妆容没有以前精致了，眼角的鱼尾纹比几个月之前越发清晰了。

“郭川，你今年的表现很不错，给我们提供了很多有用的信息，应该说对公司未来战略的明确做出了不小的贡献。嘿，实在没想到，今年国内手机市场国产品牌会是梦幻手机的天下。

“我们倒也罢了，形势还算好。荣誉去年就宣布在国内已经无敌手了，他们的眼睛已经盯在了国际厂商身上，今年的情况不啻被人一巴掌狠狠地打在脸上，实在是有点儿惨啊。今年荣誉的销量逆增长已成定局了。”谢明珠道，她很感叹，但是以一种故作轻松的口吻在说。

她的意思就好像在告诉郭川，我们很惨，但是荣誉更惨，所以相比之下，我们还是很庆幸的，算是劫后余生吧。

再看看其他的品牌，韦瓦也是逆增长，而且明显和前面三家的差距被拉大了，一年时间，智能手机市场重新洗牌，手机厂商已经开始出现巨大的分化了。

郭川道：“谢总，您下一步希望我怎么展开工作呢？”

谢明珠沉吟了一下，道：“郭川，目前看来，我们和梦幻 2 系列手机的竞争，已经不可能有多少机会了。我和杨总已经达成共识，那就是马上将我们两家公司进行深度整合，两家公司合二为一，合并后的公司就叫梅朵畅想科技有限公司。

“我们战略的重心在新产品开发，初步的想法是开发梅朵旗舰机和畅想旗舰机，两款旗舰机的技术基础就是现在的畅想 C9。说起来我们 C9 的技术很先进，我们差的地方在设计。

“功能的设计、美学的设计、界面的设计方面，我们都有瑕疵，而这一点是世纪前沿方面的长处。”

说到这里，谢明珠语气顿了一下，慢慢凑近到郭川身边，道：“郭川，世纪前沿搞的所谓粉丝手机，我们想知道他们下一款手机的设计思路，或者是相关设计资料。

“如果这个事情你能够给公司办好，公司将会给你记头功！”

郭川愣了一下，道：“谢总，您的意思是让我想办法打探梦幻新一代机器的设计？这个难度未免太大了吧，而且按朱恩的一贯思路，倘若在技术上或者是功能上没有突破，他们新一代机器开发的速度可能没这么快。”

谢明珠皱皱眉头道：“没让你急于求成，他们总得有下一款机器嘛！你在这期间，可以和他们保持更加紧密的联系嘛。现在他们在全国搞粉丝团，搞物流中心，搞售后中心，必要的时候，你可以加盟他们，成为他们中的一员。

“这个工作是有难度，但是一旦成功，我谢明珠保证你下半辈子衣食无忧。”

郭川一听谢明珠这话，他精神不由得一震，道：“其实梦幻手机的设计从来都不是机密，在他们的手机发布之前，他们会公布自己的设计思路。谢总，您放心，我一定会帮您找到梦幻手机下一阶段的设计思路和相关资料。

“不过，有一点我想说一下，梦幻手机经营粉丝这一招真的很可怕，他们现在号称有百万粉丝，我看这个数字经过了下半年的疯狂，应该差不多了。”

谢明珠嘴角微微一翘，道：“这些你就不用费心了，你只要办好我交代你的工作就好。记住，你以后的工作只是这一条，给我盯住梦幻手机的设计，我们就是要在这一块搞死他们！”

郭川的眼神有些迷茫，不知道谢明珠是什么意思。

谢明珠呵呵一笑，道：“行了，有些事情我可以告诉你。我们最近在搞一个智能手机维权联盟，主要是针对某些厂商肆意侵权的事情给予回击。目前梦幻 2 系列手机，梦幻江南就盗用了燕京手机品牌金盛手机的设计外形，这个事情联盟基本搞清楚了，下一步我们可能要诉诸法律。

“不只是这样啊，梦幻手机的问题还有很多，他们还侵犯了荣誉科技的多项技术专利，目前荣誉也在组织律师告他们。有道是树大招风，朱恩太张扬了，他的很多做法我们不能忍啊！”

谢明珠将自己的文件袋打开，从文件袋里拿出很多“证据”，这些“证据”都是经过精心准备的，看得出来，她是筹谋已久。

郭川一下豁然开朗了，他明白了谢明珠的意思。

谢明珠正面竞争已经没办法威胁到世纪前沿了，现在采用的办法，便是攻击世纪前沿的软肋。

世纪前沿公司毕竟太年轻了，缺少江湖经验，谢明珠就是利用这一点做文章，组织手机维权联盟，频繁地起诉世纪前沿公司。这一次她整的材料，是金盛手机起诉梦幻手机设计侵权。

这个起诉给人的感觉滑稽得很，因为金盛是一家什么公司，其手机是什么模样，谁知道？这一类手机厂商，虽然说比不上以前了，但是全国还有好几百家呢。

他们没有知名度，刚好可以利用这些手段搏出位，反正打官司对他们来说有百利而无一害，只有赚的没有亏的，官司输赢他们都能赚。

至于说梦幻手机究竟是否构成侵权，结果已经不重要了，谢明珠只需要保证有公司频繁地起诉世纪前沿，就可以让没有江湖经验的世纪前沿陷入无限的公关危机中。如果处理得好，赔点儿钱，被恶心一番，影响不大。

如果处理不好，那就不好说了，被搞臭也不是不可能的。

谢明珠现在要拿梦幻手机的设计，目的并不是参考学习，而是要先发制人，找到梦幻手机的路数，然后给其设套，让其疲于应付。

市场竞争不总在阳光下，尤其在国内，像这种盘外招、小刀子，没底线的打压和炒作随处可见。梅朵玩这些路数可谓炉火纯青，加上谢明珠这个人八面玲珑，在手机江湖上最擅长搞合纵连横。

现在她和荣誉科技有了默契，这相当于吴蜀联合抗魏的局面，虽然在手段上有些下三烂，但是效果估计比正面交锋更好呢！

第五十九章　专访

郭川是个很复杂的人，他有理想，却又唯利是图。

他从不认为自己是好人，但是却对下三烂、阴暗见不得光的事情很不齿。

就像谢明珠今天跟他说的这些事情，让他感到很不舒服，对谢明珠这个人，他变得无比失望，本来就低落的情绪，更加低落了。

当然，这一切情绪他都没表现出来。谢明珠给他的承诺很诱人，他是个唯利是图的人，跟钱没有仇，所以他还是决定继续为谢明珠干特殊工作，权当是为了钱吧！

离开梅朵总部的时候，郭川接到了史金刚的电话，电话中史金刚心情极好，显得志得意满。

电话的内容很简单，史金刚要结婚了，邀请郭川届时一定要参加婚礼。另外，史金刚听说郭川对风水特有研究，所以想请郭川给他一些建议，目前史金刚正在挑选房子呢！

结束和史金刚的通话，郭川的心情有些变化，突然之间，他有些羡慕史金刚了。

要说世纪前沿的铁杆粉丝，史金刚绝对是超级铁杆，在郭川看来，这兄弟的脑子简直就是一根筋，对认准的事情很是偏执。

可就是这样一个人，自从被世纪前沿公司招揽之后，他在工作上兢兢业业，生活上也踏踏实实，颇有些自得其乐。

后来受他的影响，他女朋友也加盟了公司，现在小两口在花城的分公司干得热火朝天，日子也过得非常殷实快乐。

在郭川的印象中，史金刚就好像没有情绪低落过。任何时候、任何地方，他都是乐呵呵的。

郭川甚至有时候心情不好，只要给史金刚打一个电话，受他的感染，心情就会好很多。

而郭川几次去花城，每一次去史金刚都非常热情，是真真切切地把他当成铁杆兄弟。

他了解了郭川没工作的事情后，帮忙张罗，甚至一度惊动了世纪前沿的副总马梦可。有时候郭川因为其他的事情无暇打理论坛，史金刚是无怨无悔地代替他当版主，把郭川负责的板块打理得妥妥当当。

要说真兄弟，史金刚算是真兄弟，郭川有时候想一想自己，把自己再和人家一比，就觉得汗颜。

郭川骗了史金刚，骗他说自己不懂技术，郭川如果真不懂技术，又怎么能混到江南论坛的版主？

只是郭川和史金刚的差别在于，郭川把自己的手机技术和本事当成赚钱的手段，有奶便是娘，谁给的钱多，他就给谁服务。而史金刚则把这东西当成自己的挚爱，有钱没钱无所谓，只要能有好的机器给他玩儿。

他玩起来还特沉迷，大学毕业之后，硬是没去找工作，在家里一玩就是两年。

像史金刚这种人，如果不是世纪前沿公司将他吸纳，就是社会的蛀虫，就是一辈子啃老的低能儿。

可是人家傻人有傻福，现在要拿史金刚和郭川比较，谁混得好，谁混得次，还真不好说呢！

南方电视台，经济频道演播室，主持人倪霞在用心地做着功课。

今天她要做新一期《南方人物》的专访，这个节目倪霞是主持人兼导演，到目前为止，这个节目已经做了六十多期，可以说是南方电视台经济频道的招牌节目。

而倪霞也从台里的海归新人，成长为电视台资深的主持人。

“陆军，我刚才看了一下你们的制作，我觉得关键人物的镜头还是太少了，我们的采访做得不是很到位呢！”倪霞皱眉对剪辑陆军道。

陆军挠挠头道：“倪姐，我的意思是这一期节目我们着重放在专访上面，以后我们做节目，我觉得都可以参照这个模式。从目前已经做过的六十几期节目来看，但凡是很成功的企业家，他们都没有精力去配合我们完成整个片子的拍摄。所以常常导致我们觉得能做好的人物，实际效果却差强人意。而我们不看好的人物，反倒做出了很大的反响，而最后有些人物在社会上消沉得很快，这对我们节目的知名度没有好处。”

倪霞点点头道：“陆军，你很有想法嘛！那你对咱们这一期的人物朱恩怎么看？”

陆军伸出手，竖起大拇指，道：“我就一个字，牛！这家伙是真牛！好家伙，梦幻手机的崛起简直就像是个神话一般，不瞒您说，在今年之前，我真的没听过这个牌子。

“可是今年到现在，别的地方我不知道，就咱们台里的那些小姑娘、小伙儿，很多用的都是这个机器。

“有人说朱恩的设计很牛，照我说，这家伙能把手机做成一种时尚品，那才是真牛。”

陆军言语间很是感叹，倪霞道：“嘿，上次去临港的采访，我们安排场外记者小周去的，早知道是这样，我就应该亲自去。这期节目我们一定要做好，自从我们做了这种人物节目之后，省台、市台全部跟风。

“如果我们在风格上和吸引力上比人家差了，这节目的生命也就到尽头了。”

倪霞边说，边揉太阳穴，不得不说她最近压力很大，主要是现在《南方人物》成了招牌节目之后，台里对节目的收视率有了新要求。

财经类节目本来就有先天的劣势，怎么也比不上大众娱乐节目，可是作为招牌节目，台里就是要把这样的节目和全台其他的节目放在一起比，你还别抱怨，这就是台里的考评规则。

你想得到更多的资源，就需要拿出更高的收视率来回报，要不然台里凭什么给你资源？这是一个很现实的问题。

“行吧，陆军，通知大家打起精神来，今天这一期专访我们就在演播室进行，争取把专访做成高规格。回头我们整个剪辑工作会有更多有价值的素材！”倪霞打起精神道。

这个时候，朱恩已经到电视台了，倪霞站起身来亲自出去迎接。

说起来，倪霞感到有些惭愧，这一次她专门做朱恩的节目，可是她在此之前和朱恩素未谋面。

她极其热情地和朱恩打招呼，眯眼盯着眼前有些腼腆的男人。从年龄上看，其年龄和自己应该差不太多，没有一般成功人物的那种气势，很真实的一个人，同时也是很简单的一个人，这是倪霞对朱恩的第一印象。

“朱总，久仰大名，我是倪霞，很高兴认识你，希望今天我们合作顺利！”

朱恩点头道：“我认识你，在电视上认识的。待会儿的采访，你别刁难我就行了！”

两人闲聊着，直接进入演播室，倪霞的习惯是顺其自然，所以从进演播室开始，其实就已经开始拍摄了。

但是两人依旧在闲聊，倪霞突然话锋一转，道：“朱总，我问你一个正式的问题，我说假如啊，假如你公司现在面临巨大的危机，或者说是产品遇到了严重的质量问题，作为老总，你会怎么处理？”

朱恩愣了好久，摇头道：“这个问题你问住我了，我不知道怎么处理。我没有相关问题的处理经验，如果要回答你这个问题，我可能需要思考好久！”

倪霞一下乐了，道：“行，朱总，我采访的企业家不少，你是让我觉得最真诚的人，其实你这个回答很好。的确，这个问题不那么容易回答，一家企业面临危机尤其是公关危机时，处理起来会很棘手。

“任何企业家也不可能在很短的时间内就有答案，所以我觉得您的回答很好！”

朱恩一笑，道：“我想起来了，倪小姐，你好像去美国学的就是公关学，而你在国内当年是著名的法学专家。你刚才问我的问题，好像是出于专业本能啊。”

倪霞愣了一下，道：“咦，朱总，你还专门了解过我吗？这可让我受宠若惊啊。”

在闲聊中，演播室的气氛越来越融洽，而这一次专访就这样开始了。

这是朱恩在成立世纪前沿之后第一次接受媒体的专访，在此之前，朱恩这个人物在公众眼中还有一些神秘。

梦幻手机的火爆，让世纪前沿公司的知名度瞬间暴涨，而作为公司创始人的朱恩，也因此引起了很多人的浓厚兴趣。关于朱恩过往的职业生涯，已经被媒体扒得非常彻底了。

不得不说，前诺亚集团的高级设计师、代号“瓜子”这个身份，让他相当具有传奇性。

这也是倪霞如此重视这一次专访的原因，她坚信，关于朱恩的这一期人物节目，一定会有出乎意料的收视率。因为和她谈话的这个男人，今年一年让一家企业的估值攀升了十倍。

这个人从零开始，将一家公司做到估值上千亿，只用了短短三年的时间。这样的人物，在眼前这个以经济建设为中心的社会，是非常瞩目的，在当今社会各界，他早就有粉丝无数了。

第六十章　专访二

“朱总，我问一个很现实的问题。目前来说，智能手机市场非常杂乱，就国内手机厂商来说，竞争完全处于劣势。在这样的背景下，朱总你如何展望未来，或者说您的公司的整体战略是什么？”倪霞道。

朱恩没有沉吟，直接道：“其实我们的战略很简单，那就是持续不断地投入研发，努力做出世界第一的产品。我经常跟同事们讲，智能手机的历史还很短，仅仅只有几年而已。

“如果把移动终端智能手机的发展看成有几十年的生命，那现在的智能终端，或者说智能手机还幼稚得很，还只是智能终端最基础的雏形。

“未来智能手机的发展趋势现在无法预测，但是有一点，那就是未来的智能手机必然需要新技术，这个行业的竞争壁垒肯定会建立起来。要想不被行业淘汰，我们公司的战略应全部放在研发和技术上。

“去年我们投资二十亿成立研发中心，今年我们计划再投入四十亿作为未来一年的研发经费。在十年之内，我们的研发经费只涨不跌，上不封顶！”

倪霞认真听朱恩说话，朱恩的语气很平静，但是平静之中却给人一种无比自信的感觉。显然，他说的这些话并不是为了应付镜头，更不是在作秀，实际上，世纪前沿的的确确就是这样的战略。

在此之前，倪霞询问过朱恩很多关于公司管理、产品营销和产品设计等方面的问题，朱恩的回答也是相当清楚。这年头，做企业，最重要的就是思路清晰，对公司的过去、现在、未来都非常清楚。很显然，朱恩作为一个年轻企业家，这方面完全没问题。

“朱总，那我问你一个私人问题。据我所知，你和公司的副总马梦可小姐是一对恋人。而且在这一次您接受我们专访之前，你已经向她求婚了。我就想问一下，这种夫妻店式的企业，你认为对未来企业的发展有好处吗？

“像你们这样的企业，会不会让投资人有更多的顾虑呢？”倪霞又道。

朱恩一笑，脸微微有些发红，看上去似乎有些羞涩。

他清了清嗓子，道：“倪小姐，这个问题怎么说呢，我也不知道是好还是坏。我只是跟你说一点，在公司创立之前，我和她就志同道合，有了这个基础，我们才一起创立了公司，所以不管是好还是坏，从公司创立的那一刻就决定了。

“而我们的投资人，在那个时候就知道这件事，所以未来究竟如何，还需要等待时间的检验！”

倪霞会心一笑，她抬抬手，示意摄像师可以关机了。

今天这一次专访是她采访人物最长的一次专访了，两人足足聊了两个多小时，从事业到生活，从人生感悟到企业经营，可以说能扯到的话题都扯到了。通过了无数次的提问，倪霞已经把朱恩了解得彻彻底底、明明白白了。

而朱恩的形象，也必然会通过这些问题变得十分立体化，经验告诉倪霞，这一期节目做成了。

倪霞对朱恩印象最深的是他的直爽，也正是因为这一点，今天的采访才变得很有意义。

作为媒体来说，他们最怕的就是滴水不漏的人，遇到这种人，就如同采访外交官一样，乍一听对方说了很多，其实仔细一品什么都没说。

直爽的人说话容易出噱头，而这些噱头是最吸引人的。在现在这个眼球经济时代，节目中噱头多、爆料多，是节目成功的关键。

满意地结束了采访，倪霞和朱恩都比较累，而结束采访恰好到午饭点，朱恩便提出请倪霞以及节目的其他工作人员一起吃饭。

而就在吃饭的时候，朱恩接到了王岳同的电话。在电话中，王岳同声音低沉，道：“朱恩，我们的麻烦可能要来了！某些企业和咱们正面交锋占不到上风，开始整盘外招、搞邪门歪道了。”

朱恩的心中“咯噔”了一下，他敏锐地感觉到公司可能出了什么事儿，因为如果是小事，王岳同绝对不会亲自打电话过来。

而且，朱恩来南方电视台接受专访的事情王岳同也知道，他依旧打电话过来，就说明麻烦可能不小。

吃完午饭，朱恩片刻不停留地回了临港，王岳同在天地大厦已经等候他多时了。

“董事长，是什么情况？”朱恩开门见山地道。

王岳同抓起电话，对电话那头的秘书道：“让公关部的关虹经理来一下我的办公室！”

挂断电话，王岳同搓搓手道：“还能是什么事儿？有个什么狗屁智能手机维权联盟告我们，说我们梦幻 2 手机的设计涉嫌侵权，被侵权的公司叫什么金盛科技，说我们的手机外形和他们的某款手机外形高度近似。

“今天法庭的传票已经来了，为了这件事儿，媒体已经开始在炒作了……”

王岳同顿了顿，又道：“无独有偶，荣誉科技也在专利上对我们发难了，告我们专利侵权呢！嘿，他们的意识果然超前，这可能是国内第一家告我们专利侵权的厂商。这两件事情，足以说明有人对我们羡慕嫉妒恨到极点了。”

朱恩皱皱眉头，道：“相比第二件事，第一件事让人更恼火一些。智能手机厂商那么多，我们的设计又是事先在网上公布的。对方只要有心，完全有可能和我们同步，甚至是提前推出产品，他们模仿我们，也可以反过来倒打我们一耙。

“看来我们还是低估了某些人的无耻，我以为只有汽车行业某些厂商才无耻，没想到咱们智能手机行业的厂商，也这么不要脸。”

王岳同点点头道：“你决定怎么处理？我看啊，我们的法务部必须得成立了，法务和公关一起上，兵来将挡，水来土掩，你看行不行？”

朱恩点头道：“目前只能这样了。但是有一个问题，就是荣誉的这个问题不好处理。目前他们的专利很多，如果这一次他们赢了官司，接下来我们的新产品就会遇到意想不到的麻烦。

“我当初之所以如此执着地要投资搞研发，就是预料到未来知识产权将会受到重视，专利侵权会成为违法行为。只是没想到啊，这一次荣誉选择在这个时候出手，他们选择的时机很妙，我们很可能陷入被动啊。”

朱恩说出了自己的担忧，王岳同皱皱眉头，也陷入沉思。

本来按照朱恩的判断，智能机江湖大乱应该还有两三年的时间，这个时间是个过渡的阶段，也是新兴手机厂商能够崛起的最后机会。

可是现在，产业洗牌来得太快了，荣誉突然打知识产权牌，一下击中了世纪前沿的要害。

这个事儿怎么办呢？如果是打官司，肯定打不赢，一旦打输官司，公司就要支付巨额的专利使用费，如果对方仗着这个优势，直接不让世纪前沿使用专利，那才是真正要命的事情。

如果一旦那样，世纪前沿就可能面临全面崩溃的境地，后果不堪设想。

朱恩和王岳同都是老江湖，两个人都意识到了这件事可能造成的恶果。

对所谓智能手机维权联盟的手段，权当他们是跳梁小丑搏出位。但是对当前手机行业的龙头大哥，同时又是国内技术储备第一的荣誉科技，朱恩和王岳同无论如何不能掉以轻心。

“朱恩，你说该怎么办呢？你的脑子灵活，想想办法？”

朱恩长长地吐了一口气，道：“我们暂时只能用一个‘拖’字诀，我们想办法把这个案子往后拖。这样吧，我们找个法律专家，让其先和法院沟通，不管找什么理由，把开庭时间先拖几个月再说。”

“这一点和我想的一样，可是接下来怎么办呢？我们再怎么拖，也躲不过去啊！”

“具体我现在也想不到，这样吧，我们分头考虑。还有，你最好去找汪先生取一下经，而我则去市里找一下李拥军副市长，看能不能通过政府的渠道和荣誉加强沟通。

“反正在侧面先努力吧，万一不行，我们再另外想招！”朱恩迅速地决策。

突然之间，他感到后背一阵凉意，因为从刚才王岳同说的这两件事，他敏锐地感觉到这可能是一套组合拳，是有人专门针对世纪前沿准备的一套组合拳。

除了荣誉之外，很有可能还有梅朵和畅想的影子，如果他们之间有了默契，要联手对付世纪前沿，那还真不好对付。

国内的企业就是这个风气，搞窝里斗天下第一。朱恩在方拓干业务员的时候，无数次经历过这样的斗争，只是那个时候他仅仅是个业务员而已，地位低微，责任也轻。

而现在，他已经是一家估值千亿的大企业的董事长了，面对这样的斗争，不得不说，他面临新的考验了！

第六十一章　公关危机

时间已经到了今年的最后一个月，目前，世纪前沿公司的手机销量已经达到了惊人的三千万部。虽然说这个数字比之前媒体乐观估计的四千万部还有一定的差距，但是今年下半年，智能手机市场是世纪前沿的天下，这已经完全没有异议了。

而目前，国内厂商的龙头老大依旧是荣誉，他们今年最后的销售数据应该超过四千万部，只不过荣誉的这个数据相比去年，下滑了接近百分之二十，对荣誉来说是一次重大的失败。

竞争不总在阳光下，到了年底，几家被梦幻手机压得喘不过气来的手机厂商，终于开始全方位对梦幻手机进行反击了。

先是冒出了一个智能手机维权联盟，状告世纪前沿梦幻手机设计侵权。几乎在同时，荣誉科技又起诉梦幻手机专利侵权，一时媒体对梦幻手机的负面报道铺天盖地而来，世纪前沿公司一下子陷入前所未有的公关危机之中。

可以肯定，这一次危机是竞争对手蓄谋已久的动作。因为危机一旦爆发，几乎所有纸质媒体、网络媒体和电视媒体都在炒作所谓侵权的事件，应该说一夜之间，火爆的梦幻手机就被人当头泼足了冷水。

尤其是荣誉科技，他们倚仗着华夏集团的资源，开始在各个层面上对梦幻手机进行压制。尽管朱恩和公司团队对此有一定的心理准备，但是现在的形势远远超出了公司团队的预料。

公司紧急成立的法务部，在应付几重官司的压力下，显得有些难以承受。而更严重的是，在负面消息满天飞的情况下，梦幻手机好不容易打造出的品牌效应势必会受到冲击。

而本来高歌猛进的梦幻手机的销量，已经受到了影响。

天地大厦，这是公司召开的第三次紧急会议，这次会议的焦点就剩下一个：如何反制荣誉科技！

而所谓的智能手机维权联盟的起诉不过是炒作，对付这样的起诉，一阵风过后，很容易摆平。可是对荣誉科技的专利起诉，国家刚刚通过了专利保护法，这个问题才是真正棘手的问题。

从目前的形势看，朱恩通过多方面的沟通，初步达到了“拖”的效果。

但是，华夏集团在临港才是当之无愧的巨头，他们的影响力远远超过了世纪前沿，朱恩想利用政府部门给对方施压的做法，现在看来不太成熟。

现在的局面是公司很被动，如果要扭转被动的局面，必须要有反制措施。

余怀道：“今年我们研发中心一共申请了专利五百多项，目前已经申请成功的专利有三百多项。而荣誉科技他们拥有的关于手机的专利目前是一万三千多项，跟他们比，我们渺小如蝼蚁。

“他们要在专利上对我们发难，我们没有反击的余地，唉……”

余怀长叹一口气，朱恩一拍桌子道：“今天这个日子，绝对是我们公司自创立以来最黑暗的日子，因为这是个耻辱的日子。我们现在被大厂商按在了地上痛扁，却没有任何反击的办法。

“不管这个事情怎么解决，我希望我们的高层能够记住这个日子，记住这一份耻辱，我们今天遭受的羞辱，有朝一日我们一定要找回来。

“现在外面关于公司的负面消息满天飞，作为高层的我们对此要有清醒的认识。对于所谓智能手机维权联盟这样的小丑，我们要多做粉丝引导，要揭穿他们丑陋的本质。

“而对于像荣誉这样大体量恼羞成怒的所谓巨人，我们要有忍辱负重的情商，耐心地与之周旋，要从多方面迂回，努力去寻找解决问题的办法！”

朱恩顿了顿，看向王岳同，道：“董事长，您是最有经验的人，您觉得我们现在具体应该怎么布局？”

王岳同咬了咬嘴唇道：“我是这样看：第一，我们必须成立更大的法务公关部，将这个部的级别提升到正总监的级别，要邀请这方面专业的人才加盟。可以预计，以后这样的情况会变得很常见，这一块的工作我们不能再拖了。

“第二，对荣誉科技的问题，我们需要寻找别的解决策略。关于这一点，我们随后私下里再讨论。总之一句话，我们不能这么快就被对手掐住命门，我们必须想办法拖两三年，和他们拉锯两三年，要不然我们会很危险。”

马梦可道：“嘿，这一次我总算知道什么叫无耻了，他们正面交锋不是我们的对手，就想用这种下三烂的做法搞臭我们。殊不知，他们越是这样搞，我们内部受到的刺激越大，激发出的能量也越大。他们只能让我们越来越强大，最后，我们要全方面、堂堂正正地将他们击败！”

高层会议散去，王岳同和马梦可还有杰瑞一起到朱恩的办公室。

目前公司的高层，朱恩是董事长兼总裁，马梦可是副总裁，王岳同是副董事长，杰瑞刚刚升任副总裁。下一步的调整，马梦可可能要担任公司的首席运营官，成为公司仅次于朱恩的掌管全局的管理者。

王岳同道：“朱恩，你上次去南方电视台接受专访，你感觉倪霞这个人怎么样？”

朱恩微微皱眉，道：“这个人很干练、很犀利，我对她印象还挺深，怎么？董事长的意思……”

“刚刚猎头公司给我们推荐了这个人，我了解过她的资料，她以前是法律专家，后来又去国外学了几年公关学。有JK公司高管的背景，现在我们不是要找一个法律公关部的总监吗？我觉得这个人可以考虑！

“她还有一个优势，那就是她曾在南方电视台工作，和媒体关系非常好，这一块是我们最薄弱的。如果我们现在能动用一些媒体资源，我觉得能很好地缓解当前的局面！”

朱恩点点头道：“你这个想法有点儿大胆，不过也可以试一试。我们带着诚意去吧，梦可，我们一起去？”

“为啥啊？非得一起去？我听说对方可是美女，你一个人去，关键时候还可以施一下美男计呢！”马梦可笑道。

马梦可这么一说，屋子里紧张的气氛立马得到了缓解。

王岳同一拍大腿道：“没什么大不了的，该来的迟早要来，我们有这么一个小坎儿更能促使我们成熟。”他慢慢地凑近朱恩，“我今天去了一趟香港，从汪先生那里得到了一个灵感。

“余怀不是说荣誉的产品也涉嫌专利侵权嘛，那正好，现在诺亚已经退出江湖了，但是这家公司还在，我们完全可以花钱把这家公司买下来。我觉得这笔交易会非常有价值，因为诺亚虽然是一家失败的公司，但是他们拥有深厚的技术积淀。

“如果我们能得到他们的技术，对我们未来的发展极其有利，你觉得呢？”

“啊……”朱恩惊呼一声，一旁的马梦可和杰瑞也被王岳同这个大胆的想法给吓到了。不过很快，杰瑞道：“好，王总您这真是一个天才的想法，我绝对支持！诺亚很有价值，我同意王总的意见，我们应该买下这家公司。

“朱，你应该比我们更了解诺亚，你觉得怎样？”

朱恩沉吟不语，乍听王岳同这个办法他吓了一跳，但是仔细一想，这个计划很有诱惑力，因为他太了解诺亚了，知道诺亚失败的根源在哪里。当时欧洲的经济也是普遍不景气，诺亚在失败之后很难找到新的融资，因而错过了东山再起的机会。

另外，还有最重要的一点，那就是在目前安卓和苹果系统一统天下的江湖上，诺亚曾经涉足智能手机操作系统的开发，公司内部还有很多这类的技术人才。如果能够用好这些人才，对目前软件技术底子薄弱的世纪前沿来说是一个巨大的提升。

王岳同顿了顿，又道：“还有一点对我们有利的消息，那就是据欧洲的朋友说，诺亚现在急于出售手机相关的业务，因为他们已经确定要转型了，所以他们的要价应该不会太高，我们可以承受。

“还有，如果我们收购了这家公司，便可以顺利地进入欧洲市场，我们迟早是要进入欧洲市场的，这一步现在迈出去，更有利于我们未来的发展。”

朱恩站起身来，用力地搓着手，过了好大一会儿，他道：“这样吧，我们分头行动，我和梦可负责招揽倪霞。董事长您和杰瑞明天去一趟欧洲，咱们也不藏着掖着了，直接找他们对话，关于收购诺亚的事情。目前我们只能快刀斩乱麻，不能拖泥带水，因为拖得久对我们没有好处。以最快的速度完成交易，对我们下一步的战略才有利！关键还是人才啊，现在我们最缺的就是人才了，我们收购诺亚我看重的就是人才。杰瑞，过去好好发挥你的特长，告诉欧洲的那些兄弟，让他们别死撑着受苦了，弃暗投明吧！”

第六十二章　缓解被动

倪霞觉得脑袋有一些发蒙，同时她又觉得有些滑稽。她和朱恩不过是见过一面，而且见面的时间仅仅过了十天，现在朱恩竟然想高薪聘请她担任世纪前沿公司的高级总监。

她十分客气地笑道："朱总，您的思维跳跃实在太快了。您应该知道，我回国仅仅一年多，刚刚在电视台这边稳定，我目前没有想过离开电视台去从事其他的工作。不过，不管怎么说，我还是得感谢您，您对我的邀请是对我才华的肯定，谢谢您！"

朱恩笑容不减，道："倪小姐，你先坐，我们边吃边聊。目前我们公司的情况，你应该有所耳闻，通过最近的危机，暴露出我们在危机公关这一块的弱点。我们在公关和法律上没有经验丰富的专家，而恰恰和我们合作的猎头公司，又隆重地推荐了你，所以我今天过来想跟你谈谈。"

朱恩端起茶杯喝了一口茶，道："其实我来之前大致知道，现在的这份工作让你很有成就感，我们的想法并不一定成熟，但是，我考虑到我们认识，而我现在又遇到了困难，你又是这方面的专家，我希望你能教一教我！"

朱恩这么一说，倪霞释然了很多，然后，朱恩连忙叫来服务员给倪霞点餐。

看着面前的菜单，倪霞抬头忍不住深深地看了朱恩一眼，不得不说，朱恩在细节方面的表现让她有点儿感动。

这一家餐厅看似很随便，但是这里面的菜式，却都是倪霞最喜欢的。倪霞喜欢吃正宗的法国菜，而恰恰这里的法国菜就非常正宗，因为一看菜单倪霞就能感觉出来。

反正是下班时间，倪霞也不急着回家，朱恩又点了一瓶红酒，两人慢慢地聊开了。

倪霞微微蹙眉，认真地听完朱恩的介绍，她缓缓地吐出一口气道："朱总，对你们来说真正棘手的是荣誉科技那边，你可能不了解荣誉科技的陆俊辉，这个人其实就是个正儿八经的野蛮人。

"任建国欣赏他，就是欣赏他不按常规出牌的本事，在华夏集团的文化中，狼性文化是主流。而陆俊辉就是一头真狼，而且是一头很狡猾很无耻的狼。

"对付这种人，你向其示弱是不行的，你越示弱，他越会变本加厉。因为狼的性格本来就很贪婪，我们中华文化中的分寸之说、中庸之道，在他们身上完全没有！"

朱恩将一块牛肉塞进嘴巴，道："这次我也领教了。不过，目前我还没犯错误，对他们的出手我选择的是'拖'字诀，动用了一些资源，但是目前看来效果不怎么显著。我们的资源无论如何也比不了华夏集团，这一点我很清楚！"

倪霞点点头，端起红酒道："其实要处理这件事并不是很困难！陆俊辉得理不饶人的个性很多人都知道，他现在对你们出手，你一个人来承受这样的压力，自然有点儿扛不住。

"如果你把想法再拓宽一些，当前国内的手机厂商之中只有你侵权了吗？还有那么多厂商，他们涉及的专利侵权比你们还多。陆俊辉今天在你这里得逞了，回头他们一个个都得栽在他手上。

"你们要想办法让国内的厂商生出一种兔死狐悲的感觉，那样一来，你们所有的厂商站出来反击，可能效果就不一样了，是不是这样？"

朱恩愣了一下，猛地把刀叉放下，道："哎哟，倪小姐你真是一语道破天机，让我豁然开朗啊！对，你这个想法很好，很利于我们扭转现在被动的局面。不瞒倪小姐，对这件事情我们也有很多反思。相比华夏集团，我们还是太弱了，这件事情让我们感到很耻辱啊！"

朱恩端起酒杯，狠狠地喝了一口红酒，道："倪小姐，我觉得你在电视台完全发挥不了你的才华，关于我们公司的情况，我也不再多说什么了，你应该是了解的。

“你如果有一天想换一个工作环境，我这里的大门对你永远敞开。另外，我给你的承诺是除了薪资之外，还可以给予配股的待遇。

“最后还有一个重要的信息跟你说，我们已经和诺亚接触，准备收购诺亚手机的全部业务。我们刚才说了这么多，你有句话说得好，在今后几年，我们和荣誉的竞争将成为主流。

“对付荣誉这一头狼，避重就轻，合纵连横只能占一时的上风。真正要战胜他们，我们必须要比他们更强，要用绝对的优势碾轧他们，这才是我们努力的方向！”

朱恩这几句话说得掷地有声，倪霞眼中也是异彩连连，现在国内的手机厂商中，最赚钱的厂商便是世纪前沿公司。

今年世纪前沿公司的利润，最保守的算法也超过了六十亿，极有可能是六十亿到八十亿之间。这样的赚钱能力，国产手机中第一位，没有任何一个厂商能够比。

倪霞为了采访朱恩，做了很多的功课，对目前国内智能手机的江湖也有所了解，因为了解，所以她对朱恩能够率领团队在短短三年的时间取得这样的成绩，更感到佩服。

实际上，据她所知，目前资本市场上世纪前沿也成了香饽饽，据说有投资商已经对世纪前沿给出了千亿的估值。这说明，在投资人的眼中，世纪前沿已经成为一台赚钱的机器。

一念及此，倪霞道：“朱总，关于具体操作方面，我可以介绍你和我们南方电视台合作。我们财经频道可以专门搞一期智能手机现状的专题节目。这个节目就从你们这一起官司着手，我们以一种很公平的方式来报道，但是在报道的过程中，我们会把目前国内手机厂商普遍存在的专利侵权的事情曝光出来，给所有的厂商都敲一下警钟。我相信这个节目不仅能为我们财经频道赢得收视率，对你目前的被动局面也有帮助！”

朱恩大喜过望，道：“那真是太好了。对了，倪小姐，这一期节目我们可以赞助，所有的经费我们来承担！”

“别，朱总，你别让我掉坑里去了，媒体和企业搞交易这是大忌，一旦曝光，后果不堪设想。我可不想犯错误蹲监狱，赞助的事情打住，反正这事儿我们也是互惠互利。另外，私下里我也算是帮到了你！”倪霞道，“这样吧，你快点儿给我提供一份报告，关于目前国内手机行业专利侵权的报告，我们速度要快一些，争取一个星期之内节目就能播出！”

和倪霞聊了三四个小时，朱恩虽然没有说服倪霞来世纪前沿工作，但是他依旧感到收获不小。

的确，倪霞这个人很有能力，思维很活跃、很敏锐，这种公关人才是公司现在最缺乏的。另外，倪霞媒体资源丰富，以后随着世纪前沿公司的壮大，媒体资源会越来越重要，如果能吸纳倪霞加盟公司，这一块的弱势便可以得到弥补。

连夜回到临港，马梦可凑过来问情况，听朱恩把情况说完，她咯咯一笑，道：“我说朱恩啊，你也有失手的时候啊。其实你应该想想，在挖人这一块，公司最擅长的人还是我。想想当年，你朱恩是多厉害的一个人，可最后怎么着？还是让姑奶奶给说动了，你呀，承认失败吧，这个倪霞交给我了！”

朱恩瞪了她一眼，道：“梦可，你有点儿意思啊，我让你一起去你不去。现在我没弄成，看你的样子好像还蛮幸灾乐祸的，你可不能这样啊！”

马梦可笑嘻嘻地凑到朱恩身边，道：“不是我瞧不起你，而是你不了解女人。你想想倪霞这个女人，那么有本事，为什么非要在电视台上班呢？你就没想过原因吗？

“我告诉你吧，这一切都和她男朋友有关。她找了一个广告传媒的男朋友，爱屋及乌，就喜欢上了传媒。所以啊，要解决问题，得找到问题的根源。不瞒你说，我和猎头公司的高层已经沟通得很明白了，他们已经掐住了倪霞的命门。”

“所以朱恩，你等着吧，不出一个月，倪霞的事情就可以全面解决！”马梦可胸有成竹地道。

朱恩有些迷茫地盯着马梦可，马梦可笑嘻嘻地凑到朱恩身边，道：“朱恩，如果有一天我发现你有外遇。嘿嘿，我直接阉了你！”

“呃……你这都是哪儿跟哪儿？真是……啊……你是说倪霞的男朋友……”

马梦可压低声音道：“就是这样的，倪霞这女人也是命苦。她拼命付出，可人家把她的付出当空气。可怜的女人啊，注定了要让我去挽救她！”

“梦可，这事儿你可得注意分寸啊，我怎么觉得好像有点儿卑鄙呢？”

马梦可嘿嘿一笑，道：“我们只是实事求是地帮她认清一个人而已，怎么能用卑鄙一说？而且通过这件事，我也要让你知道渣男将会面临怎样的下场，给你上一课，哈哈……”

马梦可说完，哈哈大笑，朱恩一把将她搂在怀里，两人嘻嘻哈哈闹作一团……

第六十三章　反击

倪霞的动作很快，南方电视台专门针对智能手机行业现状调查的财经节目就播出了。这一期节目，就是以世纪前沿和荣誉科技的专利官司为切入点。节目声称，经过南方电视台的调查，目前国产手机厂商的专利侵权并非个案，几乎普遍都存在严重的专利侵权现象。

世纪前沿的侵权，在众多的侵权案例中其实不值一提。而国内另外几家，畅想科技、梅朵科技和韦瓦科技等公司，它们旗下的产品涉及的侵权情况更是触目惊心。至于原因也很简单，因为这几家公司的产品线比世纪前沿要复杂得多，所以它们专利侵权的案例也多得多。

尤其是梅朵科技，他们的旗舰机涉及专利侵权多达三十一项。这个数据说明，梅朵手机几乎所有的技术都运用了其他企业的专利，国产手机现状如此，国产厂商的前途在哪里？未来在哪里？

报道中，南方电视台不忘美化荣誉科技，荣誉科技拥有一万多项技术专利的情况，也被他们披露了出来，应该说是好好地把荣誉科技吹捧了一番。

而最耐人寻味的，是南方电视台的某记者采访荣誉科技品牌总监石勇时问道："石总，根据我们的了解，目前国内手机厂商普遍存在专利侵权的现象，这一次我们知道荣誉就这个问题起诉了梦幻手机。

"我听到网上有人质疑，说荣誉之所以起诉梦幻手机，是因为在市场上正面交锋落了下风，所以企图通过侧面迂回来找回面子。而其他的那些企业，因为没有威胁到荣誉，所以他们侵犯了荣誉的专利，荣誉并不在意，是这样吗？"

石勇以一种非常气愤的口吻回复道："这种说法简直是胡说八道。大家都知道，我们荣誉是一家以技术为中心的企业，我们的产品是业界最优秀的产品。我们为研发投入了巨额的资金，但是有些企业却想拿来主义，这完全不利于整个行业的发展。

“我们这一次起诉梦幻手机，就是因为他们对我们的专利有严重的侵犯，下一步我们还会起诉其他的企业。凡是侵犯我们专利的企业，必然会受到我们的追究，对这一点，我们的态度是一贯的，不会改变……”

这个报道在南方电视台播放出来，在业界造成了巨大的影响，很多媒体都打出了惊悚的标题，其中《南方日报》的报道标题最典型，就三个字：“狼来了！”手机行业的狼来了，荣誉要“革”大家的命呢！

很快，国内手机厂商出现了一波反荣誉的浪潮。而媒体传播得最厉害的一件事，便是所谓中原六省经销商集体下架荣誉手机的事件。

荣誉科技，陆俊辉神色极其严峻，公司高层齐聚一堂，全场鸦雀无声，每个人的神色都非常严肃。

“苏灿，你现在的计划是什么？我们不能总被经销商牵着鼻子走，这一次六省下架事件，可以说暴露了我们在营销方面存在的大问题。从明年开始，我们的营销战略必须重新制订！”陆俊辉言辞冷肃，极度愤怒地道。

营销总监苏灿道：“陆总，我们在积极和经销商沟通，现在不是用强的时候。我早就说了我的观念，现在手机市场很混乱，利益纠葛很多。我们的优势在技术上，别人却也有别人的优势。

“我们过早地打专利牌，只能让对手更早地看到自己致命的短板。现在好了，我们走遍天下都有理，但是有理起什么作用？我们激起了整个行业对我们的警惕，杀敌一千，自伤八百，而且还把我们的王牌给打出去了。”

石勇道：“苏总，话不能这么说。我们现在的关键还是要对付世纪前沿，这家公司才是我们的心腹大患。我们可以逐一地和其他手机厂商解释，化解误会。我就不明白了，为什么渠道对此反应也这么大？”

苏灿摇头道：“我说石总，如果那样能行的话，事情就好解决了。这一次南方电视台搞的这一期节目啊，完全就是一个套，明面上是吹捧我们，实际上是给每一家厂商头顶上方悬了一柄利剑，让他们如芒在背。

“你说在这种情况下，我们现在怎么去和别人消除误会，难不成我们把专利授权书无偿地给他们吗？”

陆俊辉冷冷地哼了一声，道：“很好，很好啊！朱恩的团队玩了一手浑水摸鱼啊。他们这么一搞，搞成了兔死狐悲的局面，我们要对付他们，其他的厂商就会想到未来他们自己的下场。这个谢明珠啊，变脸比猴子还快，女人啊，就是这样难伺候！”

苏灿道：“但是陆总，我认为我们恰恰可以忽略的对手就是谢明珠。这一次经销商造反背后就有她的影子。我的建议是这样，我们可以给梅朵科技一份大礼。但是这份大礼不能让他们和畅想科技共享，具体的方式我建议通过渠道来给。

“梅朵式的营销，他们的渠道和工厂是一体的，重赏之下必有勇夫，我们大出血把眼前的困难渡过去，同时给梅朵和畅想的合作埋下隐患。现在媒体天天说什么三分天下，我看就没有必要让天下三分了。解决了梅朵和畅想的合作问题，回过头来我们可以安心地对付世纪前沿。”

陆俊辉神色阴晴不定，显然是在权衡利弊。

他不得不承认，这一次他的动作有些冒失了，苏灿说得对，荣誉科技将专利的这张牌暴露得太早了。按照原计划，荣誉应该在国内国际手机市场上占据压倒性优势之后，再开始打专利牌。

这张牌一旦打出去，所有的厂商都没有反击的能力，国内的厂商除了对荣誉俯首称臣就只剩下倒闭一条路。那样一来，荣誉便能实现国内一统，顺利地成就国际顶级厂商的地位。

可是计划不如变化快，今年突然崛起的梦幻手机太威猛了，整个下半年，荣誉的机器被全面压制。在用户层面上，梦幻手机火遍全国。在企业层面上，荣誉打华夏集团的牌子才有一点儿存在感，而世纪前沿公司却有诱人的噱头，什么投资二十亿建立研发中心，什么受到国家领导人的高度赞赏，还有所谓全电子商务营销模式。

手机江湖好像一夜之间就变天了，陆俊辉感觉，现在他走到哪里，别人提到的都是梦幻手机。有一次他去乘坐地铁，在地铁上一帮年轻人在讨论国产手机，梦幻手机被他们吹上了天，而荣誉 3 则直接被无视。

对于争强好胜的陆俊辉来说，这样的事情他不能忍，所以他毅然决定动用王牌。而恰好，梅朵谢明珠也感到了压力，陆俊辉满以为有谢明珠的掩护，这件事会让世纪前沿很难抵挡。

可是结果却是，人家团队中也有高人，而且剑走偏锋，反倒让荣誉科技陷入很尴尬的境地。

“苏灿，就按你说的办，你去执行！我们搞一个五亿计划，拿出五个亿回馈一直支持我们的渠道商，我看有这么一笔钱，该够了吧？”陆俊辉道。

他轻轻地压压手，面上无所谓，心中却在滴血。

为了抢占市场，荣誉的产品定价一直不高，而且每年都有大笔技术投入，因而公司的利润一直很低。

去年刚刚实现盈利，利润不过几个亿而已，而今年销售遇到困难，利润可能更少。现在马上年底了，他启动这个五亿计划，年终公司账面上极有可能利润为负数。

一家年销量四千多万部的手机厂商，一年干到底利润还是负数，陆俊辉感到很丢脸。

华夏集团五大事业部，一年的利润高达数百亿元，而荣誉科技作为有望成为华夏集团第六大事业部智能终端部的庞大实体，利润还是负数，这不是巨大的讽刺吗？

就在陆俊辉感到很不爽的时候，财务总监周少明直接道：“陆总，对不起，我反对这个计划。就算您一定要执行这个计划，也得明年年初才行。”

周少明清了清嗓子，继续道：“原因很简单，因为年终核算我们一旦达不到集团对我们的利润要求，明年我们得到的集团资源会更少，我们明年的财务情况会很紧张。

“可能不光是财务，我们其他的资源也会受到影响。我们正是面临激烈竞争的时候，一旦受到影响，我觉得很危险！”

陆俊辉心中本来就烦躁，被周少明这一反对，他更恼火，道：“那你给拿个主意吧，现在已经是这个局面了。我们的产品在六省被下架，这个事儿究竟需不需要处理?

“倘若有一丁点儿办法，我会拿出这个五亿计划吗？我会不知道年底财务不达标，将会面临的局面吗？”

陆俊辉说完，拎着文件夹转身就走，丢下一屋子人面面相觑。

第六十四章 “家”的领悟

公司公关危机的解决看到了一点儿眉目，而对朱恩来说，新的忙碌又来了，至少有两件事需要朱恩去费心：

第一件事，王岳同在欧洲发回消息，诺亚那边的问题不大，他们表示愿意被来自中国的公司收购，具体的收购方案对方希望能在今年年底到明年年初落实。接到这个消息，朱恩感觉自己有必要去一趟欧洲了。

另外一点，朱恩老家那边，朱长青两老已经迫不及待地要为朱恩张罗婚事了。朱恩打电话回去说是今年要结婚，按照雍平的习俗，朱长青两老还没见过亲家，这婚事怎么办？

所以，朱长青两老还有妹妹朱菁，已经准备择日来临港了。老人的坚持，朱恩也没有办法拒绝。再说了，朱恩在临港工作了那么多年，父母还从来没来过这边，趁着这个机会让二老出来散散心，其实也很好。

只是，现在朱恩要负责这么大一个公司，公司的事务的确太多，一旦要分心，他还是感觉挺疲惫的。

临港高铁站，朱恩和马梦可在出站口嬉闹，朱恩道：“梦可，你说我爸妈倘若和你妈见面，他们能说啥呢？我感觉他们不是一个世界的人啊，你妈永远也不知道农村的生活是什么样子吧？”

马梦可咂了咂嘴道：“对于我妈的童年，我还真不知道。其实说起来我挺可怜的，很小就没有爸爸了，妈妈也不常在身边。所以啊，我其实挺羡慕你的，你爸妈都健在，还有一个特别崇拜你的妹妹，你真是太幸福了！”

朱恩笑了笑，道：“可惜为了生计，这些年我一直都在外面打拼，有道是父母在，不远行，我却没做到这一点。”

“哎，来了，来了！”

马梦可一抬头，突然指着前方道。

朱恩回过头去看到朱菁在招手，朱长青两老跟在朱菁后面，看上去比几年前更苍老了。朱恩心中微微一酸，立刻快步跑过去，道：“爸，妈……”

走到近前朱恩才看清，老妈怀里还抱着一个小不点儿，小丫头一双乌溜溜的眼睛盯着朱恩，一点儿也不怯场，好像发现了新大陆，感到特新奇似的。

“哎哟，这是馨儿丫头吧！啧啧，来，让舅舅抱一抱！”朱恩伸出手去，没想到小不点儿竟然是个人来欢，一点儿也不怕生人，直接伸过手来，朱恩大喜过望，将丫头抱在怀里。

马梦可走过来，笑吟吟地和朱长青两老打招呼，朱恩道：“走吧，我们去停车场！”

朱菁苦笑道：“走什么走？哥，你说得可轻松，你知道爸妈带了多少东西过来？家里刚刚杀猪，他们恨不得把整头猪的腊肉都给你背过来，还有花生、豆子，几大袋，嘿，你就去拎吧！”

朱恩这才发现，两老带的行李出奇地多，幸好高铁站有小推车，饶是如此，行李也堆了足足两车。幸亏朱恩开了越野车过来，要不然车后备厢还装不下呢。

因为两老要过来，朱恩以前的房子有些小了，而且朱恩和马梦可结婚在即，所以上个月他和马梦可一商量，下了血本在滨海买了一套别墅。这一套房子花了六千多万，房子装修得非常好，只需要直接搬进去就行，特省心。

朱长青两老倒没什么，大城市他们第一次来，处处都觉得新奇。朱恩的房子虽然豪华得了不得，他们也没有多少概念，可是朱菁看到这么一大幢别墅，她真是吃惊得下巴都要掉了。她对临港的房价还是有些了解的，老哥这么一幢别墅得好几千万吧。

“哥，我们雍平很多人都说你发了财，看来是真的啊！这房子，哎，我真该让李军辉一起过来看一看，开开眼界，省得他整天只知道好吃懒做！”朱菁笑嘻嘻地道。

朱恩敲了敲朱菁的头道："一听你这话就知道，你平常没少欺负老公。对了，我一直没回去，你们的生意怎么样了呀？"

"还行吧，反正现在家里就我和妈两个人搞生意，李军辉做生意根本不行。一年到头，全家能搞七八十万的样子，在雍平过小康的生活还行，可是跟你一比，我们只能算是新中国成立前了！"

朱恩道："菁儿啊，你能好好地过日子不去跟别人比吗？过日子贵在知足常乐，你这么说起来，我还觉得日子不好过呢。刚才我跟你嫂子说父母在，不远行，我从高中起就在外面闯荡，你现在看看爸妈，他们都这么大年龄了，有时候我想想就觉得不是滋味。

"所以，菁儿啊，哥跟你说，我在外面，你在家里就多照顾一下咱爸妈。我有一个想法，回头我看在雍平东城那边是不是可以买一块地，咱自己修一幢房子，要有菜园子能养鸡喂猪，让咱爸妈住得习惯，让他们搬到县城来住，你看怎么样？"

朱菁一拍手，道："哥，你跟我想一块儿去了，我最近一直在琢磨这事儿。你说咱爸妈辛苦了一辈子，乡下住习惯了，到城里住楼房他们根本住不了，我让李军辉想主意呢，他和你想了一样的主意。

"我听说啊，好像是东城以前有一片橘子林，应该是东城中学的，现在好像要拍卖。但是估计价格不菲，要不这次你回去问一问？"

朱恩和朱菁两人闲聊，朱长青两老带着外孙女楼上楼下地看房子，马梦可过来道："朱恩，叫叔叔阿姨他们吃饭，我刚才跟我妈打电话了，她约我们晚上去家里呢！

"菁儿啊，今天中午我们就随便吃一点儿好不好？吃饭之后，我看你在微信天天说化妆品的事情，你就别纠结了，嫂子待会儿给你一套完整的！"

中午饭就在家里吃，却是在外面叫的餐，一桌子菜还加两个服务员过来服务，一看这架势朱长青就不高兴了。

“恩子，以后不能这么搞啊，家里有锅有灶，我们一屋子闲人，吃饭还要在外面叫吗？你就算真挣了大钱，也不能这样乱花，你说是不是？”

朱恩瞟了一眼马梦可，马梦可忙道：“叔，今天你们二老不是刚来吗？我和朱恩怕你们肚子饿，自己做饭怕来不及就临时叫了外卖。以后您二老住这里了，我们咋能还叫外卖呢，朱恩一直就想吃阿姨烧的菜呢！”

马梦可这一开口，朱长青就乐呵呵的不说什么了。

对这个儿媳妇，他们两老是一千个满意、一万个满意。儿媳妇不仅有知识，长得漂亮，还很识大体，一个城里的姑娘到了乡下，身上一点儿傲气也没有，跟谁都和和气气的。

自从马梦可三年前去了一次村里，村里人人都夸朱长青两老找了一个好儿媳妇。

两老这三年就日日盼，夜夜盼，就盼朱恩能把婚事定下来，那样他们好抱孙子。功夫不负有心人，等了三年终于等来了这一天，这一次他们二老过来，就是来确认这事儿的，回头家里还要大张罗呢！

午饭吃得很热闹，有小不点馨儿闹场，家里其乐融融。朱恩忽然有一个想法，想把父母留在身边，留在临港。

就目前朱恩的条件来说，这已经不是问题了。唯一的问题在老爸老妈的生活习惯上，他们可能很难适应城市生活。

一想到这一点，朱恩心中有些失落。不过旋即，他想到倘若将来自己有了孩子，爸妈他们有了孙子，兴许老人会改变态度呢！

朱恩看着老爸和老妈，老爸坚挺笔直的腰杆已经佝偻了，老妈脸上的皱纹已然很深了，再想想二老的年龄，都六十多岁了。农村人经常说人生七十古来稀，这么算来，自己和父母能在一起的日子其实不多了。

这样的念头在朱恩心中滋生，突然之间，他对结婚这件事似乎一下就变得有些急迫，他觉得自己过去很多年真是有些不懂事。

老是强调自己在外面生活的艰难，老是一门心思地去想自己的事业，殊不知，在老人的心中，他们最看重的，其实并不是自己的儿子多厉害、多有钱，他们只希望自己的儿子能平平安安，能有幸福美满的家庭，能为祖宗留下香火。

其实仔细想想，人生一世，短短几十年而已，有道是“耕良田千万顷不过一日三餐，有广厦万间只睡卧榻三尺”，儒道讲家国天下，家永远是第一位的。这一刻，朱恩对“家”的领悟，突然得到了升华。此时此刻，他觉得自己真的无比幸福！

第六十五章　石头落地

对马梨，朱恩感到有些头疼，他觉得自己这个准岳母的性格实在是古怪得很，就算她对自己这个未来女婿不满，朱恩也能理解。可是她有时候对马梦可这个女儿，表现得也很喜怒无常，令朱恩常常觉得不可思议。

这一次朱长青两老过来见亲家，朱恩本来不太乐意，因为从门当户对的角度来说，朱恩和马梦可完全属于两个世界的人，自己的父母和马梨见面能聊什么？万一老人家受了什么委屈，朱恩都不知道该怎么安慰。

所以说句心里话，今天去丈母娘家吃饭，事到临头他还是挺紧张的。

马梨的住所也在滨海，离朱恩现在的别墅很近，但是说到奢华程度，马梨的别墅远远超过朱恩现在的住房。首先房子和院子就有朱恩家几个大，她专门请了私人厨师，还请了保姆，甚至还请了一个专门负责打理院子的园林师。

车开进偌大的院子里，朱菁凑到朱恩耳边道："哥，你的丈母娘是干什么的？咋这么有钱？"

朱恩清了清嗓子，正要说话，马梦可道："菁儿，别紧张兮兮的，没事儿的，我们往这边走！"

进到客厅，朱长青两老明显很紧张，他们一辈子都没见过这么金碧辉煌的房子，这哪里是人住的地方？这简直是皇宫啊，他们心中就想着，恩子找了这么一个有钱的儿媳妇，将来这日子会好过吗？

"妈，我们来了呢！"马梦可冲着客厅里面嚷嚷道。

"哎哟，来了啊！快请进，请进！"马梨一溜小跑过来，满脸堆笑。朱恩在旁边道："马姨，这是我爸，那是我妈，还有我妹妹……"

"好，好！快进来坐！"马梨热情地招呼大家进屋，招呼保姆给大家上茶，对朱菁道，“丫头，把孩子放地上吧，抱着多累啊。没事儿的，来我这里随便些，以后咱都是一家人了，没必要客气嘛！”

朱菁将馨儿放在地上，笑得却有些紧张，这架势，她能随便得了吗？她又想起老爸老妈在雍平说提亲的事儿，倘若按照雍平的传统习俗，要提亲给彩礼，现在老朱家能给得了吗？

马梨的眼睛看向朱长青，道：“亲家公，亲家母，你别看我现在住在城里，其实当年我在乡下待了不少年。我下乡的那会儿，正好赶上闹饥荒，我们在楚北烧荒种玉米的事情，我至今还记得清清楚楚。

“当时一面大荒山得有上千亩吧，我们将千亩荒山一把火烧光，然后全种上玉米。那个时候不是有句顺口溜说‘三年不开荒，穷得喝米汤’吗？我们开了一个冬的荒，第二年玉米种下去就盼啊，指望能有个好收成。谁知道那一年玉米快成熟的时候，突然刮了一场大风，满山遍野的玉米全被吹倒了。

“最后我们一个生产队干了一年，人均分得的玉米只有八十九市斤。那一年村里饿死了三个知青，我如果不是临时被抽调到公社出板报，躲过了最艰难的三个月，估计也饿死了！

“亲家公，我们楚北是靠近你们省的，我估摸咱们当时的情况差不多。一晃几十年过去了，现在的孩子们哪里知道我们当年的苦，就算是现在的农村，比当年也好太多了吧？”马梨道。

朱恩心中一惊，他万万没想到，马梨竟然还有知青的经历。听她这一番话，没有那一段经历，是无论如何也编不出来的，看来，自己对未来岳母的了解的确太少了。

朱长青神色放松了一些，道：“亲家母，你这么一说，我心里踏实一点儿了。哎，我家恩子从小在农村长大，梦可却成长在大城市，我就怕他们将来过日子会闹别扭呢！现在农村人比当年日子好过了，至少是吃穿不愁，但是和城里比，生活差距还很大呢！”

朱长青也算是当年的知识分子，“文革”时期的高中生，在大集体时代干过村支书，当年也是赫赫有名的人物。

说到当年的知青下乡、大集体种地开荒的事情，他太熟悉了。

再说了，马梨的老家楚北也属于中原，那边的自然环境和朱恩家那边也差不太多。

“亲家公，你说当年咱为什么就那么穷呢？一年到头，天天都在劳动，可是日子都过不下去，现在想想当年的日子，我时常都会觉得难以理解。”马梨道。

朱长青道：“还是科学技术不行，当年我们种地没有肥料，化肥、农药是什么玩意儿完全不知道。种下去之后的收成如何完全靠天，那哪里行？还有，有些领导瞎指挥，搞花架子，种个地不讲究实效。

“那个时候啊，真不是人过的日子，还是改革开放好。自从改革开放了，一切就都好了，我家恩子出生之后，我们村儿就没有人饿过肚子了……”

马梨问道：“对了，我记得当年我们舂米用的设备，叫啥来着，就是一个石头中间挖开埋在地上，然而把谷子放进去用人力去舂，这东西现在乡下还用吗？”

“不用了，不用了，现在都是制米机了，石碾子也没有了，村里都有磨面机了。时代变化很快呢！”

马梨笑眯眯地道：“亲家，我这里可还保留着很多乡下的玩意儿呢，在后院，我带你们二老去看看，石碾子没有，但是石磨我还专门买了一台，也都在后院！”

跟着马梨，大家到了别墅后院。

后院的装饰风格突变，完全就像个农家院子一样，院子里摆放着农村当年非常常见的一些工具，有石磨，有舂米用的木马，还有收了谷子需要用的风车，朱恩看到这些东西都觉得新奇。

马梦可更是没看过，当即道：“妈，你这是什么时候弄的？我上次来你这儿，可什么都没有呢！”

马梨笑笑，道："我刚弄不久，这些东西都是我前段时间去楚北从那边带过来的，费了好多心思才运过来摆上。今天咱吃的饭，就是用这种原始的木马舂出的米。

"还有，我们吃的豆腐就是用这石磨磨出来的。梦可，我跟讲，石磨豆腐的味道完全不同，当年你妈我操作这些东西是非常熟练的。"

不知为什么，院子里的气氛突然之间就变得很融洽了。

就连小馨儿都不怎么怯场了，小丫头片子在院子里跑着跳着，一个人玩得不亦乐乎，朱恩不由得对马梨改变了看法。

他一直认为马梨不是在国内长大的，因为从国籍看，马梨已经是美国国籍。他万万没想到，马梨还经历过共和国那段最苦难的日子。

而从其年龄看，也应该和自己的父母不相上下，她看上去年轻，那只是一种表象，其实她的年龄也差不多六十了呢！

这么一想，朱恩对马梨的成见一下淡了，晚上吃饭的时候，朱恩甚至自作主张地拿了一瓶酒和老爸小酌了两杯。

反正一句话，以后就是一家人了，一家人何必搞得那么不自在呢？

吃过饭之后，一家人坐在客厅闲聊，马梨凑到马梦可身边坐下，眼睛看向朱恩，道：

"朱恩，我听梦可说你计划收购诺亚公司？"

朱恩微微愣了一下，点头道："是有这个计划。王总和杰瑞已经去欧洲了，从他们反馈的消息来看，诺亚是完全可以收购的，而且目前他们急于出手，要价也不会太高，我们也能买得起。"

马梨点点头，道："你的想法我大致能明白，你是要正面和荣誉科技竞争。从现在公司的发展来看，当时我们的一些争议，你是正确的。目前世纪前沿公司的这种模式是先进的，你的坚持说明你的预见性很强。

"你完全有能力领导这家企业，这是我现在的看法！"

"马姨，您……您太客气了，我其实对您没有什么成见，毕竟我们当时站的角度不一样……”

马梨压压手，道：“你别怪我，我就这么一个女儿，她找男朋友我会很紧张。现在我看到了你的爸爸和妈妈，我感到很踏实，心里的一块石头总算能放下了。来，这个东西你拿去吧……”

马梨递给朱恩一个文件袋：“这是梦可的户口本，今天既然是过来提亲的，户口本就给你们了，你们找个好的日子去一趟民政局把证领了。至于婚事怎么办，我的想法是不管你们在临港怎么办，我认为老家那边的那一套习俗还是不能废。

“我刚才和你爸妈说了，让他们好好张罗，怎么热闹怎么办，乡下的风俗虽然烦琐，但是很纯粹淳朴。我这一辈子能有今天，和我当年下乡当三年知青吃的苦是有莫大干系的。”

马梦可将户口本拿在手中，嘻嘻一笑道：“得了，那得尽快去欧洲才行，要不然今年春节非忙死不可。哎，你们那边的婚礼风俗我可见识过了，菁儿结婚的时候，那个仪式之多，真的能累死人呢！”

第六十六章　谈判

为了给年底结婚节省时间，朱恩第二天清晨就乘飞机直飞北欧。

现在公司唯一需要他出面的，就是收购诺亚的事情了。坐了十几个小时的飞机，后又转乘汽车，朱恩终于在一天后抵达了诺亚总部所在的北欧小城。

这是他第二次来这里，这一次到这里的心情和上一次真是天壤之别。

朱恩至今还记得自己第一次来这里时的情形，当时他在诺亚内部崭露头角，小有名气，被安排来总部是一种很大的荣耀。

朱恩当时甚至想，自己一辈子都可以托付给诺亚这样一家伟大的公司，因为那个时候的诺亚威震全球，和现在苹果公司的市场地位相差无几。

然而，好景不长，在朱恩离开这里仅仅两年，手机市场就沧海桑田了。诺亚在失去了一个又一个机会之后，终于把市场拱手让给了别人，公司衰败的速度之快，朱恩现在想起来都觉得不可思议。

那个时候，朱恩觉得这一座城市虽然不大，但是处处充满了活力。可是今天到同样一个地方，他感觉到的却是死气沉沉。

王岳同和杰瑞已经在这里待了七八天了，精明的杰瑞已经把这里的情况摸得差不多了，他悄悄地对朱恩道：

"朱，你还记得罗格吗？这小子现在极其落魄，嘿嘿，他当年可是欧洲大区的总监呢，真的不可思议，我都不敢相信自己见到的是他。诺亚衰败了，难不成公司里的人也全都失去斗志了吗？"

朱恩点点头道："现在关键有两点：第一点，我们必须评估出诺亚公司的手机业务还有多少价值；第二点，我们收购这家公司，在人力资源方面是不是会成为我们的包袱。

“欧洲的劳动法太厉害了，如果我们收购了一家公司，一旦需要裁员的话会很麻烦，我们付不起裁员需要支付的违约金！”

王岳同道：“这个问题我也考虑了，这几天我和杰瑞交流过，我觉得欧洲的企业之所以衰败很快，主要和欧洲这边社会的高福利有关。人们的生活太安逸了，就没有奋斗的动力。

“杰瑞这一次就遇到了很多昔日的伙伴，他们依旧待在公司，哪怕是处在半失业状态，他们也不想离开，重新开始新的工作，这在国内是不可想象的。”

朱恩一笑道：“这也有个好处，那就是员工的流动性很小。我们必须了解文化的差异，欧洲人干活儿能力并不弱，但是他们喜欢干自己热爱的工作，更追求个性。

“反正我的意向很强烈，别的不说，单单是我们收购诺亚之后得到他们的专利，以后都可能会转化成一大笔钱！”

诺亚现在的董事长名字叫若瑟夫，这个名字听上去很有宗教特色。

但实际上，若瑟夫和宗教没有一丁点儿关系，他是做技术出身的企业家，当然现在看上去他就是一个年过七十的老头。他很瘦，一双手像鸡爪似的，五官中最有特点的是他那极具北欧人特点的鹰钩鼻，另外他的眼睛很蓝，深蓝色的眼睛给人的感觉非常深邃，好似深不可测。

“嗨，你可以叫我奥玛。我知道你的名字，来自中国的我们诺亚的优秀设计师，很高兴见到你！”若瑟夫非常热情地给了朱恩一个拥抱。

“你好，奥玛董事长！我这一次的来意想必你应该明白了，我对诺亚很有感情，我很怀念当年在诺亚工作过的日子。现在我们在中国做出了自己的智能手机产品，我听说诺亚有意出售手机业务，恰好我们公司也正在寻求国际化，所以，我不远万里过来了！”朱恩十分坦率地道。

“哈哈！朱总，关于你的传奇我已经听说了，你是我们诺亚的骄傲。我们本来是一家伟大的公司，可是却很遗憾地错过了智能手机这个时代，这真的很让人沮丧。目前我们对公司未来战略的规划，不包含手机业务。

“而偏偏我们做了那么多年的手机，在这一块我们还有不菲的资源，我相信这些资源你能够用得上，所以我觉得我们完全可以仔细谈谈！”若瑟夫道。

在他的带领下，朱恩第一次将诺亚总部全部参观了一遍，他并没有见到杰瑞口中的那个罗格。事实上，他甚至没有见到一个熟悉的人。

一切都变了，诺亚已经不是以前的诺亚了，公司员工只剩下之前的十分之一，而剩下的这部分员工，大多数都死气沉沉的。

如果现在收购诺亚，朱恩得到的可能只是诺亚这个品牌，还有诺亚过气的技术和专利，这笔生意做起来划算吗？

在参观完总部之后，接下来便是双方连续两天的谈判。

通过谈判，对方要求的最低价格定在1.58亿美金，相当于人民币10亿左右。面对这个报价，朱恩和王岳同三人都很犹豫。

“若瑟夫虽然是个古板的人，但是很狡猾，他似乎看中了我们的志在必得，所以他报的价格有点儿高！”王岳同道。

杰瑞点头道：“不错，我觉得这帮人太狡猾了，他们分明是在甩包袱，可是却把我们当成了肥羊，想狠狠地宰我们一笔。他一直强调诺亚这个品牌价值，不错，这个品牌的确是鼎鼎大名，可是我们不可能拿这个品牌去做手机，这对我们来说就没有价值。

“我建议这样吧，我们先回去，究竟怎么决定等农历新年之后。现在的欧洲经济环境很差，诺亚转型需要资本，手机业务已经成为他们最大的累赘了，所以我们不担心被别人捷足先登！”

朱恩沉吟不语，他捧着茶杯站在窗口，眼睛盯着不远处的诺亚大厦，轻轻地摇头道：“没想到啊，曾经全球第一的手机厂商，现在竟然落魄到这等地步。整个手机业务竟然一个多亿美金就可以全部买下来。董事长，杰瑞，我们就说三年之前，你们觉得有可能吗？”

王岳同道：“是啊，三年之前这个价格都不可想象。但是三年之后的今天，我们却嫌贵了，真是落魄的贵族似平民啊！”

朱恩压压手，道：“这样吧，我们换个思路行不行？我们来分析一下，自从诺亚开始没落之后，他们做过哪些事情。杰瑞，我考考你，你说一说诺亚在智能手机时代干过哪些事情？”

杰瑞摊摊手道：“他们干过的事情多了，诺亚开发过一款所谓的滑盖智能手机。当时他们采用的操作系统是他们自己开发的赛格操作系统，可这款机器在全球销量太低，亏损严重。

“后来，诺亚又和美国的微软公司合作，一起开发通用性智能终端操作系统。这个系统命名为诺微，后来因为安卓免费和源代码公开，这个项目夭折了，应该说这是诺亚遭受的又一打击。

“还有，据说诺亚在年前尝试转型做人工智能，总投资貌似达到三亿美金。然而他们的人工智能项目和谷歌的高度重复，而且他们在技术上和谷歌差距极大，最后不得不中途放弃，又是半途而废。

“纵观诺亚这些年干的事情，真就是不作死就不会死，完全是自己作死。

“我曾经说过，诺亚就是一群呆板的技术疯子掌握了公司，他们完全不懂市场，不懂变通。在他们眼中，世界就是理想的国度，他们对产品的想象完全只是建立在技术的角度。这一群家伙注定是失败者，没什么好说的。”

杰瑞的情绪渐渐激动，作为诺亚公司曾经的营销人员，他心中怨气不少。

他到现在为止和余怀的关系都不咋地，就是因为他非常讨厌技术疯子。他觉得一家公司有技术疯子是很危险的事情，尤其是当技术疯子掌握了公司的核心权力之后，这帮家伙会忘掉一切市场规律，他们会发疯似的推进他们认为正确的项目，而最终的结果必然是惨败。

朱恩深深地吸了一口气，道：“杰瑞，你说得不错，诺亚有这么多次失败，这是一笔财富。我们中国有句老话叫以史为鉴，诺亚的失败经验我认为价值连城。我们以后的产品，肯定也要尝试走不同的路，不排除我们也会开发自己的操作系统，也会做滑盖智能手机，我们也会涉足和智能终端相关联的周边产业。

“也许有一天，我们投资失败会损失很多钱，但是因为我们有了失败的教训，最终我们避过了危机。从这个角度来说，我觉得诺亚很有价值，我们需要诺亚。

“另外，刚才说到的品牌问题。诺亚这个品牌在全世界还是有很多粉丝的，关于诺亚的故事，还有很多人愿意去了解，愿意去听。他们的报价 1.58 亿美元，我觉得这个报价可以接受，我想完成这一笔收购！”

第六十七章　收购诺亚

朱恩一语中的，一锤定音，他决定收购诺亚。

他做出这个决定，很快便说服了杰瑞和王岳同，三个人达成共识之后，连夜通过召开远程电视电话会议，会议最终决定，公司即刻收购诺亚。

没有任何媒体的参与，没有惊动太多的人，甚至连业界都没有关注到北欧这个被人遗忘的小角落，在诺亚曾经辉煌的总部，朱恩和若瑟夫将双方签字的收购合同彼此交换，然后两人的手紧紧地握在了一起。

两人握手的镜头被杰瑞用手机记录下来，朱恩道："若瑟夫董事长，我们今天真是一次低调的合作啊。您看，这么大的一笔交易，并没有媒体参与。外界还并不知道，诺亚手机已经被一家来自中国的公司收购了！"

若瑟夫叹口气，道："你们中国有句古话叫'落魄的凤凰不如鸡'，我对诺亚手机沦落到现在的境地负责。朱……我昨天专门查过关于你的资料，当年你是我们诺亚很优秀的设计师，在全世界都拥有知名度。

"你当年还给大中华区总部提交过一份关于发展智能手机的个人建议，这份建议我昨天专门拜读了，可惜了……"

他顿了顿，道："我们有人才却没有人尽其用，我们有思想却没有贯彻实施，诺亚手机已经没有生机了，我希望到了你的手上能够让它焕发生机。诺亚这个品牌依旧有价值，我一直这样认为，我希望你能好好利用这个品牌。也许有一天，我在有生之年还能看到诺亚手机新的辉煌。"

朱恩道："若瑟夫董事长，您放心，我们的手机品牌现在在中国已经很有名气了，我们这一次收购诺亚，就是希望诺亚的经验对我们能有所帮助。您可能知道，我们的对手很强大，无论是苹果还是三星，它们都有我们无法匹敌的资源。

“不过，就如同当年手机变局一样，早在若干年前，谁能想到一统天下的诺亚会衰败呢？在这个时候，我们觉得机会已经来了，诺亚应该出现在智能手机新的变革周期中。”

若瑟夫深深地看了朱恩一眼，这个英文流利的年轻人具有雄心壮志，这几天他已经很深切地感觉到了这一点。不知为什么，他突然觉得心情很好。

不只是因为诺亚手机业务已经完全荒废却卖了一个不错的价钱，更重要的是，他突然觉得把诺亚手机的未来交给这样一个年轻人，也许是不错的选择。毕竟，作为在诺亚公司工作了三十多年的老人，他对这家公司的感情是很深的。

实际上，他出任公司董事长的时间并不长，诺亚公司一次又一次的失败，导致公司高层一次又一次调整，在若瑟夫接手公司的时候，公司的财政状况已经很糟糕了，他无力回天。

现在，他以七十岁高龄决定让诺亚转型，将传统的业务全部放弃去开辟新的蓝海，这也许是诺亚的最后一次机会，而这一次机会得益于朱恩的成全。

如果不是朱恩收购诺亚手机业务，他根本没有钱去完成接下来的投资。现在好了，他可以将计划完全贯彻了，只是未来的结局如何，他现在也没有必胜的把握和信心。

而朱恩如果能在东方国度让诺亚获得新生，这对诺亚品牌来说，也算是一大幸事。

诺亚的收购工作完成，公司的整合工作马上开始，这个工作朱恩只能交给王岳同来完成，因为在这一块，他的经验最丰富。

朱恩的想法是世纪前沿公司要将诺亚手机公司全部消化，新的公司只能象征性地留在欧洲，所有欧洲员工愿意去中国工作的，工资待遇会得到百分之二十到百分之一百的提升，以此让世纪前沿的研发中心得到充实。

就在欧洲和中国频繁的人员往来中，一年的光阴终于走到了最后。

十二月三十一日，截止到这一天，世纪前沿公司这一年的手机总销量为三千六百一十八万一千二百三十部。这个数据高居国内厂商的第二位，公司的利润七十亿左右，位居国内手机厂商第一位。

就在国内媒体紧锣密鼓地做着各种统计和总结的时候，世纪前沿公司内部又传出一个重磅消息，公司网站上发布消息，声称世纪前沿公司已经完成对诺亚手机业务的全部收购。

这一条消息发布出来，全国震动，业界震动，媒体蜂拥至世纪前沿公司的总部。

这个消息实在是太惊人了，因为在所有国人的内心，诺亚不只是一款手机，更代表了一段历史和一种情怀。

很多人第一部手机就是诺亚手机，诺亚手机一等一的质量在很多国人心中已经留下了根深蒂固的印记。诺亚的衰败让很多人感伤，尤其是在手机粉丝、发烧友这个圈子里面，至今还有很多人对诺亚的衰败耿耿于怀。

而现在，诺亚公司竟然被一家国产的手机厂商给收购了，这家公司就是当前国产手机中当红炸子鸡梦幻手机品牌所有者。

刚刚从欧洲回到临港的朱恩，在天地大厦召开了新闻发布会。

面对来自全国的媒体，朱恩很自信地宣布，以后诺亚品牌将属于世纪前沿公司，在世纪前沿公司，诺亚手机将会获得新生。

《南方新闻》的记者问朱恩："朱总，我们都知道您当年在诺亚公司担任过设计师，现在时过境迁，过了这么多年，您这一次如此高调地收购诺亚公司，其中会不会有你自己的一份情怀？"

朱恩微笑道："我首先说一下，这一次收购非常低调。在我们签署收购合同的时候，没有任何媒体记者在场，因为我们起初并没有想过把这件事情宣扬出去。

"只是有些事情终究不可能永远隐瞒，尤其是到了年底，新的一年马上就要开始了，我们将面临新的市场，这个消息我们才选择发布。

“至于说情怀，今天在场能够有这么多记者，这说明不光是我有诺亚情怀，你们大家，甚至我们很多国人，大家都有诺亚的情怀。

“诺亚董事长若瑟夫先生跟我说，现在的诺亚就是落魄的凤凰，他希望这个品牌到了我们手中能够重新焕发生机。老董事长已经七十多岁了，他希望在有生之年能够看到诺亚手机重新走向辉煌。”

雷鸣般的掌声中，来自燕京的某主流媒体提问道：“朱总，据我们所知，诺亚公司早已经衰落，他们已经有超过一年没有发布任何手机了。这样一家公司其实离破产只有一丁点儿的距离，在这种情况下，您却选择对其收购，这会不会是一次失败的决策？”

朱恩哈哈一笑道：“这位来自京城的记者朋友，你这个问题提得太好了。的确，对于诺亚手机公司的价值，很多人不理解。我只想告诉大家，诺亚的失败过程是极其复杂的，并不能归结于一个人，或者某个单方面的原因。

“关注诺亚公司的人很容易发现，在近些年，诺亚做过很多尝试，他们做过自己的智能操作系统，做过自己智能手机的硬件创新，甚至还做过人工智能方面的投资和研发。

“他们的很多努力都失败了，但这样的失败并不是毫无价值的。我们认为诺亚的失败经验是一笔宝贵的财富，单单这一块价值，就远远超过了现在我们付出的低廉的收购价格！”

朱恩这话说出来，又引起了很多记者的共鸣，现场的气氛越来越热烈。

立刻有记者问：“朱总，您收购诺亚之后，会准备独立运作诺亚这个品牌吗？这是否意味着公司明年会进军欧洲市场？”

朱恩微笑道：“首先我强调一点，我们公司叫世纪前沿科技有限公司，我们收购了诺亚，公司并没有变。诺亚将融入现在的公司中，诺亚的人才大部分也会来临港工作。至于您说进军欧洲市场的问题，这一点我不是太理解，诺亚不能简单地定性为一家欧洲的公司，它是一家全球性的公司。我们收购诺亚是看重他们在全球拥有的资源，我们公司的定位是做全球一流的手机厂商，所以我们肯定会很快冲出国门，走向世界！”

朱恩言辞之间无比自信，这让很多记者感觉到，他的雄心可能真的已经不仅仅是国内市场了，因为现在荣誉的手机在东南亚在非洲都有不错的销量，现在世纪前沿已经在国内给了荣誉很大的压力，这一次又大手笔地收购诺亚公司，很明显，这是朱恩在大踏步地进行全球布局。

现场很多记者已经在极速地敲击键盘写新闻稿了，今年手机江湖的高潮一波接一波，本来到年底了，所有人都以为结局尘埃落定。然而在这个时候，世纪前沿公司又抛出了一则重磅新闻，这对新闻媒体和记者们来说，无异于又是一次难得的狂欢……

第六十八章　重现辉煌

郭川像往常一样打开江南论坛。

他眉头使劲地皱了皱，一夜之间，他发现江南论坛似乎又闹翻了天，郭川负责的论坛板块，新帖子竟然多达三千多条。

点开论坛，郭川一看论坛新帖子的内容，他整个人如遭电击，当场怔得说不出话来，脑子完全蒙了。

“朱恩收购了诺亚？这不可能吧？”郭川脑子里第一个反应是不相信自己的眼睛。

然而，当他一条一条地看完论坛帖子，又打开国内的几大门户网站，他才发现这一条消息几乎占据了所有门户网站财经版的头条，这件事千真万确。

一瞬间，郭川心中各种滋味交织在一起，内心复杂至极。

作为资历极深的手机发烧友，郭川是诺亚最铁杆的粉丝，当年诺亚撤出国内的时候，他窝在被子里痛哭了好几天。

虽然诺亚这些年江河日下，不断落魄，可是郭川一直在关注着诺亚的一举一动。曾几何时，当诺亚联合微软公司开发新智能操作系统诺微的时候，他激动得彻夜难眠。

他觉得诺微一定能成功，一定能成为苹果最有力的竞争对手。可惜最后他失望了，诺亚的这一次尝试彻底地失败了。

后来诺亚又推出了滑盖智能机，郭川通过网络看过设计之后，觉得这款机器简直是天才的构思，他觉得诺亚终于卷土重来了，也许很快就能干掉三星，重新成为世界一流的智能手机厂商。然而结局依旧悲惨，诺亚的滑盖智能机彻底失败，甚至都还来不及推向市场，这个项目就夭折了。

经历了几次大起大落，郭川对诺亚有些死心了，而诺亚转型智能驾驶，则更让他伤透了心。他一度发誓，再也不去关注诺亚了。

可是前年仅有的一次欧洲旅行，他还是忍不住去了一趟诺亚总部所在的北欧小城，在小城里绕着诺亚的总部转了一周。他用力地吸着烟，在离家乡万里之外的地方，觉得无比落寞和惆怅。

诺亚的结局他从来没有想过，但是他心中隐隐还是有一点点期待，因为国外的企业都是百年企业，起起伏伏，潮涨潮落这都是很常见的。

企业和人一样，有高潮也有低潮，人生没有一帆风顺，企业也没有一帆风顺的。

也许若干年后的某一天，诺亚抓住机会重新崛起了呢？

企业的衰落是沉寂，是隐忍，也是一种积累。在 20 世纪 90 年代的时候，苹果公司不也是无比低潮吗？当时的苹果在微软一统江湖的 PC 机江湖中存活得如此艰难，谁又能想到，若干年后，当苹果一飞冲天，成为全球第一市值公司的时候，微软已经没落了？

这些案例曾经让郭川有很多的幻想，而他唯一没想到的是，诺亚最终的结局是被一家国内的公司收购，而收购诺亚的这家公司恰恰是世纪前沿。

郭川现在是世纪前沿的粉丝，但是他自己清楚，他这个粉丝完全是伪粉丝，他实际上扮演的是极其不光彩的角色。

他为了金钱已经出卖了很多关于世纪前沿的秘密了，甚至最近一次，世纪前沿陷入巨大的公关危机，这个方法甚至就是他想出来的。

他内心对世纪前沿并不怎么热情，实际上目前的国产机他都不怎么瞧得上。在他眼中，国产机的公司都太急功近利，做出的产品没有突破，这样的公司根本成不了伟大的公司。

所以他对自己的所作所为没有丝毫的负罪感，甚至他最近的目标是要搞到梦幻手机新一代的产品设计，他要拿这一个设计去换取下半辈子的幸福！

可是现在，他突然有了奇特的情绪波动，那种感觉他很难说。

他一页页地浏览着论坛上的帖子，有一个帖子引起了他的注意：

“如果公司重新启动诺亚品牌，我一定第一个买，诺亚手机是我的最爱，不要问我为什么，因为诺亚手机代表的是我的青春岁月……”

看到这样的内容，郭川内心突然充满了感动，他用手揉了揉自己的眼睛，觉得自己的眼泪都出来了。

“如果真有诺亚，我也会买！”郭川自言自语地道。

他想了想，用鼠标点击“新建”，一个新帖界面弹出来。

他迅速地打上标题：“盖楼了啊，曾经诺亚的粉丝兄弟见帖回复，看看这层楼能有多高？”

按下回车键，在内容里面留下了自己的名字，然后直接发帖。

帖子发出去，很快便弹出一条一条的新信息。

“哇，二愣子冒泡了，那我这个杠杠的诺亚铁杆得留名！”

“知道二愣子是铁杆诺粉，兄弟，昨天听到这个消息一宿没睡吧？我也是啊，真的好期待。朱总是牛人，做的这件事太对了！”

“朱总是‘瓜子’，‘瓜子’的诺亚情怀比我们每个人都要深，别的不说了，昨天看了发布会，真的觉得满满的感动！”

“‘瓜子’当年离开诺亚据说很悲壮，诺亚的大中华区总部就在现在临港的天地大厦，‘瓜子’创立世纪前沿公司把总部放在天地大厦，这本身就有特别的意义。短短的三年，公司已经今非昔比，曾经的诺亚又回来了，这一次‘瓜子’不必再委屈，因为他已经是老板了！”

短短几分钟，回帖已经超过了一百，看着这些回帖，每一个字郭川都看得非常仔细，他突然感觉到一股温暖。

因为从这些留言中，他能深切地体会到久违的亲切，回帖的人和他一样，大家都是一类人，都是对诺亚有特殊情怀的人。

这种情怀局外人是不懂的，正如那位兄弟帖子里说的，诺亚手机代表的是一段青春岁月。

郭川已经三十多岁了，三十多岁还孑然一身，让他常常喜欢缅怀过去。

他还记得自己的初恋，女朋友送给他的礼物就是一部诺亚3210。那个时候，手机在学生中还不太普遍，一部诺亚3210需要近两千块钱，初恋女友省了两个学期才攒够买手机的钱。

只可惜，最后郭川自己没有把握好这一份感情，留给他的是无尽的遗憾。

诺亚4520出来的时候，郭川开始了一段新的感情。那时候他刚刚上班，工资很低，但为了充面子，他咬牙买了一部诺亚4520送给女友。就在送手机的那一晚，他第一次尝到了女人的滋味，现在想起来还充满了温馨。

经历了这么多，作为一个热爱了诺亚十几年的粉丝，这一个品牌还仅仅只是一个冰冷的机器吗？

“叮，叮，叮！”手机响起。

郭川恍然惊醒，他一看来电，微微一笑，按下接听键道：“嘿，大金刚，怎么这时候打电话给我，没上班吗？”

“二愣子，我说你有点儿糊涂了吧？我请婚假了呢！是这样啊，跟你打电话没别的事情，我和老婆准备去临港拍婚纱照，刚刚不是出了消息吗？公司收购了诺亚，你是诺亚的铁杆，这个时候应该也想去临港吧？你去还是不去啊？”

“呃……”郭川沉吟了好大一会儿，道，“我……都要过年了，年内不想出去了。再说了，收购了诺亚不代表什么，我去临港又有什么意义呢？”

“嘿，郭川，我说你呀，还好意思说自己是诺亚的铁杆粉丝。我跟你说，刚才我和马总通电话了，她说年底有大批欧洲的员工会来临港上班。这里面有很多老人，你当年最崇拜的几个设计师，还有那个叫罗格的欧洲大区总监，据说都会来临港上班。

“以后他们这帮人就是咱们公司的员工了，全都在科技园呢。我说，你就不想看看真人吗？”史金刚在电话中道。

郭川呆立良久，内心突然生出一丝愧疚，他即便对世纪前沿再没有感情，但是让他拿着世纪前沿的好处，然后再出卖这家公司，他还是做不到。

其实，这个世界上真的没有天生的坏人，郭川从来不认为自己是好人，但是他一直觉得自己有良心。如果是以往，他根本不会有任何良心上的不安。

但是现在，如果让他去临港见诺亚昔日的团队，他担心自己很快会良心不安，那样他将会错过一次大好的赚钱机会。

“得了，二愣子，我就问一问，你别为难啊！临港你不去也没关系，我结婚你可一定得来花城，我已经安排你当伴郎了呢！这事不能黄啊！”史金刚在电话那头道。

他这话一说，郭川感到浑身压力一轻，长长地吐了一口气，道：“谢谢大金刚，你放心，你结婚我肯定到，这是绝对的！至于去临港的事儿，年内我真的没时间，其实我也挺想去的。实话跟你讲，我一个上午都在看帖子，朱恩是真厉害啊，不声不响就收购了诺亚。

“国内的诺粉也很多，我觉得可以搞一个专门的诺粉论坛。我们一起请愿，希望诺亚手机能够重现江湖，重现辉煌……”

第六十九章　雄心壮志

朱恩决定收购诺亚的时候，当时想过这一笔收购会引起一些反响。

但是国内反响如此巨大，还是出乎他的意料，媒体关于这件事的报道，可以说是铺天盖地，甚至之前关于世纪前沿公司诸多不利的传言，似乎一夜之间都消失了。现在媒体都是以一种十分友好，甚至自豪的态度对这件事进行了报道。

媒体的关注是一方面，而更让人欣喜的是公司运营的两大手机论坛，自从收购诺亚的消息爆出之后，论坛的流量明显攀高，两大论坛新用户注册量增长的势头也相当明显。

种种迹象都证明，世界抛弃了诺亚，然而在国人心中，对于诺亚的那一份情怀并没有消散，即使不是手机发烧友，只要经历过诺亚风靡的那个年代，当他们听闻这个消息之后，内心或多或少都有一些激动。

朱恩很庆幸自己做出了这个决定，因为这个决定做出来，让世纪前沿一下占据了一个非常有利的位置。

在一个月之前，他在考虑和荣誉竞争的问题上，脑子里还有些迷茫。而现在，关于这个问题他已经有了非常清晰的思路。

收购诺亚，帮助朱恩开拓了思路，让朱恩懂得了换一个位置去看目前的市场，让朱恩懂得了品牌运作巨大的价值。更重要的是，整合诺亚的资源之后，他手上有很多的牌可以应付当前激烈的竞争局面，这尤为重要。

当然，有好处也会有苦恼。最近几天，公司接二连三地收到全国诺粉的请愿，他们要求公司重新推出诺亚品牌，他们希望看到诺亚手机重新走向市场。对这个问题，朱恩本来早就有了决断，他最早的打算是不考虑诺亚品牌重新回归，但是现在，各种请愿一波接一波，来自其他方面的压力，让公司不得不慎重考虑这件事，关键是现在公司内部对这个问题也有了分歧，这才是最棘手的。

临港市政府，经贸局主导的一年一度的高新技术企业座谈会召开，朱恩作为这一次会议主席团成员，被安排在主席台就座。

在会议开始之前，李拥军副市长的秘书过来叫他，在会场侧面的休息室，李拥军副市长向身边几位老总点头致歉，径直走向朱恩，道：“小朱，你真是出手惊人啊。一个月之内就完成对诺亚全球手机业务的收购，这一笔交易全国热议，我们市政府却在最后才知道！”

朱恩忙道：“李市长，这事儿您这么说，我就感到无地自容了，不敢瞒您，这件事很出乎我的意料。因为实在没想到，这样一笔交易会在国内产生这么大的影响。诺亚在欧洲和西方已经完全没落了，我们签订合同的时候，现场甚至一个记者都没有。

“可是这件事到了国内，却掀起了这么大的影响，真没想到！”

李拥军呵呵一笑，道：“你出手很果断，这很好！对你们的这一次收购，市政府和高技局召开了专门会议，政府领导一致认为，你们给我们临港高新技术企业开了一个好头。

“我们的企业就是要有胆量走出去，就是要有胆量在国际舞台上亮相，在这方面我们需要探索，政府也会在背后大力支持。

“高新技术是世界人民的财富，应该造福世界人民，将来我们国家的经济发展，必然要求我们的企业将生意做到全世界的各个角落。我们作为特区，更希望特区的企业能够给全国带好头……”

李拥军侃侃而谈，说了很多关于国家宏观政策方面的指示精神。很显然，世纪前沿收购诺亚的这件事，再一次高度契合了国家宏观政策的发展方向，正是因为这一点，市政府才很看重这件事。

“小朱，今天你要做好准备，会议上你要作为企业代表发言。发言时着重介绍一下你们公司今年取得的成绩，以及你们收购诺亚的经过。这一次发言很重要，因为下一步我们准备在全市甄选一批优秀的企业，把这些企业定为全市科技创新龙头企业。

“针对这些企业，市政府会出台特殊的激励支持政策。小朱，你们要把握好这一次机会，一切就从今天的这次发言开始！”李拥军笑呵呵地道。

朱恩点点头，道：“谢谢市政府对我们的支持，您这么一说，我心里反而有点儿紧张了。在这么大的场合上台发言，我还真没做准备呢！”

李拥军道：“没做准备就即兴发言嘛，现在你可是咱们临港企业界的明星了。根据媒体的曝光率来看，你在媒体上的曝光率甚至超过了咱们华夏集团的任董事长，如果要评选临港市本年度最有人气的企业家，你是最有力的竞争人选，哈哈！”

李拥军说得很幽默，现场很多企业家都凑过来和朱恩打招呼，大家言语间对朱恩和世纪前沿公司都表示了极大的羡慕和欣赏。也许李拥军说得对，朱恩在临港企业家中已经不是无名之辈了，尽管他并没有刻意炒作，但是三年以来，世纪前沿从籍籍无名，到现在名扬全国，作为这家企业的董事长，朱恩自然受到了更多的关注。

时间的车轮转到了新的一年，公历元月，恰是农历的腊月。

朱恩在腊月中旬便回到了老家雍平县，今年腊月，他要完成一件人生大事，他终于要结婚了。

反复思忖过后，朱恩和马梦可最终决定，两人的婚礼在雍平老家农村低调完成，除了这一场婚宴，在临港不再安排婚礼。

这么安排的原因，主要是考虑到时间的问题，朱恩现在管理的是一家千亿级别的企业，本来按照常规来说，他是没有时间给自己放长假的。可是雍平老家的婚礼习俗烦琐，老爸和老妈又强烈地要求在农村大办婚礼，朱恩只好咬牙给自己放假二十天。

朱恩和马梦可放假了，公司大部分工作得交给王岳同和杰瑞去处理，如果两人还要在临港举办婚礼，劳民伤财不说，关键会影响到公司的正常运营。

不得不说，去年世纪前沿通过一年的努力，在行业里面已经基本占据到了一个相对有利的位置。这个成绩全国瞩目，目前看来，已经给公司带来了很多附加好处。

但是，朱恩冷静分析过后却依旧感到压力巨大，因为：第一，世纪前沿公司目前占据的市场份额，还只是国产手机的第二位，还没有超过荣誉科技。第二，荣誉科技经历了今年的失败之后，在新一年他们肯定会调整战略，会集中资源和人力和世纪前沿竞争。不得不承认，现在世纪前沿和荣誉竞争并不占优势，尤其是在技术和专利上，明显处于劣势。在这样的背景下，可以预想至少在接下来三年，荣誉会成为世纪前沿的头号敌人。对于这个敌人，朱恩还没有必胜的信心。

最后，当今手机市场，真正占据高端市场份额的依旧是国外的厂商。其中最大的两家企业便是苹果和三星公司，应该说以目前的条件来看，国产手机品牌包括荣誉科技和这两家公司都有很大的差距。

朱恩创办世纪前沿，最终的目的是要做全球最优秀的产品，肯定不能满足仅在国内称王，冷静地分析目前世纪前沿所处的形势，世纪前沿要实现国际化，还需要走一段漫长的路。

所以，朱恩很清楚自己所处的位置，三年的努力，在外人看来他取得了很大的成功，只有他自己知道，这一切才刚开始呢！

而回到了雍平，也出现了一些朱恩意料之外的情况。

雍平县委县政府这几年在加大招商引资的力度，朱恩作为从雍平走出去的大企业家，他在雍平已经有了很大的知名度。这一次他人刚到雍平，雍平县委办就有人找到和朱恩有关系的人，让他们给朱恩传话，说县委涂书记和陈县长希望能和他见个面。

听到这个消息，朱恩有些发蒙。在回雍平之前，他考虑过很多事情，但唯独这件事他真没想过。

他和马梦可商量，马梦可嘻嘻一笑，道：“朱恩，你现在属于衣锦还乡，得了，家乡的领导要见你，你推也推不掉吧！”

朱恩苦笑摇头，道：“梦可，从县里的意图来看，他们和我见面应该是想搞招商引资，但是目前我们没有这方面的计划，我怕到时候不好说话呢！”

“怎么没有计划了？你上一次不是说过要考虑自己持股搞工厂吗？这个计划完全可以提上日程了，代工厂的经营方式是我们的主流，但是我们不能完全靠代工厂。别的不说，单单是我们研发中心每年需要工厂加工的订单就需要一大笔钱。

“从目前国内的发展势头来看，未来很多产业肯定会向内地转移。雍平这个地方我看过，交通便利，尤其是铁路交通不错，如果招商条件优惠，我觉得可以考虑在这里投资建一家内地工厂呢！”

“这样……”

朱恩缓缓拉开窗帘，透过窗户，雍平县城尽收眼底。

这是很熟悉的景色，县郊区，一望无际的橘子树在冬日呈现深绿色，宛若无尽的绿色海洋。

看到这样的情形，朱恩不由自主地想起当年在县城上学的时候，橘子成熟的季节，周末或者晚上和一帮哥们儿溜出去窜进茂密的橘子林偷摘橘子的情形。一晃这段经历已经过去十几年了，但是那些点点滴滴，他现在都记得很清楚，突然一股无比的亲切感在他内心油然而生。

是啊，这里是他的故乡，可是这些年，他对故乡的关心太少了！